미야자와 겐지 전집

3

미야자와 겐지 전집

宮沢賢治 全集

3

미야자와 겐지 지음
박정임 옮김

너머

차례

스케치 1 ★ 수선월의 4일

도토리와 들고양이 どんぐりと山猫 · 09
까마귀의 북두칠성 烏の北斗七星 · 20
수선월의 4일 水仙月の四日 · 30
산도깨비의 4월 山男の四月 · 41
달밤의 전봇대 月夜のでんしんばしら · 50
사슴 춤의 기원 鹿踊りのはじまり · 59

스케치 2 ★ 재두루미와 달리아

돌배 やまなし · 75
재두루미와 달리아 まなづるとダァリヤ · 82
할미꽃 おきなぐさ · 89
말리브랑과 소녀 マリヴロンと少女 · 96
노송나무와 개양귀비 ひのきとひなげし · 100
밭 가장자리 畑のへり · 108
아침에 관한 동화적 구도 朝に就ての童話的構図 · 114
은행 いちょうの実 · 118

스케치 3 ★ 새장 선생과 후 쥐

호라쿠마학교를 졸업한 세 학생 洞熊学校を卒業した三人 · 125
체 쥐 ツェねずみ · 144
쿤 쥐 クンねずみ · 153
새장 선생과 후 쥐 鳥箱先生とフゥねずみ · 163
개구리의 고무신 蛙のゴム靴 · 171

스케치 4 ★ 시그널과 시그널레스

빙하쥐 모피 氷河鼠の毛皮 · 189
시그널과 시그널레스 シグナルとシグレス · 200
축제의 밤 祭の晩 · 224
다다미 동자 이야기 ざしき童子のはなし · 233
돗코베토라코 とっこべとら子 · 238
마음씨 고운 화산탄 気のいい火山弾 · 246
겐주공원의 숲 虔十公園林 · 254

스케치 5 ★ 26일 밤

오츠벨과 코끼리 オツベルと象 · 267
노란 토마토 黄いろのトマト · 278
나라노키 박사의 노숙 楢ノ木大学士の野宿 · 293
가돌프의 백합 ガドルフの百合 · 331
달밤의 짐승 月夜のけだもの · 340
잘 듣는 약과 훌륭한 약 よく利く薬とえらい薬 · 350
잔나비걸상 さるのこしかけ · 358
토신과 여우 土神と狐 · 366
26일 밤 二十六夜 · 383

★ 미완성 작품

말의 두건 馬の頭巾 · 411
바키치의 직업 バキチの仕事 · 417
몽당연필 みぢかい木ぺん · 421
사할린과 8월 サガレンと八月 · 429
학자 아람하라드가 본 옷 学者アラムハラドの見た着物 · 436
짐승들의 운동회 けだもの運動会 · 446

★ 해설 · 451

스케치 1

수선월의 4일

도토리와 들고양이
どんぐりと山猫

어느 토요일 저녁, 이치로의 집에 이상한 엽서가 왔습니다.

가네타 이치로님.

당신은 잘 지내는 것 같아 다행입니다.

내일 성가신 재판을 하니 오십시오.

무기는 가져오지 마십시오.

— 9월 19일, 들고양이 올림

이런 내용입니다. 글씨는 완전히 괴발개발이었고, 먹물도 까슬까슬 일어나 손에 묻을 정도였습니다. 하지만 이치로는 매우 기뻐서 어찌할 줄 몰랐습니다. 엽서를 학교 가방에 몰래 감춰두고, 집 안을 방방 뛰어다녔습니다.

잠자리에 들어서도 들고양이의 히쭉거리는 얼굴과 그 성가시다는 재판의 형식 등을 생각하며 밤늦게까지 잠들지 못했습니다.

하지만 이치로가 눈을 떴을 때는 이미 날이 밝아있었습니다. 뒤뜰로 나가보니 주위의 산은 모두 이제 막 새로 만들어놓은 듯 반짝반짝 빛을 내며 새파란 하늘 아래 늘어서 있었습니다. 이치로는 서둘러 밥을 먹고 혼자 골짜기를 따라 난 좁은 길을 걸어 상류 쪽으로 올라갔습니다.

투명한 바람이 쏴아 불어오자 밤나무는 투둑투둑 열매를 떨어뜨렸습니다. 이치로는 밤나무를 올려다보며 "밤나무야, 밤나무야. 들고양이가 이곳을 지나가지 않았니?" 하고 물었습니다.

밤나무는 잠시 조용해지더니 "들고양이라면 오늘 아침 일찍 마차를 타고 동쪽으로 날아갔어요" 하고 대답했습니다.

"동쪽이면 내가 가는 방향인데, 이상하네. 여하튼 조금 더 가보자. 밤나무야 고마워."

밤나무는 말없이 다시 열매를 투둑투둑 떨어뜨렸습니다.

이치로가 조금 더 가자, 그곳은 피리 부는 폭포였습니다. 피리 부는 폭포는 새하얀 암벽 가운데에 뚫린 작은 구멍으로, 물이 피리소리를 내며 솟구치고는 그대로 폭포가 되어 요란하게 계곡으로 떨어지는 곳을 말합니다.

이치로는 폭포를 향해 외쳤습니다.

"어이, 어이! 피리 부는 폭포야. 들고양이가 이곳을 지나가지 않았니?"

폭포가 삐—삐— 대답했습니다.

"들고양이는 아까 마차를 타고 서쪽으로 날아갔습니다."

"이상하네. 서쪽이면 우리 집 쪽인데. 하지만 뭐 조금 더 가보자. 피리 부는 폭포야, 고마워."

폭포는 다시 하던 대로 피리를 불었습니다.

이치로가 다시 조금 더 가자, 한 그루의 너도밤나무 아래에 수많은 하얀 버섯이 쿵따다쿵따다 쿵따 하고 이상한 곡을 연주하고 있었습니다.

이치로는 몸을 숙이고 "저기, 버섯아. 들고양이가 이곳을 지나가지 않았니?" 하고 물었습니다.

그러자 버섯은 "들고양이라면 오늘 아침 일찍 마차를 타고 남쪽으로 날아갔습니다" 하고 대답했습니다. 이치로는 고개를 갸웃했습니다.

"남쪽이면 저쪽 산속인데, 이상하군. 뭐 조금만 더 가보자. 버섯아, 고마워."

버섯은 모두 바쁜 듯 쿵따다쿵따다 하고 그 이상한 곡을 계속 연주했습니다.

이치로는 다시 조금 더 가보았습니다. 그러자 한 그루의 호두나무 가지 끝을 다람쥐가 휙 하고 날아가고 있었습니다. 이치로는 곧바로 손짓해서 다람쥐를 세웠습니다.

"저기, 다람쥐야. 들고양이가 이곳을 지나가지 않았니?" 하고 물었습니다. 그러자 다람쥐는 나무 위에서 이마에 손을 얹고 이치로를 보며 대답했습니다.

"들고양이는 오늘 아침 날이 채 밝기도 전에 마차를 타고 남쪽으로 날아갔어요."

"남쪽으로 갔다니, 두 곳에서 그렇게 말하는 건 이상한데. 하지만 뭐 조금 더 가보자. 다람쥐야, 고마워."

그러나 다람쥐는 이미 사라진 뒤였습니다. 단지 호두나무의 우듬지가 흔들리고 있었고, 옆에 있는 너도밤나무잎이 반짝하고 빛났을 뿐입니다.

이치로가 조금 더 가자 골짜기를 따라 나 있던 길은 점점 좁아지더니 어느새 사라졌습니다. 그리고 골짜기 남쪽의 새카만 비자나무 숲 쪽으로 좁은 길이 새롭게 이어져 있었습니다. 이치로는 그 길을 따라

올라갔습니다. 비자나무 가지는 시커멓게 서로 겹쳐져 있어서 파란 하늘은 한 조각도 보이지 않았고, 길은 무척 가파른 언덕길로 변했습니다. 이치로가 얼굴이 새빨개진 채 땀을 뚝뚝 흘리며 그 언덕길을 올라가자, 갑자기 세상이 환하게 밝아져 눈이 따가웠습니다. 그곳은 아름다운 황금빛 초원이었고, 풀은 바람에 흔들려 사락사락 울었으며, 주위는 멋진 올리브빛 비자나무 숲으로 둘러싸여 있었습니다.

그 초원 한가운데에 키가 작고 이상한 모습을 한 남자가 무릎을 굽히고 손에 가죽채찍을 든 채 말없이 이쪽을 보고 있었습니다.

이치로는 그 남자 쪽으로 다가가다가 깜짝 놀라 멈춰 섰습니다. 남자는 외눈박이로 한쪽 눈알을 허옇게 번득였고, 겉옷 같기도 하고 작업 가운 같기도 한 이상한 옷을 입고 있었습니다. 특히 다리가 심하게 굽어서 산양 같았으며 게다가 발끝은 밥주걱 모양이었습니다. 이치로는 으스스한 기분이 들었지만, 최대한 마음을 진정시키고 물었습니다.

"당신은 혹시 들고양이를 아시나요?"

그러자 그 남자는 곁눈으로 이치로의 얼굴을 보더니 입술을 올리며 히죽 웃고는 말했습니다.

"들고양이님은 이제 곧 이곳으로 돌아오실 거야. 네가 이치로지?"

이치로는 깜짝 놀라 뒤로 한발 물러서면서 "네, 제가 이치로입니다. 그런데 어떻게 아셨어요?" 하고 물었습니다. 그러자 그 기이하게 생긴 남자는 더욱 히죽거렸습니다.

"그러면 엽서를 봤니?"

"봤어요. 그래서 왔어요."

"문장이 엉망이었지?"

남자는 땅을 내려다보며 애처롭게 말했습니다.

이치로는 불쌍한 생각이 들어서 "아니요, 꽤 훌륭한 문장 같았어요" 하고 말했습니다. 그러자 남자는 기뻐서 숨을 헉헉대었고 귀 부근까지 새빨개져서 옷깃을 열고는 몸 안으로 바람을 넣었습니다.

"글씨도 제법 괜찮았나?"

남자는 다시 물었습니다. 이치로는 자신도 모르게 웃으면서 대답했습니다.

"잘 썼어요. 오 학년도 그 정도는 쓰지 못할 거예요."

그러자 남자는 갑자기 다시 불쾌한 표정을 지었습니다.

"오 학년이라는 건 초등학교 오 학년을 말하는 거지?"

풀이 죽은 그 목소리가 너무도 가련하게 들려서 이치로는 재빨리 말했습니다.

"아니요, 대학교 오 학년입니다."

그러자 남자는 다시 기뻐서 입이 귀에 걸린 채 껄껄껄 웃으며 외쳤습니다.

"그 엽서는 내가 쓴 거란다."

이치로는 웃음을 참고 "대체 당신은 누구인가요?" 하고 물었습니다. 그러자 남자는 갑자기 진지한 표정으로 "나는 들고양이님의 마부야" 하고 대답했습니다.

그때 바람이 휘익 불어와 풀들이 온통 일렁였고, 마부는 갑자기 정중하게 인사를 했습니다.

이치로가 이상해서 뒤를 돌아보니 그곳에 들고양이가 노란 진바오리陣羽織 같은 것을 입고, 초록빛 눈을 동그랗게 뜬 채 서 있었습니다. '역시 들고양이의 귀는 뾰족하구나' 하고 이치로가 생각하고 있을 때, 들고양이가 까닥하고 고개를 숙였습니다. 이치로도 정중하게 인사를 했습니다.

"아…… 안녕하세요. 어제 엽서 고마웠어요."

들고양이는 수염을 꼬며 배를 내밀고는 말했습니다.

"안녕하세요. 잘 오셨습니다. 그제부터 성가신 분쟁이 일어나서 재판에 조금 애를 먹고 있습니다. 사실은 매년 이 재판으로 골머리를 앓고 있는 중 입니다. 그래서 당신의 의견을 여쭙고 싶었던 것입니다. 일단 편히 쉬십시오. 곧 도토리들이 올 것입니다."

들고양이는 품속에서 궐련초 상자를 꺼내 한 개비를 물고 "피우시겠습니까?" 하며 이치로에게 권했습니다. 이치로가 깜짝 놀라 "아니" 하고 대답하자 들고양이는 점잖게 웃으며 말했습니다.

"흐음, 아직 어리니까."

그러고는 성냥을 긋고는 일부러 얼굴을 찡그리며 파란 연기를 후우 하고 뿜었습니다. 들고양이의 마부는 차려자세로 반듯하게 서 있었지만, 담배가 피우고 싶은 것을 억지로 참고 있는 듯 눈물을 뚝뚝 흘렸습니다.

그때 이치로는 발밑에서 타닥타닥 소금이 튀는 듯한 소리를 들었습니다. 깜짝 놀라 몸을 숙이고 바라보니, 풀 속 곳곳에서 황금색의 무언가가 반짝반짝 빛나고 있었습니다. 자세히 보니 그것들은 모두 빨간 바지를 입은 도토리였고, 그 수는 삼백 개도 넘을 듯했습니다. 도토리들은 와아와아 와아와아 하고 저마다 무언가를 말하고 있었습니다.

"아! 왔군. 개미떼처럼 몰려왔어. 어이, 자, 빨리 종을 울려. 오늘은 저곳이 햇빛이 잘 드니까 그곳의 풀을 베어."

들고양이는 궐련초를 집어던지고 황급히 마부에게 명령했습니다. 마부도 크게 당황하며 허리에서 커다란 낫을 꺼내 들고양이 앞의 풀을 쓱싹쓱싹 베었습니다. 그러자 사방의 풀숲에서 반짝반짝 빛나는 도토리들이 튀어나와 와아와아 와아와아 떠들었습니다.

그리고 마부는 종을 짤랑짤랑 짤랑짤랑 흔들었습니다. 비자나무 숲에 종소리가 짤랑짤랑 짤랑짤랑 울리자 황금 도토리들은 조금 조용해졌습니다. 들고양이는 어느새 검고 긴 공단 옷을 입고 거드름부리며 도토리 앞에 앉아있었습니다. 마치 나라奈良의 커다란 불상에 참배하는 사람들 그림 같다고 이치로는 생각했습니다. 마부가 이번에는 가죽채찍을 두세 번 찰싹 휘익 찰싹 하고 휘둘렀습니다.

하늘은 푸르게 개어있었고, 도토리는 반짝반짝 빛나고 있어서 정말로 아름다웠습니다.

"재판도 이제 오늘로 삼 일째다. 이제 적당히 화해하는 것이 어떻겠나."

들고양이가 조금 걱정스러운 듯, 그럼에도 짐짓 거드름을 피우며 말하자 도토리들은 저마다 외쳤습니다.

"뾰족한 것이 가장 훌륭한 것입니다. 그리고 제가 가장 뾰족합니다."

"아니요, 그렇지 않습니다. 둥근 것이 훌륭한 것입니다. 가장 둥근 것은 저입니다."

"중요한 것은 크기입니다. 큰 것이 가장 훌륭한 것입니다. 내가 가장 크니까 내가 가장 훌륭한 겁니다."

"그렇지 않아. 내가 훨씬 크다고! 어제 판사님도 말씀하셨잖아."

"그딴 건 필요 없어. 키가 커야 해. 키가 커야 한다고."

"힘이 세야 훌륭한 거야. 밀기 시합을 해서 정하자고."

모두 와글와글 떠들었고, 마치 벌집을 쑤신 듯 정신이 하나도 없었습니다. 그러자 들고양이가 외쳤습니다.

"시끄럽다. 여기가 어딘 줄 알고. 조용히 해, 조용히."

마부가 채찍을 철썩 휘두르자 도토리들은 간신히 조용해졌습니다. 들고양이는 수염을 비비 꼬며 말했습니다.

"재판도 오늘로 삼 일째다. 적당히 화해하면 어떻겠나."

그러자 도토리들은 또 저마다 떠들었습니다.

"아니요, 그럴 수 없습니다. 뭐라 해도 머리가 뾰족한 것이 잘난 것입니다."

"아니요, 그렇지 않습니다. 둥근 것이 잘난 것입니다."

"그렇지 않아. 커야 하는 거야."

왁자지껄, 시끌벅적. 더는 뭐가 뭔지 알 수 없었습니다. 들고양이가 소리쳤습니다.

"조용히 해, 시끄러워. 여기가 어딘 줄 알고. 조용히 해, 조용히."

마부가 채찍을 철썩 휘둘렀습니다. 들고양이가 수염을 비비 꼬며 말했습니다.

"재판도 오늘로 삼 일째다. 적당히 화해하면 어떻겠나."

"아니, 아니, 안 됩니다. 머리가 뾰족한 것이……."

와글와글 와글와글.

들고양이가 소리쳤습니다.

"시끄럽다. 여기가 어딘 줄 알고. 조용히 해, 조용히."

마부가 채찍을 철썩 휘둘렀고 도토리는 모두 조용해졌습니다. 들고양이가 이치로에게 살며시 물었습니다.

"보시는 대로입니다. 어떻게 하면 좋을까요."

이치로는 웃으며 대답했습니다.

"그러면 이렇게 전하세요. '이 가운데 가장 어리석고 엉망이고 전혀 돼먹지 않은 자가 가장 잘난 것이다' 하고요. 제가 스님의 설교에서 들었어요."

들고양이는 그럴듯하다는 듯 고개를 끄덕이더니, 한껏 으스대며 공단 옷의 옷깃을 풀어 노란 진바오리를 살짝 보이게 한 후 도토리에게 말했습니다.

"자자, 조용히! 선고하겠다. 이 가운데 가장 못나고, 어리석고, 엉망이며, 전혀 돼먹지 않고, 머리가 찌부러진 자가 가장 위대하다."

도토리들은 쥐죽은 듯 조용해졌습니다. 정말로 얼어붙은 듯 조용해졌습니다.

그러자 들고양이는 검은 공단 옷을 벗고 이마의 땀을 닦으면서 이치로의 손을 잡았습니다. 마부도 무척 기뻐하며 채찍을 대여섯 번 휘익 철썩, 휘익 철썩, 휘익 철썩 하고 휘둘렀습니다. 들고양이가 말했습니다.

"정말 고맙습니다. 이렇게 힘든 재판을 일 분 삼십 초 만에 끝내주셨습니다. 부디 제 재판소의 명예판사가 되어주십시오. 앞으로도 엽서가 도착하면 꼭 와주시기 바랍니다. 그때마다 사례는 하겠습니다."

"알겠습니다. 하지만 사례 따위는 필요 없어요."

"아니요, 사례는 부디 받아주십시오. 제 인격이 걸린 문제이니까요. 그리고 앞으로는 엽서에 가네타 이치로님에게 라고 쓰고, 이쪽을 재판소라고 하겠습니다만…… 괜찮으십니까?"

이치로가 "네, 상관없습니다"고 대답하자, 들고양이는 아직 무언가 말을 하고 싶은 듯 한동안 수염을 꼬며 눈을 깜박였습니다. 그리고 마침내 결심한 듯 말을 꺼냈습니다.

"그리고 엽서의 문장 말입니다만…… 앞으로는 '용무가 있으니 내일 출두할지어다'라고 쓰면 어떨까요."

이치로는 웃으면서 말했습니다.

"음…… 무언가 이상하네요. 그 말은 하지 않는 편이 좋겠어요."

들고양이는 아무래도 자신의 표현이 서툴렀다고 생각했는지 너무 아쉽다는 듯 한동안 수염을 꼬면서 땅을 내려다보고 있었습니다만, 마침내 포기한 듯 말했습니다.

"그러면 문장은 지금 그대로 하겠습니다. 그리고 오늘의 사례입니다만 황금 도토리 한 되와 연어 자반 대가리 중 어느 쪽이 좋습니까?"

"황금 도토리가 좋아요."

들고양이는 연어 대가리가 아니라 다행이라는 듯 재빨리 마부에게 말했습니다.

"도토리 한 되를 가지고 와. 한 되가 안 되면 가짜 도토리를 섞어 와, 빨리."

마부는 아까의 도토리를 되에 담아보더니 외쳤습니다.

"딱 한 되입니다."

들고양이의 진바오리가 바람에 펄럭펄럭 휘날렸습니다. 그리고 들고양이는 크게 기지개를 켜더니 눈을 찡그리고 하품을 하면서 말했습니다.

"자, 빨리 마차를 준비해라."

마부는 커다란 하얀 버섯으로 만들어진 마차를 끌고 나왔습니다. 마차에는 어딘가 이상한 모양의 쥐색 말이 매여 있었습니다.

"자, 댁에 모셔다드리겠습니다."

들고양이가 말했습니다. 들고양이와 이치로는 마차에 올랐고, 마부는 도토리 되박을 마차 안에 실었습니다.

휘익, 철썩.

마차는 초원을 벗어났습니다. 나무와 덤불이 연기처럼 흔들흔들 흔들렸습니다. 이치로는 황금 도토리를, 들고양이는 멍한 표정으로 먼 곳을 보고 있었습니다.

마차가 앞으로 갈수록 도토리는 점점 빛이 약해졌고, 얼마 후 마차가 멈췄을 때는 흔한 갈색 도토리로 변해있었습니다. 이윽고 들고양이의 노란 진바오리도, 마부도, 버섯마차도 순식간에 사라졌습니다. 그리고 이치로는 도토리가 든 되박을 들고 자신의 집 앞에 서 있었습니다.

그 이후 '들고양이 올림'이라는 엽서가 더는 오지 않았습니다. 역시 '출두할지어다'라고 써도 좋다고 할 걸 그랬다고 이치로는 가끔가다가 생각했습니다.

까마귀의 북두칠성
烏の北斗七星

차갑고 심술궂은 구름이 지면에 닿을 듯 드리워져 있었기 때문에 들판은 눈빛인지 햇빛인지 알 수 없었습니다.

까마귀 의용함대는 그 구름에 눌려 어쩔 수 없이 함석판을 펼쳐놓은 듯한 눈밭 위에 임시정박하게 되었습니다.

함대는 모두 미동도 하지 않았습니다.

새까맣고 매끄러운 젊은 함장인 까마귀 대위도 꼿꼿이 선 채 움직이지 않습니다.

까마귀의 수석감독관은 한층 더 움직임도 흔들림도 없습니다. 까마귀의 수석감독관은 이미 꽤 나이가 들었습니다. 눈빛은 잿빛이 되었고 울음소리도 고장 난 인형처럼 끼이끼이 소리가 났습니다.

그래서 까마귀의 나이를 구분하는 법을 모르는 한 어린아이는 언젠가 이런 말을 하기도 했습니다.

"있잖아, 우리 마을에는 목을 다친 까마귀가 두 마리 있어."

하지만 이 말은 분명하게 틀린 이야기였습니다. 일단 이상한 소리를 내는 까마귀는 한 마리밖에 없었고, 그것도 결코 목을 다친 것이 아니라 너무 오랜 기간 하늘에서 호령했기 때문에 완전히 목이 쉬었던 것입니다. 그래서 까마귀 의용함대는 그 쉰 목소리를 모든 소리 중 최고라고 생각하고 있었습니다.

눈 위에 임시정박을 한 까마귀 함대는 돌멩이 같습니다. 참깨 같습니다. 또한, 망원경으로 자세히 보면 크고 작은 것이 있어서 감자 같습니다.

점점 날은 어두워지고 있었습니다.

마침내 구름이 조금 위로 올라가 까마귀가 날 수 있는 공간이 생겼습니다.

이윽고 수석감독관이 가쁜 숨을 쉬며 호령했습니다.

"연습을 시작한다, 출발!"

함장인 대위가 가장 먼저 눈을 박차고 날아올랐습니다. 대위의 부하 까마귀 열여덟 척이 차례로 날아올라 정확한 간격을 유지하며 대위 뒤를 따랐습니다.

그리고 전투함대 서른두 척이 순서대로 출발했으며 그다음으로 수석감독관인 대함장이 엄숙하게 날아올랐습니다.

그때는 이미 맨 앞의 까마귀 대위가 네 번 정도 나선을 그리며 구름 가장자리까지 날아간 후, 똑바로 숲을 향해 전진하려고 할 때였습니다.

스물아홉 척의 순양함, 스물다섯 척의 포함이 계속해서 계속해서 날아올랐습니다. 마지막 두 척은 동시에 날아올라 까마귀 군대의 행렬이 조금 흐트러졌습니다.

까마귀 대위는 숲 바로 앞까지 가서 왼쪽으로 돌았습니다.

그때 수석감독관이 "대포를 쏴라!" 하고 명령했습니다.

함대는 일제히 가아가아가아 대포를 쐈습니다.

대포를 쏠 때 한쪽 다리를 뒤로 번쩍 올리는 군함이 있는데, 이는

과거 니다나트라전쟁에서 부상을 당한 병사로, 대포소리가 다리의 신경을 건드려서 올리는 것입니다.

하늘을 크게 네 번 돌았을 때, 수석감독관이 "흩어져, 해산!" 하고 말하면서 열에서 벗어나 삼나무 숲 속 수석감독관사로 내려갔습니다. 그러자 모두 열을 풀고 자신의 막사로 돌아갔습니다.

하지만 까마귀 대위는 곧바로 자신의 막사로 돌아가지 않고, 홀로 서쪽의 쥐엄나무로 갔습니다.

구름은 거무스름했고, 서산 위쪽에만 탁한 물빛의 하늘연못이 그윽하게 빛나는 것이 엿보였습니다. 그때 머큐리라고 불리는 은빛 수성이 빛나기 시작했습니다.

까마귀 대위는 화살처럼 쥐엄나무 가지에 내려앉았습니다. 그 가지에는 아까부터 가만히 앉아서 무언가를 생각하고 있는 까마귀가 있었습니다. 그 까마귀는 소리가 가장 좋은 포함으로, 까마귀 대위의 약혼녀였습니다.

"까아까아, 늦어서 미안. 오늘 연습 때문에 피곤하지 않아?"

"까아아, 한참 기다렸어요. 전혀 피곤하지 않아요."

"그래, 그러면 다행이야. 그런데 이번에 당신과 한동안 헤어져 있어야 해."

"어머, 왜요? 큰일이네."

"전투함대장 말로는 내일 산까마귀를 쫓으러 간다고 해."

"어떡해. 산까마귀는 강하겠죠."

"응, 눈알이 튀어나오고 부리는 뾰족해서 겉모습은 조금 세 보이지. 하지만 문제없어."

"정말요?"

"괜찮아. 하지만 전쟁이니까 어떤 전투가 될지, 무슨 일이 일어날지는 알 수 없어. 그러면 당신은 나와의 약속을 깨끗이 잊고 다른 까마귀와 결혼해."

"아아, 어쩌면 좋아. 어떡해. 너무해요, 너무해. 그러면 나는 어떡해. 까아악 까아악, 까아악, 까아악."

"울지마, 보기 흉해. 이런, 누군가가 왔어."

까마귀 대위의 부하, 병조장이 황급히 찾아와서 고개를 옆으로 살짝 기울이며 인사를 했습니다.

"까아, 함장님. 점호시간입니다. 일동 정렬하고 기다리고 있습니다."

"알았다. 본함은 즉각 귀대하겠다. 자네는 먼저 가도 좋다."

"알겠습니다."

병조장이 날아갔습니다.

"자, 울지마. 내일 다시 한번 열에서 만날 수 있을 거야. 건강해야 해."

"당신도……."

"이제 점호시간이야, 빨리 돌아가야 해. 손을 줘."

두 마리는 손을 꼭 잡았습니다. 그리고 대위는 가지를 박차고 날아서둘러 자신의 부대로 돌아갔습니다. 약혼자 까마귀는 가지에 얼어붙은 듯 꼼짝하지 못합니다.

밤이 되었습니다.

그리고 한밤이 되었습니다.

구름이 완전히 사라지고 새롭게 구워진 강철 하늘 위로 차디찬 빛이 뒤덮였으며, 작은 별 몇 개가 연합해서 폭발했으며, 물레방아 굴대가 끼이끼이 소리를 냅니다.

마침내 열은 강철색 하늘에 균열이 생기면서 절반으로 갈라졌고,

그 갈라진 틈으로 길고 기이한 수많은 팔이 내려와 까마귀를 잡아서 하늘의 꼭대기 너머로 데리고 가려고 합니다. 까마귀 의용함대는 이미 총동원되었습니다. 모두가 서둘러 검은 잠방이를 입고는 힘껏 공중을 뛰어다녔습니다. 형 까마귀도 동생을 감쌀 여유가 없었고, 연인들도 종종 크게 부딪히기도 합니다.

아아, 아닙니다.

그게 아니었습니다.

달이 나온 것입니다. 파랗게 일그러진 음력 스무날의 달이 동쪽 산에서 울며 올라온 것입니다. 달을 본 까마귀 군대는 완전히 마음을 놓았습니다.

곧 숲은 조용해졌고, 단지 떨리는 다리를 헛디딘 젊은 해병이 놀라서 눈을 뜨고 까아 하는 얼빠진 소리로 대포 한 발을 쏘았을 뿐입니다.

그런데 잠을 깬 까마귀 대위는 잠들지 못했습니다.

"나는 내일 전사하게 될 거야."

대위는 중얼거리면서 약혼녀가 있는 숲 쪽으로 고개를 돌렸습니다.

다시마처럼 검고 매끄러운 우듬지 안에서는 그 젊고 좋은 목소리의 포함이 계속해서 여러 가지 꿈을 꾸고 있었습니다.

까마귀 대위와 단둘이 날개를 퍼덕이고 때때로 얼굴을 마주 보면서 검푸른 밤하늘을 끝없이 끝없이 날아갔습니다. 큰곰자리님으로 불리는 까마귀의 북두칠성이 크고 가까워졌으며, 그 별 중 하나에서 자라고 있는 푸른 사과나무조차 선명하게 보일 때였습니다. 어찌 된 일인지 두 까마귀 모두 갑자기 날개가 돌처럼 굳어 거꾸로 떨어지려 했습니다. "큰곰자리님" 하고 외치며 놀라서 눈을 뜨자 정말로 몸이 가지에서 떨어지려 하고 있었습니다. 재빨리 날개를 펴서 자세를 바로 하고 대위가 있는 쪽을 보았지만, 다시 어느새 꾸벅꾸벅 잠이 들었습니다. 이번에는 산까마귀가 코안경을 끼고 두 까마귀 앞으로 다가와 대위에게 악수하려고 합니다. 대위가 "안 돼, 안 돼"하며 손을 흔들자 산까마귀가 갑자기 번쩍이는 권총을 꺼내 '탕!' 하고 대위를 쏘았으며, 대위는 검고 부드러운 가슴을 펴고 쓰러지려고 합니다. "큰곰자리님!" 하고 외치면서 다시 놀라 눈을 뜨는 꿈이 반복되었던 것입니다.

까마귀 대위는 약혼녀가 자세를 바로잡는 기척부터 큰곰자리님을 부르는 목소리까지 모두 듣고 있었습니다.

자신도 한숨을 쉬며 큰곰자리님의 아름다운 일곱 개 별을 올려다보고는 '아아, 내일의 전투에서 제가 이기는 것이 옳은지, 산까마귀가 이기는 것이 옳은지 저는 알지 못합니다. 오로지 당신의 뜻입니다. 저는 그냥 온 힘을 다해 싸울 것입니다. 모든 것은 당신 뜻대로입니다' 하고 조용히 기도하고 있었습니다. 그리고 동쪽 하늘에는 이미 희미한 은빛이 솟아오르고 문득 저 멀리 차가운 북쪽에서 무언가 열쇠가 부딪치는 듯한 희미한 소리가 들렸습니다. 까마귀 대위는 재빨리 야간쌍안경을 꺼내 가만히 소리 나는 쪽을 보았습니다. 별빛 이쪽으로 희미한 하얀 산마루 위에 한 그루의 밤나무가 보였습니다. 그 우듬지에 멈춰서 하늘을 올려다보고 있는 자는 적군인 산까마귀가 확실했습니다. 대위의 가슴은 용맹스럽게 뛰었습니다.

"까아, 비상소집이다, 까아, 비상소집!"

대위의 부하는 곧바로 가지를 박차고 날아올라 대위 주위를 에워쌉니다.

"돌격!"

대위는 선두에 서서 쏜살같이 북쪽으로 진격했습니다.

이미 동쪽 하늘은 새롭게 닦은 강철처럼 하얀빛입니다.

산까마귀는 당황해서 가지를 박차고 일어났습니다. 그리고 날개를 크게 펼치고 북쪽으로 도망가려고 했으나, 이미 그때는 구축함 대원들이 주위를 완전히 포위하고 있었습니다.

"까아, 까아, 까아, 까아, 까아."

대포소리로 귀청이 터질 듯했습니다. 하는 수 없이 산까마귀는 다리를 버둥거리며 위쪽으로 날아오르려고 했습니다. 대위는 곧바로 산까마귀를 따라가 그 새까만 얼굴에 일격을 가했습니다. 산까마귀는 비틀거리며 땅 위로 떨어지려 했고, 병조장이 옆에서 다시 한번 일격을 가했습니다. 산까마귀는 잿빛 눈꺼풀을 덮고, 새벽의 눈 덮인 산마루에 차갑게 쓰러졌습니다.

"까아, 병조장. 그 사체를 막사까지 들고 가도록. 까아. 끌어올려."

"알겠습니다."

힘센 병조장이 산까마귀 시체를 들었고, 대위는 자신의 숲 쪽으로 날아가기 시작했으며 부하 열여덟 척이 그 뒤를 따라갔습니다.

숲으로 돌아온 까마귀 구축함은 모두 후우후우 하얀 입김을 토해냈습니다.

"부상자는 없는가, 누군가 부상을 당한 자는 없는가."

까마귀 대위는 모두의 노고를 위로하며 돌아다녔습니다.

완전히 날이 밝았습니다.

복숭아즙 같은 햇살은 먼저 눈 덮인 산 위로 가득 쏟아졌고, 그리고 점점 아래로 흘러 마침내 눈 속에서 흰 백합꽃을 가득 피웠습니다.

강렬한 태양이 서글플 정도로 빛나며 동쪽의 눈 덮인 구릉 위에 걸렸습니다.

"열병식 준비! 집합!"

수석감독관이 외쳤습니다.

"열병식 준비! 집합!"

각 함대장이 외쳤습니다.

모두 눈밭 위에 줄을 섰습니다.

까마귀 대위는 열에서 벗어나 반짝이는 눈 위를 성큼성큼 달려 수석감독관 앞으로 갔습니다.

"보고 드립니다. 오늘 새벽, 세피라 산마루 위에 적함이 정박하고 있는 것을 확인했기에 본 함대는 곧바로 출동, 격침했습니다. 아군 사상자 없음. 보고 끝."

구축함대는 매우 기쁜 나머지 하얀 눈 위에 뜨거운 눈물을 뚝뚝 떨어뜨렸습니다.

까마귀 수석감독관도 잿빛 눈동자에 눈물을 머금고 말했습니다.

"끼이끼이, 고생 많았다. 잘해냈어. 이제 자네는 소령이 되기에 충분해. 부하의 훈장 수여는 자네에게 맡기겠네."

새로운 소령은 배가 고파 산에서 나왔다가 군함 열아홉 척에 둘러싸여 살해된 그 산까마귀를 떠올리며 다시 눈물을 흘렸습니다.

"고맙습니다. 그리고 적의 시체를 묻어주고 싶습니다만 허락해 주시겠습니까."

"알았다. 고이 묻어주거라."

새로운 까마귀 소령은 인사를 하고 수석감독관 앞에서 물러나 열로 돌아왔습니다. 그리고 큰곰자리별이 있는 푸른 하늘을 올려다보았습니다. '아아…… 큰곰자리님, 부디 미워할 수 없는 적을 죽이지 않아도 되는 세계가 빨리 되도록 해주십시오. 그것을 위해서라면 제 몸 따위 몇 갈래로 찢어져도 상관없습니다.' 큰곰자리별이 있는 곳 주변의 파란 하늘에서 마침 푸른빛이 환하게 솟아올랐습니다.

그러는 동안 아름답고 새까만 포함 까마귀는 다른 까마귀들과 함께 부동자세로 줄을 선 채 끊임없이 반짝반짝 눈물을 흘렸습니다. 소령은 그 모습을 못 본 척했습니다. 포함 까마귀는 내일부터 다시 약혼자와 함께 연습할 수 있다는 생각에 매우 기쁜 나머지 종종 부리를 크게 벌려 입안이 햇살에 새빨갛게 비쳤지만, 그 모습 역시 소령은 옆으로 고개를 돌리고 못 본 척하고 있었습니다.

★

수선월의 4일

水仙月の四日

눈할머니는 멀리 외출했습니다.

고양이 같은 귀와 푸석푸석한 회색 머리카락을 가진 눈할머니는 서쪽 산맥의 구불구불 반짝이는 구름을 넘어 멀리 외출하고 있었습니다.

한 아이가 빨간 모포를 감고 오로지 캐러멜만 생각하면서, 코끼리 머리 모양의 커다란 눈언덕 기슭을 잰걸음으로 걸으며 부지런히 집으로 향하고 있었습니다. '그래, 신문지를 뾰족하게 말아서 후후 바람을 불면 숯에서 파란 불꽃이 피겠지. 캐러멜 냄비에 붉은 설탕 한 줌과 막설탕 한 줌을 넣는 거야. 그리고 물을 붓고 보글보글 끓여야지.' 아이는 정말로 열심히 캐러멜을 생각하면서 집을 향해 발길을 서두르고 있었습니다.

해님은 하늘 저 멀리, 투명하고 차가운 곳에서 눈부신 하얀 불꽃을 힘차게 피우고 있습니다. 그 빛은 서쪽을 향해 똑바로 발사되었고, 아래로 떨어져서 고즈넉한 돈대 위의 눈을 눈부신 설화석고판으로 만들었습니다.

두 마리의 눈늑대가 빨간 혀를 날름날름 내밀면서, 코끼리 머리 모양의 눈언덕 위를 걷고 있었습니다. 이 녀석들은 사람의 눈에는 보이지 않지만 바람이 한 번 휘몰아치면 돈대 끝의 눈 위에서 곧바로 포근포근한 눈구름을 딛고 하늘을 뛰어다니기도 합니다.

"이런, 너무 멀리 가면 안 된다니까."

눈늑대 뒤에서 백곰가죽 고깔모자를 젖혀 쓰고 얼굴을 사과처럼 반짝이며 눈아이가 천천히 걸어왔습니다.

두 마리의 눈늑대는 머리를 흔들며 빙글빙글 돌더니 다시 새빨간 혀를 내밀며 달렸습니다.

카시오페이아,
이제 곧 수선화가 필 거야
너의 유리 물레방아를
끼익끼익 돌려라

눈아이는 새파란 하늘을 올려다보며 보이지 않는 별에다가 외쳤습니다. 하늘에서는 푸른빛이 파도가 되어 쏟아져 내렸고, 눈늑대들은 저 멀리서 불꽃처럼 빨간 혀를 날름날름 내밀고 있습니다.

"이런, 돌아오라니까. 얼른."

눈아이가 펄쩍 뛰며 야단을 치자, 지금까지 눈 위에 또렷하게 떨어져 있던 눈아이의 그림자는 순식간에 하얀빛으로 변했고 늑대들은 귀를 세우고 쏜살같이 달려왔습니다.

안드로메다,
이제 곧 마취목 꽃이 필 거야
너의 알코올램프에

눈아이는 바람처럼 코끼리 모양의 언덕으로 올라갔습니다. 눈에는 바람이 만든 조가비 무늬가 새겨져 있었고, 언덕 정상에 있는 한 그루의 커다란 밤나무에는 아름다운 황금색 겨우살이 열매가 열려 있었습니다.

"저 열매를 따와."

눈아이가 언덕을 오르면서 말했습니다. 주인의 작은 치아가 반짝하고 빛나는 것을 보자마자 눈늑대 한 마리가 갑자기 고무공처럼 나무로 뛰어올라 그 예쁜 열매가 매달린 작은 가지를 까득까득 갉았습니다. 나무 위에서 열심히 고개를 숙이고 있는 눈늑대의 그림자는 언덕의 눈 위에 크고 길게 떨어졌습니다. 마침내 나무는 파란 껍질과 노란 심으로 찢겨 이제 막 언덕 위로 올라온 눈아이의 발밑에 떨어졌습니다.

"고마워."

눈아이는 가지를 주우면서 흰색과 쪽색의 들판에 서 있는 아름다운 마을을 아득히 바라보았습니다. 강이 반짝반짝 빛나고 정거장에서는 하얀 연기도 피어오르고 있었습니다. 눈아이는 시선을 언덕 기슭으로 떨어뜨렸습니다. 그 산기슭의 좁은 눈길을, 아까의 빨간 모포를 두른 아이가 산 쪽을 향해 열심히 걸음을 재촉하고 있었습니다.

"저 녀석은 어제 목탄 썰매를 밀고 갔었는데……. 사탕을 사서 혼자 돌아왔구나."

눈아이는 웃으면서 손에 들고 있던 겨우살이 가지를 아이에게 휘익 던졌습니다. 가지는 마치 총알처럼 똑바로 날아가 아이의 눈앞에 정확하게 떨어졌습니다.

아이는 깜짝 놀라 가지를 줍고는 주위를 두리번두리번 둘러보았습니다. 눈아이는 웃으며 가죽채찍을 한 번 휘익 휘둘렀습니다.

그러자 구름도 없이 깨끗하게 닦여있던 군청색 하늘에서 새하얀 눈이 백로의 깃털처럼 한가득 떨어졌습니다. 그 눈은 아래쪽 평야의 눈과 맥주빛 햇살, 그리고 갈색 노송나무가 어우러진 조용하고 아름다운 일요일을 더욱 아름답게 만들었습니다.

아이는 겨우살이 가지를 들고 열심히 걷기 시작했습니다.

하지만 그 멋진 눈이 그칠 무렵부터 해님은 웬일인지 하늘 저 멀리 옮겨갔고, 새로운 거처에서 그 눈부신 하얀 불을 다시 피우고 있는 듯했습니다.

그리고 서북쪽에서는 바람이 조금 불어왔습니다.

하늘은 이미 꽤 차가워졌습니다. 멀리 동쪽 바다에서는 하늘의 힘에서 벗어난 듯, 달칵하는 작은 소리가 들리더니 어느새 새하얀 거울로 변한 해님의 얼굴 위로 무언가 작은 물체가 가로질러 갔습니다.

눈아이는 가죽채찍을 옆구리에 꽂고 굳게 팔짱을 끼고 입술을 앙다문 채 바람이 불어오는 방향을 뚫어지게 보고 있었습니다. 늑대들도 고개를 똑바로 들고 가만히 그쪽을 바라보았습니다.

바람은 점점 강해졌으며, 발밑의 눈은 사락사락 사락사락 뒤로 흘러갔습니다. 잠시 후 맞은 편 산맥의 정상에 하얀 연기 같은 것이 피어오르는 듯하더니, 어느새 서쪽은 회색으로 어두워졌습니다.

눈아이의 눈동자는 타오르듯 예리하게 빛났습니다. 하늘은 완전히 하얘졌고, 바람은 찢길 듯 날카로웠으며, 벌써 마른 눈가루가 날아왔습니다. 그 주변은 회색 눈으로 완전히 덮였습니다. 눈인지 구름인지조차 알 수 없었습니다.

언덕 위는 이미 곳곳에서 동시에 찢기고 삐걱대는 듯한 소리가 울려 퍼졌습니다. 지평선도, 마을도 모두 어두운 연기 너머로 사라졌고, 눈아이의 하얀 그림자만 덩그러니 똑바로 서 있습니다.

그 찢기듯 울부짖는 바람 소리 속에서 "휘익, 무얼 꾸물대고 있는 거야. 자, 뿌려, 뿌리라고. 휘익휘익휘익, 휘휙. 뿌리라고. 어서 날려. 무얼 꾸물대고 있는 거야. 이렇게 바쁜데. 휘익, 휘익, 일부러 세 명이나 데리고 왔잖아. 자, 뿌리라고. 휘익" 하는 이상한 소리가 들렸습니다.

눈아이는 마치 감전이라도 된 듯 펄쩍 뛰었습니다. 눈할머니가 온 것입니다.

철썩, 눈아이의 가죽채찍이 울렸습니다. 늑대들도 동시에 펄쩍 뛰어올랐습니다. 눈아이는 새파래진 얼굴빛으로 입술을 꼭 다물고 있었으며, 어느새 모자는 날아가고 없었습니다.

"휘익, 휘익, 자, 똑바로 해. 게으름 부리지 말고. 휘익, 휘익. 자, 제대로 좀 하라고. 오늘 이곳은 수선월水仙月*의 4일이란 말이다. 자, 제대로 해. 휘익."

눈할머니의 푸석푸석하고 차가운 하얀 머리칼은 눈과 바람 속에서 소용돌이가 되었습니다. 계속해서 다가오는 검은 구름 사이로 그 뾰족한 귀와 반짝반짝 빛나는 황금색 눈동자도 보입니다.

서쪽 들판에서 끌려온 세 명의 눈아이도 모두 핏기없는 얼굴로 입술을 꼭 다문 채, 서로 인사도 나누지 않고 끊임없이 바쁘게 채찍을 휘두르며 오가고 있었습니다. 이미 어디가 언덕인지 눈보라인지 하늘인지 알 수 없었습니다. 들리는 것은 눈할머니가 이리저리 오가며 외치는 고함과 가죽채찍 소리, 그리고 눈 속을 달리는 아홉 마리의 눈늑대들 숨소리뿐이었습니다. 그 속에서 눈아이는 문득 바람에 밀려 울고 있는 아이의 목소리를 들었습니다.

눈아이의 눈동자가 조금 이상하게 빛났습니다. 잠시 멈춰 서서 생각하더니 갑자기 세차게 채찍을 휘두르며 그쪽으로 달려갔습니다.

하지만 방향이 틀렸는지 눈아이는 남쪽으로 훨씬 떨어져 있는 검은 소나무 숲에 부딪혔습니다. 눈아이는 가죽채찍을 옆구리에 끼고 귀를 기울였습니다.

"휘익, 휘익, 게으름 피우면 용서하지 않겠다. 뿌려, 뿌리라고. 자, 휘익. 오늘은 수선월의 4일이야. 휘익, 휘익, 휘익, 휘익휙."

거센 눈과 바람 속에서 다시 맑은 울음소리가 살짝 들렸습니다. 눈아이는 곧장 그쪽으로 달려갔습니다. 눈할머니의 헝클어진 머리칼이 얼굴에 기분 나쁘게 닿았습니다. 산마루의 눈 속에서 빨간 모포를 감고 있는 아이가 바람에 갇힌 채 눈에서 발을 빼지 못하고 비틀비틀 쓰러졌습니다. 아이는 눈을 짚고 일어서려고 안간힘을 쓰며 울고 있었습니다.

"모포를 쓰고 엎드려 있어, 모포를 쓰고 엎드려 있어! 휘익."

눈아이는 달리면서 외쳤습니다. 하지만 그 목소리는 아이에게는 단지 바람 소리로만 들렸고, 눈아이의 몸은 눈에 보이지 않았습니다.

"엎드려서 넘어져 있어. 휘익. 움직이면 안 돼. 곧 멈출 거니까 모포를 쓰고 엎드려 있어!"

눈아이는 다시 달려가면서 외쳤습니다. 아이는 여전히 일어서려고 발버둥치고 있었습니다.

"쓰러져 있어, 휘익. 가만히 엎드려서 쓰러져 있어! 오늘은 그리 춥지 않으니까 얼어 죽지는 않을 거야."

눈아이는 다시 한번 달리면서 외쳤습니다. 하지만 아이는 입술을

---

* 수선화가 피는 4월을 지칭하는 미야자와 겐지의 조어로, 일본의 북쪽에 있는 이와테 현에서는 수선화가 4월 초에 핀다.

씰룩거리고 울면서 다시 일어서려고 했습니다.

"쓰러져 있어, 안 돼."

눈아이는 일부러 몸을 세차게 부딪쳐 아이를 쓰러뜨렸습니다.

"휘익, 제대로 좀 해. 게으름 피우면 안 돼. 사악, 휘익."

눈할머니가 다가왔습니다. 그 찢어진 듯한 보라색 입도 뾰족한 이빨도 희미하게 보였습니다.

"오호, 이상한 아이가 있네. 그래, 이쪽 세계로 데려와야겠다. 수선월의 4일인데, 뭐. 한두 명 정도 데려와도 돼."

"네, 맞아요. 자, 죽어버려."

눈아이는 일부러 세차게 부딪히면서 아이에게 다시 몰래 얘기했습니다.

"쓰러져 있어. 움직이면 안 돼. 움직이면 안 된다니까."

늑대들이 미친 듯이 뛰어다녔고, 까만 발이 눈구름 사이에서 살짝살짝 보였습니다.

"그래, 그래. 그럼 됐어. 자, 뿌려라. 게으름 피우면 용서하지 않을 거야. 휘익휙, 휘익, 휘휘익."

눈할머니는 다시 저쪽으로 날아갔습니다.

아직도 아이는 일어나려 안간힘을 쓰고 있었습니다. 눈아이는 웃으면서 다시 한번 심하게 몸을 부딪쳤습니다.

아직 세 시도 되지 않았지만, 희미한 어둠에 덮여 해가 진 듯했습니다. 아이는 힘이 빠져 더는 일어나려 하지 않았습니다. 눈아이는 웃으면서 손을 뻗어 그 빨간 모포를 머리끝부터 꼼꼼하게 덮어주었습니다.

"그렇게 자렴. 이불을 많이 덮어줄 테니까. 그러면 얼지 않아. 내일 아침까지 캐러멜 꿈을 꾸고 있으렴."

눈아이는 같은 행동을 몇 번이나 반복하면서 눈을 아이 위에 잔뜩 덮었습니다. 잠시 후 빨간 모포도 보이지 않게 되었고, 높이도 주위와 비슷해졌습니다.

"이 아이는 내가 던진 겨우살이 가지를 갖고 있었어."

그렇게 중얼거린 눈아이의 눈에는 눈물이 조금 맺혔습니다.

"자, 제대로 해. 오늘은 밤 두 시까지 휴식시간은 없어. 이곳은 수선월의 4일이니까 쉬면 안 돼. 자, 눈을 내려. 휘익, 휘휘, 휘휘익."

눈할머니는 다시 저 멀리 바람 속에서 외쳤습니다.

그리고 바람과 눈과 부스스한 재 같은 구름 속에서, 해는 정말로 졌고 눈은 밤새 내리고 내리고 또 내렸습니다. 마침내 새벽이 가까워질 무렵, 눈할머니는 다시 한번 남쪽에서 북쪽으로 곧장 달려가며 말했습니다.

"자, 이제 그만 쉬어도 좋아. 내일은 다시 바다 쪽으로 갈 거니까 아무도 따라오지 않아도 돼. 천천히 쉬면서 다음을 준비해 둬. 아, 아주 잘해냈어. 수선월의 4일이 제대로 끝났어."

그 눈동자는 어둠 속에서 기이하고 푸르게 빛났고, 퍼석퍼석한 머리칼로 소용돌이를 만들며 입을 바르르 떨면서 동쪽으로 달려갔습니다.

들판도 언덕도 안심한 듯 평온해졌으며 눈은 푸르게 빛났습니다. 하늘도 어느새 완전히 개었고 도라지빛 하늘에는 별자리가 온통 반짝였습니다.

눈아이들은 각각 자신의 늑대를 데리고 처음으로 인사를 나누었습니다.

"엄청나게 힘들었어."

"응."

"다음에는 언제 만나게 될까."

"글쎄, 하지만 올해 안에 두 번 정도는 만나겠지."

"빨리 함께 북쪽으로 돌아가고 싶어."

"응."

"아까 아이가 한 명 죽었지?"

"괜찮아. 자고 있어. 내일 저곳에 내가 표시를 해둘 거니까."

"응, 그만 돌아가자. 동이 트기 전에 저쪽으로 가야 해."

"뭐, 괜찮을 거야. 난 말이지, 도저히 모르겠어. 저것은 카시오페이아의 세 별이 맞지? 모두 파란 불꽃이잖아. 그런데 왜 불이 세차게 탈수록 눈을 부르는 거지?"

"그건 말이야…… 솜사탕과 마찬가지야. 봐, 빙글빙글 돌면 싸라기 설탕이 모두 폭신폭신한 과자가 되잖아. 그러니까 불이 잘 타오르면 좋은 거야."

"그렇구나."

"그럼, 이제 안녕."

"잘 가."

세 명의 눈아이는 아홉 마리의 눈늑대를 데리고 서쪽으로 돌아갔습니다.

잠시 후 동쪽 하늘이 노란 장미처럼 빛나고 호박색으로 반짝였으며, 황금색으로 타오르기 시작했습니다. 언덕도 들판도 새로운 눈으로 가득합니다.

눈늑대들은 지쳐서 푹 퍼져있습니다. 눈아이도 눈 위에 앉아 웃었습니다. 그 볼은 사과처럼, 그 숨결은 백합처럼 향기롭습니다.

반짝이는 해님이 떠올랐습니다. 오늘 아침은 푸른빛이 감돌아 더욱 멋집니다. 해님은 복숭아빛이 가득 흘러내렸습니다. 눈늑대는 일어나서 크게 입을 벌렸고, 그 입에서는 푸른 불꽃이 흔들흔들 타올랐습니다.

"자, 너희는 나를 따라와. 날이 밝았으니 저 아이를 깨워야 해."

눈아이는 어제 아이가 묻혀있던 곳으로 달려갔습니다.

"자, 이곳의 눈을 치워줘."

늑대들은 뒷발로 그곳의 눈을 파헤쳤습니다. 바람이 그 눈을 연기처럼 날렸습니다.

설피를 신고 모피를 입은 사람이 마을 쪽에서 급하게 다가왔습니다.

"이제 됐어."

눈아이는 아이의 빨간 모포 끝자락이 눈 위로 살짝 나온 것을 보고 외쳤습니다.

"아빠가 오셨어. 그만 눈을 뜨렴."

눈아이는 뒤쪽 언덕으로 달려 올라가 한 줄기의 눈 연기를 일으키면서 외쳤습니다. 아이는 꿈틀 움직이는 듯했습니다. 그리고 저쪽에서 모피를 입은 사람이 죽을힘을 다해 달려오고 있었습니다.

산도깨비의 4월
山男の四月

산도깨비는 금색 눈동자를 접시처럼 동그랗게 뜨고 등을 구부린 채 토끼를 잡으려고 니시네 산의 노송나무 숲을 걷고 있었습니다.

그런데 토끼는 잡지 못하고 산새가 잡혔습니다.

산새가 깜짝 놀라 날아오르려는 순간 산도깨비가 양손을 모으고 총알처럼 몸을 던졌기 때문에 산새는 거의 찌그러졌습니다.

산도깨비는 매우 기뻤던지 얼굴이 새빨개진 채 커다란 입을 올려 히쭉히쭉 웃으면서 고개를 축 늘어뜨린 산새를 흔들흔들 흔들면서 숲에서 나왔습니다.

그리고 햇볕이 잘 드는 남향의 마른 잔디 위에 갑자기 사냥감을 던졌습니다. 그러고는 푸석푸석한 빨간 머리를 손가락으로 마구 긁적대면서 어깨를 둥그렇게 말고 아무렇게나 드러누웠습니다.

어디선가 작은 새도 짹짹 울고, 마른 풀 사이 곳곳에 부드럽게 핀 보라색 얼레지꽃도 흔들렸습니다.

산도깨비는 드러누워 푸르디푸른 하늘을 바라보았습니다. 해님은 빨강과 황금의 얼룩덜룩한 돌배 같았고, 마른 풀의 좋은 향기가 그곳을 흐르고 있었으며, 바로 뒤의 산맥에는 눈이 하얀 후광을 세차게 발산하고 있었습니다.

'사탕은 참 맛있는 음식이야. 태양은 사탕을 잔뜩 만들지만 내게는 좀처럼 주지 않아.'

산도깨비가 멍하니 그런 생각을 하고 있는데, 그 투명하고 파란 하늘을 푹신푹신하고 촉촉한 구름이 정처 없이 동쪽으로 날아가고 있었습니다. 그리고 산도깨비는 목구멍 깊숙이 그렁그렁 소리를 내며 다시 생각했습니다.

'원래 구름이라는 것은 바람의 상황에 따라 가기도 하고 오기도 하고, 또 갑자기 사라졌다가는 다시 만들어지는 거야. 그러니까 뜨내기라고 하는 거지.'

그때 산도깨비는 웬지 다리와 머리가 마구 가벼워져서 공기 속에 거꾸로 떠있는 듯한 이상한 느낌이 들었습니다. 산도깨비야말로 그 뜨내기처럼 바람에 날려가는 것인지 혼자 날고 있는 것인지, 정처 없이 비틀비틀 걷고 있었습니다.

'그런데 여기는 일곱 개의 숲이야. 정확하게 일곱 개의 숲이 있어. 소나무가 가득한 곳도 있고, 누런 민둥 숲도 있어. 여기까지 왔으면 이제 곧 마을이야. 마을에 들어가려면 둔갑을 해야 해. 그렇지 않으면 맞아 죽을 거야.'

산도깨비는 혼자서 그런 말을 중얼거리면서, 어찌어찌 나무꾼으로 둔갑했습니다. 그리고 얼마 지나지 않아 바로 마을 입구가 나타났습니다. 산도깨비는 머리가 너무 가볍게 느껴지는 것이 웬지 몸의 균형이 잘 안 맞은 것 같다는 생각을 하면서 느릿느릿 마을로 들어갔습니다.

마을 초입에는 늘 있던 생선가게가 있었습니다. 생산가게에는 자반연어를 담은 지저분한 짚섬과 뒤죽박죽된 정어리 대가리가 좌판 위에 놓여 있었고, 처마에는 검붉은 문어 다섯 마리가 매달려 있었습니다. 산도깨비는 그 문어를 뚫어지게 바라보았습니다.

'저 돌기가 박힌 빨간 다리의 휘어진 모습은 정말 멋지군. 군청 기수가 승마바지를 입은 다리보다 멋져. 이런 것이 눈을 크게 뜨고 검푸른 바다 밑을 돌아다니다니 정말 대단해.'

산도깨비는 자신도 모르게 손가락을 물고 서 있었습니다. 그때 마침 커다란 짐을 지고 지저분한 연노랑 옷을 입은 중국인이 주변을 두리번거리며 지나가다가 산도깨비의 어깨를 치며 말했습니다.

"당신, 중국 옷감 필요 없습니까? 육신환六神丸도 아주 쌉니다."

깜짝 놀란 산도깨비가 뒤돌아보면서 "필요 없어" 하고 고함을 쳤습니다. 하지만 목소리가 너무 커서 가르마 머리에 게타를 신은 채 둥근 갈고랑이를 들고 있던 생선가게 주인과 도롱이를 입은 마을사람들까지 모두 이쪽을 보았습니다. 산도깨비는 당황한 나머지 손을 황급히 흔들며 작은 목소리로 말했습니다.

"아니, 그게 아니라. 살게, 산다고."

그러자 중국인은 "사지 않아, 그건 상관없어. 그냥 보기만 해도 돼" 하고 말하면서 등짐을 길 한가운데에 내려놓았습니다. 산도깨비는 그 중국인의 찐득찐득한 붉은 눈이 도마뱀 같아서 무서워 어찌할 바를 몰랐습니다.

그러는 동안 중국인은 재빨리 짐을 묶고 있던 노란 무명 끈을 풀어 보자기를 펼친 후, 고리짝 뚜껑을 열고 옷감 위에 잔뜩 놓여 있는 종이상자 사이에서 작고 붉은 약병을 꺼냈습니다.

'우와, 손가락이 엄청나게 가늘어. 손톱도 너무 뾰족하고. 정말 무섭군.'

산도깨비는 속으로 그런 생각을 했습니다.

중국인은 그동안에 새끼손가락만 한 유리컵을 두 개 꺼내 하나를 산도깨비에게 건넸습니다.

"당신, 이 약 먹으면 좋아. 독 없어, 절대 독 없어. 먹으면 좋아. 나, 아까 먹었어. 걱정 없어. 나, 맥주 마셔, 차도 마셔. 독은 안 마셔. 이거 장수하는 약이야. 마셔 좋아."

중국인은 이미 혼자서 꿀꺽하고 약을 마셨습니다.

산도깨비는 정말로 마셔도 괜찮을지 주위를 둘러보았습니다. 어느새 자신은 마을이 아닌 하늘처럼 푸르고 넓은 들판 한가운데에 눈가가 붉은 중국인과 단둘이 짐을 사이에 두고 마주 서 있었습니다. 두 사람의 그림자가 새까맣게 풀 위로 떨어졌습니다.

"자, 먹어 좋아. 장수하는 약이야. 먹어 좋아."

중국인은 뾰족한 손가락을 쑥 내밀며 계속해서 약을 권했습니다. 산도깨비는 난처해진 나머지 얼른 먹고 도망가야겠다고 생각하고는 한 번에 약을 꿀꺽 삼켰습니다. 그러자 신기하게도 산도깨비의 몸이 점점 굴곡이 없어지면서 쪼그라들고 평평해지더니 다시 작아졌습니다. 그리고 작은 상자만 한 것으로 변해 풀 위에 떨어져 있는 듯했습니다.

'당했어, 나쁜 자식. 결국 속았어. 아까부터 손톱이 너무 뾰족해서 이상하다고 생각했는데. 나쁜 자식, 완전히 속았어.'

산도깨비는 분해서 버둥거렸지만, 이미 작은 육신환 상자가 되었기 때문에 어쩔 수가 없었습니다.

그런데 중국인은 아주 신이 났습니다. 두 다리를 번갈아 가며 펄쩍 펄쩍 뛰고 손으로 다리 뒤쪽을 탕탕 쳤습니다. 그 소리는 북소리처럼 들판의 먼 곳까지 울렸습니다.

그리고 중국인의 커다란 손이 갑자기 산도깨비의 눈앞에 나타나더니 산도깨비는 높은 곳으로 붕 떠올랐고, 곧이어 짐 속의 종이상자 사이에 내려졌습니다.

산도깨비가 당황하는 사이 고리짝 문이 위에서 덜컹하고 닫혔습니다. 햇살이 고리짝 틈 사이로 아름답고 투명하게 비쳤습니다.

'결국 난 감옥에 갇혔구나. 그래도 밖에서는 여전히 햇살이 비추고 있어.'

산도깨비는 혼자 중얼거리면서 억지로 슬픔을 감추려고 했습니다. 그러자 이번에는 갑자기 더욱 어두워졌습니다.

'후우, 보자기를 씌웠구나. 정말 비참한 신세야. 앞으로 어두운 여행이 되겠지.'

산도깨비는 되도록 마음을 진정시키면서 혼자 중얼거렸습니다.

그런데 놀랍게도 산도깨비 바로 옆에서 무언가가 말을 했습니다.

"당신은 어디에서 왔나?"

산도깨비는 처음에는 움찔했지만, 곧 '하아, 육신환이라는 것은 모두 나 같은 식으로 사람을 약으로 개량해서 만든 것이구나. 그래, 좋아' 하고 생각했습니다.

"나는 생선가게 앞에서 왔어" 하고 배에 힘을 주며 대답했습니다. 그러자 밖에서 중국인이 잡아먹을 듯 외쳤습니다.

"목소리가 너무 커. 조용히 하는 게 좋아."

산도깨비는 아까부터 중국인에게 무척 화가 나 있었는데 이 소리에 더욱 울컥했습니다.

"뭐라고 지껄이는 거야! 이 도둑놈 같으니! 당신이 마을로 들어가는 순간, '이 중국인은 이상한 놈'이라고 크게 소리칠 거다. 어쩔 거냐."

중국인이 조용해졌습니다. 정말로 한동안 아무 말도 없이 조용했습니다. 산도깨비는 중국인이 두 손을 가슴에 포개고 울고 있는 것이 아닐까 생각했습니다. 그러고 보면 중국인이 지금까지 산마루나 숲속에서 짐을 내리고 무언가 깊은 생각에 빠져 있었던 것은 누군가에게 이런 말을 들었기 때문이라는 생각이 들었습니다. 산도깨비는 중국인이 너무도 가엾게 느껴져 '지금 말은 농담이야'라고 말하려는 순간, 중국인이 밖에서 쉰 목소리로 처량하게 말했습니다.

"그건 너무 인정머리가 없어. 장사 못해. 그러면 난 밥을 못 먹어. 난 꼼짝 못해. 너무 인정머리 없어."

산도깨비는 중국인이 너무 불쌍한 나머지, 자신의 몸 따위 육십 전에 팔려 중국인이 여관에 가서 정어리 대가리나 풀죽이라도 먹을 수 있으면 좋겠다고 생각하며 대답했습니다.

"중국인 씨, 이제 괜찮아. 그렇게 울지 않아도 돼. 마을에 들어가면 소리를 내지 않을 테니까 안심해."

그러자 중국인은 간신히 가슴을 쓸어내린 듯 후우 하는 한숨과 함께 툭툭하고 다리를 두드리는 소리가 들렸습니다. 그리고 중국인이 짐을 어깨에 멘 듯 약 상자들이 서로 달칵달칵 부딪쳤습니다.

"어이, 누구야. 아까 내게 말을 건 사람은?"

산도깨비가 이렇게 말하자 바로 옆에서 대답이 들려왔습니다.

"나요. 그런데 아까 이야기 말인데 당신은 생선가게 앞에서 왔다고 하니…… 요즘 농어 한 마리가 얼마 하는지, 또 말린 상어 지느러미는 열 냥에 몇 개를 살 수 있는지 알고 있겠군."

"글쎄, 그 생선가게에서 그런 건 못 봤는데. 하지만 문어는 확실히 있었어. 그 문어는 다리 모양이 정말 멋졌지."

"오! 그렇게 좋은 문어였나? 나도 문어는 무척 좋아하는데."

"당연하지. 문어 싫어하는 사람이 어디 있나. 문어를 싫어한다면 어차피 제대로 된 사람은 아니지."

"정말 그렇지. 문어만큼 훌륭한 것은 세상에 없을걸."

"그렇고말고. 그런데 자네는 대체 어디서 왔나?"

"나 말인가. 상하이에서 왔네."

"그러면 자네도 역시 중국인이겠군. 중국인은 약으로 만들어지기도 하고, 약을 만들어 팔러 돌아다니기도 하고…… 불쌍하군."

"그렇지 않아. 이곳을 돌아다니는 자는 모두 진 씨처럼 수상한 놈들뿐이지만, 진짜 중국인은 훌륭하고 위대한 사람들이 얼마든지 있어. 우리는 모두 성인 공자의 후세란 말이지."

"무슨 말인지 모르겠지만…… 밖에 있는 자를 진이라고 하나?"

"그래. 아, 더워. 뚜껑을 열면 좋겠는데."

"응. 그래. 저기, 진 씨. 너무 더워서 안 되겠어. 바람이 조금 통하도록 해줘."

"조금 기다려. 알았지?"

진 씨가 밖에서 말했습니다.

"빨리 바람이 통하게 하지 않으면 우리 모두 푹 쪄질 거야. 당신 손해야."

그러자 진 씨가 밖에서 당황한 목소리로 울먹이듯 말했습니다.

"그건 정말 큰 일이다, 참아주면 좋겠다."

"참고 말고 할 게 아니야. 우리가 좋아서 쪄지는 게 아니잖아. 저절로 쪄지는 거라고. 빨리 뚜껑을 열어."

"이십 분만 기다려, 알았지?"

"에이, 어쩔 수 없군. 그러면 조금 서둘러서 걸어. 어쩔 수 없겠어. 이곳에는 자네 혼자 있나?"

"아니, 나 말고도 많아. 모두 울고만 있어."

"모두 불쌍하군. 진 씨는 나쁜 사람이야. 그런데 우리는 원래 모습으로 돌아갈 수 없는 건가?"

"그건 가능해. 자네는 아직 뼈까지 육신환이 된 게 아니니까. 환약만 먹으면 원래로 돌아가. 자네 바로 옆에 까만 환약 병이 있어."

"그래? 그건 다행이군. 그렇다면 빨리 먹어야지. 그런데 당신들은 먹어도 안 되는 건가?"

"안 돼. 하지만 자네가 약을 먹고 원래대로 돌아간 후에 우리를 모두 물에 담갔다가 잘 주물러줘. 그러고 나서 환약을 먹으면 우리도 원래대로 돌아갈 거야."

"그래? 좋아, 알았어. 내가 자네들을 반드시 원래대로 되돌려주겠어. 환약이라는 게 이건가. 아, 그리고 이쪽 병은 인간이 육신환이 되는 약이군. 아까 진 씨도 나와 함께 이 물약을 마셨는데, 왜 육신환이 되지 않았지?"

"그건 환약을 같이 삼켰기 때문이야."

"아, 그런 거였군. 만약 진 씨가 이 환약만 먹으면 어떻게 될까. 변하지 않은 인간이 또 원래의 인간으로 변한다는 건 아무래도 이상하군."

그때 밖에서 진 씨가 "중국 옷감 어떻습니까. 당신, 중국 옷감 좋아. 사" 하는 목소리가 들렸습니다.

"하하, 시작했군."

산도깨비는 조그맣게 중얼거리고는 재미있어하고 있었습니다. 그때 갑자기 뚜껑이 열렸기 때문에 눈이 부셔서 앞을 볼 수가 없었습니다. 그래도 힘겹게 그쪽을 보니 한 단발머리 계집아이가 진 씨 앞에 오도카니 서 있었습니다.

진 씨는 이미 환약을 한 알 집어 입가로 가져가면서 물약과 컵을 꺼내고 "자, 마시면 좋다. 이건 장수하는 약이다. 자, 마시면 좋다"라고 말하고 있었습니다.

"시작했다, 시작했어. 드디어 시작했다."

고리짝 안에서 누군가가 말했습니다.

"난 맥주 마셔, 차도 마셔, 독은 안 마셔. 자, 마셔 좋다. 나 마신다."

그때 산도깨비는 몰래 환약을 한 알 삼켰습니다. 그러자 쑤욱쑤욱 쑤우욱.

산도깨비는 빨간 머리칼의 멋진 원래 몸으로 변했습니다. 진 씨는 마침 환약과 물약을 함께 먹으려는 찰나였지만, 너무 놀란 나머지 물약을 흘리고 환약만 삼켰습니다. 저런, 큰일입니다. 순식간에 진 씨의 머리가 커져서 두 배가 되었고 키도 불쑥 커졌습니다. 그러고는 으악 하며 산도깨비에게 달려들었습니다. 산도깨비는 순간 눈이 동그래져서는 '걸음아, 나 살려라!' 하며 도망갔습니다. 그런데 아무리 달리려고 해도 다리가 허공을 달리는 기분이었습니다. 결국 등을 붙잡히고 말았습니다.

"도와줘, 으악!"

산도깨비는 외쳤습니다. 그리고 눈을 떴습니다. 모두 꿈이었던 것입니다.

구름은 반짝이며 하늘을 달려갔고, 마른 풀은 향기롭고 따뜻합니다.

산도깨비는 한동안 멍하니 있다가 던져놓은 산새의 반짝이는 날개를 보면서 육신환이 든 종이상자를 물에 담가 주무르는 것 등을 생각하고 있었습니다. 그러다가 갑자기 크게 하품을 한 번 하고 말했습니다.

"에이, 바보. 꿈속의 일이야. 진 씨도 육신환도 어찌 되든 상관없어."

그리고 다시 한번 하품을 했습니다.

★

달밤의 전봇대

月夜のでんしんばしら

어느 밤, 교이치는 짚신을 신고 종종걸음으로 철도 선로 옆의 평평한 곳을 걷고 있었습니다.

이곳을 걷는 것은 물론 위법입니다. 더구나 만약 기차가 지나갈 때 누군가가 창문으로 긴 막대라도 내밀면 단번에 맞아 죽을 것입니다.

그런데 그날 밤은 선로를 순찰하는 인부도 오지 않았고, 창문으로 막대를 내민 사람도 없었습니다. 그 대신 너무도 엉뚱한 것을 보았습니다.

9월의 달이 하늘에 걸려있었습니다. 그리고 조개구름이 하늘 가득 덮여있었습니다. 조개구름은 달빛이 깊숙하게 스며들어 비틀거리는 듯했습니다. 구름 사이로는 때때로 차가운 별이 반짝반짝 얼굴을 내밀었습니다.

교이치는 발길을 서둘러서 이미 저쪽 정거장의 불빛이 아름답게 보이는 곳까지 갔습니다. 동그마니 반짝이는 새빨간 불빛과 유황 불꽃 같은 어슴푸레한 보라색 불빛에 눈을 가늘게 뜨니 마치 커다란 성이 있는 듯 느껴졌습니다.

갑자기 오른쪽 신호기가 덜컹하고 몸을 흔들어 하얀 완목을 비스듬히 내렸습니다. 이것은 그다지 신기한 일도 아닙니다. 그냥 신호기가 내려간 것뿐입니다. 하룻밤에 열네 번이나 있는 일입니다.

그런데 그다음에 엄청난 일이 일어났습니다.

아까부터 선로 왼쪽에서 위잉위잉 울리던 전봇대 대열이 마구 으스대며 동시에 북쪽으로 걷기 시작했습니다. 모두 여섯 개의 사기 견장을 차고 꼭대기에는 철사로 된 창을 꽂은 채 함석 모자를 쓰고 외발로 깡충깡충 뛰어가는 것입니다. 그리고 교이치를 업신여기듯 곁눈으로 빤히 보면서 지나갔습니다.

윙윙 소리는 점점 커지더니 마침내 옛날의 멋진 군가로 변했습니다.

돗테테돗테테 돗테테도
전봇대 군대의 신속함은
세계에서 가장 뛰어나네
돗테테돗테테 돗테테도
전봇대 군대의 질서정연함은
세계 어디에도 견줄 곳이 없네

특히 한 전봇대는 완목도 우두둑 울릴 정도로 어깨에 힘을 주며 지나갔습니다.

맞은편에서는 여섯 개의 완목에 스물두 개의 사기 견장을 찬 전봇대 행렬이 역시 군가를 부르며 전진하고 있습니다.

돗테테돗테테 돗테테도
완목 두 개의 공병대

완목 여섯 개의 용기병龍騎兵
돗테테돗테테 돗테테도
일렬 만 오천 명
철사를 꽉 매고 있노라

그러자 어찌 된 일인지 두 개의 전봇대가 완목을 서로 맞댄 채 절뚝거리며 함께 걸었습니다. 그리고 무척이나 지친 듯 일그러진 얼굴로 머리를 절레절레 흔들며 후우 한숨을 내쉬더니 쓰러질 듯 비틀거렸습니다.

그러자 곧 뒤에 있던 힘센 전봇대가 외쳤습니다.

"이봐, 빨리 걸어. 철사가 느슨해지잖아."

두 전봇대는 너무도 괴로운 듯 동시에 대답했습니다.

"힘들어서 더는 못 걷겠어. 발가락이 썩기 시작했다고. 장화의 콜타르고 뭐고 전부 엉망이 되었어."

뒤에 있는 전봇대가 초조한 듯 소리쳤습니다.

"빨리 걸어, 걸으라고. 네놈들 중 누가 처지기라도 하면 만 오천 명 모두가 책임을 져야 해. 빨리 걸어."

두 전봇대는 어쩔 수 없이 비틀비틀 걷기 시작했고, 전봇대 부대는 계속해서 성큼성큼 다가옵니다.

돗테테돗테테 돗테테도
창을 꽂은 멋진 모자
정강이는 기둥처럼 되도다
돗테테돗테테 돗테테도
어깨에 매단 에펄렛

중대한 임무를 상징하도다

두 전봇대의 모습도 이미 저 멀리 녹청색 숲 쪽으로 가버렸으며, 달이 조개구름 사이로 불쑥 나와 주변이 갑자기 밝아졌습니다.

전봇대 군대는 모두 들떠있었습니다. 교이치 앞으로 지나갈 때면 일부러 어깨를 으쓱하기도 하고 곁눈질로 웃기도 하면서 성큼성큼 걸어갔습니다.

그런데 놀랍게도 여섯 개의 완목을 찬 군대 너머로 세 개의 새빨간 완목 견장을 찬 군대가 걷고 있는 것이었습니다. 그 군대의 군가는 아무래도 멜로디도 가사도 이쪽과는 다른 듯했지만, 이쪽의 목소리가 너무 커서 무슨 노래를 하고 있는지 들을 수가 없었습니다. 이쪽 군대는 여전히 성큼성큼 걸어갑니다.

돗테테돗테테 돗테테도
추위가 살갗을 파고든다 한들
어찌 완목을 내리겠는가
돗테테돗테테, 돗테테도
더위가 유황을 녹인다 한들
어찌 견장을 떨어트리겠는가

전봇대 군대는 계속해서 성큼성큼 걸어왔고, 교이치는 보는 것조차 조금 지쳐서 멍해졌습니다.

전봇대는 마치 강물처럼 끊임없이 걸어왔습니다. 모두 교이치를 보며 지나갔지만 교이치는 머리가 아파서 말없이 땅을 보고 있었습니다.

갑자기 멀리서 군가 소리에 섞여 "하나둘, 하나둘" 하는 쉰 목소리가 들려왔습니다. 교이치는 깜짝 놀라 다시 고개를 들었습니다. 행렬 옆에서 키가 작고 얼굴이 노란 할아버지가 너덜너덜한 회색 외투를 입고, 전봇대 행렬을 둘러보며 "하나둘, 하나둘" 하고 구령을 붙이며 다가오고 있었습니다.

할아버지가 쳐다보면 전봇대는 긴장해서 나무처럼 빳빳하게 다리에 힘을 잔뜩 주고 곁눈질도 하지 않은 채 걸어갔습니다. 그 이상한 할아버지는 이미 교이치 바로 앞까지 왔습니다. 그리고 잠시 곁눈으로 교이치를 보고는 전봇대를 향해 "편하게 걸어!" 하고 호령했습니다.

그러자 전봇대는 보조를 조금 흐트러뜨렸지만 여전히 군가를 부르며 행진했습니다.

돗테테돗테테 돗테테도
오른쪽과 왼쪽의 사벌은
더없이 가늘고 긴 칼

할아버지는 교이치 앞에 멈춰서 몸을 조금 굽혔습니다.

"안녕? 너는 아까부터 행군을 보고 있었니?"

"네, 보고 있었어요."

"그렇다면 어쩔 수 없군. 친구가 되자, 자, 악수하자꾸나."

할아버지는 너덜너덜한 외투의 소매를 걷고 커다랗고 노란 손을 내밀었습니다. 교이치도 어쩔 수 없이 손을 내밀었습니다. 할아버지가 '얏' 하며 그 손을 잡았습니다.

그러자 할아버지의 눈동자에서 호랑이처럼 파란 불꽃이 파박파박 튀었고, 교이치는 몸이 찌릿하면서 뒤로 쓰러질 뻔했습니다.

"하하하, 전기가 꽤 통했나보구나. 하지만 이건 아주 약한 편이야. 나랑 조금 더 세게 악수를 하면 시커멓게 타버린단다."

군대는 역시 성큼성큼 걸어가고 있습니다.

돗테테돗테테, 돗테테도
콜타르를 바른 군화의
보폭은 삼백육십 척

교이치는 너무 무서워서 이가 따각따각 부딪혔습니다. 할아버지는 잠시 달과 구름의 모습을 바라보고 있었지만, 교이치가 창백해진 채 부들부들 떨고 있는 것을 보고 가엾다는 듯 조금 부드럽게 말했습니다.

"나는 전기총장이야."

교이치도 조금 마음을 놓고는 "전기총장이라는 것은 역시 전기의 일종인가요?" 하고 물었습니다. 그러자 할아버지는 다시 화가 난 듯했습니다.

"뭘 모르는 꼬마군. 그냥 전기가 아니야. 그러니까 모든 전기의 장長. 장이라는 것은 두목이라는 뜻이야. 다시 말하면 전기의 대장이라는 거지."

"대장이면 무척 재미있겠네요."

교이치가 조그맣게 묻자 할아버지는 얼굴에 함박꽃을 피우며 기뻐했습니다.

"핫핫핫, 재미있지. 저기 저 공병도, 저 기마병도, 저쪽의 척탄병도 모두 내 군대란다."

할아버지는 갑자기 정색하고는 한쪽 뺨을 부풀리며 하늘을 올려다보았습니다. 그리고 마침 앞을 지나가는 한 전봇대에게 "어이, 이봐. 왜 곁눈질을 하나!" 하고 소리쳤습니다. 그러자 그 전봇대는 펄쩍 뛰듯 놀라서 다리를 휘청거리더니 당황하며 곧장 앞을 향해 걸어갔습니다. 전봇대는 끝도 없이 성큼성큼 다가옵니다.

"너도 그 유명한 이야기는 알고 있겠지. 아들은 영국 런던에 있고, 아버지는 스코틀랜드 커크셔에 있었어. 아들이 아버지에게 전보를 쳤는데 내가 수첩에 꼼꼼하게 적어뒀지."

할아버지는 수첩을 꺼내고는 커다란 안경을 꺼내 멋들어지게 쓰면서 다시 말했습니다.

"너는 영어 할 줄 아니? Send my boots instantly. '내 장화를 바로 보내주세요' 이런 뜻이겠지. 그러자 커크셔에 있던 아버지가 당황한 나머지 내 전봇대 철사에 장화를 걸어둔 거야, 핫핫핫! 정말 성가셨단다. 그리고 영국뿐만이 아니야. 12월 즈음 병영에 가보면 불을 끄라는 상관의 명령을 듣고 전등을 입으로 불어서 끄려는 신병이 매년 대여섯 명은 있지. 내 군대에는 그런 병사는 한 명도 없지만……. 너희 마을도 그래. 처음 전등을 달았을 때는 모두 전기회사에서 매달 백 섬 정도의 석유를 사용할 것이라고 떠들기도 했었지. 핫핫핫! 나처럼 에너지 불변의 법칙이나 열역학 제2법칙을 알면 그다지 신기한 일도 아니지만. 어떤가? 내 군대는 정말 질서정연하지? 군가에도 그런 내용이 확실히 들어 있단다."

전봇대는 모두 똑바로 앞을 향한 채 점잔을 빼고 지나가면서 한층 소리 높여 외쳤습니다.

돗테테돗테테 돗테테도

전봇대 군대의

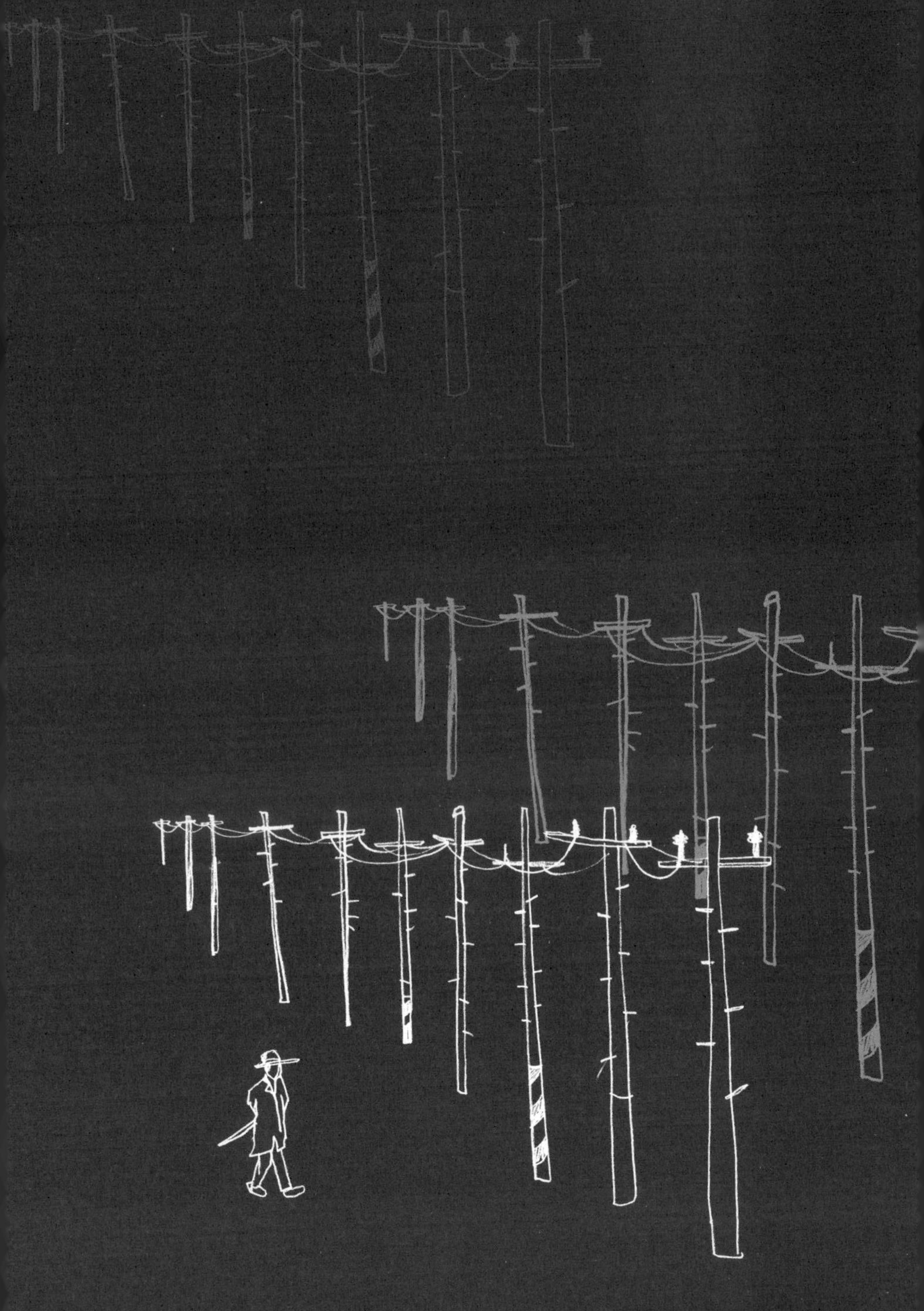

그때 선로 멀리서 빨간 작은 불빛 두 개가 보였습니다. 그러자 할아버지는 무척 허둥댔습니다.

"아, 안 돼. 기차가 왔어. 누가 보면 큰일이야. 빨리 행군을 중단시켜야 해."

할아버지는 한쪽 팔을 높이 들고 전신주 행렬을 향해 외쳤습니다.

"전군! 멈춰!"

전봇대는 모두 그 자리에 우뚝 섰으며, 완전히 평상시의 모습으로 돌아갔습니다. 군가는 단지 윙윙거리는 울림으로 변했습니다.

기차가 빠르게 다가왔습니다. 기관실의 석탄은 새빨갛게 타올랐으며, 그 앞에는 화부가 다리로 힘껏 버티며 까맣게 서 있었습니다.

그런데 객차의 창문이 모두 컴컴했습니다. 그러자 할아버지가 갑자기 "이런, 전등이 꺼져있네. 이 녀석은 완전히 당했군. 괘씸한!" 하면서 토끼처럼 등을 구부리더니 달리는 기차의 아래로 기어들어갔습니다.

"위험해요!"

교이치가 잡으려고 하는 순간 객차 창문이 화악 밝아졌고, 한 작은 꼬마가 손을 올리며 "밝아졌다, 와아!" 하고 외쳤습니다.

전봇대는 조용히 울리고, 신호기는 덜컹하고 올라갔으며, 달은 다시 조개구름 속으로 들어갔습니다.

그리고 기차는 이미 정거장에 도착한 듯했습니다.

사슴 춤의 기원

鹿踊りのはじまり

그때 서쪽의 몽글몽글 반짝이는 구름 사이로 빨간 석양이 이끼 낀 들판 위로 쏟아졌고, 참억새는 모두 하얀 불꽃처럼 흔들리며 빛나고 있었습니다. 피곤했던 나는 그곳에서 잠을 자고 있었는데, 사락사락 불던 바람이 점점 사람의 목소리처럼 들려왔습니다. 그리고 그 목소리는 마침내 현재 기타카미 쪽 산과 들판에서 행해지고 있는 사슴 춤의 진정한 정신을 이야기했습니다.

그 주변에 아직 키 큰 풀과 검은 숲이 그대로 남아있었던 때, 가주는 할아버지들과 함께 기타카미 강 동쪽에서 옮겨와 작은 밭을 일구고 조와 피를 심고 있었습니다.

어느 날 가주는 밤나무에서 떨어져 왼쪽 무릎을 조금 다쳤습니다. 그런 경우 사람들은 늘 서쪽 산속에 있는 온천에 가서 오두막을 짓고 쉬면서 치료했습니다.

날씨가 좋은 날, 가주도 밖으로 나갔습니다.

말린 찐쌀과 된장과 냄비를 등에 지고 조금씩 절뚝거리며, 이미 은빛 이삭을 내민 참억새 들판을 천천히 천천히 걸어갔습니다.

몇 개의 냇물과 돌무지를 넘자 산맥의 모습도 크고 선명해졌으며,

산의 나무도 솔이끼처럼 한 그루 한 그루 구분할 수 있는 곳까지 왔을 때는 태양도 꽤 서쪽으로 벗어나 있었습니다. 태양은 열 그루의 오리나무 숲 위에 조금 창백해진 채 반짝반짝 빛나며 걸려있었습니다.

가주는 등에 진 짐을 잔디 위에 털썩 내려놓고 상수리와 좁쌀로 만든 경단을 먹기 시작했습니다. 참억새 떼는 들판 가득 끝없이 펼쳐져 있었고, 새하얗게 빛나며 물결을 이루고 있었습니다. 가주는 경단을 먹으면서 참억새 사이에 곧게 서 있는 검은 오리나무 줄기가 정말 멋지다는 생각을 했습니다.

그런데 너무 열심히 걷고 난 뒤에는 아무래도 헛배가 부른 느낌이 드는 법입니다. 그래서 가주도 결국에는 상수리 경단을 다 먹지 못하고 상수리 열매만큼 남겼습니다.

"이건 사슴에게 줄까. 자, 사슴아, 이리 와서 먹어라."

가주는 혼잣말처럼 중얼거리며 남은 경단을 물매화의 하얀 꽃 아래에 놔두었습니다. 그리고 짐을 다시 지고 천천히 천천히 걷기 시작했습니다.

그런데 가주는 조금 걷다가 아까 쉬었던 곳에 손수건을 놔두고 왔다는 것을 깨닫고는 서둘러 되돌아갔습니다. 그 검은 오리나무 숲은 아주 가깝게 보여서 그 정도 되돌아가는 것은 아무것도 아닌 듯 여겨졌습니다.

하지만 가주는 우뚝 멈춰 섰습니다.

확실히 사슴의 기척이 느껴졌던 것입니다.

적어도 대여섯 마리의 사슴이 촉촉한 콧등을 길게 내밀며 조용히 걸어가고 있는 듯했습니다.

가주는 참억새가 닿지 않도록 조심하면서 발끝으로 가만히 이끼를 밟으며 그쪽으로 갔습니다.

사슴은 분명히 아까 놔둔 상수리 경단을 따라온 것이었습니다.

"오, 사슴이 금방 왔네."

가주는 속으로 웃으면서 중얼거렸습니다. 그리고 몸을 숙이고 살금살금 사슴 쪽으로 다가갔습니다.

한 무리의 참억새 속에 숨어서 가주는 살짝 얼굴을 내밀었다가 깜짝 놀라 다시 얼굴을 감추었습니다. 여섯 마리의 사슴이 아까의 잔디 위에서 원을 만든 채 빙글빙글 돌고 있는 것이었습니다. 가주는 참억새 사이로 숨죽이며 엿보았습니다.

태양이 한 그루의 오리나무 꼭대기에 딱 걸려있었기 때문에 그 가지 끝은 묘하게 푸른색으로 빛나서, 마치 사슴 무리를 내려다보며 가만히 서 있는 푸른 생명체처럼 느껴지기도 했습니다. 참억새 이삭도 하나하나 은색으로 빛났으며 사슴의 털도 그날은 특히 훌륭했습니다.

사슴은 커다란 원을 만들어 빙글빙글 돌고 있었는데 자세히 보면 모두 원의 한가운데에 정신이 팔려있는 듯했습니다. 왜냐하면 머리도 귀도 눈도 모두 가운데를 향하고 있었고, 더구나 무척이나 끌리는 듯 가끔 원에서 벗어나 가운데를 향해 비틀거리며 두세 걸음 다가가기도 했기 때문입니다.

물론 그 원의 한가운데에는 아까 가주가 놔둔 상수리 경단이 한 조각 놓여있었지만, 사슴들이 계속 신경을 쓰고 있는 것은 경단이 아니라 그 옆의 풀 위에< 모양으로 떨어져 있는 가주의 하얀 손수건인 듯했습니다. 가주는 아픈 다리를 손으로 가만히 감싸고 이끼 위에 자리를 잡고 앉았습니다.

사슴의 원은 점점 흐트러졌고, 계속해서 앞다리를 원 안으로 내밀며 당장에라도 뛰어갈 듯하다가는 깜짝 놀란 듯 다시 다리를 집어넣고는 또각또각 조용히 달리는 것이었습니다. 그 발소리는 기분 좋게

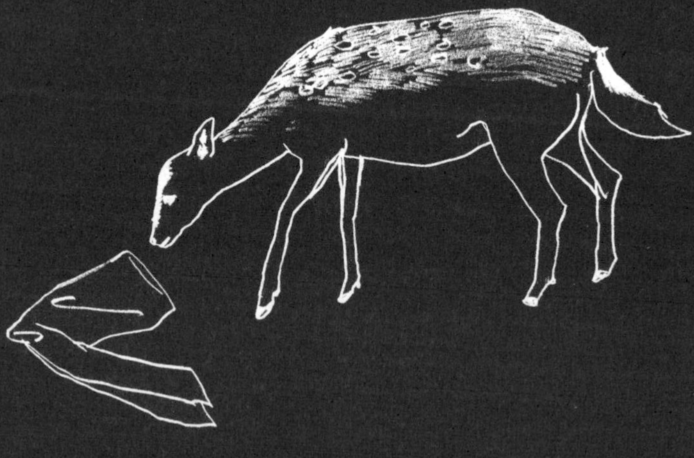

들판의 검은 땅 깊숙이까지 울렸습니다. 마침내 사슴들은 맴도는 것을 멈추고 모두 손수건 맞은편으로 와서 섰습니다.

가주는 갑자기 귀가 지잉 울렸습니다. 그리고 부들부들 떨었습니다. 바람에 흔들리는 풀이삭 같은 사슴들의 마음이 파도가 되어 전해졌던 것입니다.

가주는 정말로 자신의 귀를 의심했습니다. 사슴의 말이 들렸기 때문입니다.

"자, 내가 갔다 와 볼까?"

"안돼, 위험해. 조금 더 지켜보자."

이런 말도 들렸습니다.

"지난번 여우처럼 화약이 숨겨진 미끼 같은 거에 걸리면 한심하잖아. 고작 상수리 경단 따위에."

"맞아, 맞아."

이런 말도 들렸습니다.

"살아있는 것인지도 모르잖아."

"응, 살아있는 것 같기도 해."

그러는 동안 마침내 한 마리가 굳게 결심한 듯, 등을 곧게 펴고 원에서 벗어나 한가운데로 걸어갔습니다.

모두 멈춰서 지켜보고 있습니다.

앞으로 나갔던 사슴은 있는 힘껏 목을 늘이고 네 다리를 잔뜩 긴장시킨 채 살금살금 손수건에 다가갔지만, 갑자기 펄쩍 뛰어오르고는 총알같이 도망쳐 되돌아왔습니다. 주위의 다섯 마리 사슴도 동시에 사방으로 도망가려다가, 앞으로 나갔던 사슴이 멈춰 서자 간신히 마음을 놓고 느릿느릿 돌아와 그 사슴 앞에 모였습니다.

"뭐야, 뭐였어? 저 하얗고 긴 물건은."

"세로로 주름이 있는 것이었어."

"그러면 살아있는 게 아니었나? 역시 버섯 같은 건가? 독버섯?"

"아니, 버섯이 아니야. 역시 살아있는 거 같아."

"그래? 살아있고 주름이 있다면 노인이겠군."

"응, 늙은 보초병이야. 우하하하하!"

"크크크, 창백한 보초병이야."

"우하하하! 파리한 보초병이야."

"이번엔 내가 가볼까?"

"가봐, 괜찮아."

"잡아먹히는 건 아니겠지?"

"아니야, 괜찮아."

그러자 다시 한 마리가 살금살금 다가갔습니다. 나머지 다섯 마리는 이쪽에서 도리도리 머리를 흔들며 그 사슴을 보고 있었습니다.

앞으로 간 사슴은 무서워서 견딜 수가 없다는 듯 이따금 네 다리를 모으고 등을 구부렸다가 다시 살며시 펴면서 살금살금 다가갔습니다.

그리고 마침내 손수건 한 발자국 앞까지 가서 있는 힘껏 목을 뽑아 킁킁 냄새를 맡았습니다. 그러고는 갑자기 펄쩍 뛰며 도망쳐왔습니다. 모두 깜짝 놀라 동시에 도망가려고 했지만, 앞으로 나갔던 사슴이 멈추자 마침내 안심하고 그 사슴 앞으로 모였습니다.

"무슨 일이야. 왜 도망친 거야?"

"물려고 하는 것 같았어."

"도대체 뭔데?"

"모르겠어. 여하튼 흰색과 파란색의 얼룩무늬가 있어."

"냄새는 어땠어? 냄새."

"버드나무잎 같은 냄새가 났어."

"그런데 숨을 쉬고 있었나?"

"글쎄, 그건 잘 모르겠어."

"이번에는 내가 갔다 올까?"

"갔다 와 봐."

세 번째 사슴이 다시 살금살금 다가갔습니다. 그때 바람이 조금 불어 손수건이 살짝 움직였습니다. 앞으로 나갔던 사슴은 깜짝 놀라 멈춰 섰고, 지켜보던 사슴들도 놀랐습니다. 하지만 사슴은 간신히 마음을 진정시킨 듯, 다시 살금살금 다가가 마침내 손수건에 코끝을 댔습니다.

다른 사슴 다섯 마리는 서로 고개를 까닥이며 기다리고 있었습니다. 그때 갑자기 앞으로 나갔던 사슴이 뒷발로 곧추서며 펄쩍 뛰더니 도망쳐왔습니다.

"왜 도망 온 거야?"

"뭔가 오싹했어."

"숨을 쉬고 있었어?"

"글쎄, 숨소리는 나지 않았어. 입도 없는 것 같아."

"머리는 있어?"

"머리도 잘 모르겠어."

"그러면 이번엔 내가 가볼게."

네 번째 사슴이 나갔습니다. 그 사슴 역시 바르르 떨었습니다. 그래도 손수건 앞까지 가서 마음을 굳게 먹은 듯 코를 손수건에 박더니, 재빨리 뒤로 물러나 쏜살같이 도망쳐왔습니다.

"오, 부드러운 물건이야."

"진흙 같았어?"

"아니."

"풀 같았어?"

"아니."

"새박덩굴씨의 털 같았어?"

"음, 그거보다는 조금 더 딱딱했어."

"뭘까?"

"여하튼 살아있는 거야."

"역시 그렇군."

"응. 땀 냄새도 났어."

"나도 한 번 갔다 올게."

다섯 번째 사슴이 다시 살금살금 다가갔습니다. 이 사슴은 꽤 익살스러운 녀석인 듯했습니다. 손수건 위로 완전히 머리를 드리우고, 무척이나 의심스럽다는 듯 고개를 갸웃갸웃 움직였기 때문에 다른 다섯 마리의 사슴은 펄쩍 뛰며 웃었습니다.

그러자 앞으로 간 사슴은 의기양양해져서 혀를 내밀고 손수건을 한 번 핥았습니다. 그런데 갑자기 무서워진 듯 입을 크게 벌리고 혀를 늘어뜨린 채 바람처럼 달려 되돌아왔습니다. 사슴들은 무척 놀랐습니다.

"왜 그래? 물렸어? 아파?"

"푸르르르르르."

"혀를 뽑힌 거야?"

"푸르르르르르."

"왜 그래, 무슨 일이야? 응?"

"후우, 혀가 오그라들었었어."

"무슨 맛이었어?"

"아무 맛도 안 났어."

"살아있는 거야?"

"뭔지 모르겠군. 이번에는 네가 가 봐."

"응."

마지막 한 마리가 다시 살금살금 다가갔습니다. 모두 재미있다는 듯 고개를 까닥까닥 흔들고 있자, 앞으로 나간 한 마리는 잠시 고개를 숙이고 손수건을 물었습니다. 그리고 더는 아무 걱정할 것도 없다는 듯 갑자기 손수건을 물고 돌아왔습니다. 그러자 사슴들은 펄쩍펄쩍 뛰었습니다.

"오, 좋았어, 좋았어! 이 녀석은 일단 잡기만 하면 아무것도 아니군."

"이건 분명 커다란 달팽이가 말라버린 거야."

"자, 내가 노래를 부를 테니까 모두 춤을 춰, 어때?"

그 사슴은 무리 사이로 들어가 노래를 부르기 시작했고, 모두 손수건 주위를 빙글빙글 돌기 시작했습니다.

들판 한가운데에서 발견한
맛있는 상수리 경단
상수리 경단은 좋지만
옆에서 마구 흔들리고 있는
창백한 보초병은 신경이 쓰여
창백한 보초병은 보들보들
짖지도 않고 울지도 않아
얇고 길고 얼룩덜룩
어디가 입이고 어디가 얼굴인지
잘 말려진 달팽이

달리고 맴돌고 춤을 추면서 사슴은 때때로 바람처럼 전진해 손수건을 뿔로 찍고 발로 밟았습니다. 가주의 손수건은 가엾게도 흙으로 더럽혀지고 군데군데 구멍까지 뚫렸습니다.

그리고 사슴들의 춤은 점점 잦아들었습니다.

"오, 이제는 경단을 먹을 차례야."

"오, 물경단이야."

"오, 동그랗군."

"오, 말랑말랑."

"오, 꿀꺽꿀꺽."

"오, 좋아."

그리고 사슴들은 각각 흩어지더니 상수리 경단을 사방으로 둘러싸고 모였습니다.

그리고 가장 먼저 손수건에 다가갔던 사슴부터 한입씩 경단을 먹었습니다. 여섯 번째 사슴은 겨우 콩알만큼만 먹을 수 있었습니다.

그리고 사슴은 다시 원을 만들어 빙글빙글 돌며 걷기 시작했습니다.

가주는 너무 열심히 사슴을 보고 있었기 때문에 자신도 사슴이 된 것 같은 기분이 들어 당장에라도 뛰쳐나가려고 했지만, 자신의 커다란 손을 보고는 역시 안 되겠다며 다시 숨을 죽였습니다.

그때 태양은 마침 오리나무의 우듬지 중간에 걸린 채 연한 노란색으로 빛나고 있었습니다. 사슴들의 춤은 점점 느려졌고, 서로 빠르게 고개를 끄덕이더니 마침내 태양을 향해 배례하듯 한 줄로 똑바로 섰습니다. 가주는 정말로 꿈을 꾸듯 그 모습에 빠져 있었습니다.

오른쪽 맨 끝에 있던 사슴이 가냘픈 목소리로 노래했습니다.

오리나무의

푸르디푸른 잎사귀 너머

찬란하게 빛나는

해님이 걸려있네

그 수정피리 같은 목소리에 가주는 눈을 감고 몸을 부르르 떨었습니다. 오른쪽 두 번째 사슴이 갑자기 펄쩍 뛰어오르더니 다른 사슴들 사이로 물결치듯 꾸불꾸불 돌며 이따금 태양을 향해 머리를 숙였습니다. 그리고 자기 자리로 돌아와 노래를 불렀습니다.

해님을
등에 지면 오리나무도
부서져 빛나는
강철 거울

가주도 그 멋진 태양과 오리나무에 절을 했습니다. 오른쪽 세 번째 사슴이 고개를 빠르게 끄덕이며 노래했습니다.

해님이
오리나무 너머로 내려오면
참억새, 반짝반짝
눈부시네, 눈부시네

참억새는 정말로 새하얀 불처럼 타오르고 있었습니다.

반짝이는
참억새 사이로 솟아오른
오리나무 정강이의
길고 긴 그림자

다섯 번째 사슴이 낮게 고개를 숙이고 중얼거리듯 노래를 부르고 있었습니다.

반짝이는
참억새 덩굴 아래로 석양이 질 무렵
이끼 낀 들판에는
개미도 오지 않네

그때 사슴들은 모두 고개를 숙이고 있었는데, 여섯 번째 사슴이 갑자기 고개를 번쩍 들고 노래를 했습니다.

반짝이는
참억새 아래로 몰래 핀
물매화풀
사랑스럽기 그지없네

그 이후 사슴들은 모두 피리소리처럼 짧은 울음소리를 내며 힘차게 껑충껑충 맴돌기 시작했습니다.

북쪽에서 차가운 바람이 불어와 휘잉 울었고, 오리나무는 정말로 부서진 강철 거울처럼 반짝였으며, 잎과 잎이 스치며 찰랑찰랑 소리를 내는 것 같았고, 참억새 이삭까지 사슴과 뒤섞여 함께 빙글빙글 돌고 있는 것처럼 느껴졌습니다.

가주는 이제 자신과 사슴의 차이를 완전히 잊고 "오호, 좋아, 좋아" 하고 외치며 참억새 뒤에서 뛰어나갔습니다.

사슴들은 놀라서 순식간에 장대처럼 멈췄으며, 이후 질풍에 휘날리는 나뭇잎처럼 몸을 비스듬히 한 채 도망갔습니다. 은빛 참억새 물결을 가르고, 빛나는 석양빛을 흩트리며 저 멀리 도망갔습니다. 사슴들이 지나간 자리의 참억새는 조용한 호수의 뱃길 자국처럼 언제까지고 반짝반짝 빛나고 있었습니다.

가주는 조금 쓴웃음을 지으며 흙이 묻고 구멍이 난 손수건을 주워 다시 서쪽으로 걷기 시작했습니다.

그리고 나는 이끼 낀 들판의 석양 속에서 이 이야기를 투명한 가을바람에게 들었습니다.

스케치 2

재두루미와 달리아

돌배
やまなし

작은 계곡의 바닥을 찍은 두 장의 푸른 환등입니다.

★ ★ ★

오월

두 마리의 새끼 게가 푸른 계곡의 바닥에서 이야기하고 있었습니다.

"크램본은 웃었어."

"크램본은 껄껄 웃었어."

"크램본은 펄쩍 뛰며 웃었어."

"크램본은 껄껄 웃었어."

바닥에서 보면 위쪽과 옆쪽은 짙푸른 강철처럼 보입니다. 그 부드러운 천장으로 검은 거품이 방울방울 흘러갑니다.

"크램본은 웃고 있었어."

"크램본은 껄껄 웃었어."

"그런데 크램본은 왜 웃었지?"

"몰라."

방울방울 거품이 흘러갑니다. 새끼 게들도 퐁퐁퐁 하며 연달아서 대여섯 방울의 거품을 뱉었습니다. 그 거품은 흔들흔들 수은처럼 반짝이며 위쪽으로 비스듬히 올라갔습니다.

은빛 배를 쓰윽 뒤집으며 한 마리의 물고기가 머리 위로 지나갔습니다.

"크램본은 죽었어."

"크램본은 살해당했어."

"크램본은 죽어버렸어……."

"살해당했어."

"그런데 왜 살해당했지?"

형님 게는 왼쪽의 네 다리 중 두 다리를 동생의 납작한 머리에 얹으며 말했습니다.

"몰라."

물고기가 다시 쓰윽 돌아와 하류 쪽으로 갔습니다.

"크램본은 웃었어."

"웃었어."

갑자기 화악 밝아지면서 황금빛 햇살이 꿈처럼 물속으로 내려왔습니다.

물결을 따라온 빛의 그물이 바닥의 하얀 바위 위에 길게 늘어지기도 하고 줄어들기도 하면서 아름답게 흔들렸습니다. 거품과 작은 먼지의 곧은 그림자 기둥이 물속에서 비스듬히 줄을 섰습니다.

그러자 이번에는 물고기가 그 속의 황금색 빛을 엉망으로 헤치더니만, 정작 자신은 이상한 검푸른 빛을 내며 다시 상류 쪽으로 올라갔습니다.

"물고기는 왜 저렇게 왔다 갔다 하는 거야?"

동생 게가 눈부신 듯 눈동자를 굴리며 물었습니다.

"나쁜 짓을 하는 거야. 무언가를 잡고 있어."

"잡고 있는 거야?"

"응."

그 물고기가 다시 상류에서 돌아왔습니다. 이번에는 천천히 떨어지면서, 지느러미도 꼬리도 움직이지 않고 오로지 물결에 몸을 맡긴 채 입을 고리처럼 동그랗게 벌리며 다가왔습니다. 물고기의 까만 그림자는 조용히 바닥의 빛의 그물 위를 미끄러져 갔습니다.

"물고기는……."

그때였습니다. 갑자기 천장에서 하얀 거품이 일더니 파랗게 빛나는 총알 같은 것이 갑자기 뛰어들었습니다.

형님 게는 그 파란 물체의 끝이 컴퍼스처럼 검고 뾰족한 것을 똑똑히 보았습니다. 그러는 동안 물고기의 은빛 배가 반짝이며 순식간에 뒤집혔고, 위쪽으로 올라가는 듯했습니다. 그러나 더는 파란 물체도 물고기의 모습도 보이지 않았습니다. 단지 황금빛 그물이 흔들흔들 흔들렸고 거품이 방울방울 흘렀습니다.

두 마리의 게는 소리도 지르지 못한 채 얼어붙었습니다.

아빠 게가 나왔습니다.

"무슨 일이니? 부들부들 떨고 있구나."

"아빠, 방금 이상한 것이 왔었어요."

"어떤 거였니?"

"파랗고 반짝였어요. 끝이 이렇게 까맣고 뾰족했고. 그게 오니까 물고기가 위로 올라가 버렸어요."

"그 녀석의 눈이 빨갰니?"

"몰라요."

"흐음. 그건 새란다. 물총새라고 해. 괜찮아, 안심해도 돼. 우리와는 상관없단다."

"아빠, 물고기는 어디로 갔어요?"

"물고기 말이니? 물고기는 무서운 곳으로 갔단다."

"아빠, 무서워요."

"아니다, 아니야. 괜찮아. 걱정하지 마. 저기 자작나무 꽃이 흘러왔구나. 보렴, 예쁘지?"

거품과 함께 하얀 자작나무 꽃잎이 천장을 가득 메웠습니다.

"아빠, 무서워요."

동생 게도 말했습니다.

빛의 그물은 길어졌다가 짧아졌다 하며 흔들흔들 흔들렸고, 꽃잎 그림자는 조용히 모래 위를 미끄러져 갔습니다.

십이월

새끼 게들도 이제 제법 커졌으며, 강바닥의 풍경도 여름에서 가을로 완전히 바뀌었습니다.

부드럽고 하얀 둥근 돌도 굴러 왔고, 작은 뿔 모양의 수정 알갱이와 금운모金雲母 조각도 흘러와 자리를 잡았습니다.

그 차가운 강물 바닥에 레모네이드 병 안으로 달빛이 투명하게 통과했으며, 천장에는 물결이 파란 불꽃을 피웠다가 꺼뜨리기를 반복했습니다. 그리고 아주 멀리서 들려오는 듯한 파도소리가 울렸을 뿐 주변은 쥐 죽은 듯 고요했습니다.

새끼 게들은 아주 환한 달빛을 받은 강물이 매우 아름다웠기에 잠도 자지 않고 밖으로 나와 한동안 말없이 거품을 뱉어내며 하늘 쪽을 보고 있었습니다.

"역시 내 거품이 크네."

"형, 일부러 크게 뱉은 거잖아. 나도 일부러 하면 더 크게 뱉을 수 있어."

"해보렴. 뭐야, 겨우 그 정도잖아. 자, 형이 하는 걸 잘 보라고. 어때? 크지?"

"크지 않아, 똑같아."

"가까이 있으니까 자기 것이 크게 보이는 거야. 그러면 동시에 해 보자. 자, 시작!"

"역시 내 것이 커."

"진짜야? 그럼 다시 한번!"

"안돼. 그렇게 몸을 뻗어서 하는 게 어딨어."

아빠 게가 밖으로 나왔습니다.

"그만 자야지. 늦었어. 내일 이사드에 데리고 가줄게."

"아빠, 형이랑 내 거품 중 어느 게 커?"

"형 것이 크겠지."

"그렇지 않아. 내가 더 크단 말이야."

동생 게는 울먹이며 말했습니다.

그때였습니다. 퐁당!

까맣고 커다란 둥근 것이 천장에서 떨어져 바닥으로 스윽 가라앉더니 다시 위쪽으로 올라갔습니다. 황금빛 얼룩이 반짝반짝 빛났습니다.

"물총새다!"

새끼 게들은 목을 움츠리며 말했습니다.

아빠 게는 망원경 같은 양쪽 눈을 있는 힘껏 내밀어 자세히 보더니 말했습니다.

"아니란다, 저건 돌배야. 떠내려가는구나. 따라가 보자. 아아, 향기

로운 냄새."

달빛으로 가득한 물속에 돌배의 좋은 향기가 퍼졌습니다.

세 마리의 게는 쿨렁쿨렁 흘러가는 돌배 뒤를 따라갔습니다.

세 마리의 게가 옆으로 걷자 바닥에 세 개의 검은 그림자가 드리워져, 마치 여섯 마리의 게가 춤을 추는 듯했습니다. 게들은 돌배의 둥근 그림자를 따라갑니다.

잠시 후 강물은 사락사락 소리를 냈으며, 천장의 파도는 마침내 푸른 불꽃을 피워 올렸고, 돌배가 뒤집어진 채 나뭇가지에 걸리자 그 위로 달빛 무지개가 부드럽게 모여들었습니다.

"어때, 역시 돌배지? 잘 익었어. 좋은 냄새가 나지?"

"아빠, 맛있어 보여."

"아니야, 기다려. 이틀만 기다리면 돌배가 바닥에 가라앉을 거야. 그리고 저절로 좋은 술이 만들어진단다. 자, 그만 돌아가서 자자. 따라와."

아빠와 새끼 게 세 마리는 각자 자신의 구멍으로 돌아갔습니다.

파도는 마침내 푸른 불꽃을 흔들흔들 피워 올렸고, 그 모습은 또한 다이아몬드 가루를 뿜어내는 듯했습니다.

★ ★ ★

제 환등은 여기가 끝입니다.

★

재두루미와 달리아

まなづるとダァリヤ

과수원 언덕 꼭대기에 해바라기만큼 키가 큰 노란색 달리아꽃 두 송이와 역시 키가 크고 빨간색의 커다란 달리아꽃 한 송이가 있었습니다.

이 빨간 달리아는 꽃의 여왕이 되려고 생각하고 있었습니다.

바람이 남쪽에서 거칠게 불어와 나무에도 꽃에도 커다란 빗방울을 뿌려댔으며, 언덕 위 작은 밤나무의 거칠고 파란 밤껍질과 잔가지를 잡아 뜯고는 요란스럽게 웃으며 지나가고 있었습니다. 그러나 그 속에서도 이 멋진 달리아는 조용히 몸을 흔들면서 오히려 더욱 눈부신 모습으로 서 있었습니다.

그리고 이번에는 북풍 마사부로가 올해 처음으로 피리소리를 내며 파란 하늘을 지나갔을 때 언덕 기슭의 사시나무가 바쁘게 흔들렸고 과수원의 배도 떨어졌지만, 키 큰 세 송이 달리아는 아주 잠시 현란한 웃음을 지어 보였을 뿐이었습니다.

★ ★ ★

노란 달리아꽃 한 송이가 남쪽의 푸르스름한 하늘 끝에 간절한 마

음을 전하며 혼잣말처럼 말했습니다.

“해님, 오늘은 코발트색 유리빛 가루를 조금 넉넉하게 뿌려주세요.”

친구를 찬찬히 바라보며 다른 한 송이의 노란 달리아가 말했습니다.

“오늘은 평상시보다 조금 창백해 보여. 나도 그렇겠지?”

“응, 그래.”

그리고 빨간 달리아에게 말했습니다.

“오늘도 너는 정말 멋져. 갑자기 타버릴 것 같은 기분까지 들어.”

햇빛에 빛나는 빨간 달리아꽃은 푸른 하늘을 바라보며 희미하게 미소를 짓고 대답했습니다.

“이 정도로는 안 돼. 내 빛으로 주변이 빨갛게 타오를 듯할 정도가 아니면 너무 시시해. 그래서 난 정말 초조해.”

이윽고 태양이 떨어지고 황수정빛의 어스레한 하늘도 잠겼습니다. 별이 반짝이기 시작했으며 하늘은 검푸른 늪이 되었습니다.

뚜루루루 뚜루루루 울며 그 별빛 아래를 재두루미의 검은 그림자가 달려갔습니다.

“재두루미님, 저 무척 아름답죠?”

빨간 달리아가 말했습니다.

“아, 붉고 아름답네요.”

새는 늪 쪽의 어둠 속으로 사라지면서 그곳에 얌전하게 피어있는 한 송이 하얀 달리아에 나지막이 인사했습니다.

“안녕하세요.”

하얀 달리아는 수줍게 웃고 있었습니다.

★ ★ ★

산마다 파라핀 같은 구름이 하얗게 고여 있었고 날이 밝았습니다.

노란 달리아는 깜짝 놀라 소리쳤습니다.

"와아, 너 정말 아름다워. 네 주위로 복숭앗빛 후광이 드리워졌어."

"정말이야. 무지개에서 빨간빛만 모아 네 주위를 감싼 것 같아."

"어머, 그래? 하지만 역시 시시해. 나는 내 빛으로 하늘을 빨갛게 만들 거야. 해님이 평상시보다 금가루를 조금 더 뿌리고 계시거든."

두 송이 노란 달리아는 입을 다물었습니다.

그 황금빛 한낮에 이어 상쾌한 감청색 밤이 찾아왔습니다.

온통 빛나는 별 아래로 털이 덥수룩한 재두루미가 분주하게 날아갔습니다.

"재두루미님, 나 무척 빛나고 있지 않나요?"

"굉장히 빛나고 있네요."

재두루미는 저쪽의 부연 안갯속으로 내려가면서 다시 하얀 달리아에게 낮은 목소리로 인사하고 날아갔습니다.

"안녕하세요. 건강하시죠?"

★ ★ ★

별이 밤하늘을 돌았고 금성의 마지막 노래로 하늘은 완전히 은색이 되었으며, 그리고 날이 밝았습니다. 오늘 아침의 햇빛은 빛나는 호박색 물결입니다.

"와아, 너 정말로 아름다워. 후광이 어제보다 다섯 배나 커졌어."

"정말로 눈이 번쩍 뜨일 정도야. 너의 빛이 저 배나무까지 닿았어."

"응, 그건 맞아. 하지만 시시해. 아직 아무도 나를 여왕님이라고 불러주지 않으니까."

두 송이 노란색 달리아는 쓸쓸히 얼굴을 마주 보고는 서쪽의 군청색 산맥을 향해 커다란 눈동자를 돌렸습니다.

향기롭고 현란한 가을의 하루가 지고, 이슬이 떨어지고, 별이 돌고, 그리고 그 재두루미가 세 송이 달리아 위의 하늘을 말없이 날아갔습니다.

"재두루미님, 저 오늘 밤 어떻게 보여요?"

"뭐, 대단하네요. 하지만 이미 너무 어두워서요."

그리고 재두루미는 저쪽 연못이 있는 언덕을 지나면서 하얀 달리아에게 말했습니다.

"안녕하세요. 좋은 밤입니다."

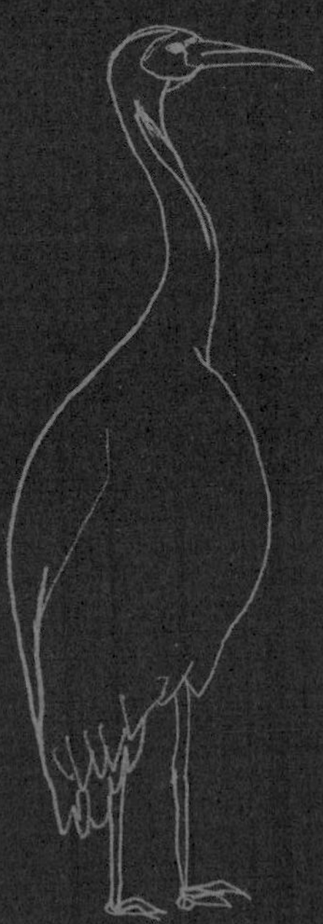

⋆ ⋆ ⋆

하늘이 밝아오고, 그 도라지색 여명 속에서 두 송이 노란 달리아는 빨간 달리아를 얼핏 보았습니다. 그리고 갑자기 무언가 두려운 듯 얼굴을 마주 보면서 아무 말도 하지 않았습니다. 빨간 달리아는 외쳤습니다.

"정말 초조해 미치겠어. 오늘 아침은 나 어떻게 보여?"

한 송이 노란 달리아가 주뼛주뼛 거리며 말했습니다.

"분명히 새빨간 색일 거야. 하지만 우리에게는 전처럼 빨갛게 보이지가 않아."

"어떻게 보여? 말해봐, 어떻게 보여?"

다른 노란색 달리아가 머뭇거리며 말했습니다.

"우리에게만 그렇게 보이는 거야. 신경 쓰지 마, 응? 우리에게는 왠지 너에게 까만 얼룩이 생긴 듯이 보여."

"어머! 그만해. 불길하게."

태양은 온종일 빛났기 때문에 언덕의 사과는 절반이 반질반질 빨갛게 익었습니다.

그리고 주위가 어스레해지고, 황혼이 드리웠으며 밤이 왔습니다.

재두루미가 뚜루루루 뚜루루루 하고 울면서 하늘을 지나갔습니다.

"재두루미님. 안녕? 나 보여요?"

"글쎄요, 잘 보이지 않네요."

재두루미는 서둘러 늪이 있는 쪽으로 날아가면서 하얀 달리아에게 말했습니다.

"안녕하세요. 오늘은 조금 따뜻하네요."

★ ★ ★

날이 밝기 시작했습니다. 그 푸르스름한 사과 향이 나는 어슴푸레한 빛 속에서 빨간 달리아가 말했습니다.

"저기, 나, 오늘은 어떻게 보여? 빨리 말해줘."

노란 달리아는 아무리 보려고 해도 거무스름한 것이 흔들릴 뿐 빨간 달리아는 보이지 않았습니다.

"아직 날이 완전히 밝지 않아서 모르겠어."

빨간 달리아는 울음이 터질 듯했습니다.

"제발 사실을 말해줘. 내게 감추고 있는 거지? 까맣게 보여? 까맣게?"

"응, 까만 거 같아. 하지만 사실은 잘 보이지 않아."

"어머, 왜 내 빨간색에 검은 점 따위가 있는 거야. 너무해."

그때 누렇고 뾰족한 얼굴에 이상한 삼각형 모자를 쓴 키 작은 사람이 주머니에 손을 넣고 다가왔습니다. 그리고 달리아꽃을 보며 외쳤습니다.

"앗, 이거야. 이게 우리 두목의 무늬야."

그리고 가지를 뚝 꺾었습니다. 빨간 달리아는 축 늘어진 채 그 손안으로 들어갔습니다.

"어디로 가는 건가요. 어디로 가는 건가요. 친구들아, 제발 나를 잡아줘. 어디로 가는 거예요."

노란 달리아 두 송이도 울먹이며 비명을 질렀습니다.

저 멀리서 빨간 달리아의 목소리가 희미하게 들렸습니다.

그 소리는 하염없이 멀어졌고, 어느덧 언덕 기슭의 사시나무 우듬지에서 산들거리는 소리 속으로 사라졌습니다. 그리고 노란 달리아의 눈물 속에서 반짝이는 태양이 솟았습니다.

★

할미꽃

おきなぐさ

할배수염꽃うずのしゅげ을 알고 있습니까?

할배수염꽃은 식물학에서 할미꽃이라고도 부르지만, 할미꽃이라는 이름은 왠지 그 부드럽고 윤기 있는 꽃을 표현하지 못하는 것 같습니다.

그렇다고 할배수염꽃이 무슨 의미인지 묻는다면 저 역시 알듯 모를 듯한 기분이 듭니다.

그것은, 예를 들어 우리 지방에서는 갯버들의 꽃봉오리를 버들강아지라고 말합니다만, 그 버들강아지가 무슨 뜻인지 알듯 모를 듯한 기분이 드는 것과 똑같습니다. 여하튼 버들강아지라는 말의 울림에는 그 버들 꽃봉오리의 은색 벨벳과 보드라운 초봄의 빛이 확연히 느껴지듯이, 할배수염꽃이라고 할 때는 그 미나리아재빗과인 할미꽃의 검은 비단 꽃잎과 역시 은색 벨벳이 새겨진 푸르스름한 잎, 그리고 유월의 반들반들 빛나는 깃털 모두가 확연히 눈앞에 떠오릅니다.

새빨간 아네모네꽃의 사촌, 은방울꽃이나 얼레지꽃의 친구인 이 할미꽃을 싫어하는 사람은 없습니다.

보십시오. 이 꽃은 컵 모양의 독특한 형태로 마치 검은 비단으로 만든 듯 보이는데, 그 검은색은 이를테면 포도주가 검게 보이는 것과 마찬가지입니다. 나는 이 꽃 아래로 끊임없이 오가는 개미에게 물었습니다.

"너는 할미꽃을 좋아하니, 싫어하니?"

개미는 활기차게 대답합니다.

"무척 좋아해요. 할미꽃을 싫어하는 자는 아무도 없어요."

"하지만 저 꽃은 새까맣잖아."

"아니에요. 아, 물론 까맣게 보일 때도 있습니다. 하지만 마치 불타오르듯 새빨갛게 보일 때도 있습니다."

"그래? 너희 눈에는 그렇게 보이는 거니?"

"아니에요. 해님의 햇살이 쏟아질 때면 누구라도 새빨갛게 보일 겁니다."

"그래그래, 이제 알았다. 너희는 언제나 꽃을 환한 빛에 비춰보니까."

"그리고 저 잎과 줄기도 멋지지 않나요? 부드러운 은실이 심어져 있는 듯하죠. 개미들 사이에서는 누가 아프면 저 실을 아주 조금 얻어 와서 몸에 부드럽게 문지른답니다."

"그렇구나. 결국 너희는 할미꽃을 무척 좋아한다는 말이네?"

"그래요."

"알았다. 조심해서 잘 가거라."

이처럼 보시는 대로입니다.

또한, 저쪽의 검은 노송나무 숲 속 빈터에는 산도깨비가 있습니다. 산도깨비는 잡아온 새를 먹으려는 듯 쓰러진 나무에 걸터앉아 해님을 향하고 있습니다. 그런데 왜 거무스름한 황금 눈동자를 가만히 땅에 고정하고 있을까요. 새를 먹는 것조차 잊은 듯 보입니다.

그것은 빈터의 마른 풀 속에 한 송이 할미꽃이 바람에 가볍게 흔들리는 모습을 보고 있기 때문입니다.

작년 거의 이맘때, 바람이 투명하던 날의 한낮이 떠오릅니다.

그곳은 고이와이 농장 남쪽, 일곱 개의 나지막한 숲 서쪽 끝에 있는 니시가와 강이었습니다. 마른 풀 속에 두 송이의 할미꽃이 이미 그 검고 부드러운 꽃을 피우고 있었습니다.

눈부신 하얀 구름이 작디작은 조각이 되어 찢기고 흩어져 하늘을 가득 덮은 채 동쪽으로 하염없이 날아가고 있었습니다.

해님은 몇 번이고 구름 뒤로 숨어서 은거울처럼 하얗게 빛났다가, 다시 반짝이며 커다란 보석처럼 새파란 하늘 연못에 걸리기를 반복했습니다.

산맥의 눈은 새하얗게 불꽃을 피웠고, 눈앞의 들판은 노란색과 갈색의 줄무늬를 이루었으며, 이곳저곳 파헤쳐진 밭은 솔개 색깔의 네모난 천 조각을 댄 듯 보이기도 했습니다.

두 송이 할미꽃은 그 변화무쌍한 빛의 요술 속에서 꿈속보다 조용히 이야기를 나누었습니다.

"구름이 다시 해님을 가릴 거야. 봐, 저쪽 밭에 벌써 그늘이 졌어."

"구름이 달려오네. 정말 빠르다. 이미 낙엽송도 까매졌어. 벌써 넘어왔네."

"왔다, 왔어. 아, 캄캄해. 갑자기 주위가 파랗고 고요해졌어."

"응, 하지만 이미 구름 절반이 해님의 아래쪽을 벗어났어. 곧 밝아질 거야."

"벌써 나온다. 봐, 아아 밝아졌어."

"이런, 또 오고 있어. 봐봐, 벌써 저쪽 미루나무가 까매졌잖아."

"응. 마치 빙글빙글 도는 초롱 같아."

"저기 봐봐. 눈 덮인 산 위에도 구름 조각이 미끄러지고 있어. 저쪽은 여기보다 움직임이 느리네."

"벌써 내려온다. 아아, 이번에는 빨라, 빨라. 마치 떨어지는 것 같아. 벌써 기슭까지 왔어. 이런, 어디로 간 거야. 안 보여."

"참 신기해. 구름은 어디에서 오는 걸까. 서쪽 하늘은 맑게 개어 푸르게 빛나고 있잖아. 그리고 하늘에는 바람이 계속해서 불고 있고. 그런데도 구름은 언제까지고 사라지지를 않아."

"어머, 저쪽에서 구름이 솟아나고 있어. 봐봐, 저곳에 작디작은 구름 조각이 나왔잖아. 분명히 커질 거야."

"아, 정말 그러네. 커졌어. 벌써 토끼만 해졌어."

"성큼성큼 달려오고 있어. 와, 빠르다. 이제 백곰만큼 커졌어."

"다시 해님을 덮으려고 해. 어두워지겠지. 예뻐. 아아. 예뻐. 구름 가장자리를 무지개로 장식한 것 같아."

그때 서쪽 저 먼 하늘에서 아까까지 열심히 지저귀고 있던 종달새가 바람에 실려 날개를 이상하게 갸우뚱거리며 두 할미꽃 옆으로 내려왔습니다.

"오늘은 바람이 있어서 안 되겠어요."

"어머, 종달새님. 어서 와요. 오늘 같은 날의 높은 곳에는 바람이 강하겠죠?"

"네, 지독한 바람입니다. 입을 크게 벌리면 바람이 내 몸을 맥주병처럼 부우 하고 울리며 지나갈 정도입니다. 지저귀기도, 노래를 부르기도 좀처럼 힘들어요."

"그렇겠죠. 하지만 여기서 보고 있으면 정말로 바람은 재미있어 보여요. 우리도 한 번 날아봤으면……."

"지금은 아직 날 때가 아니에요. 두 달만 기다리세요. 싫어도 날 수밖에 없답니다."

그로부터 두 달이 지났습니다. 나는 오묘진 마을에 가는 도중 다시 한번 그곳에 들렀습니다. 언덕은 완전히 초록으로 변했고, 반디지치 꽃은 아이의 파란 눈동자 같았으며, 고이와이 들판에는 목초와 귀리가 반짝반짝 빛나고 있었습니다. 바람은 벌써 남쪽에서 불어오고 있었습니다.

봄에 만났던 두 송이 할미꽃은 소담스런 은색 솜털로 덮인 할배수염꽃이 되어 있었습니다. 들판에는 주석 빛깔의 은백색 미루나무잎이 팔랑팔랑 흔들리고 있었고, 산기슭에는 풀들이 푸른 황금빛을 뱉어내고 있었습니다. 그리고 두 송이 할미꽃의 은털 수술은 파르르 떨리며 당장에라도 날아갈 듯했습니다.

그리고 종달새가 낮게 언덕 위를 날아 다가왔습니다.

"안녕하세요. 날씨가 좋네요. 어때요? 이제 날아갈 때가 되었죠?"

"네, 우리도 먼 곳으로 갈 거예요. 어떤 바람이 우리를 데려갈지 아까부터 보고 있답니다."

"어떤가요? 날아가는 것이 싫은가요?"

"아무렇지도 않아요. 우리의 일은 이미 끝났어요."

"무섭지는 않은가요?"

"아니요, 어디로 날아가든 들판은 해님의 빛으로 가득한걸요. 우리가 산산이 흩어지고 어딘가 웅덩이 위에 떨어져도 해님은 모두 보고 있어요."

"맞아요, 그래요. 아무것도 무서울 건 없어요. 저 역시 언제까지 이 들판에 있을지 알 수 없습니다. 만약 내년에도 이곳에 계신다면 그때는 저도 이곳에 둥지를 틀 생각입니다."

"네, 고마워요. 아, 저, 숨이 가득 차올랐어요. 분명 이번 바람일 거예요. 종달새님, 안녕히!"

"나도 그래요. 종달새님, 안녕히!"

"안녕히 가세요. 건강하세요!"

깨끗하고 투명한 바람이 불어왔습니다. 먼저 저쪽의 미루나무잎을 뒤집고, 푸른 귀리에 물결을 일렁이게 하고, 그리고 언덕을 넘어왔습니다.

할미꽃은 춤을 추듯 반짝이고 흔들리며 외쳤습니다.

"잘 있어요, 종달새님. 잘 있어요, 여러분. 해님, 고맙습니다."

그리고 마치 별이 부서져 흩어질 때처럼 몸이 산산이 흩어졌고, 하나하나의 은털은 새하얗게 빛나며 작은 곤충처럼 북쪽으로 날아갔습니다. 그리고 종달새는 총알처럼 하늘로 날아올라 날카롭고 짧은 노래를 아주 잠깐 불렀습니다.

나는 생각합니다. 왜 종달새는 할미꽃의 은털이 날아간 북쪽으로 가지 않았을까. 왜 하늘을 향해 똑바로 날았을까.

그것은 분명히, 두 송이 할미꽃의 영혼이 하늘로 갔기 때문일 것입니다. 그리고 더는 좇아갈 수 없게 되자 종달새는 그 짧은 이별의 노래를 보냈던 것으로 생각합니다. 그러면 하늘로 간 두 개의 작은 영혼은 어떻게 되었을까요. 나는 그들이 두 개의 작은 변광성變光星이 되었다고 생각합니다. 왜냐하면 변광성은 어떨 때는 캄캄해서 천문대에서도 볼 수 없지만, 어떨 때는 개미가 얘기했던 것처럼 빨갛게 빛나 보이기 때문입니다.

말리브랑과 소녀
マリヴロンと少女

성터에는 질경이가 열매를 맺었고, 붉은 클로버꽃은 말라서 짙은 갈색이 되었으며, 밭의 조는 이미 베어졌고, 밭 구석에서 살짝 고개를 내민 들쥐는 놀란 듯 황급히 다시 구멍 속으로 숨는다.

벼랑과 주변 연못에는 눈부신 은빛 억새 이삭이 가득 일렁이고 있다.

성터 한가운데의, 사각뿔 모양의 산 위에 개머루 덤불이 있었고 그 열매는 꽤 익어가고 있었다.

한 소녀가 악보를 들고 한숨을 쉬면서 덤불 옆 풀 위에 앉는다.

보일 듯 말 듯한 여우비가 내려 풀은 반짝반짝 빛났으며 저 멀리 산은 어두워진다.

그 희미한 여우비가 그치자 풀은 더욱 새롭게 반짝였고, 저 멀리 산은 밝아졌으며, 소녀는 눈부신 듯 아래를 내려다본다.

저쪽에서 때까치가 음표를 하나하나 떼어 흩뿌린 것처럼 날아오르더니 모두 은빛 억새 이삭에 앉는다.

개머루 덤불에서는 깨끗한 이슬이 톡톡 떨어진다.

희미한 기척이 덤불 그늘에서 올라온다. 오늘 밤, 시청 홀에서 노래할 말리브랑* 여사가 사람들에게서 벗어나 라일락 빛깔의 옷자락을 끌며 온 것이다.

바로 지금, 그 뒤로 동쪽의 잿빛 산맥 위를 차가운 바람이 휘익 지나갔고, 커다란 무지개가 환한 꿈의 다리처럼 부드럽게 하늘에 나타난다.

소녀는 악보를 든 채 화석처럼 주저앉는다. 말리브랑은 여기에도 사람이 있다는 사실에 의아해하며 가볍게 눈인사를 하고는 한동안 무지개를 바라본다.

그래. 오늘은 꼭 존경해마지않는 이 아름다운 천재 음악가 말리브랑과 단 한마디라도 나누고 싶다, 언덕의 작은 포도나무가 밤하늘에 불타오르는 불꽃보다 더 밝고 더 슬픈 마음을 저 멀리 아름다운 무지개에 바친다고, 단지 그 말만을 전하고 싶다, 그렇게만 된다면, 그렇게만 된다면. 저…….

"말리브랑 선생님. 부디 저의 존경하는 마음을 받아주세요. 저는 내일 아프리카로 떠나는 목사의 딸입니다."

평상시 소녀의 맑고 투명한 목소리는 어디론가 사라지고, 잠긴 목소리마저 절반은 바람에 빼앗긴 채 외친다.

말리브랑은 멍하니 서쪽의 새파란 하늘을 바라보던 커다랗고 푸른 눈동자를 소녀에게 향하고는 재빨리 악보에 적힌 소녀의 이름을 본다.

"무슨 일인가요. 당신은 길다 씨이군요."

소녀 길다는 마치 너도밤나무잎처럼 바들바들 떨며 반짝였고, 숨이 차올라 말을 할 수가 없다.

---

* 마리아 말리브랑Maria Malibran(1808.3.24~1836.9.23). 별칭은 라 말리브랑La Malibran으로 1825년 《세비야의 이발사Il Barbiere di Siviglia》에서 로지나 역으로 데뷔했고, 파리와 런던을 오가며 활동한 에스파냐의 메조소프라노 가수이다.

"선생님 부디 제 마음 깊은 곳에서 우러나는 숭배를 받아주세요."

말리브랑이 가볍게 한숨을 쉬자 가슴에 장식된 황금빛과 보랏빛 보석은 하나하나 소리를 내는 듯 반짝였다. 그러고는 말한다.

"숭배를 받아야 하는 것은 당신도 마찬가지입니다. 왜 그렇게 슬픈 얼굴을 하고 있나요?"

"저는 이제 죽어도 좋아요."

"왜 그런 말을 하시나요. 당신은 아직 젊지 않나요."

"아니요, 제 목숨 따위 아무것도 아닙니다. 당신이 더욱 훌륭해지는 데 보탬이 된다면 저따위는 일백 번도 죽을 수 있어요."

"당신이야말로 이토록 훌륭하지 않나요. 당신은 훌륭한 일을 하기 위해 저 멀리 가는 것이죠. 그 일은 제가 하는 일보다 훨씬 숭고한 일입니다. 저따위는 정말로 그런 일을 할 수 없답니다. 겨우 십 분이나 이십 분, 제 목소리의 울림이 있을 때만의 목숨이랍니다."

"아니요, 그렇지 않아요. 그렇지 않아요. 선생님은 이 세계와 모든 것을 더욱 아름답고 훌륭하게 만드는 분이세요."

말리브랑은 자신도 모르게 살짝 미소를 지었다.

"네, 저도 그러길 바랍니다. 하지만 당신은 더욱 그렇겠죠. 바르고 깨끗하게 일하는 사람은 하나의 커다란 예술을 시간의 뒤에 만들고 있는 것입니다. 보세요, 저쪽 푸른 하늘을. 한 마리의 백조가 날아갑니다. 새는 모두 뒤에 그 흔적을 갖고 있습니다. 사람들은 그 흔적을 보지 않지만 저는 그것을 봅니다. 마찬가지로 우리는 모두 그 흔적에 하나의 세계를 만들어갑니다. 그것이 모든 사람의 가장 숭고한 예술입니다."

"하지만 당신은 높게 빛나는 하늘에 있어요. 모든 풀과 꽃과 새는 당신을 칭송하며 노래합니다. 나는 누구에게도 알려지지 못한 채 넓은 숲 속에서 허무하게 죽어갈 거예요."

"그것은 당신도 마찬가지입니다. 내게 와서 나를 빛나게 하는 것은 당신도 빛나게 합니다. 내게 건네진 모든 칭송의 말은 그대로 당신에게 보내집니다."

"저를 가르쳐주세요. 저를 데려가 써주세요. 저는 어떤 일도 하겠습니다."

"아니요, 저는 어디에도 가지 않습니다. 언제까지나 당신이 생각하는 그곳에 있습니다. 모든 진정한 빛 속에서 함께 살고, 함께 나아가는 사람들은 언제까지나 함께 있는 것입니다. 하지만 나는 이제 돌아가야 합니다. 해님이 너무 멀어졌어요. 때까치도 날아오릅니다. 그러면 늘 건강하시길."

정거장 쪽에서 날카로운 호각소리가 삐익 울렸고, 때까치는 동시에 날아올라 어지럽게 흩어진 악보처럼 요란스럽게 울면서 동쪽으로 날아간다.

"선생님, 저를 데려가 주세요. 부디 저를 가르쳐주세요."

아름답고 우아한 말리브랑은 희미하게 웃는 듯 보이기도 했고 또는 당황해서 머리를 흔드는 듯도 보였다.

그리고 주위는 어두워졌으며 하늘만이 은빛을 쏟아내었고, 때까치가 너무 시끄러웠기 때문에 종달새는 결국 어쩔 수 없이 다시 한번 하늘로 날아가며 조금 어설픈 노래를 불렀다.

★

노송나무와 개양귀비

ひのきとひなげし

개양귀비는 모두 새빨갛게 타올랐으며, 제각각 바람에 흔들려 숨도 제대로 쉬지 못하는 듯 비틀비틀했습니다. 마찬가지로 개양귀비 뒤쪽에서 바람에 머리카락도 몸도 이리저리 부대끼며 서 있는 젊은 노송나무가 말했습니다.

"너희는 모두 새빨간 돛단배구나. 지금은 폭풍우의 어디 부근이니?"

"아니야, 우리는 그런 돛단배가 아니야. 키만 멀뚱멀뚱하게 큰 바보 노송나무야."

개양귀비는 한목소리로 말했습니다.

"그리고 저쪽에 있는 것은 구리를 연마해서 이제 막 만들어진 생명체구나."

"아니야, 해님이야. 그런 구리 따위가 아니야. 키만 멀뚱멀뚱하게 큰 바보 노송나무야."

개양귀비는 모두 한목소리로 외쳤습니다.

그런데 그때 해님은 후후후 하고 커다란 숨을 네댓 번 뱉어낸 후 자주색 산으로 들어갔습니다.

바람이 한층 거세져 노송나무도 검붉은 말꼬리 같았고, 개양귀비들은 모두 열병에 걸린 듯 남풍에 무언가 제각각 잠꼬대를 했지만, 바람은 아예 상대도 하지 않고 거침없이 저쪽으로 달려갔습니다.

그러자 개양귀비들은 조금 조용해졌습니다. 동쪽에는 크고 멋진 네 개의 구름 기둥이 희미하게 푸른빛을 띤 채 나란히 솟았습니다.

가장 작은 개양귀비가 혼자 중얼중얼 말했습니다.

"아아, 시시해. 평생 합창단만 해야 하나. 한 번이라도 스타로 만들어준다면 내일 죽어도 좋겠는데……."

옆의 검은 반점이 있는 꽃이 곧바로 말을 받았습니다.

"그건 물론 나도 그래. 하지만 스타가 되지 않더라도 어차피 내일이면 죽을 텐데."

"어머, 아무리 스타가 아니라도 너 정도로 멋지다면 그것만으로도 충분하잖아."

"거짓말 마. 정말 지겨워. 물론 나도 너보다는 어느 정도는 괜찮다고 생각해. 하지만 테클라님과는 도저히 비교도 안 돼. 파란 조끼를 입은 등에도, 노란 줄무늬 벌도 모두 가장 먼저 그분에게 가는걸."

그때 맞은편 접시꽃 화단에서 악마가 작은 개구리로 변해 베토벤이 입었던 파란 프록코트를 입고, 초승달보다 우아한 장미 아가씨로 꾸민 제자의 손을 끌며 무척 바쁜 듯 다가왔습니다.

"이런, 길을 잘못 든 건가. 아니면 지도가 틀렸나. 실패야, 실패. 여하튼 잠깐 물어봐야겠어. 저기요, 미용술 의사 댁이 어디인가요?"

개양귀비는 무척 멋진 장미 아가씨를 본 데다가 미용술 의사를 찾았기 때문에 모두 두근거렸지만 부끄러워서 아무도 대답을 하지 않았습니다. 악마 개구리가 장미 아가씨에게 말했습니다.

"하하핫, 이 주변의 개양귀비는 모두 귀머거리들인가. 게다가 완전히 무식해."

아가씨로 둔갑한 악마의 제자는 입을 조금 새초롬히 오므리며 얌전하게 고개를 끄덕였습니다.

여왕 테클라가 큰 용기를 내서 말했습니다.

"무슨 일이신가요?"

"아, 네. 좀 여쭤보겠는데요, 미용병원은 어디입니까?"

"저기, 공교롭게도 그런 곳을 알지 못합니다. 그런 곳이 이 근처에 있나요?"

"물론 있습니다. 지금 제 딸도 예전에는 뾰족하고 이상하게 생겨서 무척 걱정했지만, 선생님께서 직접 세 번이나 와주어 고쳐주신 덕에 지금은 마음만 먹으면 당신들과도 어울릴 수 있게 된 거죠. 내일 뉴욕에 데려가게 돼서 잠시 사례차 방문한 것입니다. 그럼, 이만."

"아, 잠시만. 잠시만 기다려주세요. 그 미용술 선생님은 어디든 출장을 가주시는 건가요?"

"그럴 겁니다."

"그러면 정말 죄송하지만 가시는 길에 이쪽에도 들러달라고 부탁 좀 해주실 수 있을까요?"

"글쎄요, 전 선생님의 제자도 아니라서……. 하지만 여하튼 그렇게 전하겠습니다. 자, 가자. 안녕히 계세요."

악마는 아가씨 손을 끌고 저쪽의 제방 끝까지 가자 한쪽 눈을 찡긋하고는 말했습니다.

"너는 이제 돌아가도 좋아. 그리고 양배추와 붕어를 푹 삶아 놓아라. 난 이제 의사로 변신할 거니까."

그렇게 말하면서 어느새 하얀 수염이 있는 자그마한 의사로 변신했습니다. 악마의 제자는 재빨리 커다란 참새가 되어 휘리릭 날아갔습니다.

동쪽의 구름 봉우리는 점점 높아지고 하얘지더니 지금은 하늘 끝까지 닿을 듯합니다.

악마는 서둘러 개양귀비가 있는 곳으로 왔습니다.

"흐음, 이 근방이라고 들었는데 문패 같은 것도 없군. 잠시 여쭙겠습니다만 개양귀비님들이 사는 곳은 어디입니까?"

현명한 테클라가 가슴을 두근거리며 말했습니다.

"저기, 개양귀비는 바로 앞에 있습니다. 누구이신가요?"

"그렇군요. 저는 아까 백작에게 부탁을 받은 의사입니다만……."

"이런 실례를 했군요. 의자는 없지만 이쪽으로 오세요. 그런데 우리도 아름다워질 수 있을까요?"

"가능합니다. 뭐, 약을 세 번만 먹으면 아까의 아가씨 정도는 가능합니다. 그런데 약값이 비싸서……."

개양귀비는 모두 어두운 얼굴로 한숨을 쉬었습니다. 테클라가 물었습니다.

"도대체 얼마 정도인가요?"

"그러니까…… 하나당 5빌입니다."

개양귀비는 쥐죽은 듯 조용해졌습니다. 악마 의사도 턱수염을 만지작거리며 조용히 하늘을 올려다보고 있습니다. 구름 봉우리는 점점 무너져 차분한 노란색으로 빛났으며 살며시 북쪽으로 흐르기 시작했습니다.

개양귀비는 여전히 입을 다물고 있습니다. 의사도 가만히 수염을 만지작거리고 있었으며 화단 저 멀리는 이미 희미한 짙푸른 색입니다. 그때 바람이 불어왔기 때문에 개양귀비들이 조금 술렁였습니다.

의사도 살짝 눈을 움직인 듯했지만 곧 이전처럼 조용해졌습니다.

그때 가장 작은 개양귀비가 결심한 듯 말했습니다.

"의사 선생님. 저희 줄기 따위는 한 푼도 나가지 않습니다. 하지만 조금 지나면 우리 머리에 아편이 생깁니다. 그것을 전부 드리는 걸로 하면 안 될까요."

"흐음, 아편이라. 별로 수지가 맞지 않지만 여하튼 그 약은 내게 필요하니까. 좋아, 잘 알겠다. 증서를 쓰자."

그러자 모두가 동시에 외쳤습니다.

"저도 부디 그렇게 해주세요. 부디 저도 그렇게 해주세요."

의사는 마치 곤란하다는 듯 이마에 주름을 세웠지만 이내 "어쩔 수 없군. 좋아. 그냥 자선이라고 생각하지. 알았다. 그럼 모두 증서를 써"라고 말했습니다.

'이런, 큰일이야! 글씨 같은 건 쓸 줄 모르는데' 하고 개양귀비들이 각자 생각하고 있을 때 악마 의사는 이미 들고 온 가방에서 인쇄된 증서를 잔뜩 꺼냈습니다. 그리고 웃으며 말했습니다.

"그러면 내가 이 종이를 한 장씩 넘길 테니까 여러분은 함께 이렇게 말하세요."

'아편은 모두 드리겠습니다.'

개양귀비들은 다행이라고 소곤거렸습니다. 의사는 서서 말했습니다.

"그러면……."

팔랑 팔랑 팔랑

"아편은 모두 드리겠습니다."

"좋아, 좋아. 얼른 약을 주겠다. 한 번, 두 번, 세 번이야. 먼저 내가 여기서 첫 번째 복용의 주문을 읊을 거야. 그러면 이 주변의 공기가 반짝이는 빨간 물결로 변할 거야. 그것을 너희가 마시는 거야."

악마 의사는 무척 신비하고 좋은 목소리로 이상한 노래를 불렀습니다.

"한낮의 초목과 돌과 흙을 비추는 일을 미뤄두고 붉은빛은 모이거라! 이곳에 머물거라!"

그러자 이미 옅은 남색이 된 주변의 공기 속에서 보일 듯 말 듯한 붉은빛이 희미한 물결이 되어 흔들렸습니다. 개양귀비들은 자기야말로 가장 아름다워지겠다고 열심히 그 바람을 삼켰습니다.

악마 의사는 곧게 서서 그 모습을 지켜보고 있다가 그 빛이 사라지자 다시 말했습니다.

"그러면 두 번째 복용. 한낮의 초목과 돌과 흙을 비추는 일을 미뤄두고 붉은빛은 모이거라! 이곳에 머물거라!"

옅은 벌꿀색이 공기 속에서 어른어른 일렁였습니다. 개양귀비는 다시 그것을 열심히 삼켰습니다.

"그러면 세 번째……" 하고 의사가 말하려는 순간이었습니다.

"어이, 의사 양반! 그렇게 이상한 목소리 내지 말라고. 이곳은 세인트 조반니님의 정원이니까" 하고 노송나무가 크게 소리쳤습니다.

그때 바람이 쇄아 불어왔습니다. 노송나무가 다시 크게 외쳤습니다.

"이 가짜 의사야! 기다렷!"

그러자 의사는 크게 당황해서는 마치 봉홧불이 피어오르듯 벌떡 일어나서는 거대하고 시커먼 물체가 되어 어딘가로 날아갔습니다. 그 발끝은 장도리처럼 뾰족했고, 검은색 진찰가방도 연기처럼 사라졌습니다.

개양귀비들은 모두 놀라서 멍하니 하늘을 바라보고 있습니다.

노송나무가 말했습니다.

"조금만 늦었어도 너희 모두 머리를 잡아먹혔을 거야."

"그래도 상관없잖아. 참견쟁이 노송나무야!"

이미 새까맣게 보이는 개양귀비들은 모두 화를 내며 말했습니다.

"그게 아니라니까. 너희가 새파랗게 어린 양귀비인 채로 으드득으드득 잡아 먹혀버리면 내년에는 이곳에 풀만 자랄 뿐이야. 또 너희는 스타가 되고 싶다고 말하지만 스타가 뭔지도 모르잖아. 스타라는 건 원래 하늘의 별을 말하는 거야. 봐봐, 저쪽 하늘에 벌써 나왔잖아. 조금만 있으면 하늘 가득 나올 거야. 그래, 올스타 캐스팅이라고 하지? 올스타 캐스팅이라고 하는 게 그거야. 그러니까 쌍둥이별님은 쌍둥이 자리에, 레오노레님은 레오노레 자리에……. 각각 정해진 자리에서 정해진 빛을 내보내는 것이 올스타 캐스팅이야. 그런데 스타가 되고 싶다고 외치는 너희는 다행히 그 자체만으로도 스타야. 게다가 올스타 캐스팅이기도 하고. 그 이유는 바로 이거야. 잘 들어."

하늘에 핀 꽃을 별이라고 하고
이 세상의 별을 꽃이라고 하네

"뭐라고 떠드는 거야, 바보 노송나무. 개양귀비 따위로 살아가고 싶지 않아. 더구나 너의 그 이상한 목소리, 악마님 발꿈치에도 못 미친다고! 아앙, 아앙, 이 참견쟁이, 멀대 같은 노송나무."

개양귀비는 여전히 화를 냈습니다.

하지만 이미 그 얼굴은 모두 새까맣게 보였습니다. 구름 봉우리가 모두 무너져 소 모양이 되었고, 하늘 곳곳에 별이 반짝이기 시작했기 때문입니다.

개양귀비는 모두 말없이 있었습니다.

노송나무는 다시 말없이 저녁 하늘을 바라보았습니다.

서쪽 하늘은 이제 광채를 거두고, 동쪽의 구름 봉우리는 계속해서 무너졌으며, 또 하나의 은색별이 반짝이기 시작했습니다.

★

밭 가장자리

畑のへり

마를 모두 수확했기 때문에 밭 가장자리에 일렬로 심어진 옥수수는 더욱 멋지게 눈에 띄었습니다.

작은 등에나 거북 배딱지 색깔의 투명한 날벌레 등이 끊임없이 찾아와 인사를 하고 갔습니다.

옥수수는 이미 꼭대기에 하늘하늘한 이삭이 솟았고, 오그라든 커다란 잎이 달린 곳에는 뾰족한 푸른색의 옥수수 깍지가 나와 있었습니다.

그리고 바람에 사락사락 흔들렸습니다.

한 마리의 개구리가 수확이 끝난 밭 너머까지 뛰어와서 갑자기 이 옥수수 행렬을 보고 깜짝 놀라며 말했습니다.

"이런! 이상한 동물이 서 있네. 몸은 말라서 비틀비틀하지만, 똑바로 줄을 서고 있어. 어쩌면 이것은 카마진 나라의 군대일지도 몰라. 어디, 자세히 보자."

개구리는 성능 좋은 망원경을 꺼내 눈에 댔습니다. 그리고 커다랗게 보이는 옥수수의 모습을 잠깐 보자마자 꺄악 외치고는 망원경이고 뭐고 던져버리고 쏜살같이 도망갔습니다.

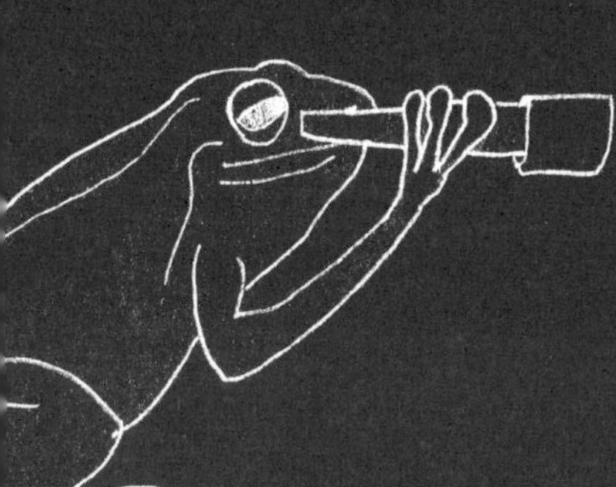

개구리가 오백 걸음을 뛰었을 때 놀라서 이쪽을 보고 있는 다른 한 마리의 개구리를 만났습니다.

"이런! 무슨 일이야. 도대체 누가 쫓아온 거야?"

"어떡해, 어떡해. 정말 큰일 났어. 마침내 카마진 나라의 군대가 와 버렸어. 모두 두세 개의 유령을 옆구리에 끼고 있어. 그 유령은 이빨이 칠십 개나 있다고. 그 유령에게 물리면 끝장이야. 불쌍하게도 마는 모두 잡아먹혀 버렸어. 모두 바르고 좋은 청년들이었는데. 뼈까지 아드득아드득 씹혀 먹혔다니 정말 남의 일 같지가 않아."

"뭐라고? 병사들이 유령을 데리고 왔다고? 그렇게 무서운 유령이야?"

"어떡해, 어떡해. 일단 봐봐. 유령들은 모두 푸르스름한 머리카락이 푸석푸석 나 있고, 이빨이 칠십 개인데다가 다리에서 머리 쪽으로 푸른 망토를 여섯 벌이나 입고 있어."

"지금 어디에 있어?"

"네 망원경으로 보는 게 좋을 거야. 저쪽이야. 마밭 맞은편. 나는 망원경이고 뭐고 버리고 도망왔어."

새로 온 개구리는 망원경을 꺼내 살펴보았습니다.

"뭐야, 저건 유령도 뭐도 아니야. 저건 옥수수라는 거야. 나는 작년부터 알고 있었어. 그렇게 나쁜 생물은 아니야. 옆구리에 있는 것은 유령이 아니야. 모두 멋진 따님들이야. 따님들은 모두 초록색 망토를 입고 있어."

"초록색 망토는 입을 수 있지. 하지만 망토를 저렇게 입는 경우가 대체 어디 있어? 다리부터 머리 쪽으로 거꾸로 입고 있잖아. 게다가 망토를 여섯 벌이나 겹쳐 입다니, 듣도 보도 못한 사치야. 사치스럽기 그지없네."

"하하하. 하지만 세상은 다양하니까. 예를 들어 토끼라는 녀석은 귀가 하늘까지 닿아. 그 끝은 가늘어서 보이지 않을 정도야. 돼지라는 녀석은 코가 나팔처럼 되어 있어. 입속에는 잠자리 날개처럼 투명한 날개가 열 개나 있어. 그리고 인간이라는 거 알아? 인간이라는 자는 머리 위쪽에 열여섯 개의 손이 붙어 있어. 그런 것들도 있는 거야. 게다가 옥수수 따님들의 길고 반질반질한 머리카락은 아주 인기가 있다고."

"그만둬. 칠십 개의 이빨에서 반질반질한 긴 털이 곧바로 나 있다는 건 생각만 해도 비위가 상해."

"그렇지 않아. 조금 더 가까이 가보자. 이런! 누군가 왔다. 이봐, 저것이 방금 말한 인간이야. 인간은 정말로 무서운 동물이야. 무슨 짓을 하는지 여기 숨어서 보자. 자, 망원경을 빌려줄게."

"아, 잘 보여. 뭐야, 손이 열여섯 개 있다며? 내게는 다섯 개밖에 보이지 않아. 앗, 저 유령을 붙잡고 있어."

"어디, 줘봐. 아아, 옥수수를 따고 있어. 전부 뚝뚝 따고 있어. 옥수수들은 무서워서 입을 부들부들 떨고 있어. 따님들은 머리카락을 흔들며 울고 있고. 내게는 열여섯 개의 손이 확실히 보이는데."

"어디, 줘봐. 정말 열여섯 개인가. 네 개는 아주 작군. 아아, 뒤에서 또 한 인간이 왔어. 저건 여자겠지?"

"어디, 잠깐만. 그래, 저건 여자아이야. 오, 지금 여자아이가 옥수수 따님의 머리카락을 뽑아서 입에 넣고는 하늘로 불어버렸어. 그랬더니 그것이 푸르스름한 불이 되어 타올랐어."

"이쪽으로 오면 어떡하지? 무서운데."

"안 와. 아, 벌써 가버렸다. 뭐라고 외치는 것 같은데."

"노래하는 거야. 하지만 우리보다 훨씬 못하는군."

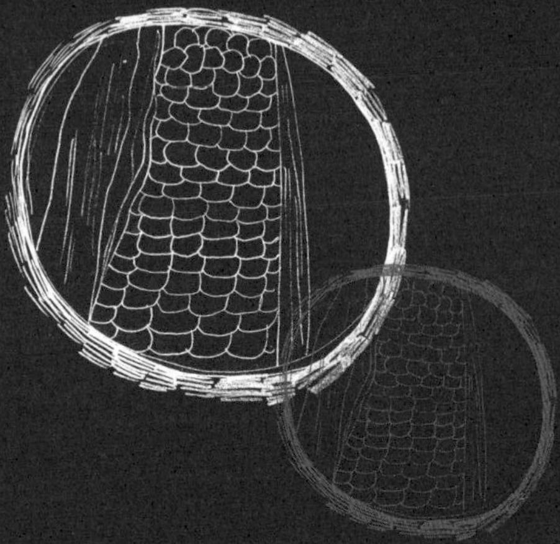

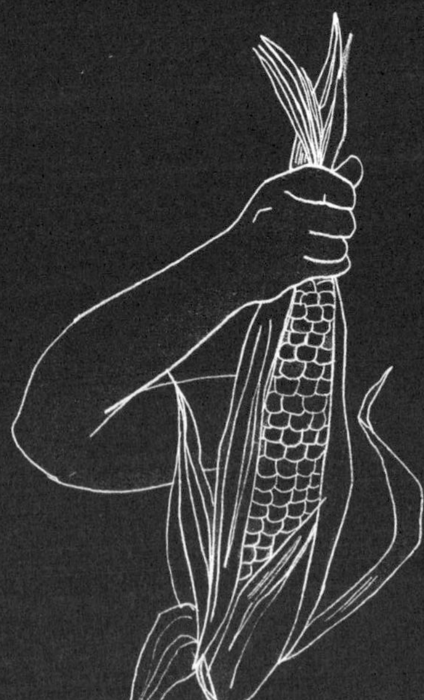

"정말 못하네. 내가 조금 불러줄까. 내가 노래하면 분명 깜짝 놀라서 이쪽을 돌아볼 텐데."

"불러봐. 이쪽으로 오면 저 잎 뒤에 숨자."

"준비됐어? 부른다. 개굴개굴."

"돌아보지 않아. 조금 더 크게 불러봐."

"너무 피곤해서 목소리가 안 나와. 개굴. 그만 할래."

"그만 할래? 이런, 가버렸어. 아쉽군."

"난 망원경을 주우러 갈래. 잘 가."

"잘 가."

두 마리의 개구리는 헤어졌습니다.

옥수수는 깍지를 잃어 무척 쓸쓸해졌지만, 여전히 하늘을 향해 이삭을 팔랑팔랑 흔들고 있었습니다.

★

아침에 관한 동화적 구도

朝に就ての童話的構図

이끼가 가득 핀 곳에 안개가 부슬부슬 내렸고, 개미 보초병은 철모의 챙 아래로 날카로운 눈빛으로 주위를 둘러보며 커다란 푸른 풀고사리 숲 앞을 왔다 갔다 하고 있습니다.

저쪽에서 두두두두두 한 마리의 개미 병사가 달려옵니다.

"멈춰, 누구냐!"

"제128연대의 연락병이다!"

"어디에 가는 건가?"

"제50연대 연대본부에 간다."

보초병은 스나이더식 총검을 상대의 가슴에 비스듬히 댄 채 병사의 눈빛과 턱의 형태, 그리고 윗옷 소매 모양과 군화의 상태를 하나하나 꼼꼼하게 조사했습니다.

"좋아, 통과!"

연락병은 황급히 풀고사리 숲으로 들어갔습니다.

안개 방울은 점점 작아져 이제는 연한 우윳빛 연기로 바뀌었으며, 풀과 나무가 물을 빨아들이는 소리가 곳곳에서 바쁘게 들려왔습니다. 엄격한 보초병도 결국 졸음을 이기지 못합니다.

두 마리의 꼬마 개미들이 손을 잡고 크게 웃으면서 다가왔습니다. 그리고 갑자기 저쪽 졸참나무 아래를 보더니 깜짝 놀라 멈춰 섰습니다.

"앗, 저건 뭐지? 저런 곳에 새하얀 집이 생겼어."

"집이 아니야, 산이야."

"어제는 없었잖아."

"군인 아저씨께 물어보자."

"그래."

두 마리의 개미는 달려갑니다.

"군인 아저씨, 저기에 있는 것은 뭐예요?"

"뭐야, 시끄럽게. 돌아가."

"군인 아저씨 졸고 있었구나. 저쪽에 있는 건 뭐예요?"

"귀찮군. 뭐 말이냐? 이런!"

"어제는 저런 거 없었어요."

"이런! 큰일이다. 그래, 어린 너희도 이럴 때는 모두에게 큰 도움이 되겠구나. 잘 들어. 너희 중 한 명은 이 숲으로 들어가서 아루킬 중령님을 만나라. 그리고 또 한 명은 육지측량부로 곧장 달려가야 한다. 그리고 각자 이렇게 전해라. '북위 25도 동경 6리 지점에 목적을 알 수 없는 커다란 공사를 하고 있다'고. 둘 다 따라 해봐."

"북위 25도 동경 6리 지점에 목적을 알 수 없는 커다란 공사를 하고 있다."

"그래. 자 빨리. 그동안 나는 이곳을 지키고 있겠다."

꼬마 개미들은 쏜살같이 달려갑니다.

보초병은 총검을 쥐고 그 새하얗고 두꺼운 기둥과 커다란 지붕이 있는 건물을 뚫어지게 노려보고 있습니다.

그것은 점점 커지는 듯했습니다. 왜냐하면 희미한 윤곽이 하얗게 빛나며 부들부들 떨고 있었기 때문입니다.

갑자기 쿵 하는 소리가 울리더니 주변의 이끼들이 흔들흔들 흔들렸고, 개미 보초병은 정신없이 머리를 감싸 안았습니다. 눈을 뜨고 다시 보니 그 새하얀 건물은 기둥이 꺾인 채 완전히 뒤집어져 있었습니다.

양쪽에서 꼬마 개미들이 돌아왔습니다.

"군인 아저씨. 걱정하지 않아도 된대요. 저건 버섯이라는 거래요. 아무것도 아니래요. 아루킬 중령님이 크게 웃었어요. 그리고 우리를 칭찬했어요."

"있잖아요, 금방 없어진대요. 지도에 넣지 않아도 된대요. 저런 걸 지도에 넣었다가 지웠다가 하려면 육지측량부가 백 개 있어도 부족하다고. 앗! 뒤집어졌네."

"지금 막 쓰러졌어."

보초병은 조금 겸연쩍은 듯 말했습니다.

"뭐지? 앗! 저런 것도 나왔잖아."

저쪽에서 물고기 뼈처럼 이상하게 생긴 회색 버섯이 능청스럽게 반짝이고 있었습니다. 가지가 생기기도 하고 손이 나오기도 하면서 점점 땅에서 솟아나고 있습니다. 두 마리의 꼬마 개미들은 그것을 가리키며 웃고 웃고 또 웃었습니다.

그때 안개 저편에서 커다랗고 빨간 해가 솟았고, 이끼도 솔이끼도 갑자기 파랗게 변했습니다. 개미 보초병은 남쪽을 향해 다시 근엄하게 스나이더식 총검을 들었습니다.

★

은행

いちょうの実

하늘 꼭대기는 차갑고 차가워서 똑딱똑딱 담금질한 강철 같습니다.

그리고 별이 가득합니다. 하지만 동쪽 하늘은 벌써 부드러운 도라지 꽃잎처럼 오묘하고 그윽한 빛을 비추기 시작했습니다.

그 새벽하늘 밑, 낮에는 새도 지나가지 않는 높은 곳을 날카로운 서리조각이 바람을 타고 사락사락 남쪽으로 날아갔습니다.

정말로 그 소리가 언덕 위에 있는 한 그루 은행나무에게 들릴 정도로 맑디맑은 새벽녘입니다.

은행나무의 열매는 모두 함께 눈을 떴습니다. 그리고 기대감으로 가슴이 두근거렸습니다. 오늘이야말로 여행을 떠나는 날입니다. 이전부터 모두 그렇게 생각하고 있었고, 엊저녁에 찾아온 두 마리의 까마귀도 그렇게 말했습니다.

"떨어지는 동안에 어지럽지 않을까?"

은행 한 알이 말했습니다.

"눈을 꼭 감으면 괜찮아."

다른 은행이 대답했습니다.

"아, 깜박했다. 물통에 물을 채웠어야 했는데……."

"난 말이지, 물통 말고도 박하수를 준비했어. 조금 줄까? 여행하면서 속이 안 좋을 때 조금 마시면 좋다고 엄마가 얘기하셨잖아."

"엄마가 왜 나한테는 안 주셨지?"

"그러니까 내 것을 줄게. 엄마를 나쁘게 생각하면 안 돼."

그렇습니다. 이 은행나무는 어머니였습니다.

올해는 천 알의 황금색 아이들이 태어난 것입니다.

그리고 오늘이야말로 아이들이 모두 함께 여행을 떠나는 날입니다. 어머니는 그것이 너무 슬퍼서 부채꼴의 황금머리카락을 어제 전부 떨어뜨렸습니다.

"나는 어떤 곳으로 가게 될까."

한 여자아이 은행이 하늘을 올려다보며 중얼거리듯 말했습니다.

"나도 몰라. 아무 데도 가고 싶지 않은데."

또 한 아이가 말했습니다.

"난 무슨 일을 당하더라도 엄마 곁에 있고 싶어."

"안 된다고 하잖아. 바람이 매일 그렇게 말했어."

"싫은데."

"그리고 우리 모두 뿔뿔이 흩어지겠지?"

"응, 그래. 난 이제 아무것도 필요 없어."

"나도 그래. 지금까지 제멋대로 굴었던 거 용서해줘."

"어머, 나야말로 그래. 용서해줘."

동쪽 하늘의 도라지 꽃잎은 어느새 시들어버린 듯 기운이 없어졌고, 아침의 하얀 햇살이 나타나기 시작했습니다. 별들도 하나둘 사라져갑니다.

은행나무에서 가장 높은 곳에 있던 두 소년 은행이 말했습니다.

"봐, 벌써 밝아졌어. 기뻐. 난 반드시 황금색 별이 될 거야."

"나도 별이 될 거야. 여기서 떨어지면 북풍이 곧바로 하늘로 데려가 주겠지?"

"난 북풍은 아니라고 생각해. 북풍은 친절하지 않아. 분명 까마귀님이 데려가 줄 거야."

"그래, 분명 까마귀님일 거야. 까마귀님은 대단하잖아. 여기서 저 멀리 보이지 않는 곳까지 단숨에 날아가니까. 부탁하면 우리 둘 정도는 분명 순식간에 파란 하늘로 데려가 줄 거야."

"부탁해볼까. 어서 오면 좋을 텐데."

꼭대기 조금 아래에서 다른 두 은행이 말했습니다.

"나는 가장 먼저 살구왕의 성을 찾아갈 거야. 그리고 공주님을 납치해간 괴물을 물리치는 거지. 그런 괴물이 분명 어딘가에 있겠지?"

"응, 있겠지. 하지만 위험하지 않을까? 괴물은 아주 커다랗잖아. 우리 같은 건 콧김으로도 날려버릴걸."

"난 있잖아, 아주 좋은 걸 갖고 있어. 그러니까 괜찮아. 보여줄까? 자, 봐."

"이건 엄마 머리카락으로 만든 그물이잖아."

"그래. 엄마가 주셨어. 무언가 무서운 것이 나타나면 이 속에 숨으라고 하셨어. 난 말이지, 이 그물을 품속에 감추고 괴물을 만나러 가는 거야. 여보세요, 안녕하세요, 나를 잡아먹을 수 있을까요, 없을까요 하고 약을 올리는 거야. 그러면 괴물은 화가 나서 곧바로 잡아먹겠지. 난 그때 괴물의 위 속에서 이 그물을 꺼내 뒤집어쓰는 거지. 그리고 뱃속을 엉망으로 만들어버릴 거야. 그러면 괴물은 티푸스에 걸려 죽겠지. 나는 그때 빠져나와서 살구 공주님을 데리고 성으로 돌아가는 거지. 그리고 살구 공주님과 결혼하는 거야."

"정말 멋진데. 그러면 그때 내가 찾아가도 되지?"

"되고말고. 내가 나라의 절반을 나눠줄게. 그리고 엄마에게는 매일 맛있는 과자를 잔뜩 드릴 거야."

별이 완전히 사라졌습니다. 동쪽 하늘은 하얗게 타오르는 듯했습니다. 나무가 갑자기 소란스러워졌습니다. 이제 출발시간이 얼마 남지 않은 것입니다.

"신발이 작네. 아, 귀찮아. 그냥 맨발로 가야겠다."

"그러면 내 거랑 바꾸자. 내 건 조금 크거든."

"바꾸자. 아, 딱 맞네. 고마워."

"나 어떡하지. 엄마가 준 새 외투가 안 보여."

"얼른 찾아봐. 어느 가지에 놔뒀어?"

"잊어먹었어."

"걱정이네. 앞으로 무척 추워질 텐데. 반드시 찾아야 해."

"여기, 봐봐. 좋은 빵이지? 건포도도 조금 보이고. 빨리 가방에 넣어둬. 곧 해님이 나오실 거야."

"고마워, 그럼 받을게. 정말 고마워. 함께 가자."

"어떡하지. 아무리 찾아도 안 보여. 정말 난 어떡하면 좋지?"

"우리 둘이 같이 가자. 내 걸 가끔 빌려줄게. 얼어 죽게 돼도 같이 가자."

동쪽 하늘이 하얗게 타오르고 흔들흔들 일렁이기 시작했습니다. 엄마 은행나무는 마치 죽은 듯 가만히 서 있습니다.

갑자기 빛다발이 황금 화살처럼 한꺼번에 날아왔습니다. 꼬마 은행들은 놀라울 만큼 빛났습니다.

그때 북쪽에서 얼음처럼 차갑고 투명한 바람이 휘잉 불어왔습니다.

"안녕히 계세요, 엄마."

"엄마, 안녕."

아이들은 모두 한꺼번에 비처럼 가지에서 떨어졌습니다.

북풍이 웃으면서 "올해도 이것으로 일단 이별이군" 하고 말하고는 차가운 유리망토를 펄럭이며 저쪽으로 가버렸습니다.

해님은 불타는 보석처럼 동쪽 하늘에 걸려있었습니다. 그리고 슬퍼하는 엄마 나무와 여행을 떠난 아이들에게 되도록 많은 햇살을 던져주고 있었습니다.

스케치 3

새장 선생과 후 쥐

호라쿠마학교를 졸업한 세 학생

洞熊学校を卒業した三人

붉고 긴 팔의 거미와 은색의 민달팽이와 얼굴을 씻은 적이 없는 너구리가 함께 호라쿠마학교에 들어갔습니다. 호라쿠마 선생님의 가르침은 세 가지였습니다.

일 학년 때는 토끼와 거북이의 달리기 시합을 배웠고, 또 한 가지는 큰 것이 가장 좋다는 것을 배웠습니다. 그리고 세 학생은 모두 일등이 되려고 열심히 경쟁했습니다. 일 학년 때는 민달팽이와 너구리가 계속 지각해서 벌을 받았기 때문에 거미가 일등이 되었습니다. 민달팽이와 너구리는 분해서 울었습니다. 이 학년 때는 호라쿠마 선생님이 점수를 잘못 매겨서 민달팽이가 일등이 되었고, 거미와 너구리는 이를 갈며 분해했습니다. 삼 학년 시험 때는 주위가 너무 밝았기 때문에 호라쿠마 선생님이 눈물을 흘리며 눈을 감고만 있어서 너구리는 책을 보며 글쓰기 시험을 봤습니다. 그리고 너구리가 일등이 되었습니다. 그렇게 붉고 긴 팔의 거미와 은색의 민달팽이, 그리고 얼굴을 씻은 적이 없는 너구리가 함께 호라쿠마학교를 졸업했습니다. 세 학생은 겉으로는 무척 사이가 좋아 보였습니다. 호라쿠마 선생님을 모시고 사은회를 열기도 했으며 자신들의 송별회를 하기도 했습니다. 하지만 모두 속으로는 '흥, 저 녀석들이 무엇을 할 수 있겠어, 앞으로 누가 가장 위대하고 훌륭해지는지 두고 보자'는 생각만 했습니다. 여하튼 모임도 끝나고 세 학생은 각자 자신의 집으로 돌아가 마침내 배운 것을 스스로 직접 해보게 되었습니다. 한편 호라쿠마 선생님은 이번에는 시궁쥐를 잡아서 학교에 입학시키려고 매일 쫓아다니고 있었습니다.

그때는 마침 얼레지꽃이 필 무렵으로 눈이 새파란 수많은 벌이 햇살 속을 붕붕붕붕 날아다니면서 일일이 작은 복숭앗빛 꽃에 인사를 하며 벌과 향료를 얻기도 하고, 그 답례로 황금색 꽃가루를 다른 꽃에 옮겨주고 있었습니다. 또한, 나무의 새싹에는 필요 없어진 밀랍을 모아 육각형의 벌집을 만드는 등 바쁘고 활기차게 봄을 맞이하고 있었습니다.

거미는 어떻게 되었을까

거미는 모임이 끝난 날 밤, 자신의 집인 숲 초입의 졸참나무로 돌아왔습니다.

그런데 거미는 호라쿠마학교에서 이미 돈을 다 써버리고 아무것도 남아있지 않았습니다. 그래서 거미는 배고픔을 참으며 희미한 달빛 아래서 그물을 만들기 시작했습니다.

너무 허기져서 몸에 실도 남아있지 않을 정도였습니다. 하지만 거미는 "어디, 두고 보자. 두고 보자고" 중얼거리면서 열심히 실을 끌어내어 간신히 작은 동전만 한 거미줄을 만들었습니다. 그리고 가지 뒤에 숨어서 밤새 눈을 번뜩이며 거미줄을 바라보고 있었습니다.

날이 밝을 무렵, 멀리서 작은 새끼 등에가 웅웅 소리를 내며 다가와 거미줄에 부딪혔습니다. 하지만 너무 허기진 상태에서 만든 그물

에는 끈기가 조금도 없었고, 새끼 등에는 곧바로 줄을 끊고 날아가려고 했습니다.

나뭇가지 뒤에 숨어있던 거미는 미친 듯이 달려나가 등에를 꽉 잡아챘습니다.

새끼 등에는 "잘못했어요, 잘못했어요, 잘못했어요" 하며 가녀린 목소리로 울었지만, 거미는 대꾸도 하지 않고 머리부터 날개와 다리까지 모두 먹어버렸습니다. 그리고 후우 한숨을 쉬고는 잠시 하늘을 바라보며 배를 문질렀습니다. 그리고 다시 실을 뽑아 이번에는 두 배 크기의 거미줄을 만들었습니다.

거미는 다시 나뭇가지 뒤로 돌아가 여섯 개의 눈을 번뜩번뜩 빛내며 가만히 거미줄을 응시하고 있었습니다.

"여기는 어디입니까" 하며 눈먼 하루살이가 지팡이를 짚고 다가왔습니다.

"이곳은 여관입니다."

거미는 여섯 개의 눈을 제각각 깜박이며 말했습니다.

하루살이는 힘든 듯 고개를 흔들며 거미집에 앉았습니다. 거미가 달려나와 "자, 차를 드세요" 하면서 갑자기 하루살이의 몸통을 물었습니다.

하루살이는 차를 받으려고 내밀었던 손을 허공으로 뻗고 발버둥치면서 "가엾은 딸, 아빠가 여행지에서 죽었다는 소식을 들으면……" 하고 애절한 목소리로 노래를 부르기 시작했습니다.

"에잇, 성가셔. 버둥거리지 마."

거미가 말했습니다.

그러자 하루살이는 합장을 하며 "자비를 베풀어주십시오. 유언을 남길 동안만, 아주 잠시만 기다려 주십시오" 하고 애원했습니다.

거미도 조금 가엾은 생각이 들어서 "알았다, 빨리해" 하고 말한 뒤 하루살이의 다리를 붙잡고 기다리고 있었습니다. 하루살이는 정말로 가련하고 가느다란 목소리로 처음부터 다시 노래를 불렀습니다.

가엾은 딸,
아빠가 여행에서 죽었다는 소식을 들으면
그 작은 손에 하얀 토시,
서글픈 순례길의 비와 바람
신불의 은혜에 보은하고자
순례에 나섰지만
극악무도한 거미줄,
만지면 안 돼, 다가오면 안 돼

"어디서 건방진 소릴!"

거미는 단숨에 하루살이를 잡아먹었습니다. 그리고 한동안 하늘을 향해 배를 문지른 후 눈을 깜박이며 "건방진 소리를 해서는 안 되지" 하고 장난을 치듯 노래를 부르면서 실을 뱉었습니다.

거미줄은 처음의 세 배 크기가 되었고 멋진 양산 모양의 집을 만들었습니다. 거미는 완전히 마음을 놓고 다시 나뭇잎 뒤에 숨었습니다. 그때 아래쪽에서 고운 목소리로 노래하는 소리가 들렸습니다.

붉고 팔이 긴 거미
하늘 가까이를 기어 다니며
빛의 실을 스르륵 뱉어내어
반짝반짝 빛나는 집을 짓네

그 노래는 아름다운 암컷 거미가 부른 것이었습니다.

"이쪽으로 와요."

긴 팔의 거미는 그렇게 말하면서 실을 한 줄 스윽 내려주었습니다.

암컷 거미는 곧바로 그 줄을 잡고 올라왔습니다. 그리고 두 사람은 부부가 되었습니다. 거미줄에는 매일 많은 먹이가 걸려들었고, 아내 거미는 먹이를 실컷 먹고 그 영양분으로 전부 아이를 만들었습니다. 그래서 수많은 아이가 태어났습니다. 그 아이들은 얼마나 작은지 투명해 보일 정도였습니다.

아이들은 거미줄에서 미끄럼을 타기도 하고 씨름을 하기도 하고 그네를 타기도 하는 등 정말로 활발했고, 거미집은 활기로 가득했습니다. 그리고 잠자리가 찾아와 거미가 모두의 뜻으로 이번 곤충회 부회장으로 뽑혔다는 사실을 전해주기까지 했습니다.

그러던 어느 날, 부부 거미가 나뭇잎 뒤에 숨어서 차를 마시고 있는데 밑에서 해롱해롱 대는 목소리로 노래를 부르는 자가 있었습니다.

기인 팔의 빠알간 거미
태어난 아이는 이백 마리
눈곱, 조무래기, 모기 눈물
커봤자 좁쌀만 하네

내려다보니 그것은 어느새 몸집이 불쑥 커진 은색 민달팽이였습니다.

아내 거미는 분해서 마치 불에 덴 듯 울었습니다.

하지만 팔이 긴 거미는 말했습니다.

"흥, 저 녀석은 곧 나를 부러워할 거야. 어이, 민달팽이! 나는 이번에 곤충회 부회장이 된다고. 헤헤, 분하지? 헤헤. 너 같은 놈은 아무리 몸이 커도 그런 일은 못하지, 암. 하하핫!"

민달팽이는 너무 분해서 한동안 열병에 걸린 채 "으윽, 거미 자식! 잘도 나를 모욕했겠다, 거미 자식!" 하고 중얼거리고 있었습니다.

거미줄은 때때로 바람에 찢기기도 하고 난폭한 투구벌레가 망가뜨리기도 했지만, 거미는 곧바로 스윽스윽 실을 뱉어 수선했습니다.

그리고 이백 마리의 아이 중 백구십 여덟 마리가 개미에게 끌려가거나 행방불명이 되거나, 설사병에 걸려 죽었습니다.

하지만 아이들은 모두 비슷비슷하게 생겼기 때문에 부모 거미는 곧 잊어버렸습니다.

그리고 거미줄은 갈수록 튼튼해졌고, 벌레들은 끊임없이 걸렸습니다.

어느 날 부부 거미가 또 나뭇잎 뒤에 숨어 차를 마시고 있는데, 여행 중이던 모기 한 마리가 다가와서 거미줄을 보더니 당황하며 되돌아갔습니다. 거미는 세 걸음 정도만 나갔다가 포기한 듯 모기를 바라보았습니다.

그러자 밑에서 커다란 웃음소리가 들렸고, 그리고 묵직한 목소리로 노래를 불렀습니다.

기인 팔의 빠알간 거미
팔이 긴 빨간 거미
거미줄이 엉망이라
팔천 이백리나 여행한 모기도
윙윙 비웃으며 돌아가네

이번에는 얼굴을 씻은 적이 없는 너구리였습니다. 거미는 빠득빠득 이를 갈며 말했습니다.

"뭐라고, 이 너구리 자식! 나는 앞으로 곤충회 회장이 되어 반드시 네 항복을 받아내겠다."

그 이후 거미는 더욱 열심히 실을 뱉어 곳곳에 열 개나 되는 거미줄을 걸었고, 밤에는 망을 봤습니다. 그런데 그만 먹이가 썩어버렸습니다. 먹이가 너무 쌓여서 썩었던 것입니다. 그리고 거미 부부와 아이에게 그 균이 옮았습니다. 네 마리의 거미는 발끝부터 점점 썩기 시작하면서 끈적끈적해졌고, 마침내 어느 날 비에 떠내려갔습니다.

그때는 마침 클로버꽃이 필 무렵으로 눈이 새파란 벌떼가 들판 곳곳에 흩어져 작은 초롱 같은 꽃에서 불을 얻듯 꿀을 모으고 있었습니다.

은색 민달팽이는 어떻게 됐을까

거미가 숲 초입의 졸참나무에 동전 크기의 거미줄을 만들었을 바로 그즈음, 은색 민달팽이의 멋진 집으로 달팽이가 찾아왔습니다.

그 무렵 숲 속에서는 민달팽이에 대한 칭찬이 자자했습니다, 민달팽이는 학교도 졸업할 정도로 똑똑한데다가 착하고 친절하다는 평판이었습니다. 달팽이가 말했습니다.

"민달팽이님, 제가 지금 너무 어려운 형편입니다. 먹을 것도 마실 것도 없습니다. 민달팽이님 집에 저장해둔 머위즙을 아주 조금만 주실 수 없을까요?"

그러자 민달팽이가 말했습니다.

"물론 드리고말고요. 자, 어서 드세요."

"아, 고맙습니다. 덕분에 살았어요" 하며 달팽이는 머위즙을 꿀꺽

꿀꺽 마셨습니다.

"조금 더 드십시오. 당신과 나는 족보를 따져보면 형제 같은 관계 아닙니까, 하하핫! 자, 자, 조금 더 드십시오." 하고 민달팽이가 말했습니다.

"그러면 조금만 더 마시겠습니다. 아, 정말 고맙습니다" 하면서 달팽이는 머위즙을 조금 더 마셨습니다.

"달팽이님, 몸이 조금 괜찮아지셨다면 오랜만에 씨름 한 판 할까요? 핫하하! 오랜만이네요" 하고 민달팽이가 말했습니다.

"배가 고파서 힘이 없어요."

달팽이가 말했습니다.

"그러면 먹을 것을 드리지요. 자, 드십시오."

민달팽이는 엉겅퀴 씨 같은 것들을 내왔습니다.

"고맙습니다. 그러면 잘 먹을게요."

달팽이는 음식을 먹었습니다.

"자, 씨름을 합시다. 핫하하!"

민달팽이는 이미 일어서있었습니다. 달팽이는 어쩔 수 없이 "저는 힘이 무척 약하니까 세게 던지지는 말아 주세요" 하면서 일어섰습니다.

"영차, 으샤! 핫하하!"

민달팽이는 달팽이를 세게 내던져졌습니다.

"한 번 더 합시다. 핫핫하!"

"이제 힘들어서 못해요."

"에이, 한 번만 더 합시다. 핫하하! 영차, 으샤! 핫하하!"

민달팽이는 다시 달팽이를 힘껏 내던졌습니다.

"다시 한번 합시다. 핫하하!"

"더는 못해요."

"에이, 한 번만 더 합시다. 핫하하! 영차, 으샤! 핫하하!"

민달팽이는 달팽이를 다시 거세게 내던졌습니다.

"다시 한번 합시다. 핫하하!"

"이제 정말 못해요."

"에이, 한 번만 더 합시다. 핫하하! 영차, 으샤! 핫하하!"

달팽이는 다시 내동댕이쳐졌습니다.

"한 번 더 합시다. 핫하하!"

"저는 이제 죽을 겁니다. 안녕."

"한 번 더 합시다. 핫하하! 자, 일어나십시오. 일으켜드리죠. 영차, 으쌰! 헤헤헷."

달팽이는 결국 죽어버렸습니다. 그리고 은색 민달팽이는 달팽이를 껍질째 으득으득 씹어 먹었습니다.

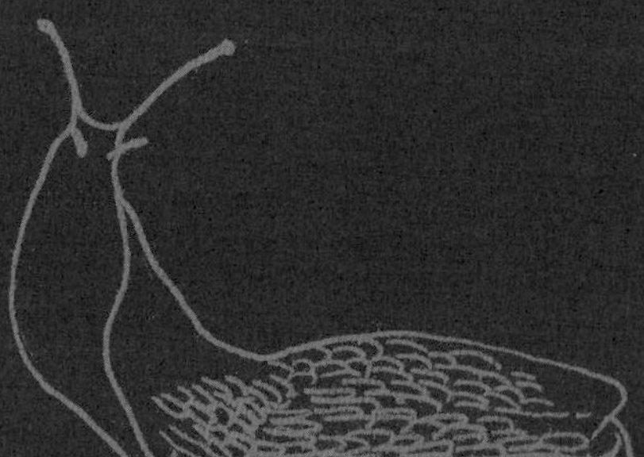

그로부터 한 달이 지났을 때 민달팽이의 멋진 집으로 도마뱀이 절뚝거리며 찾아왔습니다. 그러고는 "민달팽이님. 안녕하세요. 약을 좀 얻을 수 있을까요?" 하고 말했습니다.

"무슨 일이신가요?"

민달팽이는 웃으며 물었습니다.

"뱀에게 물렸습니다"하고 도마뱀이 대답했습니다.

"그런 거라면 간단합니다. 제가 조금 상처를 핥아드리겠습니다. 제가 핥으면 뱀독은 금방 사라집니다. 원래 제 침은 뱀조차 녹일 정도니까요. 핫하하!"

민달팽이가 웃으면서 말했습니다.

"그럼 꼭 부탁합니다" 하며 도마뱀은 다리를 내밀었습니다.

"네, 해드리고말고요. 저와 당신은 족보를 따져보면 형제와 마찬가지니까요. 아, 당신과 뱀도 형제군요. 핫하하!" 하고 민달팽이가 말했습니다.

그리고 민달팽이는 도마뱀의 상처에 입을 댔습니다.

"고마워요, 민달팽이님."

도마뱀이 말했습니다.

"조금 더 구석구석 핥지 않으면 큰일 납니다. 나중에 다시 와도 고쳐줄 수가 없어요. 핫하하!"

민달팽이는 우물우물 대답하면서 계속해서 도마뱀의 상처를 핥았습니다.

"민달팽이 님. 왠지 다리가 녹아내린 듯해요."

도마뱀은 놀라면서 말했습니다.

"핫하하. 뭐라고요? 별거 아닙니다. 핫하하!"

민달팽이는 여전히 우물우물 대답했습니다.

"민달팽이님. 왠지 배가 뜨거워졌습니다."

도마뱀이 걱정스러운 듯 말했습니다.

"핫하하, 뭐라고요? 별거 아닙니다. 핫하하!"

민달팽이는 역시 우물우물 대답했습니다.

"민달팽이님. 몸이 절반은 녹아내린 듯합니다. 이제 그만 하세요."

도마뱀이 울면서 말했습니다.

"핫하하, 별거 아닙니다. 아주 조금만 더 하면 됩니다. 핫하하!"

민달팽이가 말했습니다.

그 말을 들은 순간 도마뱀은 마음이 편안해졌습니다. 그 이유는 그때 막 심장이 녹았기 때문입니다.

그리고 민달팽이는 도마뱀을 날름 먹어버렸습니다. 민달팽이의 몸은 더욱 커졌습니다.

몸이 엄청나게 커지자 기쁨을 주체하지 못하고 거미를 찾아가 놀렸던 것입니다.

하지만 오히려 거미에게 비웃음을 당하자 열병이 나서 매일매일 '좋아, 나도 몸을 최대한 키운 다음 곤충위원회의 명예위원이 돼서 거미 말에 콧방귀를 껴주겠어' 하고 생각했습니다. 그런데 그 무렵부터 민달팽이의 평판은 나빠지기 시작했습니다.

민달팽이는 늘 핫하하 웃으면서 느긋한 목소리로 말하지만, 심보도 고약하고 오히려 거미보다 나쁜 놈이라고 모두 경멸하기 시작했던 것입니다. 특히 너구리는 민달팽이 얘기가 나오면 늘 코웃음을 치며 말했습니다.

"민달팽이의 수법은 정말 한심해. 그렇게 아둔한 놈은 본 적이 없어. 그런 수법으로 커져봤자 얼간이일 뿐이야."

민달팽이는 그 말을 듣고 더욱 화가 나서 빨리 명예위원이 되려고 안달했습니다. 그 사이 거미는 썩어서 빗물에 흘러갔기 때문에 이 사실을 안 민달팽이는 조금 기분을 풀고는 누군가 빨리 나타나기만을 기다리고 있었습니다.

그러던 어느 날, 청개구리가 찾아왔습니다.

"민달팽이님, 안녕하세요. 물을 좀 마실 수 있을까요?" 하고 말했습니다.

민달팽이는 이 청개구리도 꿀꺽 삼켜버리고 싶은 생각에 아주 친절한 목소리로 말했습니다.

"청개구리님. 어서 오세요. 물 정도는 얼마든지 드리겠습니다. 최근에는 가뭄이라 물이 귀하기는 하지만 뭐 당신과 나는 형제 같은 사이니까요. 핫하하!"

그리고 물통이 있는 곳으로 데리고 갔습니다.

개구리는 꿀꺽꿀꺽 물을 마신 후 짐짓 시치미를 떼며 잠시 민달팽이를 보더니 말했습니다.

"민달팽이님. 씨름 한 판 할까요?"

민달팽이는 마침 잘됐다고 기뻐했습니다. 자신이 하려던 말을 개구리가 했던 것입니다. 이렇게 약한 녀석이라면 다섯 번만 던져버리면 분명 뻗을 것으로 생각했습니다.

"합시다. 영차, 으쌰. 핫하하!"

개구리는 거세게 던져졌습니다.

"한 번 더 합시다. 핫하하. 영차, 으쌰. 핫하하!"

개구리는 다시 내동댕이쳐졌습니다. 그러자 개구리는 크게 당황하며 품속에서 소금 주머니를 꺼내며 말했습니다.

"씨름판에 소금을 뿌리지 않으면 안 되죠. 자, 휘익."

소금이 주변에 하얗게 퍼졌습니다.

민달팽이가 말했습니다.

"개구리님. 이번에는 분명 제가 질 겁니다. 당신은 무척 세군요. 핫하하. 영차, 으쌰. 핫하하!"

개구리는 거세게 내던져졌습니다.

그리고 팔다리를 쭉 펴고 푸르스름한 배를 뒤집은 채 죽은 듯 누워있었습니다. 은색 민달팽이는 얼른 다가가 삼켜버리려고 했지만, 어찌 된 일인지 다리가 움직이지 않습니다. 돌아보니 다리는 벌써 절반이나 녹아있었습니다.

"아, 당했다. 소금이야. 제길" 하고 민달팽이가 말했습니다.

개구리는 그 말을 듣자 벌떡 일어나 책상다리를 하고 앉더니 가방처럼 커다란 입을 크게 벌리고 웃었습니다. 그리고 민달팽이에게 고개를 꾸벅하며 말했습니다.

"이런! 안녕히 가십시오, 민달팽이님. 어이없는 상황이 됐네요."

민달팽이가 울먹이며 "개구리 님. 안녀……" 하고 작별인사를 하려고 하는 순간 이미 혀가 녹았습니다. 청개구리는 크게 웃으면서 "'안녕히'라고 말하고 싶었던 거죠? 정말로 안녕히 가세요. 나도 집에 돌아가서 많이 울어드릴 테니까" 하며 쏜살같이 돌아갔습니다.

네, 그렇습니다. 그때는 마침 가을에 뿌린 메밀 씨앗이 하얀 꽃을 가득히 피우기 시작한 때였고, 그 새파란 눈의 나나니벌 떼가 네모난 밭에 가득 모여 발그스름한 줄기 사이를 돌며 꽃이 달린 작은 가지를 그네처럼 흔들면서 올해의 마지막 꿀을 열심히 모으고 있었습니다.

얼굴을 씻지 않는 너구리

너구리는 일부러 얼굴을 씻지 않았던 것입니다. 거미가 숲 초입의 졸참나무에 동전 크기의 거미줄을 쳤을 무렵 자신의 집인 절로 돌아갔지만, 허기에 지쳐 한 그루의 소나무에 기대어 눈을 감고 있었습니다. 그러자 토끼가 찾아왔습니다.

"너구리님, 이렇게 허기진 상태로 있으면 안 돼요. 곧 죽게 됩니다."

너구리는 승복 깃을 여미며 말했습니다.

"그래. 모든 것은 죽는단다. 들고양이 신령님의 뜻이지. 나마네코, 나마네코."

토끼도 함께 염불하기 시작했습니다.

"나마네코, 나마네코, 나마네코, 나마네코."

너구리는 토끼의 손을 잡아 자기 쪽으로 가까이 끌어당겼습니다.

"나마네코, 나마네코. 모두 것은 들고양이님의 뜻대로. 나마네코, 나마네코" 하고 중얼거리며 토끼의 귀를 깨물었습니다. 토끼는 깜짝 놀라 소리쳤습니다.

"아얏! 너구리님, 너무 하시잖아요."

너구리는 토끼의 귀를 우물우물 씹으면서 말했습니다.

"나마네코, 나마네코. 세상만사는 모두 들고양이님의 뜻이로다. 네 귀가 너무 크니 씹어서 바르게 해달라고 하셨다. 얼마나 감사한 일이냐. 나마네코."

그리고 결국 토끼의 양쪽 귀를 먹어버렸습니다.

토끼도 그 이야기를 듣고는 기쁨에 겨워 눈물을 뚝뚝 흘리며 말했습니다.

"나마네코, 나마네코. 아아, 감사합니다. 들고양이님. 저처럼 하찮은 자의 귀까지 걱정해주시다니 정말로 감사합니다. 도움이 된다면 귀 따위는 아무것도 아닙니다. 나마네코."

너구리도 거짓 눈물을 뚝뚝 흘리며 말했습니다.

"나마네코, 나마네코. 이번에는 토끼의 다리를 물라고 하심은 너무 뛰어다니기 때문입니까? 네, 네. 물겠습니다. 뜻대로 하겠습니다. 나마네코, 나마네코."

그리고 토끼의 뒷다리를 우물우물 먹었습니다.

토끼는 더욱 기뻐하며 "아아, 고맙습니다. 들고양이님. 덕분에 다리가 없어져서 더는 걷지 않아도 됩니다. 아아, 감사합니다. 나마네코, 나마네코."

너구리는 눈물로 온몸을 적시기라도 하겠다는 듯 우는 척을 했습니다.

"나마네코, 나마네코. 모두 신의 뜻입니다. 저처럼 딱한 자도 목숨을 부지해 도움이 되라고 하셨습니까? 네, 네. 그러면 어쩔 수가 없군요. 나마네코, 나마네코. 신의 뜻대로 따르겠습니다. 우물우물."

토끼는 어느새 완전히 모습을 감췄습니다.

그리고 너구리 뱃속에서 말했습니다.

"완전히 속았어! 네 뱃속은 시커메. 아아, 분하다."

너구리는 화를 내며 말했습니다.

"시끄러워. 빨리 녹아버려."

토끼는 다시 외쳤습니다.

"여러분! 너구리에게 속으면 안 됩니다!"

너구리는 눈을 희번덕거리며 밖으로 소리가 새나가지 않도록 한동안 문을 꼭 닫고 손으로 코를 막고 있었습니다.

그로부터 딱 두 달이 지났습니다. 어느 날, 너구리가 자신의 집에서 여느 때처럼 감사의 기도를 하고 있자 이리가 벼를 석 되 싸들고 와서 설법을 부탁했습니다.

그러자 너구리가 말했습니다.

"네가 한 살생은 오백, 천 정도가 아니구나. 살아있는 것 중에 죽고

싫어 하는 것이 어디 있겠는가. 그런데도 너는 그들을 먹지 않았느냐. 자, 빨리 참회하라. 참회하지 않으면 모진 시련을 겪게 되느니. 아아, 두렵도다. 나마네코, 나마네코."

이리는 완전히 겁을 먹고 잠시 주위를 두리번거리며 물었습니다.

"그러면 어떻게 하면 좋겠습니까."

너구리가 말했습니다.

"나는 들고양이님의 뜻을 전하는 자다. 내가 말하는 대로 하여라. 나마네코, 나마네코."

"어떻게 하면 좋을까요" 하고 이리가 당황하며 물었습니다.

너구리가 말했습니다.

"그것은 말이지, 가만히 있는 거다. 자, 나는 네 어금니를 뽑을 것이야. 이 어금니로 얼마나 많은 목숨을 빼앗았는가. 두렵도다. 자, 네 눈을 뽑겠다. 이 눈으로 얼마나 많은 생명을 노려보고 죽였는가. 두렵도다. 나마네코, 나마네코. 나마네코. 네 귀를 조금 씹어 먹겠다. 이것은 벌이야. 나마네코, 나마네코. 참아야 한다. 네 머리를 씹겠다. 우물우물. 나마네코. 이 세상에는 인내가 중요하다. 나마……. 우물우물. 네 다리를 먹겠다. 꽤 맛있군. 나마네코. 우물우물. 네 등을 먹겠다. 여기도 맛있군. 우물우물 우물우물."

결국 이리는 완전히 잡아먹혔습니다.

그리고 너구리 뱃속에서 말했습니다.

"여기는 정말 시커멓군. 아아, 여기에 토끼 뼈가 있어. 누가 죽였을까. 토끼를 죽인 자는 나중에 너구리에게 설교를 들으면서 잡아먹힐 것이다."

너구리는 "시끄럽군, 시끄러워. 뚜껑을 덮어버려야겠어" 하며 이리가 가져온 석 되의 벼를 보자기째 먹어버렸습니다.

그런데 그다음 날부터 너구리의 건강이 나빠졌습니다. 어찌 된 일인지 배가 심하게 아파져 왔고, 무언가가 목 부위를 콕콕 찔렀습니다.

처음에는 물을 마시며 참고 있었지만, 하루하루 통증은 더욱 심해져서 더는 가만히 참을 수 없었습니다. 결국 이리를 잡아먹은 지 스무닷새가 되던 날 너구리는 몸이 고무풍선처럼 부풀더니 팡 소리와 함께 터졌습니다.

숲 속의 짐승들은 깜짝 놀라 모여들었습니다. 너구리의 몸속에는 벼의 잎이 가득했습니다. 그 이리가 들고 온 벼가 싹을 틔우고 점점 자라났던 것입니다.

조금 늦게 도착한 호라쿠마 선생님도 그 모습을 보았습니다. 그리고 "아아, 세 학생 모두 똑똑한 아이들이었는데 정말 안타까운 짓을 했구나" 하면서 크게 하품을 했습니다.

그때는 이미 겨울이 시작되었고, 그 새파란 눈의 벌들은 각자 밀랍으로 만든 육각형의 집에 들어가 다음 해 봄을 꿈꾸며 조용히 자고 있었습니다.

체 쥐
ツェねずみ

어느 낡은 집의 깜깜한 천장 뒤에 '체'라는 이름의 쥐가 살고 있었습니다.

어느 날 체 쥐는 사방을 두리번거리면서 마루 밑 통로를 걸어가고 있었습니다. 그때 저쪽에서 족제비가 뭔가 맛있는 것을 잔뜩 들고 바람처럼 달려가고 있었습니다. 그리고 체 쥐를 보더니 잠시 멈춰서 빠른 어조로 말했습니다.

"어이, 체 쥐. 너희 선반 구멍에 별사탕이 여기저기 흩어져 있어. 빨리 가서 주워."

체 쥐는 수염이 움찔움찔할 정도로 기뻐서 족제비에게 고맙다는 말도 못하고, 재빨리 선반으로 달려갔습니다. 그런데 선반 아래까지 왔을 때 갑자기 다리에 뭔가 찌릿한 느낌이 왔습니다. 그리고 "멈춰, 누구야!" 하는 작고 날카로운 목소리가 들렸습니다.

체 쥐가 깜짝 놀라 유심히 살펴보니 그것은 개미였습니다. 개미 군대는 벌써 별사탕 주변에 4중의 비상선을 치고, 모두 검은색의 커다란 도끼를 머리 위로 들어 올리고 있었습니다. 이, 삼십 마리는 별사탕 모서리 부분부터 부수거나 녹이면서 집으로 옮기려 하고 있었습니다. 체 쥐는 부들부들 떨었습니다.

"이 안으로는 들어오면 안 돼. 돌아가, 빨리. 돌아가."

개미 특무상사가 낮고 굵은 목소리로 말했습니다.

쥐는 빙글 돌아 쏜살같이 천장 뒤로 달려갔습니다. 그러고는 집 안으로 들어가 빈둥거리고 있기는 했지만, 너무도 불쾌해서 참을 수가 없었습니다. 개미는 뭐, 군대인데다가 강하니까 어쩔 수 없지만, 온순한 족제비 말만 믿고 괜히 선반 아래까지 달려갔다가 개미 특무상사에게 호통을 당하다니……. 뭔가 부아가 치밀어 올랐습니다. 그래서 쥐는 집에서 다시 쪼르르 기어 나와 헛간 안쪽의 족제비 집으로 찾아갔습니다.

마침 옥수수 알갱이를 이빨로 콕콕 깨물어 부수고 있던 족제비는 체 쥐를 보고 말했습니다.

"왜? 별사탕이 없었어?"

"족제비님. 당신은 정말 나빠요. 나처럼 약한 자를 속이다니."

"속이다니. 분명히 있었어."

"있기는 있었지만…… 이미 개미가 와있었어요."

"개미가? 흠, 그랬구나. 재빠른 녀석들이네."

"개미가 전부 가져가 버렸어요. 나처럼 약한 자를 속이다니. 보상해주세요, 보상해주세요."

"그건 어쩔 수 없잖아. 네가 늦게 간 건데."

"몰라요, 몰라요. 나처럼 약한 자를 속이다니. 보상해주세요, 보상해주세요."

"한심한 놈이군. 친절을 베푼 사람을 오히려 원망하다니. 알았다, 그러면 내 별사탕을 주마."

"보상해주세요, 보상해주세요."

"에잇! 자. 가지고 가. 네놈이 가지고 갈 수 있는 만큼 갖고 꺼져버려. 네놈처럼 비실비실하고 사내답지 못한 놈은 낯짝도 보기 싫다. 빨리 갖고 싶은 만큼 갖고 어딘가로 꺼져버려."

족제비는 마구 화를 내며 별사탕을 던졌습니다. 체 쥐는 별사탕을 들 수 있는 만큼 잔뜩 줍고는 사례랍시고 남은 것을 줬습니다. 족제비는 더욱 화가 나서 소리쳤습니다.

"에잇! 빨리 가버려. 네놈이 줍고 남은 것 따위 벌레 나부랭이에게나 줘버려."

체 쥐는 쏜살같이 달려서 천장 뒤쪽의 자신의 집으로 돌아가, 별사탕을 야금야금 먹었습니다.

체 쥐는 늘 이런 식이었기 때문에 주위에서 점점 미움을 받았고, 아무도 상대해주지 않았습니다. 그래서 체 쥐는 할 수 없이 기둥이나 부러진 쓰레받기, 양동이, 빗자루 같은 것들과 어울리기 시작했습니다. 그중에서도 기둥과는 가장 친하게 지냈습니다.

어느 날 기둥이 체 쥐에게 말했습니다.

"체 쥐야, 이제 곧 겨울이 되겠구나. 나는 다시 말라서 우지직 소리를 내게 될 거야. 너도 어서 좋은 침구를 준비해두는 것이 좋겠다. 다행히 내 머리 위에는 참새가 봄에 가져온 새의 깃털 등 여러 가지 따뜻한 것이 많이 있으니까 지금 옮겨놓는 것이 어떻겠니. 내 머리는 뭐 조금 추워지겠지만. 나는 나대로 다시 궁리해볼게."

체 쥐는 당연한 말이라고 생각하며 재빨리 새 침구를 옮기기 시작했습니다.

그런데 중간에 급한 경사가 하나 있었고, 체 쥐는 세 번째로 짐을 옮기던 중 쿵 하고 굴러떨어졌습니다.

기둥도 깜짝 놀라 "체 쥐야, 다치지 않았어? 괜찮아?" 하고 있는 힘껏 몸을 굽히면서 말했습니다. 쥐는 간신히 몸을 일으키더니 얼굴을 한껏 찡그리며 말했습니다.

"기둥아, 너도 정말 나쁘구나. 나처럼 약한 자를 이런 꼴로 만들다니."

기둥은 너무도 미안해하며 "쥐야, 미안해. 용서해줘" 하고 진심으로 사과했습니다.

체 쥐는 그 모습에 더욱 우쭐해져서 "용서 못 할 것도 없지. 하지만 네가 그런 건방진 훈계를 안 했으면 내가 이런 꼴을 당하진 않았을 거야. 보상해줘. 보상해줘. 얼른, 보상해줘."

"보상해달라고 해도 내가 어쩔 수는 없잖아. 제발 용서해줘."

"아니, 나는 약한 자를 괴롭히는 자가 정말 싫어. 보상해줘, 보상해줘. 빨리 보상해줘."

기둥은 어찌할 바를 몰라 엉엉 울었습니다. 체 쥐도 더는 어쩔 수가 없자 집으로 돌아갔습니다. 그 이후 기둥은 쥐가 무서워서 아무 말도 하지 않았습니다.

그리고 그 이후의 일이지만, 어느 날 쓰레받기는 체 쥐에게 반으로 잘린 모나카를 주었습니다. 그런데 마침 그다음 날 체 쥐는 배가 아팠습니다. 물론 늘 그랬듯 체 쥐는 '보상해줘' 라는 말을 백 번이나 쓰레받기에 했습니다. 쓰레받기도 완전히 질려서 더는 쥐와 어울리지 않았습니다.

또한, 그 이후의 일이지만 어느 날 양동이는 체 쥐에게 세탁용 소다를 조금 주며 "이걸로 매일 얼굴을 씻어"라고 말했습니다. 쥐는 기뻐하며 다음 날부터 매일 소다로 얼굴을 씻었는데, 그러는 동안 쥐의 수염이 여섯 개가 빠졌습니다. 쥐는 당연히 양동이에게 달려가 '보상해줘, 보상해줘'를 이백오십 번이나 말했습니다. 하지만 공교롭게도 양동이에게는 수염이 없어서 보상해줄 수 없었고, 당황한 양동이는

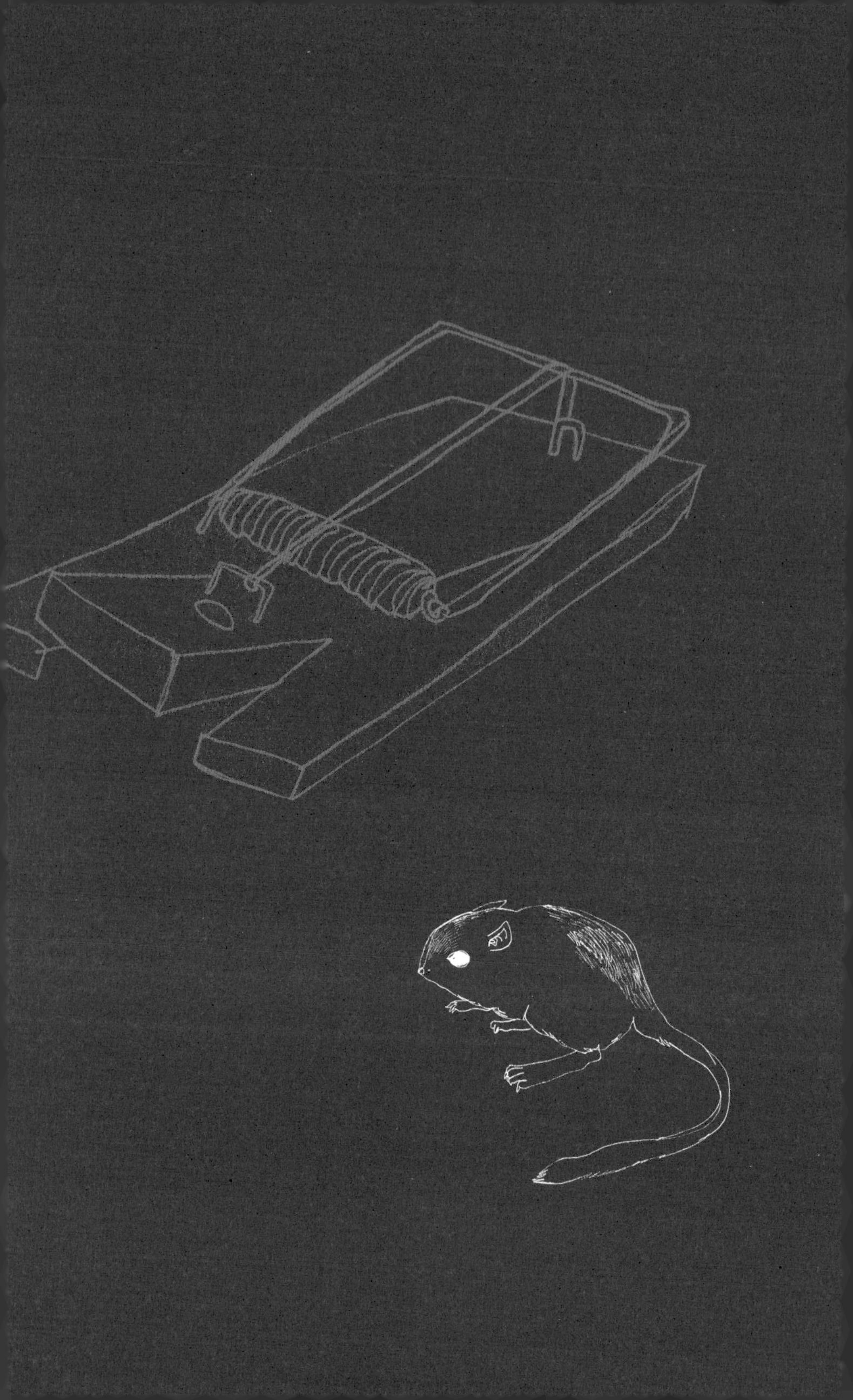

울면서 사과했습니다. 그리고 그 이후로는 체 쥐와 전혀 말을 하지 않았습니다.

가재도구들은 모두 이런 식으로 당하고 나서 쥐에게 넌더리를 냈기 때문에 결국 모두가 체 쥐의 얼굴을 보면 재빨리 고개를 옆으로 돌렸던 것입니다.

그런데 그 가재도구들 사이에 단 하나, 아직 체 쥐와 어울려보지 않은 것이 있었습니다.

그것은 철사로 만들어진 쥐덫이었습니다.

쥐덫은 원래 인간의 편이지만, 최근에는 매일 신문에조차 '불필요한 물건'이라는 꼬리표를 달고 고양이와 함께 사진까지 실리기도 했으며, 그렇지 않더라도 원래 인간은 이 철사로 된 쥐덫을 우대해준 적이 한 번도 없었습니다. 네, 그 말은 사실 맞습니다. 게다가 사람들은 자칫 닿는 것조차 더럽게 생각했던 것입니다. 그래서 사실 쥐덫은 인간보다 쥐에게 더 동정심을 느끼고 있었습니다. 하지만 쥐 대부분은 쥐덫을 무서워해서 좀처럼 다가가지 않습니다. 쥐덫은 매일 상냥한 목소리로 "쥐야, 이리 와. 오늘 밤은 맛있는 전갱이 대가리란다. 네가 먹는 동안 입구를 꼭 누르고 있을 테니까. 자, 안심하고 이리로 오렴. 입구를 철컹하고 닫아버리는 짓은 절대 안 한단다. 나도 인간이 지긋지긋하거든. 이리 오렴, 자."

이런 식으로 쥐를 불렀지만, 쥐들은 모두 "흥, 말은 잘하는군" 라든가 "네, 네. 잘 알겠습니다. 부모님이나 자식들과 상의해 보고 언제 한 번 가죠" 하면서 슬금슬금 도망갔습니다.

그리고 아침이 되면 얼굴이 새빨간 남자 하인이 와서 보고 "또 없네. 쥐도 이미 알고 있나. 쥐 학교에서 가르쳐주나 보군. 하지만 뭐 하루만 더 놔둬보자" 하면서 새로운 먹이로 바꾸는 것이었습니다.

오늘 밤도 쥐덫은 외쳤습니다.

"이리 와, 이리 오렴. 오늘 밤은 부드러운 어묵이란다. 먹이만 줄게. 괜찮아. 빨리 오렴."

마침 체 쥐가 그곳을 지나가고 있었습니다. 그러고는 "오, 쥐덫님. 정말로 먹을 수 있게 해주는 겁니까?" 하고 물었습니다.

"오, 넌 특이한 쥐로구나. 그래. 먹이만 주고 잡지 않을 거야. 자, 빨리 먹으렴."

쥐덫의 말을 들은 체 쥐는 쥐덫 안으로 휘익 들어가서 어묵을 냠냠 먹고는 다시 밖으로 휘익 나오며 말했습니다.

"맛있었어요. 고마워요."

"그래? 다행이구나. 내일 밤에 또 오렴."

다음 날 아침 남자 하인이 와서 보고는 화를 내며 말했습니다.

"에잇, 먹이만 먹고 도망갔군. 얄미운 쥐새끼. 그래도 여하튼 안에까지 들어갔다니 놀랍군. 자, 오늘은 정어리다."

그리고 정어리 반쪽을 놓고 갔습니다.

쥐덫은 정어리를 매달고 체 쥐가 오기를 간절히 기다리고 있었습니다.

밤이 되자 체 쥐는 곧바로 나타났습니다. 그리고 무척이나 생색을 내듯 "안녕하세요. 약속대로 와드렸습니다" 하고 말했습니다.

쥐덫은 조금 언짢았지만 꾹 참고 "어서, 먹어라"라고만 말했습니다.

체 쥐는 재빨리 들어가 정어리를 쩝쩝거리며 먹고는 다시 휘익 나와서 거만하게 말했습니다.

"그럼, 내일 또 와서 먹어주죠."

"부우."

쥐덫은 대답했습니다.

다음 날 아침, 남자 하인이 와서 보고 더욱 화를 내며 말했습니다.

"에잇, 얄미운 쥐새끼. 하지만 매일 밤 이렇게 먹이만 빼 갈 수 있을 리가 없는데. 분명히 이 쥐덫은 쥐에게 뇌물을 받고 있는 거야."

"받지 않아, 받지 않아. 나를 그렇게 우습게 보지마."

쥐덫은 외쳤습니다만 물론 하인의 귀에는 들리지 않습니다. 하인은 다시 썩은 어묵을 걸어놓고 갔습니다. 쥐덫은 어이없는 의심을 받아서 온종일 화가 나 있었습니다. 밤이 되었습니다. 체 쥐가 나타나 짐짓 귀찮다는 듯 말했습니다.

"아아, 매일 밤 여기까지 오는 것도 보통 힘든 게 아니야. 게다가 맛있는 먹이라고 해봐야 기껏 생선 대가리고. 짜증 나려고 해. 하지만 뭐, 모처럼 왔으니까 어쩔 수 없지. 먹어줄까. 쥐덫님, 안녕?"

쥐덫은 철사가 파르르 흔들릴 정도로 화가 나서 "먹어"라고 단 한 마디만 했습니다. 체 쥐는 휘익 뛰어들어왔지만, 어묵이 썩은 것을 보고 화를 내며 소리쳤습니다.

"쥐덫님! 너무 하는군요. 이 어묵은 썩었어요. 저처럼 약한 자를 속이다니 너무해. 보상해줘요, 보상해줘요."

쥐덫은 자신도 모르게 철사가 윙윙 울릴 정도로 화가 났습니다. 그 '윙윙'이 문제였습니다.

"철컥, 쉬익."

먹이에 달려있던 갈고리가 벗겨지면서, 쥐덫 입구가 잠겨버렸습니다. 정말 큰일입니다.

체 쥐는 미친 듯이 "쥐덫님, 너무해, 너무해. 아아, 분하다. 쥐덫님 정말 심하군요" 하고 외치면서, 철사를 깨물기도 하고 빙글빙글 돌고, 발을 동동 구르기도 하고, 소리를 지르고, 울고. 정말 엄청난 소동을 피웠습니다. 그리고 결국 '보상해줘, 보상해줘'라고 외칠 힘도 남아 있지 않았습니다.

쥐덫도 아프기도 하고 아니꼽기도 해서 덜컹덜컹, 부들부들, 윙윙 하며 몸을 떨었습니다. 밤새 그렇게 소동을 피웠고 마침내 아침이 되었습니다.

얼굴이 새빨간 남자 하인이 와서 보고는 기뻐 펄쩍 뛰며 말했습니다.

"잡았다, 잡았어. 결국 걸렸군. 못된 쥐새끼야. 자, 나와. 요놈 새끼."

쿤 쥐
クンねずみ

쿤 쥐의 집은 전망이 좋은 곳에 있었습니다.

바로 앞에 하천이 있어서 봄에는 자두나무 꽃잎을 띄우고, 겨울에는 때때로 굴껍데기를 흘려보냈습니다.

하천 너머로는 들판이 아득히 펼쳐져 있어서 흙먼지 안개가 길게 뻗어 있거나 노란 이슬이 걸려있기도 했으며 또 그 너머에는 양조장 창고가 하늘 높이 솟아있었습니다.

쿤 쥐의 그 멋진 집에 어느 날 친구인 타 쥐가 찾아왔습니다.

원래 쥐에게는 여러 가지 복잡한 이름이 있기 때문에 그 이름을 하나하나 외우려면 보통 일이 아닙니다. 쥐 이름만으로 머리가 가득 찬 채 일생이 끝날 수도 있으므로 부디 쿤이라는 이름 외에는 어떤 이름이 나와도 외우지 말아 주세요.

여하튼 타 쥐는 쿤 쥐에게 말했습니다.

"쿤 씨, 안녕하셨어요. 날씨가 좋네요."

"좋은 날씨입니다. 뭐 좋은 거라도 발견했습니까?"

"아니요. 정말 불경기입니다. 앞으로 경기는 어떨까요?"

"글쎄요, 당신은 어떻게 생각합니까?"

"잘 모르겠습니다만, 점점 좋아지지 않을까요? 구미의 금융도 계속 핍박을 보이고 있다고 하고……."

"에헴, 에헴."

갑자기 쿤 쥐가 크게 헛기침을 해서 타 쥐는 깜짝 놀라 펄쩍 뛰었습니다. 쿤 쥐는 고개를 돌린 채 수염을 한 가닥 획 꼬더니 "네, 그러니까" 하고 중얼거리듯 말했습니다.

타 쥐는 그제야 안심한 듯 다시 손을 무릎 위에 얹고 앉았습니다.

쿤 쥐도 그제야 똑바로 얼굴을 마주 보고 말했습니다.

"지난번 지진은 정말 놀랐습니다."

"네, 어마어마했죠."

"그렇게 큰 지진은 저도 처음입니다."

"네, 조카도였죠. 진원지는 동경 24도 남위……."

"에헴, 에헴."

쿤 쥐는 다시 큰 헛기침을 했습니다.

타 쥐는 다시 당황했지만 조금 전 만큼은 아니었습니다.

쿤 쥐는 다시 목을 가다듬고 말했습니다.

"날씨도 좋아졌네요. 당신은 뭔가 좋은 계획이라도 세우셨습니까?"

"아니요, 아무 계획도 없습니다. 단지 앞으로 좋은 날씨가 이어지면 밭에 잠시 나가볼까 합니다."

"밭에는 뭐 좋은 것이 있습니까?"

"가을이니까 여하튼 무언가 떨어져 있겠죠. 날씨만 맑으면 좋겠는데요."

"날씨는 계속 좋을까요?"

"네, 신문에 나왔는데요, 오키나와 열도에서 발생한 저기압이 점점 북북서 방향으로 진행……."

"에헴, 에헴."

쿤 쥐가 다시 헛기침했기 때문에 타 쥐는 이번에야말로 깜짝 놀라서 몸을 절반쯤 일으키고는 눈을 깜박거리고 부들부들 떨면서 입을 다물었습니다.

쿤 쥐는 고개를 돌리고 수염을 비비 꼬면서 곁눈으로 타 쥐의 얼굴을 보고 있었습니다. 그리고 한동안 조용히 있다가, 최대한 목소리를 낮춰 "네, 그리고요" 하고 말했습니다. 그런데 타 쥐는 이미 완전히 겁을 먹어 말을 할 수 없었습니다. 타 쥐는 갑자기 정중하게 고개를 한 번 숙이고 가늘고 쉰 목소리로 "안녕히 계세요" 하고는 쿤 쥐의 집을 나갔습니다.

그러자 쿤 쥐는 벌러덩 누워《쥐경쟁신문》을 집어 들면서 "쳇! 같잖은 타 쥐 놈" 하고 혼잣말을 했습니다.

그런데《쥐경쟁신문》은 정말로 좋은 신문입니다. 이 신문을 읽으면 쥐 사이의 경쟁은 뭐든지 알 수 있었습니다. 페 쥐가 많은 옥수수 알갱이를 비축해서 설탕 부자인 파 쥐와 끈질긴 경쟁을 하고 있다는 것도, 하 쥐와 히 쥐와 후 쥐 세 마리의 아가씨 쥐가 학문 경쟁을 해서 비례법칙에까지 이르렀다는 것, 그리고 마침내 세 마리 모두 머리가 터졌다는 것 등 모든 것이 다 실려 있었습니다.

자, 자, 여러분. 죄송하지만 잠시 쿤 쥐가 오늘 날짜 신문을 읽는 것을 들어보시기 바랍니다.

"그러니까 또…… '카마진 국가의 비행기, 프라하를 습격'. 오, 대단하네. 엄청난 일이야. 하지만 뭐 여기까지 오지는 않을 테니 괜찮겠지. 그리고 또…… '체 쥐 행방불명'. 체 쥐라는 건 그 심보 고약한 녀석이겠지. 이거 재밌는걸."

'천장 뒷길 1번지, 체 씨가 어젯밤 행방불명이 되었다고 한다. 본사의 재빠른 취재에 따르면 체 씨는 며칠 전부터 철사제 쥐덫 씨와 교류가 있었지만, 어젯밤에 이르러 둘 사이에 다소 감정적인 마찰이 있었던 듯하다. 주방길 4번지 네 씨의 증언으로는 어젯밤도 체 씨는 철사제 쥐덫 씨를 방문했던 것 같다고 한다. 또한, 마루 아랫길 29번지 포 씨가 말한 바로는 어제 심야부터 오늘 아침에 거쳐 체 씨 및 철사제 쥐덫 씨의 심한 다툼 소리가 들렸고, 때때로 몸싸움을 벌이는 소리를 들었다고 한다. 본사는 사건의 진상을 더욱 깊게 취재한 결과 철사제 쥐덫 씨의 죄가 큰 것으로 보고 있다.'

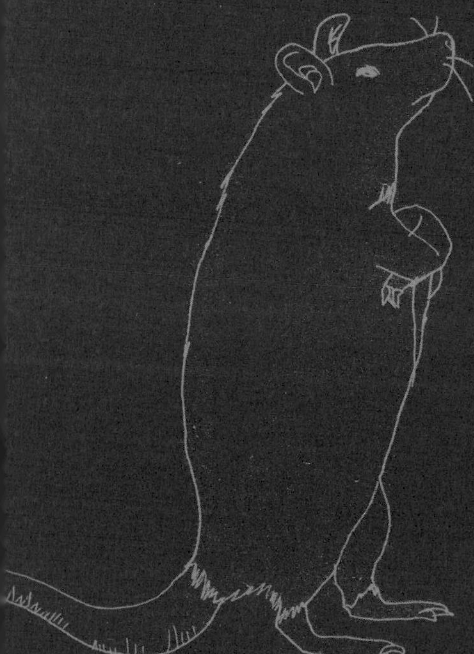

"하하하. 흠, 이건 뭐 의심의 여지도 없네. 체 쥐 자식 쥐덫에 잡아 먹힌 거야. 재미있군. 그다음은 또…… 뭐야, 음, 신임 쥐위원회 테 씨. 에헴, 에헴, 엣, 에헴. 이런 어이없군. 테 따위가 쥐위원회 위원이라니. 에잇! 짜증 나. 나를 시켜줬으면 좋을 텐데. 에잇! 재미없어. 산책이나 나가자."

쿤 쥐는 산책하러 나갔습니다. 그리고 마구 짜증을 내면서 천장 뒷길 쪽으로 가는 도중에 두 마리의 지네가 효심 깊은 거미 이야기를 하는 것을 들었습니다.

"정말이지, 그렇게 하기는 참 힘든데."

"맞아, 맞아. 정말 그래. 거기다가 그 아이는 자기도 어딘가 몸이 좋지 않아. 그런데도 새벽 두 시부터 일어나서 약을 챙겨주고 죽을 끓여주기도 하고, 밤에도 항상 늦게 잔다고 해. 보통 세 시는 될 거야. 정말로 몸을 쉬지 않아. 정말 감동이야."

"정말이지 그렇게 마음씨 고운 아이는 요즘 참 드문데……."

"에헴, 에헴."

갑자기 쿤 쥐가 크게 헛기침을 하며 수염을 옆으로 당겼습니다.

지네는 깜짝 놀라 인사도 하는 둥 마는 둥 헤어지며 총총히 도망갔습니다.

쿤 쥐는 계속해서 천장 뒷길 쪽으로 올라갔습니다. 천장 뒷길의 넓고 텅 빈 길에서 쥐위원회 위원인 테 쥐가 다른 한 마리의 쥐와 이야기를 하고 있었습니다.

쿤 쥐는 부러진 쓰레받기 뒤에 숨어서 엿들었습니다.

테 쥐가 "그러니까 그…… 내 생각은 말이지, 아무래도 이것은 그…… 공동체, 단결, 화목의 정신으로 해야 한다고 보네" 하고 말했습니다.

큰 쥐는 "에헴, 에헴" 하고 들리지 않도록 헛기침을 했습니다. 상대방 쥐는 "네" 하고 대답하고는 생각에 잠겨 있습니다.

"그리고 그…… 세계 문명의 진보와 발달, 개량과 개선이 정체되면 정치는 물론 경제, 농업, 실업, 공업, 교육, 미술, 그리고 조각, 회화, 그리고 문학, 연극, 에, 또…… 연극, 예술, 오락, 그 외에도 체육 등이 하하하, 아무래도 아주 나빠질 거야."

테 쥐는 어려운 말을 아주 많이 해서 참을 수 없을 정도로 유쾌해졌습니다. 큰 쥐는 그 모습이 견딜 수 없을 만큼 아니꼽게 느껴져서 "에헴, 에헴" 하고 들리지 않도록, 그리고 되도록 크게 헛기침을 하고 주먹을 불끈 쥐었습니다.

상대 쥐는 역시 "네" 하고 대답했습니다.

테 쥐는 다시 이야기를 시작했습니다.

"그리고 그 경제나 오락이 나빠진다는 것은 불평을 발생시키고 분열을 일으키는 결과에 봉착하게 되지. 그렇게 되는 것은 실로 우리에게 유감스러운 일이며 바라던 바가 아니므로 역시 그…… 매사에 일치단결과 화합의 정신으로 임하지 않으면 안 되네."

큰 쥐는 테 쥐의 말이 너무 훌륭하고 논의가 잘 이루어지는 것이 아니꼬워서 결국 크게 "에헴, 에헴" 하고 헛기침을 하고 말았습니다. 그러자 테 쥐는 부르르 떨며 눈을 감고 몸을 아주 조그맣게 움츠렸지만, 잠시 후 살며시 몸을 펴며 살짝 눈을 뜨더니 큰 소리로 외쳤습니다.

"이건 분열이야! 분열. 당장 체포해."

그러자 상대방 쥐는 큰 쥐에게 번개처럼 달려가더니 올가미를 꺼내 둘둘 묶어버렸습니다.

큰 쥐는 너무 분해서 눈물이 나왔지만, 도저히 당할 수가 없었기 때문에 한동안 가만히 있었습니다. 그러자 테 쥐는 종잇조각을 꺼내 뭐라고 쓱쓱 쓰더니 체포한 쥐에게 건넸습니다.

체포한 쥐는 올가미에 묶여 뒹굴고 있는 쿤 쥐 앞으로 가서 아주 엄숙한 목소리로 읽기 시작했습니다.

"쿤 쥐는 분열을 일으킨 자로 모두의 앞에서 처형해야 한다."

쿤 쥐는 소리 높여 흑흑 흐느꼈습니다.

"자, 분열을 일으킨 자, 빨리 걸어" 하고 체포한 쥐는 말했습니다. 그러자 쿤 쥐는 매우 두려움에 떨며 힘없이 일어섰습니다. 곳곳에서 쥐들이 모여들었습니다.

"정말 통쾌하군. 늘 '에헴 에헴' 하고 헛기침만 해대던 녀석이야."

"역시 분열을 조장하고 있었군."

"저 녀석이 죽으면 정말 속이 시원하겠어."

모두 이런 식의 이야기만 나왔습니다.

체포한 쥐는 마침내 하얀 어깨띠를 매고 처형 준비를 시작했습니다.

그때 쥐들 뒤에서 후우후우 하는 섬뜩한 소리가 들리더니 두 개의 눈동자가 불꽃처럼 빛나며 다가왔습니다. 그것은 바로 고양이 대장이었습니다.

"앗!"

쥐들은 모두 사방으로 흩어져 도망갔습니다.

"놓칠쏘냐!"

고양이 대장은 그중 한 마리를 쫓아갔지만 이미 좁은 틈새 깊숙이 들어가 버렸기 때문에 고양이 대장이 아무리 손을 뻗어도 닿지 않았습니다.

고양이 대장은 "칫" 하고 혀를 차며 돌아왔습니다. 쿤 쥐만 홀로 묶인 채 남겨진 것을 보고 깜짝 놀라 말했습니다.

"넌 뭐하는 자냐?"

쿤 쥐는 침착하게 대답했습니다.

"쿤이라고 합니다."

"후우후우, 그래? 왜 그런 꼴을 한 거지?"

"처형을 당하려던 중이었습니다."

"후우후우, 그래? 가엽군. 좋아, 내가 거둬주지. 우리 집으로 가자. 우리 집에는 마침 새끼가 네 마리 태어났는데 가정교사가 없어서 고민하고 있었거든. 자, 따라와."

고양이 대장은 느릿느릿 걷기 시작했습니다.

쿤 쥐는 주뼛주뼛 뒤를 따라갔습니다. 고양이의 집은 아주 멋진 곳이었습니다. 보라색 대나무로 엮은 집 안에는 짚과 천조각이 덮여 폭신폭신했습니다. 더구나 밥을 담는 그릇까지 있었습니다.

고양이 대장은 새끼들을 하나하나 핥아준 후 말했습니다.

"너희는 이제 학문을 해야 한다. 여기 선생님께 부탁했으니까 잘 배워라. 절대 선생님을 잡아먹거나 해서는 안 된다."

새끼들은 기뻐서 싱글싱글 웃으며 입을 모아 "아버지, 고맙습니다. 열심히 배울게요. 선생님을 잡아먹거나 하지 않아요" 하고 대답했습니다.

쿤 쥐는 자신도 모르게 다리가 부들부들 떨렸습니다.

고양이 대장이 말했습니다.

"잘 가르쳐 줘. 특히 산수를."

"네, 잘, 잘, 잘 알겠습니다" 하고 쿤 쥐는 대답했습니다.

고양이 대장은 기분 좋게 냥 하고 울더니 저쪽으로 휘익 가버렸습니다.

새끼들이 외쳤습니다.

"선생님, 빨리 산수를 가르쳐 주세요. 선생님, 빨리."

쿤 쥐는 이제 가르쳐줄 수밖에 없다고 생각하고 재빨리 말했습니다.

"1 더하기 1은 2입니다."

"알고 있어요."

새끼들이 말했습니다.

"1에서 1을 빼면 아무것도 남지 않습니다."

"알아요."

새끼들이 외쳤습니다.

"1에 1을 곱하면 1입니다."

"알았어요."

고양이 새끼들은 총명하게 눈을 반짝이며 말했습니다.

"1을 1로 나누면 1입니다."

"선생님, 알겠습니다."

고양이 새끼들이 즐거워하며 외쳤습니다.

"1에 2를 더하면 3입니다."

"알겠습니다, 선생님."

"1에서 2는 뺄 수 없습니다."

"알겠습니다, 선생님."

"1에 2를 곱하면 2입니다."

"알겠습니다, 선생님."

"1을 2로 나누면 2분의 1입니다."

"알겠습니다, 선생님."

그런데 쿤 쥐는 새끼 고양이들이 너무 영리한 것이 아니꼬웠습니다. 그럴 만도 합니다. 쿤 쥐는 첫 번째 문제인 '1 더하기 1은 2'를 배우는 데 반년이 걸렸던 것입니다.

그래서 자신도 모르게 "에헴, 에헴, 흠, 흠" 하고 헛기침을 했습니다. 그러자 새끼 고양이들은 놀란 듯 한동안 서로 얼굴을 마주하고 있었습니다. 그리고 마침내 새끼들은 동시에 일어나서 "뭐야, 이 쥐새끼! 시샘이나 해대고!" 하며 쿤 쥐의 네 다리를 하나씩 물었습니다.

쿤 쥐는 당황해서 버둥거리며 서둘러 "에헴, 에헴, 흠, 흠" 하고 헛기침을 했지만 이미 늦었습니다.

새끼 고양이들은 각각 네 다리에 달라붙어 뜯어먹기 시작하더니, 마침내는 쿤 쥐의 배꼽 부분에서 머리를 콩 하고 부딪쳤습니다.

그때 고양이 대장이 와서 "무엇을 배웠니?" 하고 물었습니다.

"쥐 잡는 법을 배웠습니다" 하고 네 마리의 새끼가 동시에 대답했습니다.

새장 선생과 후 쥐
鳥箱先生とフウねずみ

어느 집에 새장 하나가 있었습니다.

새장이라기보다는 상자라고 하는 편이 어울릴지도 모릅니다. 그것은 천장과 바닥과 세 벽이 아주 두꺼운 판자로 되어 있었고, 앞쪽에만 철망으로 만들어진 문이 있었습니다.

그리고 옆쪽으로 작은 유리 창문이 붙어 있었습니다. 어느 날 직박구리 새끼 한 마리가 그 안에 넣어졌습니다. 직박구리는 좁고 어두운 곳에 넣어진 것이 싫어서 파닥파닥 퍼덕였습니다.

새장은 재빨리 "파닥거리면 안 돼"라고 말했습니다. 그래도 직박구리는 계속해서 퍼덕거렸지만 결국 지쳐 움직일 수 없게 되자 엄마를 부르며 울었습니다. 새장은 다시 "울면 안 돼"라고 말했습니다. 그때 문득 새장은 '하하, 내가 선생님이구나' 하고 깨달았습니다. 그렇게 깨닫고 보니 작은 유리창은 새장의 얼굴이고 철망 문은 멋진 조끼처럼 느껴졌습니다. 그렇게 마음을 먹자 새장은 단 일 초도 가만있을 수 없었습니다. 그래서 "나는 선생님이야. 새장 선생님이라고 하지. 너를 교육시키겠다" 하고 말했습니다. 직박구리도 어쩔 수 없이 이후로는 새장 선생님이라고 불렀습니다.

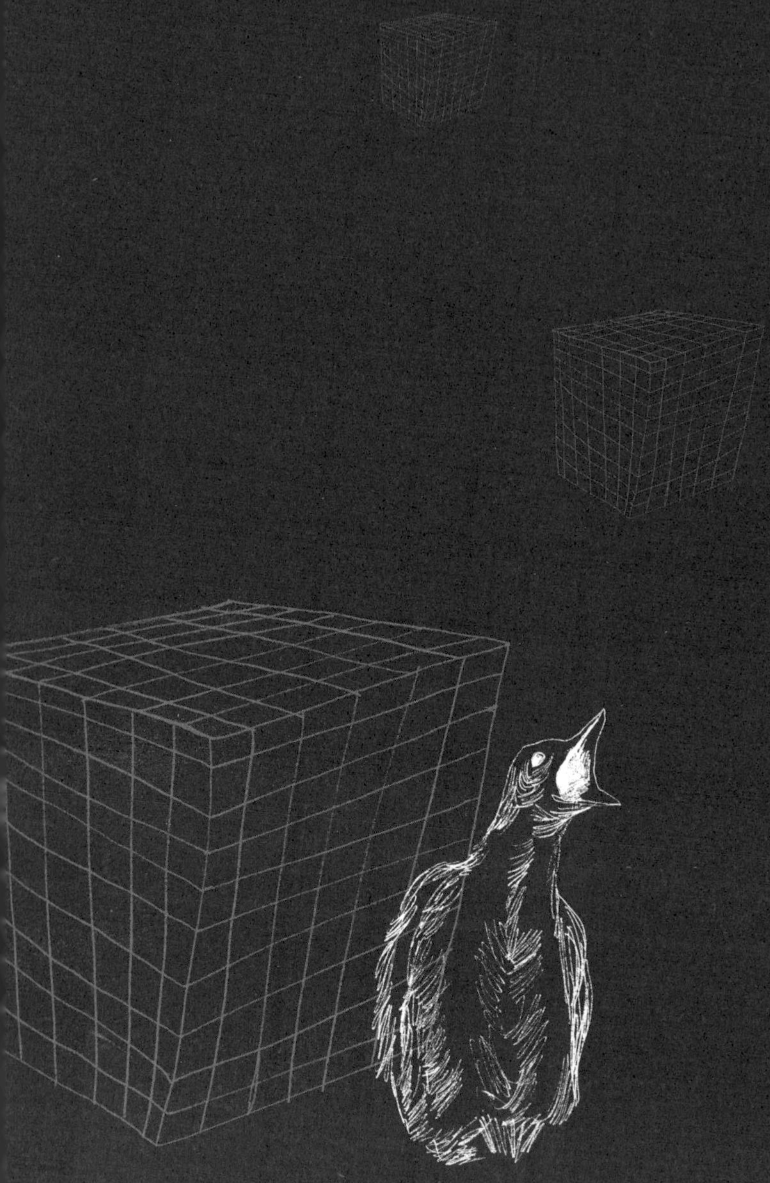

하지만 직박구리는 선생님을 아주 싫어했습니다. 매일 얌전하게 선생님의 뱃속에 있지만 더는 쳐다보기도 싫어서 늘 눈을 감고 있었습니다. 눈을 감고 있어도 행여 선생님이 떠오르면 기분이 안 좋아졌습니다. 그런데 그 직박구리는 이레 동안 좁쌀 한 알도 얻지 못했습니다. 모두 직박구리를 잊고 있었던 것입니다. 결국 배고픔에 지치고 지친 직박구리는 주둥이를 뻐끔뻐끔하다가 죽어버렸습니다.

새장 선생도 "아아, 슬픈 일이로다" 하고 말했습니다. 그다음에 온 직박구리 새끼도 상황은 똑같았습니다. 단지 죽은 원인이 조금 달랐을 뿐입니다. 두 번째 직박구리는 썩은 물을 먹어 설사병에 걸렸던 것입니다.

그다음에 온 직박구리 새끼는 하늘과 숲이 너무도 그리워 결국 숨이 막혀 죽었습니다.

네 번째 새는 선생이 어느 여름날 잠시 방심하며 조끼 철망을 크게 열어 둔 채 자는 동안 난폭한 고양이 대장이 와서 갑자기 잡아채 갔습니다.

새장 선생도 잠에서 깨어 "앗, 안 돼. 내 제자를 돌려줘" 하고 말했지만, 고양이 대장은 이죽이죽 웃으며 저쪽으로 달려가 버렸습니다. 새장 선생은 "아아, 슬픈 일이로다" 하고 말했습니다. 그러나 새장 선생은 그 일로 인해 완전히 신용을 잃었습니다. 그리고 갑자기 헛간 선반 위로 옮겨졌습니다.

"하아. 이곳은 통풍이 전혀 안 되는군" 하고 새장 선생은 말하면서 주위를 둘러보았습니다. 선반 위에는 깨진 화분이나 낡은 주홍빛 들통 같은 잡동사니가 가득했습니다. 그리고 새장 선생 바로 뒤에는 작고 컴컴한 구멍이 있었습니다.

"그런데 이 구멍은 뭘까? 사자 동굴일지도 몰라. 적어도 용이 사는 바위 굴 정도는 될 거야" 하고 선생은 혼잣말을 했습니다.

그리고 밤이 되었습니다. 쥐가 그 구멍에서 나와 선생을 살짝 물었습니다. 선생은 무척 놀랐지만 억지로 마음을 진정시킨 후 말했습니다.

"어이, 이봐. 함부로 남을 물면 안 된다는 카마진 나라 왕의 격언을 모르나?"

쥐는 깜짝 놀라 뒤로 세 걸음 물러난 뒤 정중하게 인사를 하고 말했습니다.

"그 말씀은 정말 도움이 되는 가르침입니다. 실로 제 심장까지 파고드는 말씀입니다. 함부로 남을 문다는 것은 정말로 나쁜 짓입니다. 나는 작년에 함부로 쇠망치를 물었다가 앞니 두 개를 잃었습니다. 또한, 올봄에는 함부로 인간의 귀를 물었다가 까딱하면 죽임을 당할 뻔했습니다. 실로 감사하기 그지없는 말씀입니다. 제게 후라는 이름의 아들이 있는데, 정말로 어리석은 녀석이지만 부디 매일 가르침을 받을 수 있도록 부탁해도 될까요."

"그래. 여하튼 그 아이를 데려와 보아라. 반드시 훌륭한 인물로 만들어 주마. 나는 말이지, 지금은 이런 곳에 있지만, 그전에는 유리로 만들어진 멋진 집에 있었단다. 직박구리 네 마리도 내가 키우고 가르쳤지. 모두 처음에는 버둥거려 손도 댈 수 없는 아이들이었지만 얼마 지나지 않아 모두 내게 감화되어 점잖고 훌륭하게 바뀌었지. 그리고 그들은 안락하게 일생을 보냈어. 호사롭고 화려하기 그지없는 삶이었지."

아빠 쥐는 매우 기뻐 목소리도 나오지 않았습니다. 그리고 굽실굽실 고개를 숙이고 서둘러 자신의 집인 구멍으로 기어들어갔습니다. 그리고 아들 후 쥐를 데리고 새장 선생이 있는 곳으로 찾아왔습니다.

"이 아이입니다. 부디 잘 부탁합니다. 부디 잘 부탁합니다."

두 쥐는 고개를 굽실굽실 숙였습니다.

그러자 선생은 "호오, 제법 영리해 보이는 아이로군. 머리 형태가 아주 좋아. 잘 알겠다. 반드시 가르쳐 주마."

어느 날, 후 쥐가 선생님 옆을 서둘러 지나가려고 하자 새장 선생은 급히 불러 세웠습니다.

"어이, 후 쥐. 잠깐 기다려. 너는 왜 그렇게 쪼르륵 종종걸음으로 걷는 게냐. 사내란 좀더 천천히, 좀더 큰 걸음으로 걷는 법이다."

"하지만 선생님. 제 친구들은 모두 쪼르륵 걸어요. 그중에서 제가 제일 당당하게 걷는 걸요."

"네 친구라는 것은 어떤 자들이냐."

"거미와 이와 진드기입니다."

"너는 그런 것들과 어울리는 게냐? 왜 조금 더 훌륭한 자들과 어울리지 않는 게냐. 왜 조금 더 훌륭한 자들과 견주지 않는 게냐."

"하지만 전 고양이나 개, 사자나 호랑이는 아주 싫어해요."

"그러냐. 그렇다면 어쩔 수 없지. 하지만 조금 더 훌륭하게 행동했으면 한다."

"앞으로 그렇게 하겠습니다, 선생님."

그리고 후 쥐는 쏜살같이 도망갔습니다.

그로부터 다시 56일이 지나고, 후 쥐가 바삐 새장 선생 옆을 지나가려고 하자 선생이 외쳤습니다.

"어이, 후 쥐. 잠깐 기다려. 너는 왜 그렇게 두리번거리면서 걷는 게냐. 사내는 갈 방향을 똑바로 보고 걷는 법이다. 그리고 절대로 곁눈질을 하지 않는 법이다."

"하지만 선생님. 제 친구들은 훨씬 더 두리번거려요."

"네 친구라는 자는 누구냐."

"이를테면 거미나 이, 지네 등입니다."

"너는 또 그렇게 한심한 자들과 자신을 견주는 게냐. 그런 건 좋지 않아. 너는 훌륭한 쥐가 될 인물이니까 그런 생각은 버려야 한다."

"하지만 제 친구들은 모두 그래요. 그중에서 제가 제일 잘하고 있어요."

그리고 후 쥐는 쏜살같이 도망가 구멍 안으로 들어가 버렸습니다.

그리고 다시 56일이 지나고, 후 쥐가 평상시대로 급하게 새장 선생 옆을 지나가려고 하자 선생이 철망 조끼를 철컹철컹 울리며 불러 세웠습니다.

"어이, 후 쥐. 잠깐 기다려라. 넌 늘 내가 무언가 말을 하려고 하면 재빨리 도망가려고 하는구나. 오늘은 좀 마음을 가라앉히고 여기에 앉아 보렴. 너는 왜 그렇게 늘 고개를 움츠리고 등을 굽히는 것이냐."

"하지만 선생님, 제 친구들은 모두 더욱 등을 굽히고 더욱 고개를 움츠리고 있어요."

"네 친구라고 해도 지네 같은 자는 등을 똑바로 펴고 걷지 않느냐?"

"지네는 그렇지만 다른 친구들은 그렇지 않아요."

"다른 친구란 어떤 자냐."

"양귀비 씨앗, 피, 질경이 씨앗 등입니다."

"왜 늘 그렇게 시시한 자들하고만 비교하는 거냐. 어어, 이봐!"

후 쥐는 귀찮아서 쏜살같이 구멍 속으로 도망가 버렸습니다.

새장 선생도 이번에야말로 정말로 화가 나서 부들부들 부들부들 떨면서 외쳤습니다.

"후 쥐 어멈, 어이, 후 쥐 어멈. 나와 봐. 네 아들은 이제 퇴학이야. 인계할 테니 빨리 나와."

후의 엄마는 바들바들 떨고 있는 후 쥐의 목덜미를 붙잡아 새장 선생 앞으로 데리고 왔습니다.

새장 선생은 있는 대로 화가 치솟아 철망 조끼를 철컥철컥 흔들면서 말했습니다.

"나는 네 마리의 직박구리를 교육시켰지만, 지금까지 이런 심한 모욕을 당한 적은 없었다. 정말이지 이 학생은 한심한 녀석이야."

그때 노란색의 무언가가 마치 바람처럼 나타나서 후를 바닥에 내팽개치고 수염을 씰룩씰룩 움직였습니다. 그것은 고양이 대장이었습니다.

고양이 대장은 "하하핫. 선생도 한심하고 학생도 나빠. 선생은 늘 그럴듯한 말만 하지. 그리고 학생은 배울 의지라고는 양귀비 씨보다 작아. 이러니 국가의 앞날을 걱정하지 않을 수가 없지" 하고 말했습니다.

개구리의 고무신
蛙のゴム靴

소나무와 졸참나무 숲 아래로 깊은 보가 흐르고 있었습니다. 언덕에는 찔레나무와 닭의장풀, 여뀌가 무성하게 우거져 있었고, 그 닭의장풀 열 포기가 모여 있는 곳 근처에 '칸'이라는 개구리 집이 있었습니다.

그리고 숲 속의 졸참나무 아래에는 '분'이라는 개구리 집이 있었고, 숲 저편의 참억새 속에는 '벤'이라는 개구리 집도 있었습니다.

세 마리는 나이도 같고 크기도 비슷했으며, 누구에게도 지지 않을 만큼 시건방진 장난꾸러기였습니다.

어느 여름 황혼이 질 무렵, 칸과 분과 벤 개구리 세 마리는 칸 개구리 집 앞의 토끼풀 광장에 앉아서 구름 구경을 하고 있었습니다. 원래 개구리들은 여름의 구름 봉우리를 바라보는 것을 아주 좋아합니다. 그 새하얗고 부풀부풀한, 옥수玉髓 같기도 하고 찹쌀떡 같기도 한, 또는 오팔을 깎아 만든 포도 같기도 한 구름 봉우리는 누가 봐도 아름답게 보이지만, 개구리들에게는 특히 멋져 보입니다. 아무리 보고 또 봐도 질리지 않습니다. 그 이유는 구름 봉우리가 어딘가 개구리 머리 같기도 하고 봄의 개구리 알 같기도 하기 때문입니다. 그래서 사람들이 꽃 구경하고 달 구경을 하듯이 개구리들은 구름 구경을 합니다.

"정말로 멋지다. 점점 페네타 모양이 되고 있어."

"응. 옅은 금색이야. 영원의 생명을 떠올리게 하는군."

"정말로 우리들의 이상이야."

구름 봉우리는 점점 페네타 모양이 되었습니다. 페네타 모양이라는 것은 평평하다는 의미로, 개구리들 사이에서는 무척 고상한 단어입니다. 구름 봉우리는 점점 무너져 내렸고 주위는 제법 어스레해졌습니다.

"요즘 헤론 쪽에서는 고무신이 유행하던데."

헤론이라는 말은 개구리 언어로 '인간'이라는 뜻입니다.

"응. 전부 신고 다니는 듯해."

"우리도 있으면 좋겠는데."

"정말 갖고 싶어. 그 녀석을 신으면 밤송이고 뭐고 무서울 게 없는데."

"갖고 싶군."

"손에 넣을 방법은 없을까?"

"없지는 않겠지. 하지만 우리와 헤론은 크기도 모양도 아주 달라서 수선하지 않으면 안 되겠지."

"응. 그건 그렇지."

구름 봉우리는 완전히 무너졌고 주위는 남빛이 되었습니다. 그래서 벤 개구리와 분 개구리는 "잘 있어" 하고 인사를 하고는 칸 개구리와 헤어져 숲 아래의 보를 힘차게 헤엄쳐서 각자 자신의 집으로 돌아갔습니다.

★ ★ ★

친구들이 가고 난 뒤 칸 개구리는 팔짱을 낀 채 생각에 잠겼습니다. 주위에는 보랏빛 어둠이 서서히 깔리고 있었습니다.

시간이 한참 흐른 후 칸 개구리는 "개굴 개굴" 하고 두 번 울었습니다. 그리고 맨발로 들판을 찰박찰박 걸어 밭으로 갔습니다.

그리고 목소리를 한껏 낮춰 "들쥐야, 들쥐야, 있니?" 하고 불렀습니다.

들쥐는 "찍찍" 하고 대답하며 개구리 앞에 쑤욱 나타났습니다. 들쥐의 거무스름한 얼굴도 더는 보이지 않을 정도의 어둠입니다.

"들쥐야, 안녕. 네게 부탁이 하나 있는데……. 들어줄래?"

"응, 물론 들어주지. 작년 가을, 메밀경단을 먹고 티푸스에 걸려 심하게 아팠을 때 나를 가족처럼 보살펴 줬는데……. 어떻게 그 은혜를 잊겠어."

"그래? 그러면 한 가지 부탁할게. 고무신 한 켤레를 가져다줄 수 있을까? 모양은 아무래도 상관없어. 내가 수선할 거니까."

"아, 좋아 좋아. 내일 밤까지는 꼭 가져다줄게."

"그래? 정말 고마워. 그럼 부탁할게. 안녕."

칸 개구리는 무척 기뻐하며 자신의 집으로 돌아가 잠을 잤습니다.

★ ★ ★

다음 날 밤입니다.

칸 개구리는 다시 밭으로 가서 "들쥐야, 들쥐야. 있니?" 하고 상냥한 목소리로 불렀습니다.

들쥐는 무척이나 피곤함에 지친 듯 눈을 게슴츠레하게 뜨고는 후우 하고 한숨을 쉬었습니다. 그리고 무언가 잔뜩 화가 난 듯 나오더니 갑자기 작은 고무신을 칸 개구리 앞에 던졌습니다.

"자, 칸. 가져가. 엄청나게 고생했어. 정말 힘들었다고. 죽을 만큼 걱정스러웠어. 이제 너한테 받은 은혜는 이것으로 갚았어. 아니 지나칠 정도야" 하고 말하면서 들쥐는 팽 하고 가버렸습니다.

칸 개구리는 들쥐가 너무 화를 내자 잠시 어이가 없었지만 생각해보니 과연 무리도 아니었습니다. 먼저 들쥐는 집쥐에게 고무신을 부탁하고, 집쥐는 고양이에게 부탁하고, 고양이는 개에게 부탁하고, 개는 말에게 부탁하고, 말은 자신의 편자를 받을 때 이래저래 속이면서 고무신 한 켤레를 더 받고, 그리고 말이 그것을 개에게 전해주고, 개는 고양이에게 넘기고, 고양이는 집쥐에게 건네고, 집쥐가 들쥐에게 건넨 것입니다. 게다가 건넬 때마다 언젠가 나중에 사례하라는 등 언짢은 말이 붙었을 것입니다. 더구나 이후에 말이 거짓말을 해서 고무신을 받은 것이 발각되면 인간에게 엄청나게 험한 꼴을 당할 것입니다. 들쥐가 그 전체를 걱정하고 생각했으니 죽을 정도로 힘들었던 것입니다. 하지만 칸 쥐는 그 멋진 고무신을 보고는 기뻐서 입이 근질근질했습니다.

칸 쥐는 재빨리 고무신을 두드리고 당기고 해서 자신의 발에 딱 맞도록 수선하고는 히죽히죽 웃으면서 발에 신었습니다. 그리고 밤새 돌아다니다가 동이 틀 무렵에야 완전히 지쳐 자신의 집으로 돌아갔습니다. 그러고는 잠이 들었습니다.

★ ★ ★

"칸, 칸. 이제 구름 구경을 갈 시간이야. 이봐, 칸."

칸 개구리가 눈을 뜨고 보니 분 개구리와 벤 개구리가 자신의 몸을 계속해서 흔들고 있었습니다. 그렇습니다. 동쪽은 벌써 옅은 황금색 구름 봉우리가 아름답게 솟아 있습니다.

"어? 넌 벌써 고무신을 신었네. 어디서 난 거야?"

"아, 이건 정말 고생고생하며 힘들게, 게다가 죽을 정도로 고민해서 얻어 온 거야. 너희는 절대 가질 수 없어. 걸어볼까? 봐, 멋지지. 내가 이 고무신을 신고 스윽스윽 걸으면 연극배우 같지 않니? 완전히 카이 씨 같지? 이 씨 같지?"

"응, 정말 좋네. 우리도 갖고 싶어. 하지만 어쩔 수 없지."

"그래, 어쩔 수 없어."

구름 봉우리는 은색이었고 지금이 가장 높이 솟은 때입니다. 하지만 벤 개구리도 분 개구리도 구름 따위는 눈에 들어오지 않았습니다. 오로지 고무신만 보고 있었던 것입니다.

그때 저쪽에서 한 마리의 아름다운 개구리 아가씨가 팔짝팔짝 뛰어와 닭의장풀 너머로 수줍게 고개를 내밀었습니다.

"룰라 씨, 안녕하세요. 무슨 일인가요?"

"아버지가 사윗감을 찾아오라고 해서요."

개구리 아가씨는 조금 새침한 표정으로 말했습니다.

"저는 어떻습니까?"

벤 개구리가 말했습니다.

"아니면 저는 어떻습니까?"

분 개구리가 말했습니다.

그런데 칸 개구리는 아무 말도 하지 않고 스윽스윽 주변을 걷기만 했습니다.

"어머, 전 마음을 정했어요."

"누구로요?"

두 개구리는 눈을 반짝였습니다.

칸 개구리는 여전히 스윽스윽 걷고 있습니다.

"저분이요."

개구리 아가씨는 왼손으로 얼굴을 가리고 오른손 손가락으로 칸 개구리를 가리켰습니다.

"어이, 칸! 아가씨가 너로 정했대."

"무엇을?"

칸 개구리는 아무것도 모른다는 얼굴로 이쪽을 돌아보았습니다.

"아가씨가 너를 데리고 간대."

칸 개구리는 재빨리 이쪽으로 왔습니다.

"아가씨, 안녕하세요. 제게 무슨 용무가 있으신가요? 아, 그렇습니까? 좋습니다. 알겠습니다. 그러면 날짜는 언제로 할까요, 결혼식 날짜는?"

"8월 2일이 좋아요."

"네, 알겠습니다."

칸 개구리는 말을 마치고 하늘을 바라보았습니다.

하늘에는 구름 봉우리가 다시 페네타 모양이 되어 흐르고 있습니다.

"그러면 전 집으로 돌아가서 모두에게 그렇게 전할게요."

"네."

"안녕히 가세요."

"안녕히 계세요."

벤 개구리와 분 개구리는 부들부들 화를 내며 갑자기 뒤로 휙 돌아 집으로 가버렸습니다. 분해서 참을 수가 없던 두 개구리는 숲 아래의 보를 두 다리로 찰싹찰싹 헤엄치기 시작했습니다. 뒤에 남아있던 칸 개구리의 기쁨은 말로 표현할 수 없습니다. 이곳저곳을 걸어다니다 동쪽에서 스무날의 달이 뜰 무렵 간신히 집으로 돌아와 잠을 잤습니다.

★ ★ ★

한편 룰라 개구리 쪽에서도 칸 개구리와 논의를 하며 여러 가지 준비를 했고, 결혼식 준비는 척척 진행되었습니다. 마침내 결혼식을 이틀 앞둔 날 새벽, 칸 개구리는 잠을 자면서 "오늘은 꼭 친구 집에 찾아가서 모레 있을 결혼식에 초대하지 않으면 안 되겠어" 하고 중얼거렸습니다. 그런데 그날은 새벽부터 아침까지 비가 내리기 시작했습니다. 숲은 좌악좌악 소리를 냈으며 칸 개구리 집 앞에 있는 닭의장풀은 탁한 물을 뒤집어써서 희미하고 어렴풋하게 보였습니다. 그래도 칸 개구리는 힘차게 집을 나섰습니다. 흐려진 강물은 크게 불어나서 몇 포기의 여뀌와 닭의장풀은 완전에 물속에 잠겼습니다. 뛰어들기가 조금 무서울 정도입니다. 칸 개구리는 그래도 여뀌 위에서 물속으로 첨벙 하고 뛰어들어 스윽스윽 스윽스윽 헤엄을 쳤습니다. 열심히 헤엄을 쳐도 계속 떠내려갔지만 그래도 여하튼 건너편 강가로 올라갔습니다.

그리고 이끼 위를 성큼성큼 지나 몇 마리의 벌레가 기어가는 길을 가로질렀습니다. 철벅철벅 소리를 내는 고무신을 신고 커다란 빗방울을 맞으며 졸참나무 아래의 분 개구리 집으로 가서 크게 외쳤습니다.

"안녕, 집에 있어?"

"누구세요? 아, 너구나. 들어와."

"응, 엄청난 비야. 팟센대로에도 오늘은 벌레 그림자도 안 보여."

"그래? 지독한 비군."

"그런데 너도 알듯이 모레는 내 결혼식이야. 꼭 와줘."

"아, 그래그래. 그러고 보니 그때 조그마한 빨간 벌레가 그런 말을 했었던 거 같네. 갈게."

"고마워. 꼭 부탁해. 그럼 잘 있어."

"잘 가."

칸 개구리는 철벅철벅 숲 속을 지나 참억새 속에 있는 벤 개구리 집으로 갔습니다.

"안녕, 집에 있어?"

"누구십니까? 아, 너구나. 들어와."

"고마워. 엄청난 비야. 팟센대로도 오늘은 쥐죽은 듯 조용해."

"그래? 엄청난 비로군."

"그런데 너도 알다시피 모레는 내 결혼식이야. 꼭 와줘."

"아아, 어디선가 그 얘기를 들었는데……. 갈게."

"꼭 와. 그럼 잘 있어."

"잘 가."

그리고 칸 개구리는 다시 철벅철벅 숲 속을 걸어 강물을 스윽스윽 헤엄쳐 집에 돌아간 후 그제야 마음을 놓았습니다.

★ ★ ★

한편 칸 개구리가 안심하고 있을 무렵, 분 개구리가 벤 개구리의 집으로 찾아갔습니다.

"벤, 집에 있니?"

"아, 너구나. 들어와."

"칸이 왔었지?"

"응, 에잇, 분해."

"정말이지 울화통이 터져. 뭔가 혼쭐을 좀 내주고 싶은데."

"내게 좋은 생각이 있어. 내일 아침에 말이지 비가 그치면 결혼식 전에 잠깐 산책을 하자고 해서 녀석을 끌어내는 거야. 그리고 억새를 벤 자리를 걷는 거야. 우리도 조금 아프겠지만 뭐 좀 참아야지. 그러면 녀석의 고무신이 엉망진창이 될 거야."

"응, 좋은 생각이야. 하지만 난 그 정도로는 분이 안 풀려. 결혼식이 끝나면 녀석을 끌어내서 보리 말릴 때 썼던 말뚝 구멍에 빠트리자. 위에 나뭇잎이라도 덮어두면 돼. 그건 내가 할게. 재미있을 거야."

"그것도 좋은 생각이네. 자, 비가 그치면 보자고."

"응."

"그럼 잘 있어."

개구리들의 '잘 있어'라는 인사도 이제 지겨우시죠? 얼마 남지 않았습니다. 참아주세요. 정말 얼마 남지 않았습니다.

★ ★ ★

다음 날 오후 비가 그치고 태양이 비췄습니다. 벤 개구리와 분 개구리는 함께 칸 개구리 집으로 찾아갔습니다.

"결혼식 축하해. 초대해준 대로 왔어."

"응, 고마워."

"그런데 결혼식까지는 아직 시간이 있지? 조금 걸을까. 산책하면 혈색이 좋아져."

"그래. 같이 가자."

"셋이 손을 잡고 걷자."

분 개구리와 벤 개구리가 양쪽에서 칸 개구리의 손을 잡았습니다.

"비 갠 뒤의 공기는 정말이지 달콤해."

"응. 상쾌한 기분이 정말 좋네."

세 마리는 억새를 벤 자리로 갔습니다.

"아, 멋진 경치야. 이곳을 지나가자."

"어이, 이곳은 안 돼. 그만 돌아가자."

"모처럼 왔는데 안 되지. 조금만 가자. 자, 걷자고."

두 마리는 양쪽에서 칸 개구리의 손을 힘껏 끌어당겼습니다. 그리고 자신들도 발이 아파져 오는 것을 참으며 억새를 벤 자리를 성큼성큼 걸었습니다.

"어이, 그만 해. 그만 하자고. 이곳은 걸을 수 없어. 위험해. 돌아가자."

"정말 멋진 경치야. 조금 빨리 걸을까?"

두 마리는 아직 찢어지지 않은 칸의 고무신을 보면서 동시에 말했습니다.

"어이, 그만둬. 뭐하는 짓이야. 그만둬. 앗, 아파. 아앗! 결국 구멍이 나버렸어."

"공기가 정말 달콤하지 않아?"

"이봐, 그만 돌아가자. 당기지 좀 마."

"정말 멋진 경치지?"

"놔, 놔, 놓으라니까! 나쁜 자식들."

"이런, 무언가가 다리를 물었구나. 그렇게 안달하지 않아도 돼. 꽉 잡아줄 테니까."

"놔, 놔, 놓으라니까! 나쁜 자식들."

"빨리, 빨리 걸어. 봐, 이제 괜찮아. 이런……. 고무신이 너덜너덜해졌네. 어찌 된 거야."

고무신은 너덜너덜해진 상태로 칸의 발에서 떨어져 나갔습니다.

칸 개구리는 말할 수 없이 원통하다는 얼굴로 중얼거렸습니다. 사실 칸 개구리는 이를 악문 것이지만 이가 없어서 중얼중얼 거리는 수밖에 없는 것입니다. 두 마리는 그제야 손을 놓고는 겉치레 말을 늘어놓았습니다.

"그렇게 낙심할 필요 없어. 신발 따위가 있건 없건 신부는 오니까."

"시간 다 됐네. 돌아가자. 돌아가서 신부를 기다려야지.

칸 개구리는 침울한 기분으로 마지못해 걷기 시작했습니다.

★ ★ ★

세 마리 개구리가 칸 개구리 집에 도착하고 얼마 후, 저 멀리서 머위잎과 부들이삭으로 장식한 신부의 행렬이 오고 있었습니다.

점점 가까워지자 아버지 개구리가 "자, 딸아. 저쪽 세 개구리 중 누가 너의 신랑감이냐?" 하고 룰라 개구리를 돌아보며 물었습니다.

룰라 개구리는 작은 눈을 깜빡였습니다. 왜냐하면 처음 칸 개구리를 보았을 때 사실은 고무신 외에는 아무것도 눈에 띄지 않았는데, 세 마리 모두 맨발로 줄줄이 서 있으니 구별이 되지 않았던 것입니다. 그래서 어쩔 수 없이 "조금 더 가까이 가지 않으면 모르겠어요" 하고 대답했습니다.

"네, 당연히 그렇죠. 틀리면 큰일입니다. 자, 마음을 가라앉히세요" 하고 중매인 개구리도 뒤에서 이야기했습니다.

그런데 가까워지자 더욱 알 수가 없었습니다. 세 마리 모두 입이 크고 거무스름한데다가 눈이 튀어나온 모습이 정말로 닮았기 때문입니다. 룰라 개구리는 더욱 당황했습니다. 그런데 셋 가운데 오른쪽 끝에 있던 칸 개구리가 빼끔 하고 입을 벌리고 한 발을 앞으로 내밀며 인사를 했습니다. 룰라 개구리는 그제야 안심하고 "저분입니다" 하고 말했습니다.

그리고 결혼식이 시작되었습니다. 결혼식은 이루 말할 수 없이 성대했고 피로연은 더없이 훌륭했습니다.

마침내 결혼식이 끝나고 신부 측은 모두 되돌아갔습니다. 그때 마침 구름 봉우리가 가장 빛나고 있었습니다.

"이제 신혼여행을 가야지" 하고 벤 개구리가 말했습니다.

"우리가 저기까지 배웅해줄게."

분 개구리가 말했습니다.

칸 개구리도 어쩔 수 없이 룰라 개구리를 데리고 신혼여행을 떠났습니다. 그리고 곧 나뭇잎을 덮어놓은 말뚝 구멍까지 왔습니다. 분 개구리와 벤 개구리가 "이런! 여기는 길이 좋지 않네. 신랑 손을 잡아주자" 하면서 칸 개구리가 몸을 사릴 틈도 없이 양쪽에서 손을 잡았습니다. 그리고 자신들은 구멍의 양쪽 바깥으로 걸으면서 칸 개구리를 억지로 구멍 위로 끌어당겼습니다. 그러자 칸 개구리가 밟고 있는 나뭇잎이 부스럭 소리를 내었고, 칸 개구리는 휘청거리다 순식간에 구멍으로 빨려 들어갔습니다. 그런데 바깥쪽으로 도망가려 한 분 개구리와 벤 개구리를 칸 개구리가 꽉 붙잡고 있었기 때문에 힘껏 버티고 있던 다리에 경련이 일었고, 결국 두 마리 모두 풍덩 하고 빠졌습니다.

세 마리는 구멍 바닥의 흙탕물에서 허우적거렸습니다. 위를 보니 아주 작고 동그란 하늘이 보였고 빛나는 구름 봉우리는 조금밖에 보이지 않았습니다. 개구리들이 아무리 발버둥쳐도 붙잡을 수 있는 것은 없었습니다.

그러자 룰라 개구리는 예전에 배웠던 육백 미터 달리기 기술을 기억해내 쏜살같이 아버지가 있는 곳으로 달려갔습니다. 하지만 아버지와 식구들은 술에 취해 모두 곯아떨어져 있었습니다. 아무리 깨워도 일어나지 않았습니다. 룰라 개구리는 다시 구멍이 있는 곳으로 달려와 주위를 빙빙 돌면서 울었습니다.

그러는 동안 점점 밤이 깊어졌습니다.

철벅철벅 철벅철벅.

룰라 개구리는 다시 아버지 집으로 갔습니다.

아무리 깨워도 일어나지 않습니다.

날이 밝았습니다.

철벅철벅 철벅철벅.

룰라 개구리는 다시 아버지 집으로 갔습니다.

아무리 깨워도 일어나지 않습니다.

해가 저물었습니다. 구름 봉우리가 높이 솟아있습니다.

철벅철벅 철벅철벅.

룰라 개구리는 다시 아버지 집으로 갔습니다.

아무리 깨워도 일어나지 않습니다.

날이 밝았습니다.

철벅철벅 철벅철벅.

구름 봉우리가 페네타 모양이 됩니다.

마침 그때 아버지 개구리가 간신히 눈을 뜨고 룰라 개구리가 어떻게 지내는지 보려고 찾아왔습니다.

그런데 그곳에는 룰라 개구리가 지쳐 새파래진 얼굴로 가슴을 감싼 채 앉아서 졸고 있었습니다.

"이런, 어찌 된 일이야, 룰라야."

"아, 아빠. 세 개구리가 이 속에 빠져 있어요. 이미 죽었을지도 몰라요."

아버지 개구리는 구멍에 빠지지 않도록 조심하면서 구멍 입구에 귀를 기울였습니다. 그러자 희미하게 철벅거리는 소리가 들렸습니다.

"됐다!" 하고 외친 아버지는 서둘러 돌아가서 동료 개구리들을 모두 데리고 왔습니다. 그리고 숲 속에서 소나무 가지를 주워와 구멍 속에 늘어뜨려 마침내 한 마리씩 끌어올렸습니다.

세 개구리는 이미 하얀 배를 뒤집은 채 눈을 감고 입술도 꽉 다물고 있어서, 거의 죽은 듯했습니다. 그러자 다른 개구리들이 박주가리 털을 가져와 비벼주는 등 이러저러한 방법을 동원해서 간신히 살려냈습니다.

그제야 칸 개구리와 룰라 개구리는 비로소 부부가 되었고, 다른 개구리도 크게 반성하고 이후로는 열심히 살았습니다.

스케치 4

시그널과 시그널레스

빙하쥐 모피
氷河鼠の毛皮

이 이야기는 먼 북쪽의 몹시 추운 곳에서 바람에 실려 토막토막 날아왔습니다. 얼음이 불가사리나 해파리 또는 갖가지 과자 모양을 이루고 있을 정도로 추운 북쪽에서 날아온 것입니다.

12월 26일 밤 8시, 베링행 열차를 타고 이하토브를 출발한 사람들이 어떤 일을 겪었는지 분명 누구라도 알고 싶을 것입니다. 이것은 그 이야기입니다.

★ ★ ★

12월 26일, 이하토브 전체에 심한 눈보라가 치고 있었습니다. 마을의 하늘과 도로는 하얀색 같기도 하고 물색 같기도 한 묘한 색으로 이루어진 퍼석퍼석한 눈가루로 완전히 뒤덮였으며, 바람은 끊임없이 전선과 마른 포플러나무를 울렸고, 까마귀 등의 새들도 거의 얼어붙은 듯 비틀비틀 하늘을 흘러갔습니다. 하지만 그 속에서 딸랑딸랑 울리는 말썰매 종소리가 희미하게 들렸기 때문에 누군가가 지나가고 있다는 것을 알 수 있었습니다.

그런데 그렇게 심한 눈보라 속에서도 밤 8시가 되어 정거장 대합실로 가보면 난로의 불은 유쾌한 듯 빨갛게 타오르고, 베링행 초특급 열차에 타려는 사람들은 이미 그 앞에 새카맣게 모여 있었습니다.

북극의 바로 근처까지 가는 것이기 때문에 사람들은 모두 확실하게 채비를 갖추고 있었습니다. 두꺼운 벽처럼 옷을 껴입고 마유를 바른 장화를 신었으며, 추위에 갈라지는 것을 막기 위해 트렁크에도 마유를 바른 채 모두 호호 하고 입김을 내뿜고 있었습니다.

이미 출발 준비를 마친 기관차는 따뜻해 보이는 수증기를 뿜어냈으며, 객차에는 밝은 전등이 켜져 있었고 빨간 커튼도 내려진 채 플랫폼에 길게 서 있었습니다.

"베링행 오후 여덟 시 발차, 베링행."

한 역무원이 크게 외치며 대합실로 들어왔습니다.

곧이어 개찰 시작 벨이 울렸고 사람들은 우르르 검표를 받은 후 트렁크와 짐 꾸러미를 기차 안으로 날랐습니다.

잠시 후 삐이익 하는 호루라기소리가 들렸고 기관차는 뿌우 하고 한 번 포효하더니 화살처럼 날아갔습니다. 이 열차는 베링행 초특급 열차이기 때문에 정말로 빠릅니다. 순식간에 마지막 두 개의 빨간 불이 잿빛 밤하늘의 눈보라 속으로 사라졌습니다. 여기까지는 저도 분명히 알고 있는 내용입니다.

★ ★ ★

열차가 이하토브 정거장을 출발한 후, 사람들은 선반과 의자 아래에 짐을 정리하고 모두 자리에 앉았습니다. 그리고 사람들은 같은 차량의 승객들을 유심히 둘러보았습니다.

한 차량에는 열다섯 명의 승객이 타고 있었는데, 그 한가운데에는 얼굴이 붉고 살이 찐 신사가 육중하게 앉아있었습니다. 그 신사는 모피를 잔뜩 껴입고는 두 자리를 차지한 채 커다란 알래스카산 금반지를 끼고 멋지게 번뜩이는 10연발 소총을 들고 있었습니다. 무척이나 건장해 보였으며 목소리도 우렁찰 듯했습니다.

옆에는 역시 비슷한 차림새의 신사들이 각각 안경을 벗거나 시계를 보고 있었습니다. 모두 건장했지만, 한가운데에 있는 사람에 비해 조금 마른 편이었습니다. 맞은편 구석에는 붉은 수염의 마른 사람이 북극여우처럼 멍하니 자리에 앉아 있었고, 이쪽 대각선 방향의 창가에는 튼튼한 범포 상의를 입고 자신에게만 들릴 듯한 작은 소리로 휘파람을 불고 있는 뱃사람처럼 보이는 젊은 남자가 앉아 있었습니다. 그밖에 마르고 눈살이 깊게 팬 음산한 얼굴을 옷깃에 묻고 있는 사람, 아무 일도 아니라는 듯 이미 잠을 자기 시작한 상인 같은 사람 서너 명이 있었습니다.

★ ★ ★

기차는 때때로 통과역의 철로 건널목을 지날 때 덜컹하고 옆으로 흔들리기도 하면서 열심히 눈보라 속을 달렸습니다. 그러나 그 눈보라도 점점 잦아들었는지 아니면 기차가 눈보라 지역을 넘어선 것인지, 얼마 후 사람들은 밖에서 공기가 밀어붙이는 듯한 느낌을 받았고 창밖에는 더 이상 눈이 내리지 않는 듯했습니다. 노란 범포 옷의 청년은 일어서서 창문의 커튼을 열었습니다. 그 커튼 너머에는 수증기가 얼어붙어 반짝반짝 빛나는 유리창이 있었습니다. 그 유리창은 이상하리만치 푸르게 빛나고 있었습니다. 뱃사람인 듯한 청년은 주머니에서 작은 칼을 꺼내 창문에 붙은 풀고사리잎 모양의 얼음을 으드득으드득 긁어냈습니다.

얼음을 긁어내자 유리창은 차갑고 투명하게 밖을 비추었습니다.

창문 너머에는 산맥의 눈이 밝게 빛났으며, 그 위의 차가운 검푸른색 하늘에는 마치 이제 막 닦아낸 듯한 푸른 달이 투명하게 걸려있었습니다.

들판의 눈은 푸르게 보였고 수증기 그림자는 꿈처럼 달렸습니다. 가문비나무와 분비나무가 새까맣게 서서 언뜻언뜻 창밖을 지나갑니다. 가만히 창밖을 보고 있던 청년의 입술은 웃는 듯 우는 듯 희미하게 움직였습니다. 그 모습은 달에게 무언가 이야기를 걸고 있는 듯도 보였습니다. 모두 조용히 무언가 생각에 빠져 있었습니다. 한가운데의 멋진 신사도 소총을 손에 들고 무언가를 생각하고 있습니다. 하지만 신사는 갑자기 일어나서 소총을 조심스럽게 선반에 올려놨습니다. 그리고 커다란 목소리로 맞은편의 궐련을 물고 있는 공무원인 듯한 신사에게 말을 걸었습니다.

"아무래도 그곳은 춥겠죠."

맞은편 신사가 대답했습니다.

"뭐, 그거야 당연하죠. 이쪽에서는 제아무리 춥다고 해봐야 상대적이지만 그쪽은 절대적입니다. 추위의 수준이 다릅니다."

"당신은 몇 번이나 갔었습니까?"

"저는 이번이 세 번째입니다만……."

"제 방한 채비는 어떻습니까, 괜찮겠습니까?"

"어느 정도나 준비하셨습니까?"

"그러니까…… 이하토브의 겨울용 기모노 위에 해달 가죽 속 외투를 입었고, 그 위에 다시 비버 가죽, 그리고 또 그 위에 검은여우 모피 외투를 입었습니다."

"괜찮을 겁니다. 잘 준비하셨습니다."

"그렇습니까. 그리고 천천히 열을 내는 외투도 있습니다. 북극형제상회의 특허제품이죠."

"좋습니다."

"그리고 빙하쥐 목 부분의 모피만으로 만든 상의가 있죠."

"충분합니다. 그런데 빙하쥐의 목 모피는 상당히 고급스럽군요."

"사백오십 마리 분이죠. 어떻습니까. 이 정도면 괜찮겠습니까?"

"괜찮습니다."

"나는 말이죠, 주로 검은여우를 잡아올 생각입니다. 검은여우 모피 구백 장을 가져오기로 내기를 걸었거든요."

"그렇습니까? 대단하군요."

"자, 축배를 들지 않겠습니까."

신사는 스팀 열기로 데워졌는지 외투를 벗으면서 위스키병을 꺼냈습니다.

저쪽에서는 아까의 청년이 이마를 차가운 유리창에 기대고 달과 오리온이 떠있는 하늘을 가만히 바라보고 있었고, 맞은편 구석에서는 붉은 수염의 마른 남자가 눈을 두리번거리며 사람들의 이야기를 듣고 있었고, 술을 마시기 시작한 신사 주위의 사람들은 북극 가까이가 사냥을 나서는 이 호사스럽고 태평스런 인물을 조금 부러운 듯 바라보고 있었습니다.

★ ★ ★

모피 외투를 잔뜩 가진 신사는 모피 외투를 잔뜩 가진 또 한 명의 신사와 싸움을 했지만, 또 한 명의 신사는 결국 싸움에서 지고 자는 척을 했습니다.

그리고 신사는 위스키를 작은 컵으로 연달아 열두 잔을 마셨기 때문에 완전히 취기가 올라 눈을 가늘게 뜨고 입술을 핥았습니다. 그러고 나서는 주위 사람들을 돌아보며 계속해서 술주정하기 시작했습니다.

"어이, 이건 빙하쥐 목의 모피만으로 만든 거라고. 빙하쥐의 최고급 모피지. 여기 보라고. 사백오십 마리가 들어간 거라고. 어이, 가만 보니 외투를 달랑 두 장만 가진 사람도 꽤 많군. 하지만 두 장으로는 안 돼. 자네는 세 장이니까 괜찮군. 하지만 자네, 자네의 그 외투는 털이 아니잖아. 자네가 아까 모로코여우라고 했었지? 어떻게 확신하나? 그건 진짜 털이 아니야. 진짜 모피가 아니라고."

"이런 무례한 사람이 있나. 정말 무례하군."

"아니 사실을 얘기하는 거네만…… 그건 확실히 가짜야. 명주실로 만든 거야."

"무례한 자식이군. 당신! 그러고도 신사라고 할 수 있나?"

"상관없어. 내가 신사든 보따리장수든 뭐든 상관없어. 자네의 그 모피는 가짜야."

"개똥상놈 같으니. 정말 상놈의 새끼야."

"상관없어. 화내지 말고 그쪽에 갔다가 추우면 나한테 오라고."

"필요 없어!"

옆의 신사는 잔뜩 골이 났지만 그럼에도 역시 겸연쩍은 듯 꾸벅꾸벅 조는 척했습니다.

빙하쥐 상의를 가진 사내는 입술을 핥으면서 주위를 둘러보았습니다.

"자네, 거기 자네. 창가의 젊은이. 실례지만 자네는 뱃사람인가?"

청년은 역시 창밖을 보고 있었습니다. 달 아래에는 새하얀 단백석 같은 구름 덩어리가 달려오고 있습니다.

"이봐, 자네. 그쪽은 누가 뭐라 해도 춥네. 그런 범포 한 장으로는 도저히 견딜 재간이 없어. 하지만 자네는 제법 기개가 있어 보이는군. 좋아 내걸 빌려주지. 내 옷을 하나 빌려주겠어. 그렇게 하지."

하지만 청년은 그런 말은 귀에도 들어오지 않는 듯했습니다. 차갑게 입술을 다물고 마치 오리온자리 어딘가의 강철색 하늘 너머를 꿰뚫어보는 듯한 눈으로 밖을 보고 있었습니다.

"흠, 배는 잠시 정박 중인가? 자, 검은여우털이야. 꽤 추우니까, 이봐, 젊은이. 실례지만 내가 외투를 빌려준다고 하지 않나. 누런 범포 한 장으로는 영하 40도에 어림도 없어. 검은여우털이라니까. 이봐 젊은이, 거기, 왜 대답이 없어? 무례한 놈이군. 자네 내가 누군지 알아? 나로 말하자면 이하토브의 다이치야. 이하토브의 다이치 모르나? 이런 기차에 타는 게 아니었어. 내 배를 타고 나왔다면 가만히 있어도 영주님으로 통한다고. 혼자 검은여우 구백 마리를 잡아보겠다고 쓸데없는 내기를 해서는……."

그런 어리석고 덩치만 큰 어린애 같은 술주정을 더는 아무도 상대해주지 않았습니다. 사람들은 자거나 잘 준비를 하고 있었습니다. 깨어있는 사람은 아까의 창가 청년과 객실 구석에서 귀를 쫑긋 세우고 끊임없이 연필에 침을 바르며 무언가를 적고 있는 붉은 수염의 마른 남자뿐이었습니다.

"홍차 있습니다, 홍차 있습니다."

흰옷을 입은 판매원이 커다란 은쟁반에 홍차를 열 잔 담아 조용히 큰 걸음으로 다가왔습니다.

"이봐, 홍차 한 잔 줘."

이하토브의 다이치가 손을 뻗었습니다. 판매원은 몸을 숙이고 재빨리 한 잔을 건넨 후 은화 한 닢을 받았습니다.

그때 전등이 붉고 어두침침해졌습니다.

창문은 달빛을 받아 자개처럼 청백색으로 빛났으며 사람들의 얼굴도 갑자기 쓸쓸하게 보였습니다.

"정말 컴컴하군요. 도깨비라도 나올 것 같습니다."

판매원은 몸을 조금 숙이고 젊은 뱃사람이 바라보고 있는 창문으로 살짝 밖을 보면서 말했습니다.

"앗! 이상한 불이 보인다. 누군가가 화톳불을 피우고 있는 건가. 이상하군."

그때 전등이 다시 켜졌고 판매원은 "홍차 있습니다" 하며 공손하면서도 큰 걸음으로 저쪽으로 갔습니다.

다음 이야기는 아마도 바람에 실려 토막토막 날아온 이야기의 다섯 번째에 해당할 것으로 생각합니다.

★ ★ ★

날이 아주 밝아져 동쪽 창은 눈부시도록 새하얗게 빛났고, 서쪽 창은 희미한 납빛이 되었을 즈음 기차가 갑자기 멈췄습니다. 사람들은 서로 얼굴을 마주 보았습니다.

"무슨 일이지? 벌써 베링에 도착했을 리는 없고. 고장이라도 난 걸까."

그때 갑자기 밖에서 소란스러운 소리가 들리더니 문이 덜컥 열리고 아침 햇살이 맥주처럼 흘러들어왔습니다. 그리고 붉은 수염의 마른 남자가 갑자기 표정을 싹 바꾸고는 무시무시한 얼굴로 번뜩이는 총을 메고 들어왔습니다.

그 뒤를 따라 무시무시한 표정을 짓고 있는 스무 명의 사람들이, 사람이라기보다는 백곰이라고 하는 편이 어울릴 듯한, 아니 백곰이라기보다는 흰여우라고 하는 편이 어울릴 듯한 푹신푹신한 모피를 입은, 아니 입었다기보다는 피부가 모피로 만들어진 듯한 사람들이 이상한 가면을 쓰거나 옷깃을 눈가까지 올리고 새하얀 입김을 후우 후우 불면서 모두 커다란 총을 들고 객차 안으로 들어왔습니다.

붉은 수염의 사내는 의자에 웅크린 채 아직도 자고 있는 어젯밤의 잘난 신사를 가리키며 말했습니다.

"이 자식이 이하토브의 다이치다. 아주 괘씸한 놈이지. 이하토브의 겨울옷 위에 해달 가죽의 속 외투를 입고, 그 위에 비버 가죽, 그리고 또 그 위에 검은여우 모피 외투를 입겠다고 하더군. 게다가 특허 외투와 빙하쥐 목 부분의 모피만으로 만든 상의까지 입겠다는 놈이지. 그리고 검은여우 모피 구백 장을 가져가겠다고 지껄였지. 두들겨 깨워!"

검은색과 흰색 얼룩무늬 가면을 쓴 두 번째 남자가 다이치의 목덜미를 잡고 일으켰습니다. 나머지 사람들은 객차 안 구석구석에 권총을 겨누며 노려보고 있었습니다.

세 번째 남자가 말했습니다.

"어이, 일어나. 네가 바로 그놈이지? 텔마 해안에 전기 그물을 설치했던 놈! 데리고 가자."

"얼른 일어나. 자, 일어나라고. 꼴 보기 싫은 낯짝이군. 일어서!"

신사는 일으켜 세워진 채 울었습니다. 문이 열려있었기 때문에 객차 안은 갑자기 추워졌고 곳곳에서 콜록콜록하는 심한 기침소리가 들렸습니다.

두 번째 남자가 다이치를 꽉 붙들고 끌고 가려고 했고, 세 번째 남자는 아직 선 채로 객차 안을 둘러보았습니다.

"또 없나? 거기 바닥에 있는 놈도 모피 외투를 세 개 갖고 있지?"

"아니야, 아니야."

붉은 수염은 황급히 손사래를 치며 말했습니다.

"아니야, 저건 진짜 모피가 아닌 명주실로 만든 거야."

"그래?"

어젯밤에는 진짜 모로코여우 가죽이라도 말했던 사람은 긴장해서 표정이 일그러진 채 몸이 굳어 있었습니다.

"좋아, 그러면 다이치를 끌어내. 잘 들어. 우리가 여기서 나가기 전에 누구라도 움직이는 사람이 있으면 가슴에 구멍을 뚫어주겠다. 알았나."

그 무리는 천천히 뒷걸음질로 나갔습니다.

그리고 한 사람씩 밖으로 나가고 마지막으로 붉은 수염의 사내가 이쪽을 향해 권총을 겨눈 채 등으로 다이치를 밀면서 나가려고 했습니다. 다이치는 마구 헝클어진 머리로 입술을 씰룩거리며 앞에서는 당겨지고 뒤에서는 밀리며 막 문밖으로 나가려고 하고 있었습니다.

갑자기 창가에 있던 범포 상의의 청년이 마치 천장에 닿을 듯 횃불처럼 뛰어올랐습니다.

타앙! 총 소리가 울렸습니다. 그리고 노란 상의만 떨어졌다고 생각한 순간, 그 붉은 수염의 사내는 이미 다리를 걷어차여 쓰러져 있었습니다. 청년은 뚱뚱한 신사를 다시 객차 안으로 끌어들이고 오른손에는 붉은 수염의 권총을 든 채 무서운 얼굴로 서 있었습니다.

붉은 수염이 간신히 일어나자 청년은 사내의 옷깃을 꽉 잡고 권총을 가슴에 대면서 바깥을 향해 크게 외쳤습니다.

"어이, 곰 양반들. 당신들이 한 일은 타당한 행동이다. 하지만 우리도 어쩔 수가 없어. 살기 위해서는 옷을 입지 않을 수가 없으니까. 당신들이 물고기를 잡는 것과 같은 거야. 하지만 지나친 행동은 주의하도록 타이를 터이니 이번은 용서해주도록 해. 기차가 출발하면 포로로 잡힌 이 남자는 풀어주마."

"알았다. 당장 출발시키지."

밖에서 곰 같은 사내들이 말했습니다.

"레일을 옆으로 빼놨었군."

누군가가 말했습니다.

으드득으드득 얼음이 갈리는 소리가 나고 허둥지둥 달려오는 소리가 나더니 기차가 움직이기 시작했습니다.

"자, 다치지 않도록 조심해서 내려."

뱃사람 청년이 말했습니다. 붉은 수염은 웃으면서 청년의 손을 살짝 잡고 뛰어내렸습니다.

"여기, 권총."

청년은 권총을 창밖으로 내밀었습니다.

"저 붉은 수염은 곰 양반들의 첩자였군."

누군가가 말했습니다. 청년은 다시 창문의 얼음을 긁었습니다.

빙산의 능선이 복숭앗빛과 푸른빛으로 반짝반짝 빛나며 창밖으로 늘어서 있습니다. 이것이 바람에 실려 온 이야기의 끝입니다.

★

시그널과 시그널레스

シグナルとシグナレス

1

덜컹덜컹 슈욱슈욱,
전갈자리의 빨간 눈이 보일 무렵
오늘 아침도 네 시부터 찾아왔네
도노 분지는 컴컴하고
차가운 물소리만 들리네
덜컹덜컹 슈욱슈욱,
얼어붙은 자갈에 수증기를 뱉어내고
어둠 속에 불꽃을 뿌리며
사문암 절벽으로 오니
마침내 동쪽이 타오르기 시작했네
덜컹덜컹 슈욱슈욱,
새가 지저귀기 시작하고 나무가 빛나고
푸르른 강이 흐르지만
언덕도 골짜기도 가득히
눈부신 서리를 쓰고 있네

덜컹덜컹 슈욱슈욱,
달리면 역시 따뜻해진다
나는 끝없이 땀이 솟지만
칠, 팔십 리는 더 달리고 싶다
오늘도 온종일 서리 덮인 흐린 하늘
덜컹덜컹, 끼익, 슈욱슈욱

경편철도 동쪽에서 첫차가 이렇게 노래를 부르며 조금 서두르듯 다가와 멈췄습니다. 기관차 아래로는 힘없는 수증기가 빠져나갔고, 가늘고 긴 이상한 모양의 굴뚝에서는 파란 연기가 아주 조금 솟았습니다.

경편철도에 세워진 전봇대는 그제야 안심한 듯 웅웅 울렸으며, 신호기 기둥은 하얀 완목腕木을 덜거덕 올렸습니다. 곧게 서 있는 신호기 기둥은 시그널레스였습니다.

시그널레스는 휴우 하고 작은 한숨을 쉬고 하늘을 올려다보았습니다. 옅은 구름이 줄무늬를 이루며 하늘을 온통 덮고 있었고, 그 구름은 얼어붙은 땅 위에 차가운 흰빛을 뿌리면서 조용히 동쪽으로 흘러가고 있었습니다.

시그널레스는 가만히 구름이 흘러가는 모습을 바라보고 있었습니다. 그리고 부드러운 완목을 구름 쪽을 향해 힘껏 뻗으며 아주 작게 혼잣말을 했습니다.

"오늘은 아주머니들도 분명 이쪽을 보고 있겠지."

시그널레스는 하염없이 그쪽을 보고 있었습니다.

"덜거덕."

뒤쪽의 조용한 하늘에서 갑자기 소리가 들렸기 때문에 시그널레스는 얼른 뒤를 돌아보았습니다. 끝없이 늘어선 침목 너머에 그 멋진 본선의 신호기 기둥이 저 멀리 남쪽에서 눈부신 하얀 연기를 피워 올리며 다가오는 열차를 맞이하기 위해 그 견고한 완목을 아래로 내리고 있었습니다.

"좋은 아침입니다. 오늘은 날씨가 따뜻하군요."

본선의 시그널 기둥은 군인처럼 똑바로 서서 지나치게 정중한 태도로 인사를 했습니다.

"안녕하세요."

시그널레스는 눈을 내리깔고 목소리를 낮춰 대답했습니다.

"도련님, 안 됩니다. 앞으로는 저런 것에 함부로 말을 걸지 마시기 바랍니다."

본선 시그널에 심야 전기를 보내는 두꺼운 전봇대가 짐짓 거드름을 피우며 말했습니다.

본선의 시그널은 멋쩍은 듯 주뼛주뼛 거리며 입을 다물었습니다. 마음 약한 시그널레스는 어딘가로 사라져버리고 싶었습니다. 하지만 그럴 방법이 없었기 때문에 말없이 서 있었던 것입니다.

구름의 줄무늬가 얇은 호박 패널처럼 흐려지고 아주 희미한 햇살이 내려오자 본선 시그널 옆에 서 있는 전봇대는 기뻐하며 저쪽 들판을 지나가는 작은 짐마차를 보면서 엉뚱한 노래를 나지막이 불렀습니다.

우웅, 웅 웅
엷은 구름에서
술이 내리기 시작하네
술 속에는

서리가 흘러가네
우웅, 웅 웅

우웅, 웅 웅
서리가 녹으면
땅은 새까맣게 변하지
말은 질퍽질퍽 빠지고
사람도 철벅철벅
우웅, 웅 웅

2

그 이후로도 잇따라 이해할 수 없는 엉뚱한 노래를 불렀습니다.

그러는 동안에 본선의 시그널 기둥은 시그널레스에게 말을 전해 달라고 서풍에게 몰래 부탁했습니다.

"부디 신경 쓰지 마시기 바랍니다. 그 녀석은 정말 미개한 자입니다. 예의고 뭐고 아무것도 모릅니다. 저도 그 녀석 때문에 늘 곤란해하고 있습니다."

경편철도의 시그널레스는 너무 당황한 나머지 고개를 숙이고 낮게 말했습니다.

"어머, 신경 쓰지 않아요."

하지만 시그널레스는 바람이 가는 쪽에 있었기 때문에 그 말은 본선의 시그널에게 전해지지 않았습니다.

"용서해주시겠습니까? 진심을 말씀드리면⋯⋯ 당신이 화를 내면 저는 살아갈 의미도 없습니다."

"어머, 무슨 그런 말씀을."

나무로 만들어진 경편철도의 시그널레스는 당황했다는 듯 어깨를 움츠렸지만, 사실 살짝 숙인 얼굴은 기쁨에 젖어 하얀빛을 발하고 있었습니다.

"시그널레스님, 부디 진지하게 들어주세요. 전 당신을 위해서라면 다음 기차가 열 시에 올 때 완목을 내리지 않고 끝까지 버텨보겠습니다."

"어머, 그러시면 안 돼요."

"물론 안 된다는 사실을 저도 잘 압니다. 기차가 올 때 팔을 내리지 않고 버티는 짓은 당신을 위해서도, 저를 위해서도 아무런 도움이 되지 않기 때문에 절대 그렇게 하지는 않습니다. 하지만 당신을 위해서라면 그렇게라도 해 보이겠다고 말하는 것입니다. 제게 당신만큼 소중한 것은 세상에 없습니다. 제발 저를 사랑해주십시오."

시그널레스는 고개를 숙인 채 말없이 서 있었습니다. 본선 시그널 옆에 있는 낮은 전봇대는 아직도 엉터리 노래를 부르고 있습니다.

우웅, 웅 웅
산속 바위굴에서
곰이 불을 피우다
연기가 너무 매워
동굴에서 빠져나왔네. 우웅, 웅

우렁이는 꾸물꾸물
우우, 우렁이는 꾸물꾸물
우렁이 모자는
고급 모직물, 우웅, 웅웅.

본선의 시그널은 성격이 급했기 때문에 시그널레스가 대답이 없자 완전히 허둥댔습니다.

"시그널레스님, 당신은 대답을 해주지 않으실 겁니까? 아아, 난 이제 완전히 암흑이야. 눈앞에 시커먼 늪이 있는 것 같아. 아아, 벼락이 떨어져서 이 몸을 산산이 부숴버렸으면. 아아, 발밑에서 분화가 솟아 나를 하늘 저 멀리 날려버렸으면. 이제 모든 것이 끝이야. 벼락이 떨어져서 내 몸을 산산이 부숴버리길. 발밑에서……."

"아닙니다, 도련님. 벼락이 떨어질 때면 제 몸으로 그 벼락을 받아내겠습니다. 부디 안심하십시오."

시그널 옆 전봇대가 어느새 엉터리 노래를 그치고, 머리 위의 철사 창을 꼿꼿하게 세운 채 눈을 깜박거리고 있었습니다.

"에잇, 넌 무슨 말을 하는 게냐. 난 그런 말을 하는 게 아니다."

"그러면 대체 무슨 일입니까? 제게 말씀해 주시면 들어드리겠습니다."

"필요 없어, 넌 그냥 입 다물고 있어!"

시그널은 크게 소리쳤습니다. 그리고 시그널도 그만 입을 다물어 버렸습니다. 구름이 점점 엷어졌고, 부드러운 햇살이 내리쬐고 있었습니다.

3

음력 닷새의 달이 서쪽 산맥 위로, 길게 비낀 검은 구름 위로 다시 한번 얼굴을 내밀고는 산으로 지기 전까지 아주 짧은 순간 둔중한 납빛을 주변 가득 비추고 있었습니다. 겨울의 마른 나무와 끝없이 이어진 선로의 검은 침목은 물론 전봇대까지 모두 잠들어 있었습니다. 아득히 멀리 바람소리인지 물소리인지가 울릴 뿐이었습니다.

"아아, 나는 더는 살 의미가 없어. 도대체 무엇을 위해 기차가 올 때마다 팔을 내리고 파란 안경을 쓰고 해야 하는 걸까. 이제 아무것도 재미있지 않아. 아아, 죽어버리자. 하지만 어떻게 죽어야 하지? 역시 벼락이나 분화가 필요해."

본선의 시그널은 오늘도 잠 못 들고 깊은 번민에 잠겼습니다. 하지만 그것은 시그널뿐이 아닙니다. 침목 너머에서 파르스름한 빛으로 쓸쓸하게 서서 빨간 등을 걸고 있는 경편철도의 신호기, 즉 시그널레스도 마찬가지였습니다.

"아아, 시그널님도 너무해. 내가 대답을 하지 못했다고 바로 그렇게 화를 내다니. 나도 이제 모든 게 끝이야. 오오, 신이시여. 시그널님에게 벼락을 떨어뜨릴 때 제게도 함께 떨어뜨려 주세요."

이렇게 끊임없이 밤하늘에 기도하고 있었던 것입니다. 그런데 그 목소리가 시그널의 귀에 희미하게 들렸습니다. 시그널은 깜짝 놀란 듯 가슴을 펴고 잠시 생각에 빠지더니 이윽고 몸을 부들부들 떨기 시작했습니다.

그러고는 몸을 떨면서 말했습니다.

"시그널레스님, 당신은 무슨 기도를 하고 있었습니까?"

"말하지 않을래요."

시그널레스는 목소리를 낮추고 대답했습니다.

"시그널레스님, 그건 너무 가혹한 말씀입니다. 전 지금 당장에라도 벼락에 맞아 부서지거나, 발밑에서 분화가 솟아 뿜혀버리거나, 바람에 쓰러져 깨끗하게 사라지거나, 아니면 노아의 홍수라도 만나 죽어버리겠다고 말하고 있습니다. 그런데도 당신은 털끝만큼도 동정해 주지 않는 것입니까?"

"아아, 저도 그 분화와 홍수를 기원하고 있었어요."

시그널레스는 마음을 굳히고 대답했습니다. 시그널은 매우 기쁘고 기뻐서 더욱 심하게 부들부들 떨었습니다.

그의 빨간 안경도 흔들렸습니다.

"시그널레스님, 당신은 왜 죽고 싶은 겁니까? 네? 제게 말해주세요, 제발 제게 말해주세요. 제가 그 나쁜 놈을 쫓아내 버리겠습니다. 대체 무슨 일입니까."

"왜냐면 당신이 그렇게 화를 내고 계시기 때문이에요."

"흐음. 아, 그것입니까? 흠…… 아닙니다. 그거라면 걱정하실 건 없습니다. 괜찮습니다. 저는 전혀 화나지 않았습니다. 전 당신을 위해서라면 안경을 모두 빼앗기고 팔이 모두 뽑히고, 그리고 늪 바닥으로 던져진다고 해도 당신을 원망하지 않습니다."

"아아, 정말인가요? 기뻐요."

"그러니까 나를 사랑해주세요. 빨리 나를 사랑한다고 말해주세요."

음력 닷새의 달님은 이때 구름과 산 정상의 한가운데에 있었습니다. 시그널은 얼굴빛이 유령 같은 회색으로 변한 채 말했습니다.

"당신은 또 아무 말 하지 않는군요. 역시 저를 싫어하는 것이겠죠. 이제 됐습니다. 어차피 저따위는 분화나 홍수 또는 바람에 당할 것이 확실합니다."

"어머, 아니에요."

"아니라면 어떻다는 것입니까. 네?"

"저, 저는 아주 오래전부터 당신만을 생각하고 있어요."

"정말입니까, 정말입니까, 정말입니까?"

"네."

"그렇다면 됐습니다. 결혼 약속을 해주십시오."

"하지만……."

“하지만 뭡니까. 봄이 되면 제비에게 부탁해서 모두에게 알리고 결혼식을 올립시다. 제발 약속해주십시오.”

“하지만 전 이렇게 초라한걸요.”

4

“알고 있습니다. 제게는 그 초라함이 소중합니다.”

그러자 시그널레스는 있는 힘껏 용기를 내서 말하기 시작했습니다.

“하지만 당신은 금속으로 만들어졌잖아요. 신형이죠. 안경도 빨간색과 파란색 두 개나 가지고 있고요. 또 밤에는 전등을 걸고 있잖아요. 저는 밤에도 램프이고 안경도 하나뿐이에요. 게다가 나무이고요.”

“알고 있습니다. 저는 그래서 좋아합니다.”

“아아, 정말인가요? 기뻐요. 그러면 약속할게요.”

“아, 고맙습니다. 기쁘군요. 저도 약속하겠습니다. 당신은 앞으로 제 아내입니다.”

“네, 그래요. 전 절대로 변치 않을 거예요.”

“결혼반지를 드리겠습니다. 자, 보세요. 저쪽에 네 개의 파란 별이 늘어서 있는 것이 보이시죠?”

“네.”

“그 가장 아래쪽에 작은 고리가 보일 겁니다. 고리 성운입니다. 빛의 고리죠. 그것을 받아주십시오. 제 마음입니다.”

“아아, 고마워요. 받을게요.”

“앗하하. 완전히 웃기는군. 정말 낯간지러워.”

갑자기 저쪽의 시커먼 창고가 하늘까지 울릴 듯한 목소리로 외쳤습니다. 두 사람은 입을 꾹 다물었습니다.

창고가 다시 말했습니다.

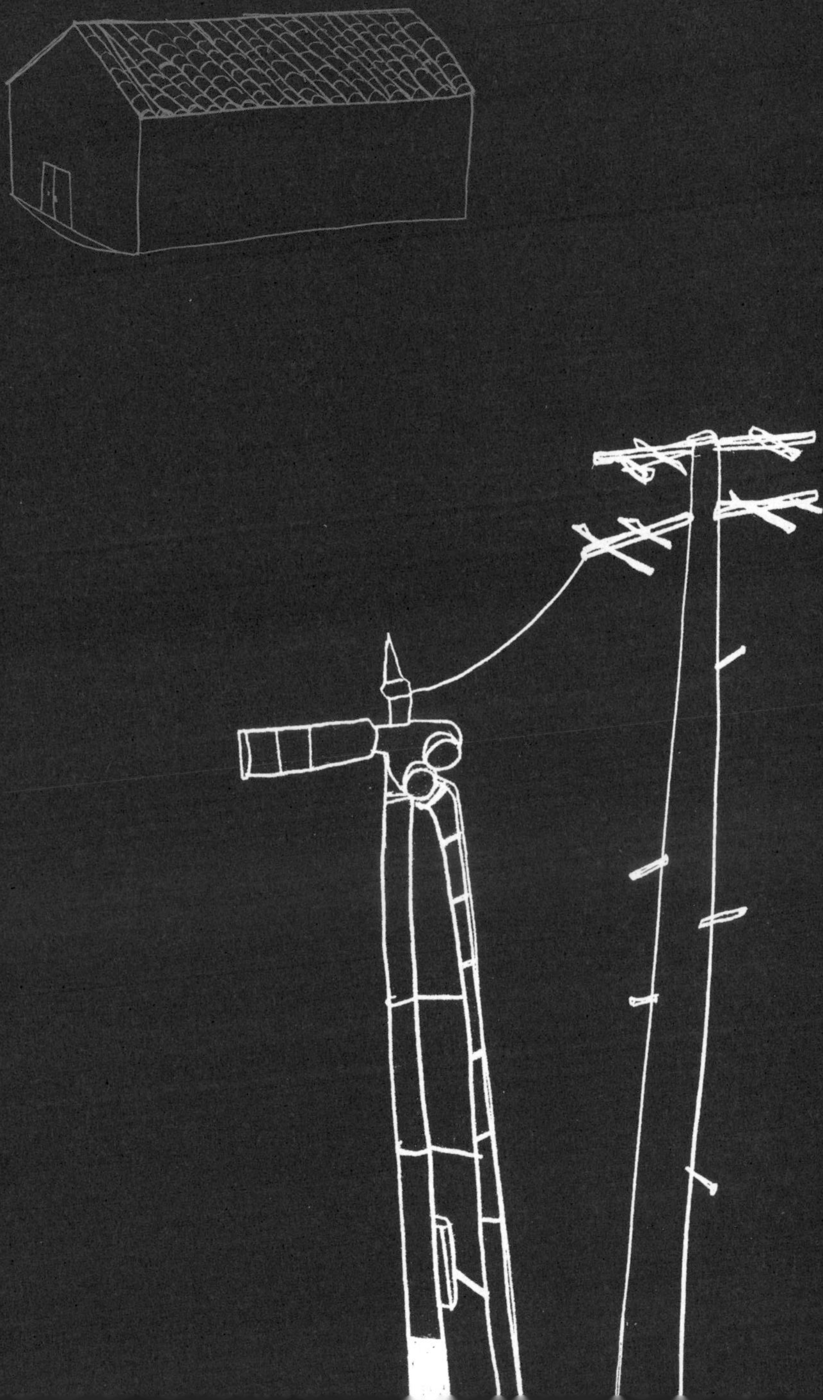

"아니, 걱정은 하지 마. 이 일은 절대 입 밖에 내지 않을 테니까. 내가 입을 꼭 다물어줄게."

그때였습니다. 달님이 산속으로 쓰윽 들어갔고 주위가 갑자기 어두컴컴해졌습니다.

지금은 바람이 무척 강해서 본선 쪽 전봇대도, 경편철도 쪽 전봇대도 정신을 차릴 수 없이 윙윙, 휘익휘익 하고 팽이처럼 흔들리고 있었습니다. 그래도 하늘은 새파랗게 개어 있었습니다.

본선 시그널 옆에 있는 뚱뚱한 전봇대도 더는 엉터리 노래를 부르고 있을 상황이 아니었습니다. 최대한 몸을 움츠리고 눈을 가늘게 뜬 채 다른 전봇대와 마찬가지로 우웅 우웅 울면서 견뎌내고 있었습니다.

시그널레스는 와르르 쏟아질 정도로 강한 동쪽의 푸른 빛 속을 절뚝거리듯 달려가는 구름을 보고 있다가 살짝 시그널 쪽을 보았습니다. 시그널은 순경처럼 반듯하게 서 있었습니다. 시그널은 거센 바람으로 뚱뚱한 전봇대에까지 소리가 들리지 않는 것을 틈타 시그널레스에게 말을 걸었습니다.

5

"정말 지독한 바람이군요. 당신은 혹시 열이 나거나 머리가 아프지는 않습니까? 전 아무래도 조금 현기증이 나는군요. 여러 가지 이야기를 할 테니까 당신은 그저 머리를 끄덕여 주기만 하세요. 대답을 하셔도 어차피 제가 있는 곳까지는 들리지 않을 테니까요. 그리고 제 이야기 중에서 마음에 들지 않는 부분이 있으면 고개를 옆으로 흔들어주세요. 이것은 원래 유럽 쪽에서 하는 방식입니다. 유럽에서는 우리처럼 사랑하는 남녀가 다른 사람 몰래 이야기할 때 모두 그렇게 합니다. 유럽 잡지에서 봤습니다. 저기, 저 창고 녀석, 이상한 녀석입니다. 갑자기 우리 이야기에 끼어들어서 입을 다물겠다는 둥 떠들다니……. 전봇대 녀석은 엄청나게 뚱뚱하군요. 오늘도 눈을 깜박깜박하고 있습니다. 제가 당신에게 무언가 말을 하고 있다는 것은 알아도 당신이 무슨 말을 하는지는 바람 때문에 전혀 들리지 않습니다. 그런데 제 말이 당신에게 들리기는 합니까? 들리면 머리를 끄덕여주세요. 네네, 들리는군요. 빨리 결혼하고 싶습니다. 빨리 봄이 되면 좋겠어요. 이 짜리몽땅한 전봇대에게는 절대 비밀로 해둡시다. 그리고 갑자기 짠! 아아, 바람 때문에 목이 그르렁거리네요. 아아, 괴로워. 잠깐 이야기를 멈추겠습니다. 목이 아프군요. 제 말 들으셨죠? 자, 그럼 잠시만 쉬세요."

그리고 시그널은 우우우우 소리를 내며 눈을 깜박이더니 한동안 말없이 있었습니다.

시그널레스도 얌전히 시그널의 목이 낫기를 기다리고 있었습니다. 전봇대들은 웅웅 윙윙 소리를 내었고, 바람은 휘익휘익 불었습니다.

6

시그널은 침을 삼키기도 하고 에헴, 흠흠 헛기침을 하더니만 마침내 목이 괜찮아졌는지 다시 시그널레스에게 말을 걸었습니다. 하지만 이때는 바람이 곰처럼 울부짖었고 주변의 전봇대들은 산속의 모든 벌집을 동시에 쑤셔놓은 듯 와아와아 하고 신음하고 있었기 때문에 시그널이 힘겹게 낸 목소리도 시그널레스에게 절반밖에 전해지지 않았습니다.

"나는 이제 당신을 위해서라면 다음 기차가 올 때 팔을 내리지 않고 버티는 일이든 뭐든 할 겁니다. 아시겠죠? 당신도 그 정도의 결심은 하셨겠죠. 당신은 정말로 아름답습니다. 세계에서 우리만큼 사랑하는 사이가 있을까요. 세상의 절반은 여자겠지만 그 가운데에서 당신은 가장 아름답습니다. 원래 다른 여자는 잘 알지도 못하지만요, 분명 그럴 것으로 생각합니다. 제 말이 들리나요? 우리 주위에 있는 자들은 모두 바보입니다. 아둔한 자들이죠. 제게 붙어 있는 짜리몽땅한 녀석이 제가 당신에게 무슨 말을 하는지 궁금해서…… 자, 보세요, 열심히 눈을 깜박이고 있습니다. 이 녀석은 정말이지 분필보다 모양이 우스꽝스럽습니다. 보세요, 이번에는 저렇게 입을 일그러뜨리는군요. 정말 어쩔 수 없는 바보입니다. 제 말이 들리나요? 제 말이……."

"도련님, 아까부터 무얼 그리 주절주절 이야기하고 있습니까? 게다가 시그널레스 따위와 대체 무슨 희롱을 하는 겁니까?"

갑자기 본선 시그널의 전봇대가 아주 불쾌하다는 듯이 웅웅거리는 소리 속에서 엄청나게 큰 목소리로 고함을 쳤기 때문에 시그널은 물론 시그널레스도 새파랗게 질렸습니다. 그리고 서로를 향해 기울였던 몸을 곧게 세웠습니다.

"도련님, 자, 말씀해 보세요. 제 임무 상 꼭 들어야겠습니다."

7

시그널은 간신히 기운을 되찾았습니다. 그리고 어차피 바람 때문에 무슨 말을 해도 들리지 않을 것이라는 생각에 "바보 같은 놈. 나는 시그널레스와 결혼해서 행복하게 살 거다. 그리고 네게는 분필 색시를 데려다주지" 하고 진지한 얼굴로 말했습니다. 그 소리는 바람이 지나는 방향에 있는 시그널레스에게 그대로 들렸기 때문에 시그널레스는 두려우면서도 자신도 모르게 웃어버렸습니다. 그리고 그 모습을 본 본선 전봇대는 이루 말할 수 없이 화가 났습니다. 격분해서 새파래진 채 몸을 부들부들 떨고 입술을 꽉 물면서 거세게 팔을 뻗었습니다. 일단 도쿄까지 손을 뻗어 바람이 지나가는 길목에 있는 경편철도의 전봇대에 시그널과 시그널레스의 대화 내용이 무엇이었는지, 지금 시그널레스가 웃은 이유는 무엇인지를 물었습니다.

아아, 시그널은 일생일대의 실수를 했던 것입니다. 바람이 지나가는 길목에 귀가 밝고 키가 한없이 큰 전봇대가 있었고, 그 전봇대는 모르는 척 시치미를 떼고 하늘을 올려다보면서 아까부터 이야기를 모두 듣고 있었던 것입니다. 그 전봇대는 재빨리 그 내용을 도쿄를 거쳐 본선 전봇대에게 알려주었습니다. 본선의 전봇대는 바득바득 이를 갈며 이야기를 다 듣고 나자, 완전히 실성한 사람처럼 외쳤습니다.

"제길, 에잇! 분해, 너무도 분해. 개자식 같으니. 너무도 분하군. 이런 개자식. 도련님, 나도 남자입니다. 이렇게 모욕을 당하고도 가만있을 것으로 생각합니까? 결혼이고 뭐고 할 수 있으면 해보시지요. 전봇대들은 모두 반대합니다. 다른 신호기들이라고 철도장의 명령을 무시할 수 있겠습니까? 그리고 철도장은 저희 숙부죠. 결혼이건 뭐건 해 보시죠. 에잇, 개자식. 에잇!"

본선 시그널의 전봇대는 곧바로 사방으로 전보를 쳤습니다. 그리고 한동안 굳은 얼굴로 모두의 답변을 듣고 있었습니다. 모두에게 반대하겠다는 약속을 확실히 받은 듯했습니다. 그러고는 숙부인 철도장에게도 확실하게 부탁해놓은 듯합니다. 시그널과 시그널레스도 일이 감당할 수 없게 커지자 그제야 멍하니 넋을 잃고 있었습니다. 본선 신호기의 전봇대는 반대할 준비를 완전히 끝내자 이번에는 갑자기 울먹이며 말했습니다.

8

"아아, 8년의 세월 동안 밤낮없이 잠도 자지 않고 보살펴 준 대가가 이것이란 말인가. 아아, 비참하도다. 세상은 이제 엉망이 되어버렸어. 아아, 이제 끝이야. 비참하도다. 미국의 에디슨도 이 비참한 세상을 보고 있을까. 웅웅웅웅, 위이위이윙윙."

바람은 점점 거세졌으며 서쪽 하늘이 이상하게 하얗게 흐려지더니 마침내 팔랑팔랑 팔랑팔랑 눈이 내렸습니다.

시그널은 기력을 잃고 창백하게 서서 곁눈질로 살짝 상냥한 시그널레스 쪽을 보았습니다. 시그널레스는 훌쩍훌쩍 울면서 마침 다가오는 두 시 기차를 맞이하기 위해 힘없이 팔을 내렸고, 그 애처로운 어깨가 가늘게 떨리고 있었습니다. 하늘에는 바람이 휘익 불고, 눈물을 모르는 전봇대는 우웅우웅, 위잉위잉.

자, 이번에는 밤입니다. 시그널은 힘없이 서 있었습니다.

달빛이 푸르스름하게 구름을 비추고 있습니다. 구름은 밝게 빛납니다. 그리고 구름 사이로 투명하고 작은 빨간 불꽃과 파란 불꽃이 이따금 반짝입니다. 주위는 쥐죽은 듯 고요합니다. 산맥은 젊은 백곰 귀족의 시체처럼 고요히 하얗게 누워있었고, 아득히 멀리서 한낮에 불었던 바람의 잔해가 휘익 지나갔습니다. 그래도 정말로 고요합니다. 검은 침목은 모두 잠들었고, 빨간 삼각대와 노란색 전등들이 갖가지 꿈을 꾸고 있는 동안, 가엾은 청년 시그널은 후우 하고 작게 한숨을 쉬었습니다. 그리고 얼어붙은 채 조용히 서 있던 상냥한 시그널레스도 후우 하고 작게 한숨을 쉬었습니다.

"시그널레스님, 정말로 괴롭네요."

시그널이 참지 못하고 몰래 시그널레스에게 말을 걸었습니다.

"네, 모두 제가 부족한 탓이에요."

시그널레스가 창백한 얼굴을 숙이며 말했습니다.

9

시그널의 가슴을 타들어 갈 뿐입니다.

"아아, 시그널레스님, 우리 단둘이서 아무도 없는 멀고 먼 곳으로 가고 싶습니다."

"네, 저도 갈 수만 있다면 어디라도 가겠어요."

"있지요, 저기 멀리 하늘 위에 우리의 약혼반지보다 더 높은 곳에 작디작은 파란 불빛이 보이시죠? 저곳이라면 아주 멀겠죠."

"네."

시그널레스는 조그마한 입술로 그 불빛에 당장 키스라도 할 듯 하늘을 올려보고 있었습니다.

"저곳에는 파란 안개 불이 타오르고 있겠죠. 그 파란 안개 불속에 함께 앉고 싶군요."

"네."

"하지만 저곳에는 기차가 없겠죠. 그러면 전 밭을 일굴까요. 무언가 일은 해야 하니까요."

"네."

"아아, 별님. 저 멀리 푸른 별님, 부디 저희를 거둬주십시오. 아아, 자비로운 성모 마리아님, 그리고 은혜로운 조지 스티븐슨님*, 부디 저희의 애절한 기도를 들어주십시오."

"네."

* 영국의 철도 창설자(1781~1848). 세계 최초로 증기기관차를 발명하여 철도시대의 문을 열었다.

"자, 같이 기도합시다."

"네."

"자비로운 성모 마리아여, 투명한 밤의 바닥, 차가운 눈의 땅 위에서 애절하게 기도하는 저희를 굽어보소서. 은혜로운 조지 스티븐슨 님이시여, 당신의 종 가운데 종인, 슬픈 이 영혼의 간절한 기도를 굽어살피소서. 아아, 성모 마리아여."

10

별은 조용히 밤하늘을 일주하고 있었습니다. 그리고 그 빨간 눈의 전갈이 빠르게 반짝이며 동쪽에서 나타났고, 성모 마리아인 달님이 자애롭고 고귀한 황금색 눈빛으로 가만히 두 사람을 보며 서쪽의 컴컴한 산속으로 들어갔을 때 시그널과 시그널레스는 기도하다 지쳐 이미 잠들어 있었습니다.

이번에는 낮입니다. 왜냐하면 밤과 낮은 반드시 번갈아 찾아오기 때문입니다.

반짝이는 해님이 동쪽 산을 올랐습니다. 시그널과 시그널레스는 복숭앗빛으로 환하게 빛났습니다. 그때 갑자기 크고 묵직한 목소리가 주변에 울려 퍼졌습니다.

"이봐. 본선 시그널의 전봇대! 네 숙부인 철도장에게 곧바로 이렇게 전해. '저 둘을 맺어주는 것이 좋다'고."

목소리의 주인공은 얼마 전 밤에 이상한 말을 했던 창고의 지붕이었습니다. 창고 지붕은 빨간 유약을 바른 반짝이는 기와를 갑옷처럼 껴입고 눈을 부라리며 주위를 둘러보고 있었습니다.

본선 시그널의 전봇대는 몸을 부들부들 떨다가 떨림이 멈추자 대답했습니다.

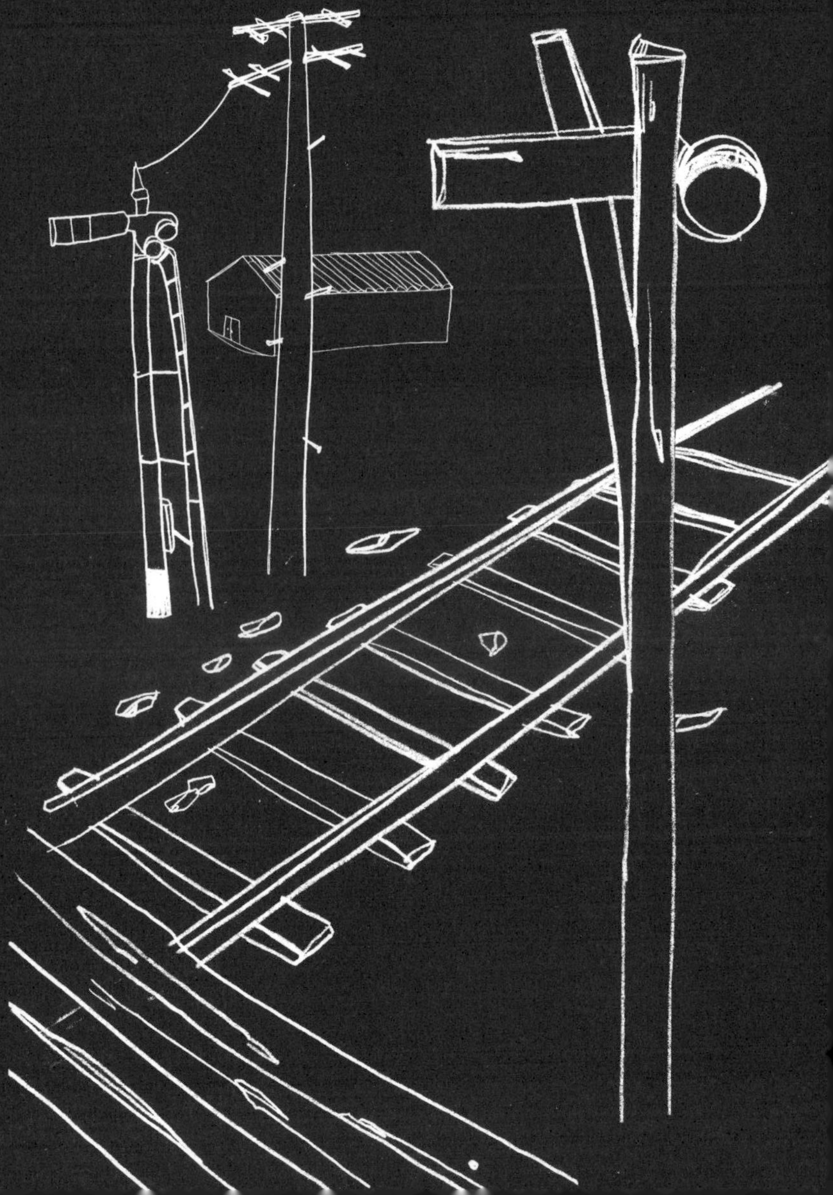

"흥, 뭐라는 거야? 네가 무슨 상관이 있다고 이런 일에 끼어드는 거지?"

"이런 이런, 그렇게 잘난 척하지 마. 어이, 이봐. 나는 상관이 있다면 있고 없다면 없다고도 할 수 있지. 하지만 말이지…… 이런 일에 너처럼 이상한 녀석은 쓸데없이 끼어들지 않는 편이 결국 너를 위해서도 좋아."

"뭐라고? 난 시그널의 후견인이다. 게다가 철도장의 조카지."

"그래? 어이, 대단한 인물이네. 시그널의 후견인에 철도장의 조카라. 그러면 나는 어떨까? 이 몸은 말이지, 음…… 눈먼 솔개의 후견인이고 또…… 바람을 주관하는 맥脈의 조카다. 어떤가? 어느 쪽이 훌륭한가?"

"뭐랏? 크릉, 크르릉, 크릉."

"자, 자, 그렇게 화내지 마. 농담이었어. 나쁘게 생각하지 마. 하지만 저 둘, 가엾잖아. 적당히 맺어주라고. 어른스럽지 못하게 무슨 짓인가. 그렇게 속 좁은 말은 하지 말게. '이토록 훌륭한 후견인이 있어서 정말로 행복하다'고 시그널이 말해줄 걸세. 맺어주게, 둘을 맺어주게."

본선 시그널의 전봇대는 대꾸하려 했지만 너무 울화통이 터져서 치직치직 치직치직 소리만 낼 뿐이었습니다. 창고 지붕도 전봇대가 무섭게 화를 내는 것을 보자 그럴 생각이 아니었는지 조금 당황한 듯 말없이 전봇대를 보고 있었습니다. 해님은 훨씬 높이 올라갔고, 시그널과 시그널레스는 후우 하고 다시 한숨을 쉬고는 서로 얼굴을 마주 보았습니다. 시그널레스는 눈동자를 살짝 내려 시그널의 하얀 가슴에 푸르게 떨어진 안경 그림자를 슬쩍 보았습니다. 그리고 갑자기 눈길을 돌려 자신의 발밑을 응시하면서 생각에 잠겼습니다.

오늘 밤은 따뜻합니다.

안개가 온통 자욱하게 끼었습니다.

그 안개를 뚫고 물색 달빛이 조용히 내려왔으며 전봇대도 침목도 모두 잠들었습니다.

시그널이 기다렸다는 듯 후우 하고 숨을 쉬었습니다. 시그널레스도 사모의 마음을 가득 담아 작게 후우 하고 숨을 쉬었습니다.

그때 시그널과 시그널레스는 안갯속에서 창고 지붕의 차분하고 상냥한 목소리가 울리는 것을 들었습니다.

"너희는 정말로 가련하구나. 오늘 아침은 잘 해보려고 한 건데 오히려 망쳐버렸어. 정말 안타까운 마음이야. 하지만 내게 또 생각이 있으니까 그렇게 걱정하지 않아도 돼. 지금 안개 때문에 서로 얼굴도 보지 못하니 쓸쓸하지?"

"네."

"네, 그래요."

"그래, 그러면 내가 볼 수 있게 해줄게. 잘 들어. 둘이 함께 나를 따라 하는 거야."

11

"네."

"그럼 시작한다. 알파."

"알파."

"베타." "베타."

"감마." "감마."

"델타." "데-엘타-아아."

정말로 신기합니다. 어느새 시그널과 시그널레스는 컴컴한 밤 속

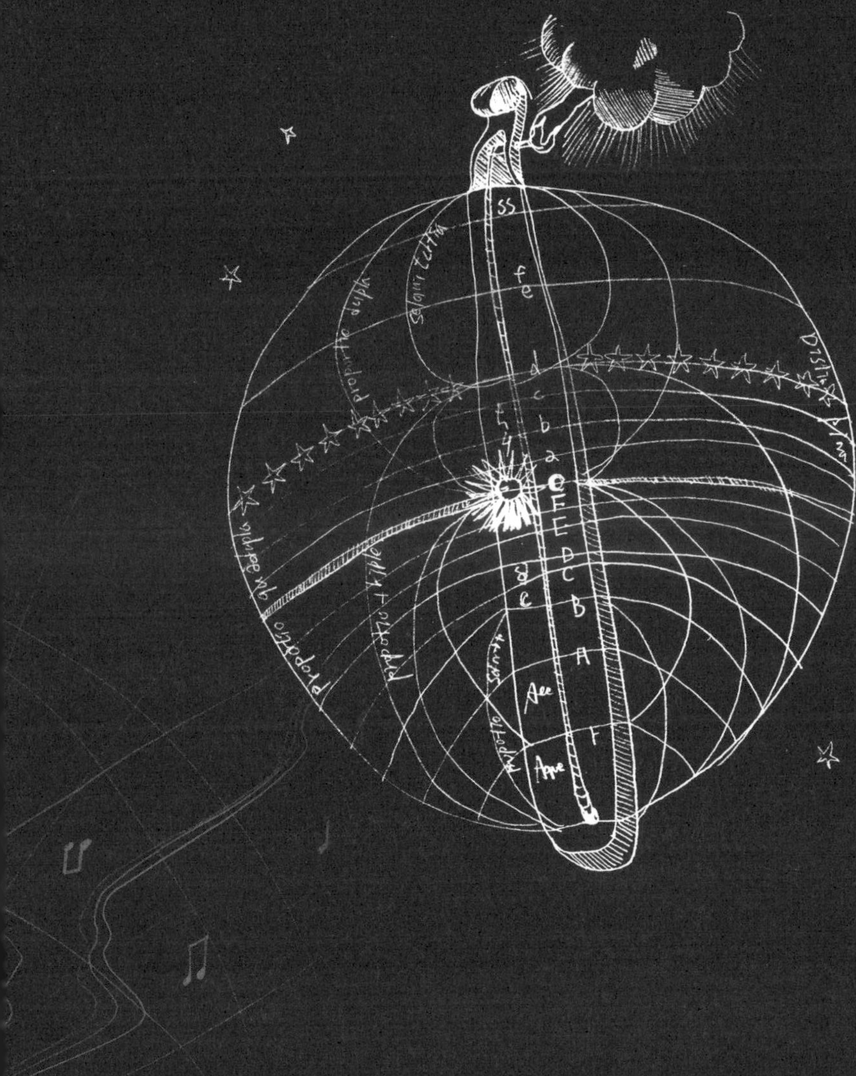

SS
fe
d
c
b
a
G
F
E
D
C
B
A
Γ

에서 어깨를 나란히 하고 서 있었습니다.

"오, 어떻게 된 걸까요. 주변이 온통 새카만 융단 같은 밤이군요."

"어머, 정말 신기해요. 새카매요."

"아닙니다, 머리 위에는 별이 가득해요. 오, 저 크고 강렬한 별은 이름이 뭘까. 게다가 이런 모습의 하늘은 본 적도 없지 않습니까? 저기 열세 개가 나란히 있는 푸른 별은 대체 어디에 있었던 것일까요. 이런 별은 본적도 들은 적도 없군요. 우리는 대체 어디에 와있는 것일까요."

"어머, 하늘이 너무 빨리 돌아요."

"네, 아아, 저 커다란 오렌지색 별이 지금 막 지평선에서 올라왔습니다. 아니, 지평선이 아닌데. 수평선인가? 그렇군요. 이곳은 밤의 바닷가로군요."

"아, 아름다워요, 저 파도의 푸른 빛."

"네, 저것은 파도의 물마루입니다. 멋지군요. 가봅시다."

"아, 정말로 달빛 같은 물이에요."

"저기, 물속에 빨간 불가사리가 있어요. 은빛 해삼도 있군요. 천천히 천천히 기어가고 있습니다. 그리고 저기 푸른빛의 가시를 흔들고 있는 것은 성게군요. 파도가 밀려옵니다. 조금 물러나죠."

"네."

"하늘이 벌써 몇 바퀴를 돌았군요. 무척 추워졌습니다. 바다도 왠지 얼어붙은 듯합니다. 파도가 더는 노래하지 않는군요."

"파도가 가라앉았기 때문일까요. 무슨 소리가 들려요."

"무슨 소리 말입니까?"

"봐요, 꿈속의 물레방아가 삐거덕거리는 듯한 소리."

"아아, 그래, 그 소리군. 피타고라스학파가 말한 '천구의 음악'입니다."

"어머, 왠지 주위가 희미하게 푸르스름해졌어요."

"날이 밝는 걸까요. 아니, 그런데…… 오오, 정말 멋집니다. 당신의 얼굴이 확실하게 보입니다."

"당신 얼굴도요."

"네. 이제야 우리 둘만 있게 됐군요."

"아, 푸르스름한 불이 타오르고 있어요. 땅도 바다도. 하지만 뜨겁지 않아요."

"이곳은 하늘입니다. 이것은 별의 안개 불입니다. 우리의 기도가 이루어진 것입니다. 아아, 성모 마리아여."

"아아."

"지구가 멀리 있군요."

"네."

"지구는 어느 쪽일까요. 주위에 별들이 가득해서 어디가 어디인지 모르겠습니다. 내 전봇대는 어떻게 된 걸까. 그 녀석도 사실은 불쌍합니다."

"네. 아, 불이 조금 하얘졌어요. 바쁘게 타오르고 있어요."

"지금은 분명 가을이군요. 그리고 그 창고 지붕도 친절했었죠."

"친절하고말고."

갑자기 묵직한 목소리가 들렸습니다. 정신을 차리고 보니 아아, 둘은 함께 꿈을 꾸고 있었던 것이었습니다. 어느새 안개가 걷히고 하늘 가득한 별이 푸른색과 오렌지색으로 바쁘게 깜박이고, 저쪽에는 새까만 창고 지붕이 웃으며 서 있었습니다.

둘은 다시 후우 하고 작은 한숨을 내쉬었습니다.

★

축제의 밤

祭の晩

산신을 기리는 가을 축제의 밤이었습니다.

료지는 물빛의 새 허리끈을 매고 15전을 받아 오타비야お旅屋*로 갔습니다. '공기짐승'이라는 구경거리가 성황을 이루고 있었습니다.

그곳에는 긴 머리에 헐렁헐렁한 바지를 입은 곰보 남자가 천막 앞에서 서서 "자, 여러분, 들어가세요, 들어가" 하며 으스대듯 외치고 있었습니다. 료지가 무심코 간판 근처까지 가자, 갑자기 그 남자가 "어이, 꼬마야, 빨리 들어가. 돈은 나올 때 내면 돼" 하고 료지에게 외쳤습니다. 료지는 얼떨결에 출입구로 들어갔습니다. 그러자 천막 안에는 다카기에 사는 고스케 등 대부분 알고 있는 사람들이 모두 신기하다는 듯 진지한 얼굴로 중앙에 있는 받침대 위를 보고 있었습니다. 받침대 위에는 공기짐승이 달라붙어 있었습니다. 공기짐승은 납작하고 불룩한 하얀 것이었는데, 어디가 얼굴이고 입인지 알 수 없었습니다. 진행자가 봉으로 이쪽에서 찌르면 쑥 들어가면서 반대편이 불룩해졌고, 반대편을 찌르면 이쪽이 불룩해졌으며, 한가운데를 찌르면 그 주위가 크게 부풀었습니다. 료지는 보고 있자니 역겨운 기분이 들어서 서둘러 밖으로 나오려고 했습니다. 그러다 바닥이 팬 곳에 신발이 들어가 자칫 넘어질 뻔하면서 옆에 있던 크고 건장한 남자에게 세게 부딪혔습니다. 깜짝 놀라 올려다보니 남자는 하얀 줄무늬의 낡은 홑옷에 이상한 도롱이 같은 것을 입고 있었습니다. 얼굴은 붉고 뼈가 앙상했습니다. 그 남자도 놀란 듯 료지를 내려다보았습니다. 남자의 눈은 동그랬으며 그을린 황금색 눈동자였습니다. 료지가 신기해하며 유심히 바라보자 남자는 갑자기 눈을 깜박이더니 서둘러 저쪽 출입구 쪽으로 갔습니다. 료지도 따라갔습니다. 그 남자는 출입구에서 가볍게 주먹을 쥐고 있던 커다란 오른손을 펴고 10전 은화를 내밀었습니다. 료지도 문지기에게 10전 은화를 건네고 밖으로 나오자 사촌인 다쓰지가 있었습니다. 그 남자의 넓은 등은 사람들 속으로 사라져버렸습니다.

다쓰지는 천막의 간판을 가리키며 목소리를 낮춰 말했습니다.

"너, 공기짐승 보고 나온 거야? 그건 말이지…… 공기짐승이니 뭐니 떠들지만, 사실은 소 위장에 공기를 채운 거래. 이딴 걸 보러 들어가다니 너 바보구나."

료지가 멍하니 그 이상한 모습의 공기짐승 간판을 보고 있는 동안 다쓰지가 다시 말했습니다.

"난 아직 신여神輿에 배례를 하지 않았어. 그럼 내일 또 보자."

그리고 깨금발로 깡충깡충 뛰어서 인파 속으로 들어가 버렸습니다.

료지도 서둘러 그곳에서 빠져나왔습니다. 그 주변 가득 늘어선 노점상의 파란 사과와 포도가 아세틸렌 램프 아래 반짝반짝 빛나고 있었습니다.

---

* 제례 때 제례용 가마인 신여를 본전에서 옮겨 임시로 안치하는 곳으로 '오타비쇼'라고도 한다.

료지는 아세틸렌 램프의 불빛은 파랗고 예쁘지만 뭔가 구렁이 냄새 같은 것이 난다는 생각을 하면서 그곳을 빠져나갔습니다.

맞은편 신악전神樂殿*에는 다섯 개의 희미한 제등이 걸려있었고, 이제 막 무악이 시작되려는 듯 꽹과리만 울리고 있었습니다. 료지는 '저 무악에 쇼이치도 나오는데……'라는 생각을 하면서 잠시 그곳에 멍하니 서 있었습니다.

그러자 저쪽 노송나무 그늘의 어두운 간이찻집에서 무언가 큰 소리가 났고, 사람들이 그쪽으로 달려갔습니다. 료지도 재빨리 달려가서 사람들 틈으로 들여다보았습니다. 그러자 아까 보았던 커다란 남자의 머리가 마구 헝클어진 채 마을청년에게 괴롭힘을 당하고 있었습니다.

남자는 이마에 땀을 흘리며 몇 번이고 고개를 숙였고, 무언가 말을 하려고 해도 심하게 더듬어 제대로 들리지 않았습니다.

반질반질하게 가르마를 탄 마을청년은 사람들이 보고 있자 더 기세등등하게 외쳤습니다.

"너 같은 외지인에게 바보 취급을 당하고 가만있을 줄 알았나? 빨리 돈을 내, 돈을! 없어? 이 자식, 돈도 없으면서 음식을 먹다니."

남자는 크게 당황해 더듬거리면서 간신히 말했습니다.

"때, 때, 땔감 백 단을 가져다줄게."

간이찻집의 주인은 가는 귀가 먹었는지 잘 알아듣지 못하고 더욱 큰 소리로 말했습니다.

"뭐라고? 겨우 두 꼬치 먹었다고? 경단 두 꼬치 정도야 그냥 줄 수도 있지만, 난 네 말투가 도저히 마음에 안 들어. 이런, 뻔뻔한 놈."

남자는 땀을 닦으면서 다시 간신히 말했습니다.

"나중에 땔감을 백 단 갖다 줄 테니까 용서해줘."

그 말을 들은 청년은 화가 났습니다.

"거짓말하지 마, 나쁜 자식. 어느 나라에서 경단 두 꼬치에 땔감 백 단을 낸단 말이냐. 넌 대체 어디서 온 놈이냐?"

"그, 그, 그, 그건 도저히 말할 수 없어. 용서해줘."

남자는 황금빛 눈동자를 깜박이며 땀을 닦으며 말했습니다. 눈물도 함께 닦는 듯했습니다.

료지는 어떤 상황인지 이해가 되었습니다.

'하하, 아까 공기짐승을 보고 10전을 내서 돈이 없는데, 너무 배가 고픈 나머지 그 사실도 잊고 경단을 먹어버렸구나. 울고 있는 걸 보니 나쁜 사람이 아니야. 오히려 정직한 사람이야. 그래, 내가 도와주자.'

료지는 단 하나 남은 은전을 손지갑에서 살그머니 꺼내 가볍게 쥐고는 모르는 척 사람들을 헤치고 남자 옆까지 갔습니다. 남자는 고개를 떨구고 팔을 무릎까지 늘어뜨린 채 열심히 무언가 중얼거리고 있었습니다.

료지는 쭈그리고 앉아 남자의 커다란 짚신 위에 말없이 은전을 올려놓았습니다. 그러자 남자는 깜짝 놀란 듯 가만히 료지의 얼굴을 내려다보았습니다. 그리고 갑자기 몸을 굽혀 은전을 줍자마자 주인 앞에 있는 탁자 위에 탁하고 올려놓으며 큰 소리로 외쳤습니다.

"자, 돈을 냈어. 그러니까 용서해줘. 나중에 땔감 백 단으로 갚을게, 밤 여덟 말도 갖다 줄게."

그리고 말을 끝내기가 무섭게 청년과 사람들을 밀치고 바람처럼 밖으로 도망갔습니다.

---

* 신을 기리는 무악을 연주하는 곳이다.

"산도깨비다, 산도깨비야."

사람들은 외치면서 와글와글 그 뒤를 쫓아가려고 했지만, 이미 어디로 가버렸는지 그림자도 보이지 않았습니다.

바람이 휘익 불어와 새까만 노송나무가 흔들렸고, 간이찻집에 걸려있던 발이 날아갔으며 여기저기에서 등불이 꺼졌습니다.

그때 막 무악의 피리소리가 울리기 시작했습니다. 하지만 료지는 그쪽으로 가지 않고 혼자 희뿌연 논길을 걸어 재빨리 집으로 돌아갔습니다. 할아버지에게 산도깨비 이야기를 빨리 들려주고 싶었던 것입니다. 희미한 묘성昴星이 이미 꽤 높이 올라가 있었습니다.

집에 돌아가 마구간 앞까지 가자 할아버지는 홀로 화덕에 불을 피워 풋콩을 삶고 있었습니다. 료지는 재빨리 맞은편에 앉아 조금 전에 있었던 일을 모두 이야기했습니다. 할아버지는 처음에는 료지의 얼굴을 바라보며 말없이 듣고 있다가 마지막에 결국 웃음을 터뜨리며 말했습니다.

"핫하하! 그 녀석은 산도깨비야, 산도깨비는 아주 정직하단다. 나도 안개가 짙은 날 숲 속에서 이따금 만난 적이 있지. 하지만 산도깨비가 축제를 보러 내려온 것은 이번이 처음일걸. 핫하하! 아니, 이전에도 왔었는데 발각되지 않았던 건가."

"할아버지, 산도깨비는 산에서 무얼 하고 있을까요."

"그러니까 나뭇가지로 여우 덫을 만들기도 한다고 해. 이렇게 두꺼운 나무를 스윽 구부리고 다른 나무의 가지로 눌러 놓는 거야. 그리고 가지 끝에 생선 같은 것을 걸어두면 여우나 곰이 먹이를 보고 다가왔다가 가지에 닿으면 나무가 튕겨 나가 맞게 한 거란다."

그때 문쪽에서 쿵쿠궁 쾅쾅쾅 하는 커다란 소리가 들렸고 지진이 났을 때처럼 집이 흔들렸습니다. 료지는 할아버지에게 꼭 매달렸습

니다. 할아버지도 조금 긴장한 듯 서둘러 램프를 들고 밖으로 나갔습니다.

료지도 따라나갔습니다. 램프는 바람에 곧바로 꺼졌습니다.

그 대신 동쪽의 검은 산 위로 음력 열여드레의 커다란 달이 조용히 떠올랐습니다.

집 앞 공터에는 두꺼운 땔감이 산처럼 던져져 있었습니다. 굵은 뿌리와 가지까지 달린 채 뚝뚝 꺾인 두꺼운 땔감이었습니다. 할아버지는 얼이 빠진 듯 잠시 바라보고 있다가 갑자기 손뼉을 치며 웃었습니다.

"핫하하! 산도깨비가 땔감을 네게 갖다 주었구나. 난 경단 주인에게 갖다 줄 것으로 생각했는데. 산도깨비도 꽤 똑똑하군."

료지는 땔감을 자세히 보려고 한발 다가갔다가 곧바로 무언가에 미끄러져 넘어졌습니다. 바닥 가득히 반짝반짝 빛나는 밤이었습니다. 료지는 일어나며 외쳤습니다.

"할아버지, 산도깨비가 밤도 가지고 왔어요."

할아버지도 깜짝 놀라서 말했습니다.

"밤까지 가져오다니……. 이렇게 많이 받으면 안 되지. 다음에 산에다 뭔가 갖다 주고 오자꾸나. 아무래도 옷이 가장 좋겠지."

료지는 왠지 산도깨비가 가여워서 눈물이 날 것 같았습니다.

"할아버지, 산도깨비는 너무 정직하고 가여워요. 뭔가 좋은 것을 주고 싶어요."

"그래, 다음에 이불을 한 장 가져다주자. 산도깨비는 이불을 솜옷 대신 입을지도 모르겠군. 그리고 경단도 가져가자꾸나."

료지는 소리쳤습니다.

"이불과 경단만으로는 너무 시시해요. 훨씬 훨씬 더 좋은 것을 주고 싶어요. 산도깨비가 기뻐하며 울고 펄쩍펄쩍 뛰어다니고, 그리고 하늘로 날아갈 듯 좋아하는 그런 것을 주고 싶어요."

할아버지는 꺼진 램프를 집어 들고 "그래, 그런 좋은 것이 있다면 그렇게 하자. 자, 집으로 들어가 콩을 먹자꾸나. 곧 있으면 아범도 옆 마을에서 돌아올게다" 하고 말하면서 집 안으로 들어갔습니다.

료지는 기울어진 푸른 달을 말없이 바라보았습니다.

바람이 산 쪽에서 휘익 불고 있습니다.

다다미 동자 이야기
ざしき童子のはなし

우리 지방에 전해지는 다다미 동자*의 이야기입니다.

환한 대낮, 어른들은 모두 일하러 산으로 나가고 두 아이가 마당에서 놀고 있었습니다. 큰 집에는 두 아이 외에 아무도 없었기 때문에 주위는 고요했습니다.

그런데 집 안 어딘가에서 쓰윽쓰윽 다다미를 빗질하는 소리가 들렸습니다.

두 아이는 단단히 어깨동무를 하고 몰래 가보았지만 어느 방에도 사람은 없었습니다. 칼을 담아두는 상자도 얌전히 있었고, 노송나무 울타리가 더욱 푸르게 보일 뿐 어디에도 사람은 없었습니다.

다시 쓰윽쓰윽 하고 빗질하는 소리가 들립니다.

멀리서 들리는 때까치소리일까, 기타카미 강의 여울소리일까, 아니면 어디선가 키로 콩을 까부르는 소리일까. 두 아이는 열심히 생각

* 도호구 지역에 전해지는 정령의 일종으로, 주로 사랑방이나 창고에 산다고 한다. 장난을 좋아해서 작은 발자국을 남기기도 하고, 손님의 이불에 올라타거나 이상한 소리를 내서 잠을 못자게 하기도 한다. 또한, 다다미 동자가 눌러앉는 집은 풍요로워지는데 나가버리면 가난해진다고 한다.

하면서 말없이 듣고 있었지만 역시 그 어느 것도 아닌 듯했습니다.

분명히 어디선가 쓰윽쓰윽 빗질하는 소리가 들립니다.

다시 한번 몰래 방안을 들여다보았지만 어느 방에도 사람은 없었고, 단지 햇살만 환하게 가득 내리쬐고 있었습니다.

이런 것이 다다미 동자 이야기입니다.

"큰길을 돌아, 큰길을 돌아."

이렇게 목청껏 노래를 부르며 열 명의 아이들이 손을 잡고 원을 만들어 빙글빙글 빙글빙글 방 안을 돌고 있었습니다. 아이들은 모두 그 집의 초대를 받고 왔습니다.

빙글빙글 빙글빙글, 돌면서 놀고 있었습니다.

그런데 어느 순간 열한 명이 되었습니다.

모르는 얼굴은 한 명도 없었고, 같은 얼굴도 없었지만 역시 아무리 세어보아도 열한 명이 있었습니다. 그 늘어난 한 명이 다다미 동자라고 어른이 말했습니다.

하지만 아이들은 모두 자기는 절대 다다미 동자가 아니라며, 눈에 힘껏 힘을 주고 똑바로 앉았습니다.

이런 것이 다다미 동자 이야기입니다.

그리고 이런 이야기도 있습니다.

어느 커다란 본가에서는 늘 음력 팔월 초에 본가의 아이들을 불러 부처님을 기리는 축제를 했습니다. 그러던 어느 해 한 아이가 홍역에 걸려 쉬고 있었습니다.

"부처님 축제에 가고 싶어. 부처님 축제에 가고 싶어."

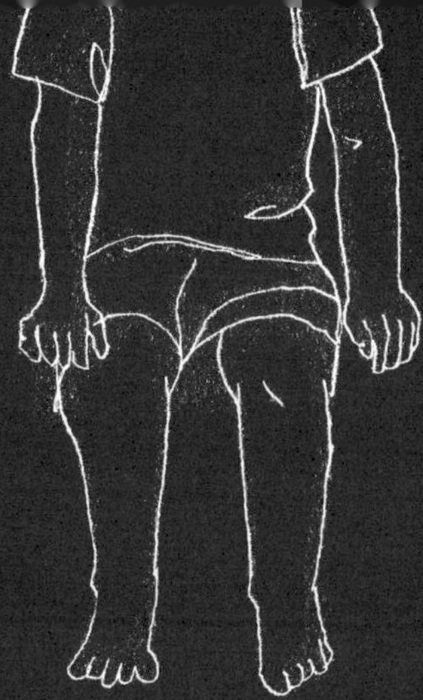

아이는 자리에 누워 매일매일 이렇게 말했습니다.

"축제를 늦출 테니까 빨리 낫거라."

병문안을 간 본가의 할머니는 아이의 머리를 쓰다듬으며 말했습니다.

9월이 되자 아이는 건강해졌습니다.

그래서 아이들을 모두 불렀습니다. 그런데 다른 아이들은 지금까지 축제가 미뤄진데다가 병문안을 갔다가 납으로 만든 토끼인형을 빼앗기기도 했기 때문에 조금도 즐겁지 않았습니다.

그리고 "저 녀석 때문에 우리만 힘들었어. 오늘 오더라도 같이 놀아주지 말자" 하고 약속을 했습니다.

"와아, 왔다, 왔어."

다다미방에서 놀던 아이 중 한 명이 갑자기 소리쳤습니다.

"좋아, 모두 숨자."

아이들은 옆의 작은 다다미방으로 숨었습니다.

그러자 어찌 되었을까요. 그 작은 다다미방 한가운데에, 이제 막 도착해서 아직 방에 들어오지도 못했어야 할, 그 홍역에 걸렸던 아이가 삐쩍 마르고 창백해진 채 울먹이는 얼굴로 새 곰 인형을 들고 가만히 앉아있었던 것입니다.

"다다미 동자다!"

한 아이가 소리치며 도망갔습니다. 그러자 모두가 우르르 도망갔습니다. 이런 것이 다다미 동자 이야기입니다.

또한, 기타카미 강가에 있는 로묘지寺의 나루터지기가 어느 날 내게 이야기를 들려주었습니다.

"음력 8월 17일 밤, 나는 술에 취해 일찍 잠들었지. 그런데 건너편에서 어이, 어이 하고 누가 부르는 거야. 일어나서 오두막 밖으로 나와 보니 달님이 마침 하늘 꼭대기에 있었어. 나는 서둘러 배를 꺼내 맞은편 강가로 갔어. 그곳에는 가문家紋이 새겨진 전통예복을 입고 칼을 찬 예쁜 아이가 있었지. 혼자였고 하얀 끈 짚신도 신고 있었어. 건널 거냐고 물었더니 부탁한다고 했지. 아이는 배에 탔어. 배가 중간 즈음 왔을 때 나는 몰래 아이를 살펴보았어. 아이는 무릎 위에 얌전히 손을 올리고 하늘을 보며 앉아 있었어. 어디에서 왔느냐고 물었더니 아이는 귀여운 목소리로 대답했어. '저기 사사다 집에 꽤 오래 있었지만 이제 지겨워져서 다른 곳으로 가요.' 왜 지겨워졌는지 물었더니 아이는 말없이 웃기만 하더군. 어디로 가느냐고 묻자 사라키에 있는 사토 가에 간다고 하더군. 물가에 도착해보니 아이는 이미 없었고 나는 어느새 오두막 입구에 앉아있었지. 꿈인지 뭔지 모르겠어. 하지만 분명히 진짜였을 거야. 그 이후로 사사다 가문은 기울었고, 사라키의 사토는 병도 다 나았고, 아이도 대학을 마치고 큰 인물이 되었으니까."

이런 것이 다다미 동자 이야기입니다.

★

돗코베토라코
とっこべとら子

오토라 여우おとら狐* 이야기는 모두 알고 있을 것입니다. 오토라 여우 이야기도 여러 가지가 있겠지만 내가 알고 있는 이야기는 '돗코베토라코'라는 것입니다.

'돗코베'는 성이고 '토라'는 이름일까요. 그렇다면 성은 각각 다르고 이름은 모두 '토라'인 여우가 곳곳에 살고 있었다는 것일까요.

여하튼 옛날에 돗코베토라코가 커다란 강가에 살고 있었는데, 밤에 그물을 던지러 온 사람들의 물고기를 훔치기도 하고 시내에서 장을 보고 온 사람들의 유부를 바꿔치는 등 정말 갖은 말썽을 피웠다고 합니다.

욕심 많은 할아버지가 어느 날 밤, 술에 취해 시내에서 돌아오던 중 그 강가를 지나갔습니다. 그때 번쩍이는 금실 비단옷을 입은 멋진 무사를 만났습니다. 할아버지는 정중하게 인사를 하고 지나가려 하자 무사는 딱 멈춰 서서 잠시 하늘을 올려다보더니 턱을 당겨 할아버지를 불러 세웠습니다. 음력 보름의 어느 가을밤이었습니다.

"이봐, 잠깐만. 그쪽은 이름이 뭔가?"

"네네, 저는 롯페이라고 합니다."

"롯페이라……. 그쪽은 대금업을 하고 있지?"

"네네. 말씀하신 대로입니다. 하지만 조금 전에 갖고 있던 금전을 모두 빌려줬습니다."

"아니 아니. 나는 돈을 빌리려는 게 아니야. 어떤가. 대금업은 돈이 좀 되나?"

"에이, 무슨 그런 농담을. 아니, 맞습니다."

"내게 여윳돈이 조금 있네. 게다가 먼 나라로 가는 중이야. 맡아주지 않겠나. 원래 나도 적이 많은 몸이라서 말이지. 만일 도중에 죽게 되면 돈은 그대로 그 쪽에게 주겠네. 어떤가."

"네. 그러면 제가 반드시 맡아드리죠."

"그래? 영차, 돈은 저기에 있네. 자네가 직접 뚜껑을 열고 일단 확인해보게. 영차. 으쌰."

무사는 주머니에서 하얀 어깨띠를 꺼내 곧바로 십자모양으로 묶고는 허벅지까지 바지를 걷어붙이더니 쿵쿵 쿵쿵 제방 쪽으로 달려갔습니다. 그리고 잠시 몸을 구부려 제방 구석에서 천 냥이 든 상자 하나를 가지고 왔습니다.

'하하핫, 이 녀석은 분명 도둑이야. 아니면 가짜 돈을 뿌리는 놈이거나. 하지만 상관없어. 만일 도중에 죽기라도 하면…… 돈은 그대로 내 것이 되는 거지.' 롯페이는 속으로 생각하면서 기뻐서 웃음이 나오려는 것을 억지로 감추고 말했습니다.

"네, 네. 좋습니다. 말씀하신 대로 일단 확인해보겠습니다."

---

* 아이치 현에 전해지는 여우 귀신. 인간을 홀리고 갖가지 나쁜 장난을 하는 여우 귀신으로, 여우에게 홀린 사람은 평상시에는 생각도 할 수 없는 행동을 한다. 오토라의 어원은 '오토라'라는 아가씨가 여우에게 홀린 것에서 비롯된다.

뚜껑을 열자 안에는 금화가 가득 담겨 있었고 달빛에 반짝반짝 빛났습니다.

어영차, 하면서 무사는 천 냥이 든 상자를 또 하나 들고 왔습니다. 롯페이는 신중하게 다시 확인했습니다. 그 상자에도 금화가 가득했고 달빛에 반짝입니다. 어영차, 어영차, 영차, 어영차.

천 냥 상자 열 개가 롯페이 앞에 쌓였습니다.

"어떤가. 이걸 자네 혼자서 들고 갈 수 있겠나? 원래 자네가 가져갈 수 있을 만큼만 맡기려고 했다는데……."

뭔가 무사의 말은 조금 이상했고 행동도 분명히 이상했지만, 롯페이에게는 아무래도 상관없었습니다.

"네, 그럼요. 천 냥 상자 열 개는 충분히 가지고 갈 수 있습니다."

"음. 그래? 그렇다면 자, 어서 가지고 가게."

"네네. 영차, 영차. 어영차, 영차. 어여여영차."

"대단하군, 대단해. 자네 자체는 그렇게 대단하지는 않지만 자네 몸에 붙은 욕심이 정말 엄청나군, 엄청나. 칭찬할 만해. 충분히 칭찬할 만해. 그럼 난 확실히 맡겼네."

무사는 부채를 펼치면서 무척이나 감동한 듯 말했지만 롯페이는 상자의 엄청난 무게 때문에 대답 따위 할 정신이 없었습니다.

무사는 부채를 이마 위에 대고 달을 향해 "그 한 가지 기예만 가진 자는 모습이 보기 흉하지" 하고 뭔가 가면극 같은 이상한 노래를 낮게 웅얼거리며 저쪽으로 걸어갔습니다.

롯페이는 천 냥 상자 열 개를 지고 비틀거리며 달님이 비추는지 어떤지, 길이 어떻게 굽어 있고 올라가는지도 모른 채 정신없이 집까지 갔습니다. 그리고 상자를 마당에 쿵 하고 내려놓고 우스꽝스러운 목소리로 크게 소리를 질렀습니다.

"문 열어, 문 열어. 돌아오셨다. 갑부님이 돌아오셨다."

롯페이의 딸이 문을 덜컥 열더니 "어머, 아버지. 그렇게 많은 자갈을 지고 무슨 일이에요?"하고 외쳤습니다.

롯페이는 놀라서 내려놓은 짐을 보았습니다. 이런, 이런, 그것은 제방공사에 쓰는 자갈 열 가마니였습니다.

롯페이는 크윽, 크윽, 크윽 비명을 지르더니 하얀 거품을 물고 기절했습니다. 그리고 두 달 동안 심한 열병에 걸려 앓으면서 "돗코베토라코에게 속았어. 아아, 속았어" 하고 외치고 있었습니다.

여러분. 이 이야기는 대체 사실일까요? 어차피 오래된 일이라 아무도 알 수 없지만 아마도 거짓이 아닐까요.

왜냐하면 나는 그 거짓 이야기를 한 가지 더 알고 있기 때문입니다. 이 이야기는 아주 최근에 일어난 일로 그것이 거짓이라는 것은 의심의 여지가 없습니다. 사실은 어젯밤에 일어난 일입니다.

자, 들어보세요. 역시 그 커다란 강가, 여우가 살고 있던 곳에서 겨우 50미터 떨어진 곳에 헤이에몬이라는 사람의 집이 있습니다.

헤이에몬은 올해 하루마을위원회 위원이 되었습니다. 그래서 그날 밤은 친척들을 모두 불러 축하잔치를 벌였습니다.

모두 아주 기뻐하며 술에 취해 횡설수설 이야기를 나누었습니다.

"와하하하, 와하하하. 그저께 시내에 갔더니 생선가게에서 문어와 오징어가 일어서서 싸움을 하더라니까. 와하하하, 앗하하하."

"그게 정말인가? 그래서 어떻게 됐나?"

"응, 가다랑어포가 중재에 나섰지. 왓하하하, 하하하."

"그래서 어떻게 됐나?"

"가다랑어포가 우우우이, 때는 바야흐로 겐로쿠 14년……."

"잠깐, 잠깐. 그건 뭔가?"

"응, 뭐긴. 가다랑어포 아닌가, 힘없는 포. 와하하하, 하하하. 자 마시세. 한잔하세."

이런 식으로 사람들이 야단스럽게 웃고 떠드는 중에 단 한 사람, 전혀 웃지 않는 남자가 있었습니다. 그 사람은 고키치라고 하는, 파리하고 왜소한 체격을 지닌 심보가 고약한 농부였습니다.

고키치는 아까부터 화만 내고 있었습니다.

'내가 왜 말석에 앉아야 하는 거지. 쳇! 그릇은 여기저기 이가 나 있고. 등잔에서는 그을음이 풀풀, 생선 눈깔은 허옇게 희번덕이지, 술잔을 건네주는 사람은 아무도 없지. 에잇, 이따위 잔치 재미없어.'

마침내 고키치는 자리에서 벌떡 일어났습니다.

그러자 헤이에몬이 "잠깐, 고키치, 기다려. 한잔 더 해. 기다리라니까" 하고 말했지만 고키치는 신발을 신고 획 하니 나가버렸습니다.

하늘은 맑게 개어있었고 열사흘의 달이 걸려있었습니다. 고키치가 문을 나서면서 문득 발밑을 보니 문 옆의 밭두둑에 역병을 막는 부적인 '미나모토 장군'이 세워져 있었습니다.

그것은 대나무에 하얀 종이를 한 장 붙여 커다란 얼굴을 그린 것입니다.

그 '미나모토 장군'이 파란 달빛 속에서 일부러 고개를 옆으로 돌려 눈을 부릅뜬 채 고키치를 노려보는 듯했습니다. 고키치도 화가 나서 대나무를 뽑아 밭 가운데로 던져버렸지만, 갑자기 무슨 생각이 떠오른 듯 히죽 웃으면서 미나모토 장군을 길 한가운데에 다시 세워두었습니다.

그러고는 다시 혼자서 중얼중얼 거리며 두 개의 낮은 고개를 넘어 자신의 집으로 돌아갔습니다. 그리고 선물을 기다리고 있던 아이를 야단친 후 말없이 이불속으로 들어갔습니다.

그즈음에 헤이에몬의 집에서도 마침 잔치가 끝났습니다. 손님들은 잔치에 남은 음식을 짚 꾸러미에 담아 손에 들고는 삼삼오오 무리를 이룬 채 비틀거리며 문이 있는 곳까지 나왔습니다.

툇마루에 나와 손님들을 배웅하던 헤이에몬은 사람들에게 인사를 했습니다.

"그러면 조심해서들 가십시오. 돗코베토라코에게 음식을 뺏기지 않도록 조심하시고요, 핫하하하."

그러자 손님 중 한 사람이 비틀하고 뒤를 돌아보며 대답했습니다.

"핫핫하. 돗코베토라코라면 내가 잡아 먹어버리지."

그 말이 채 끝나기도 전에 신출귀몰한 돗코베토라코가 문 맞은편의 길 한가운데에 새하얀 털을 거꾸로 세우고 이쪽을 노려보고 서 있었습니다.

"와앗, 나타났다, 나타났어. 도망가자, 도망가."

엄청난 소동이 일었습니다. 모두 비틀비틀 흙발로 방 안으로 도망갔습니다.

헤이에몬은 재빨리 장도를 내려 칼집에서 칼을 뽑아들고는 무섭게 휘둘렀습니다. 옆에 있던 손님은 자칫하면 빨간 코를 베일 뻔했습니다.

헤이에몬은 툇마루에서 훌쩍 뛰어내려 맨발로 문 앞의 하얀 여우를 향해 다가갔습니다.

사람들도 그 모습에 힘을 얻고는 잠긴 목소리로 소리를 지르면 용기를 내서 뒤를 졸졸 따라갔습니다.

한편 헤이에몬은 너무도 생생한 그 하얀 여우의 모습을 보고 두려움이 목까지 차올랐지만, 사람들이 보고 있었기 때문에 간신히 비명을 삼켰습니다.

확실히 무언가 닿는 느낌이 있었고 하얀 물체는 칼 아래에서 파락파락 움직이고 있었습니다.

"여우의 숨통을 끊었다. 잡았어! 모두 이리로 와" 하고 헤이에몬은 외쳤습니다.

"그 대단한 짐승도 불쌍하게 됐군. 생각보다 별거 아니네."

사람들은 기쁨에 겨워 여우의 사체를 둘러쌌습니다.

그런데 어찌 된 일일까요. 이번에는 오히려 사람들이 섬뜩해졌습니다. 그럴 만하죠.

그 늙은 여우는 이미 자기 대신 역병 액막이인 '미나모토 장군'을 놔두고 어딘가로 도망간 것입니다.

사람들은 저마다 말했습니다.

"역시 늙은 여우군. 눈알이 마치 불꽃 같았지."

"게다가 그 털은 은바늘이었어."

"도저히 대적할 수 있는 놈이 아니야. 입이 귀까지 찢어져 있었지. 복수하지는 않을까?"

"걱정마. 내일 모두 같이 강가에 등잔을 가져가서 놓아두기로 하지."

사람들은 돌아갈 힘도 없어져 헤이에몬의 집에 머물렀습니다.

'미나모토 장군'의 얼굴은 반으로 갈라져 있어서인지 달빛 아래에서 이를 부득부득 갈고 있는 듯 보였습니다.

한밤중이 되자 돗코베토라코와 그의 수많은 귀여운 제자가 다시 와서는 마당에 내팽개쳐 둔 음식꾸러미를 부스럭부스럭 대며 푸는, 확실히 그런 소리가 들렸다고 아까도 사람들은 이야기하고 있었습니다.

★

마음씨 고운 화산탄

気のいい火山弾

어느 사화산 기슭의 들판에 서 있는 떡갈나무 아래에 '베고'*라는 별명을 가진 크고 검은 돌이, 오랫동안 움직이지 않고 조용히 자리 잡고 있었습니다.

'베고'라는 별명은 그 주위의 풀숲 곳곳에 흩어져있던 모나고 그다지 크지 않은 검은 돌들이 붙여주었습니다. 원래는 멋진 진짜 이름도 있었지만, 사실 베고도 그 이름은 몰랐습니다.

베고는 모난 곳이 없어서인지 마치 달걀의 양 끝을 평평하게 조금 늘여놓은 모습이었습니다. 그리고 돌로 된 두 줄의 띠가 비스듬히 몸을 감고 있었습니다. 또 베고는 마음씨가 정말 착해서 한 번도 화를 낸 적이 없었습니다.

그래서 안개가 짙게 내려 하늘도, 산도, 저 너머 들판조차 아무것도 보이지 않는 지루한 날이면 모난 돌들은 모두 베고를 놀리며 놀았습니다.

"베고야, 안녕? 배 아픈 건 다 나았니?"

"걱정해줘서 고마워. 하지만 난 배가 아프지 않았는데……."

베고는 안갯속에서 조용히 말했습니다.

"앗하하, 아하하하."

모난 돌들은 동시에 웃었습니다.

"베고야. 안녕? 어젯밤 올빼미가 고추를 가져다줬니?"

"아니. 어젯밤 올빼미는 이곳에 오지 않은 것 같은데……."

"앗하하, 아하하하."

모난 돌들은 다시 크게 웃었습니다.

"베고야, 안녕? 어제저녁, 안갯속에서 야생마가 네게 오줌을 갈겼었지? 정말 안 됐구나."

"걱정해줘서 고마워. 하지만 덕분에 그런 일은 당하지 않았어."

"앗하하, 아하하."

모두 크게 웃었습니다.

"베고야, 안녕? 이번에 새로운 법률이 생겼는데, 둥근 것이나 둥그스름한 것은 모두 달걀처럼 탁 깨뜨려버린다고 해. 너도 빨리 도망가는 게 좋아."

"걱정해줘서 고마워. 그러면 나는 아주 동그란 해님과 함께 깨질 거야."

"앗하하, 아하하하. 정말 어쩔 수 없는 멍청이야."

바로 그때 안개가 걷히고 태양이 황금빛을 쏟아냈으며 파란 하늘이 가득 펼쳐졌습니다. 그러자 모난 돌들은 모두 비로 빗은 술과 눈으로 만든 경단을 떠올리기 시작했습니다. 그래서 베고도 조용히 동그란 태양과 파란 하늘을 올려다보았습니다.

다음 날, 다시 안개가 내렸고 모난 돌들은 다시 베고를 놀리기 시

---

* 소가 지치거나 화가 나서 움직이지 않을 때 '소가 돌이 되었다'는 표현을 쓰는 데서 온 소를 뜻하는 방언으로 이 작품에서는 '쓸모없는 돌'의 의미로 사용하고 있다.

작했습니다. 사실은 그냥 놀리기만 할 작정이었습니다.

"베고야, 우리는 모두 모난 곳이 있는데 너만 왜 그렇게 둥글둥글한 걸까? 분화했을 때 함께 떨어졌는데 말이지."

"나는 태어나면서 새빨갛게 타오르며 하늘로 올라갈 때 빙글빙글 빙글빙글 돌았기 때문이야."

"하하! 우리는 하늘로 올라갈 때도, 끝까지 올라가서 잠시 멈췄을 때도, 그리고 떨어질 때도 늘 가만히 있었는데 너만 왜 그렇게 빙글 빙글 돌았을까."

말을 그렇게 했지만 모난 돌들은 분화로 부서지기만 했을 뿐, 새까만 연기와 함께 솟아올랐을 때는 사실 모두 기절해있었습니다.

"글쎄, 일부러 돌려고 한 게 아니라 몸이 저절로 돌아서 어쩔 수가 없었어."

"핫하하, 뭔가 무서우면 저절로 몸이 흔들리는 거야. 넌 어쩌면 겁쟁이여서 그랬는지도 몰라."

"그래. 겁쟁이여서 그랬을 수도 있어. 실제로 그때 소리와 빛이 엄청났었으니까."

"그렇지? 역시 겁쟁이여서 그랬을 거야. 핫하하하, 하하하하."

모난 돌들은 모두 큰소리로 웃었습니다. 그때 안개가 걷혔기 때문에 모난 돌들은 하늘을 올려다보며 각자 자신만의 생각에 빠져들었습니다.

베고도 말없이 떡갈나무잎의 펄럭임을 바라보았습니다.

그로부터 몇 번이나 눈이 내리고 새싹이 자라기를 반복했습니다. 떡갈나무도 몇 번이나 헌 잎을 떨어뜨리고 새잎을 피웠습니다.

어느 날 떡갈나무가 말했습니다.

"베고 씨, 당신과 내가 이웃이 된 지도 꽤 오래되었군요."

"네, 그래요. 당신은 아주 커졌어요."

"별거 아닙니다. 하지만 예전에는 내가 아주 작아서 당신을 엄청나게 크고 검은 산이라고 생각했었죠."

"아, 그랬겠군요. 지금은 이미 내 키의 다섯 배는 되죠?"

"뭐, 그렇다고 할 수 있죠."

떡갈나무는 완전히 우쭐해져서 나뭇가지를 으쓱으쓱 했습니다.

처음에는 돌들뿐이었지만 베고가 너무 착하니까 점점 모두 업신여기기 시작했습니다. 여랑화女郎花가 말했습니다.

"베고 씨, 저는 마침내 황금왕관을 썼어요."

"축하해요, 여랑화님."

"당신은 언제 왕관을 쓰나요?"

"아, 저는 왕관을 쓰지 않습니다."

"그래요? 안 됐군요. 하지만…… 아니 당신도 이미 왕관을 쓰고 있는 것 아닌가요?"

여랑화는 베고 돌 위에 자라난 작은 이끼를 보며 말했습니다.

베고 돌은 웃으면서 "아니에요, 그건 이끼입니다."

"그래요? 그다지 볼품은 없네요."

그로부터 열흘이 흘렀습니다. 여랑화는 깜짝 놀라 외쳤습니다.

"베고 씨, 당신도 마침내 왕관을 썼어요. 당신 위의 이끼가 모두 빨간 두건을 썼어요. 축하해요."

베고는 쓴웃음을 지으며 무심한 듯 말했습니다.

"고마워요. 하지만 그 빨간 두건은 이끼의 왕관이지 제 것이 아닙니다. 내 왕관은 곧 들판 가득히 은색으로 찾아올 것입니다."

그 말은 여랑화의 가슴을 철렁하게 했습니다.

"그것은 눈을 말하는 거죠? 어쩌면 좋아, 큰일이야."

베고도 그제야 깨닫고는 당황해 하며 여랑화를 위로했습니다.

"여랑화님. 미안해요. 눈이 내리면 당신은 싫겠지만, 매년 반복되는 일이라서 어쩔 수가 없어요. 그 대신 내년에 눈이 녹으면 꼭 다시 오세요."

여랑화는 더는 대답하지 않았습니다.

그리고 그다음 날의 일이었습니다. 모기 한 마리가 앵앵거리며 찾아오더니 "정말이지, 이 들판에는 쓸모없는 것이 너무 많아. 말하자면 이 베고 돌 같은 것이지. 베고 돌은 아무런 도움도 되지 않아. 두더지처럼 땅을 파서 공기를 신선하게 해주지도 않고, 그렇다고 풀잎처럼 이슬을 반짝여서 우리의 눈병을 낫게 해주지도 않아. 앵앵"하며 다시 저쪽으로 날아갔습니다.

베고 돌 위에 있는 이끼는 이전부터 갖가지 험담을 들었지만, 특히 모기의 이번 험담을 듣자 마침내 베고 돌을 무시하기 시작했습니다.

그리고 빨간 두건을 쓴 채 춤을 추기 시작했습니다.

베고 검댕이, 베고 검댕이
검댕이 둥둥,
비를 맞아도 검댕이, 둥둥
햇살이 비춰도 검댕이, 둥둥

베고 검댕이, 베고 검댕이
검댕이 둥둥,
천 년이 지나도 검댕이 둥둥
만 년이 지나도 검댕이 둥둥

베고 돌은 웃으면서 "잘하는구나, 꽤 잘해. 그런데 그 노래를 나는 신경 쓰지는 않지만 너희에게 좋지 못한 일이 생길 수도 있어. 내가 노래 하나를 만들어줄게. 앞으로는 이 노래를 하도록 해" 하고 노래를 불렀습니다.

하늘님, 하늘님, 하늘님의 젖은
차가운 비, 쏴아쏴아
떡갈나무의 물방울이 투둑투둑
새하얀 안개가 사락사락
하늘님, 하늘님, 하늘님의 빛,
햇빛은 쨍쨍쨍
달빛은 총총총
별빛은 반짝반짝

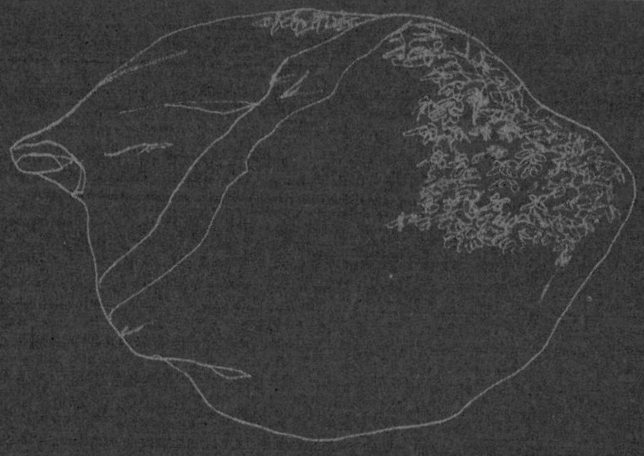

"그런 노래는 안 돼. 전혀 재미있지도 않잖아."

"그래? 난 노래 같은 건 잘 못하니까."

베고는 조용히 입을 다물었습니다.

그러자 들판의 모든 이들이 입을 모아 베고를 조롱했습니다.

"대체 뭐야, 저렇게 쪼그만 빨간 두건에게 당하다니. 우리는 이제 저 녀석과는 절교야. 보기 흉해. 검댕이, 검댕이, 둥둥. 베고 둥둥."

그때 저쪽에서 안경을 쓴, 키가 크고 멋진 네 명의 사람이 갖가지 번쩍이는 기계를 들고 들판을 가로질러 왔습니다. 그중 한 사람이 갑자기 베고를 발견하고 말했습니다.

"아, 있다, 있어. 멋지군. 정말 훌륭한 표본이다. 화산탄의 전형이야. 이렇게 잘 갖춰진 것은 처음 봤어. 띠가 확실하게 둘러 있군. 이것만으로도 이번 여행은 충분한 가치가 있어."

"음, 정말 완벽하게 갖춰져 있군. 이렇게 멋진 화산탄은 대영박물관에도 없을걸."

사람들은 기계를 풀 위에 올려놓고, 베고를 둘러싼 채 쓰다듬기도 하고 어루만지기도 했습니다.

"어떤 표본도 이렇게 완전한 띠를 두르고 있는 건 없어. 어때? 하늘에서 빙글빙글 돌 때의 상황을 정말 여실히 알 수 있지 않나. 훌륭해, 훌륭해. 오늘 당장 가져가자."

사람들은 다시 저쪽으로 갔습니다. 모난 돌은 말없이 한숨만 쉬고 있습니다. 그리고 마음 착한 화산탄은 조용히 웃고 있었습니다.

정오가 조금 지나자 들판 저쪽에서 다시 안경과 기계가 번쩍였고, 아까의 학자 네 사람과 마을사람들, 그리고 짐마차 하나가 다가왔습니다.

그리고 떡갈나무 아래 멈췄습니다.

"자, 중요한 표본이니까 다치지 않게 조심해. 잘 감싸주게. 이끼 따위는 떼어버리고."

뜯긴 이끼는 울음을 터뜨렸습니다. 깨끗한 짚과 멍석으로 소중하게 감싸인 화산탄이 말했습니다.

"여러분, 그동안 신세 많았습니다. 이끼야, 잘 있어. 나중에 내가 알려준 노래를 한 번이라도 불러주렴. 그리고 여러분, 내가 가는 곳은 이곳처럼 밝고 즐거운 곳은 아닙니다. 하지만 우리는 모두 자신이 할 수 있는 일을 하지 않으면 안 됩니다. 여러분, 안녕히 계세요."

'도쿄제국대학 지질학 교실행'이라고 쓴 커다란 이름표가 붙여졌습니다.

그리고 사람들은 영차, 영차 하면서 멍석으로 감싼 화산탄을 짐마차에 실었습니다.

"자, 좋아, 출발!"

말은 코를 한 번 푸르르 울리더니 푸르디푸른 저쪽 들판을 향해 걷기 시작했습니다.

★
겐주공원의 숲
虔十公園林

겐주는 늘 새끼줄을 허리에 매고 웃으면서 숲 속이나 밭 사이를 천천히 걸어 다녔습니다.

빗속의 푸른 수풀을 보면 기뻐서 눈을 반짝였고, 푸른 하늘을 끝없이 날아가는 매를 발견하면 펄쩍펄쩍 뛰며 손뼉을 쳐서 사람들에게 알렸습니다.

하지만 아이들이 겐주를 놀리며 비웃었기 때문에 겐주는 점점 웃지 않는 척을 하게 되었습니다.

바람이 휘익 불어와 너도밤나무잎이 반짝반짝 빛날 때면 겐주는 너무 즐거워서 저절로 웃음이 나오려고 했습니다. 하지만 입을 크게 벌리고 하아하아 숨을 쉬면서 억지로 웃음을 참고는 하염없이 그 너도밤나무를 올려다보고 있었습니다.

때로는 입가가 간지러운 척하면서 크게 벌린 입 주위를 손가락으로 긁으며 숨소리만으로 헉헉헉 웃었습니다.

멀리서 보기에 겐주는 입가를 긁고 있거나 하품을 하는 것처럼 보였지만, 가까이서 보면 물론 웃는 숨소리도 들렸고 입술이 씰룩이는 것도 보였기 때문에 아이들은 여전히 놀리며 웃었습니다.

엄마가 시키기만 하면 겐주는 물을 오백 바가지나 떠왔습니다. 매일 열심히 밭의 잡초도 뽑았습니다. 하지만 겐주의 엄마도 아빠도 겐주에게는 좀처럼 그런 일을 시키려고 하지 않았습니다.

겐주의 집 뒤에는 커다란 운동장만 한 들판이 아직 밭으로 개간되지 않은 채 남아있었습니다.

어느 해, 산이 아직 눈으로 새하얗게 덮여있고 들판에 새로운 풀도 자라지 않았을 때 겐주는 갑자기 봄갈이를 하고 있던 가족들에게 달려가 말했습니다.

"엄마, 저, 삼나무 모종 칠백 개만 사 주세요."

겐주의 엄마는 반짝이는 삼발괭이를 움직이던 손을 멈추고 겐주의 얼굴을 보고 말했습니다.

"삼나무 모종 칠백 개라니? 어디에 심으려고?"

"집 뒤의 들판이요."

그때 겐주의 형이 말했습니다.

"겐주야, 그곳은 삼나무를 심어도 자라지 않는 곳이야. 허튼소리 말고 밭 가는 거라도 조금 도와."

겐주는 무안한 듯 쭈뼛거리며 고개를 숙이고 있었습니다.

그러자 겐주의 아빠가 저쪽에서 땀을 닦으며 몸을 일으키더니 "사 주지그래. 겐주가 지금껏 무엇하나 졸라본 적이 없잖아. 그냥 사줘" 하고 말했습니다. 겐주의 엄마도 안심한 듯 웃었습니다.

겐주는 기뻐하며 곧바로 집 쪽으로 달려갔습니다.

그리고 헛간에서 곡괭이를 꺼내와 퍽퍽 잔디를 파내고 삼나무 모종을 심을 구멍을 파기 시작했습니다.

겐주의 형이 뒤쫓아 와 그 모습을 보고 말했습니다.

"겐주야, 삼나무를 심을 때 파야지 안 그러면 알 수가 없잖아. 내일까지 기다려. 내가 모종을 사 올 테니까."

겐주는 다시 무안한 듯 곡괭이를 내려놨습니다.

다음 날, 하늘은 맑게 개어 산 위의 눈은 새하얗게 빛났고 종달새는 드높이 올라 지지배배 지지배배 울었습니다. 그리고 겐주는 기쁨을 감추지 못하고 싱글싱글 웃으면서 형에게 배운 대로 이번에는 북쪽 경계선부터 모종 구멍을 파기 시작했습니다. 정말로 똑바르고 정말로 일정하게 구멍을 팠습니다. 겐주의 형이 그 구멍에 한 그루씩 모종을 심었습니다.

그때 들판 북쪽의 밭 주인인 헤이지가 담뱃대를 물고 손을 가슴에 품은 채 추운 듯 어깨를 웅크리며 다가왔습니다. 헤이지는 농사도 조금 짓고 있었지만, 사실은 사람들이 싫어할 만한 다른 일을 하고 있었습니다. 헤이지는 겐주에게 말했습니다.

"어이, 겐주. 여기에 삼나무를 심다니 정말 바보로군. 내 밭에 그늘이 지잖아."

겐주는 얼굴이 빨개진 채 무언가 말을 하고 싶은 듯했지만 하지 못하고 주뼛주뼛 하고 있었습니다.

그 모습을 본 겐주의 형이 "헤이지 씨, 안녕하세요" 하고 인사를 하며 일어서자 헤이지는 투덜거리면서 다시 왔던 곳으로 느릿느릿 걸어갔습니다.

그 풀밭에 삼나무를 심는 것을 조롱한 사람은 결코 헤이지만이 아니었습니다. '그런 곳에 삼나무 같은 게 자랄 리가 있나. 게다가 바닥은 딱딱한 점토고……. 역시 바보는 바보'라고 모두 말했습니다.

사람들의 말은 맞았습니다. 삼나무는 오 년까지는 줄기가 똑바로 하늘을 향해 뻗었지만 이후로는 점점 끝이 둥글게 말렸고, 칠 년이 지나고 팔 년이 지나도 키는 구 척 정도였습니다.

어느 날 아침, 겐주가 숲 앞에 서 있자 농부 한 명이 농담을 했습니다.

"어이, 겐주. 저 삼나무는 가지치기 안 하나?"

"가지치기가 뭔데요?"

"가지치기란 아래쪽 가지를 나무꾼 칼로 자르는 거야."

"나도 가지치기를 할까."

겐주는 달려가서 나무꾼 칼을 가져왔습니다.

그러고는 끝쪽부터 해서 삼나무의 아래쪽 가지를 자르기 시작했습니다. 그런데 삼나무의 키는 구 척밖에 되지 않아서 겐주는 몸을 조금 굽힌 채 삼나무 아래를 통과해야 했습니다.

저녁이 되었을 즈음, 삼나무는 위쪽 가지 서너 개만 남은 채 모두 베어져 있었습니다.

짙은 초록색 가지가 바닥의 잡초들을 가득 덮었고, 그 작은 숲은 휑해졌습니다.

겐주는 갑자기 휑해진 숲을 보자 왠지 우울하고 가슴이 아픈 듯한 느낌이 들었습니다.

그때 마침 겐주의 형이 밭에서 돌아오다가 숲을 보고는 자신도 모르게 웃었습니다. 그리고 멍하니 서 있는 겐주에게 힘차게 말했습니다.

"어이, 가지를 모아. 좋은 땔감이 잔뜩 생겼네. 숲도 훌륭해졌군."

그제야 겐주도 안심하고 형과 함께 몸을 숙이고 삼나무 아래에 떨어져 있던 가지를 그러모았습니다.

바닥의 잡초는 나지막하고 아름다워서 마치 선인들이 바둑을 두는 곳처럼 보였습니다.

그런데 다음 날 겐주는 곳간에서 벌레 먹은 콩을 골라내다가 숲쪽에서 엄청나게 소란스러운 소리를 들었습니다.

여기저기에서 구령을 붙이는 소리와 나팔소리를 흉내 내는 소리,

발걸음소리, 그리고 마치 그 주위의 새들이 한꺼번에 날아오르는 듯한 왁자지껄한 웃음소리에 겐주는 깜짝 놀라 소리 나는 쪽으로 가보았습니다.

그러자 놀랍게도 하굣길의 아이들이 오십 명이나 모여 줄을 짓고 보조를 맞춰 그 삼나무 사이를 행진하고 있는 것이었습니다.

삼나무의 줄은 어디를 지나가도 가로수 같았습니다. 거기다가 삼나무도 파란 옷을 입고 줄지어 걷고 있는 것처럼 보였기 때문에 아이들은 더할 나위 없이 즐거워했습니다. 모두 얼굴이 빨갛게 상기된 채 때까치처럼 소리를 지르며 삼나무 사이를 걷고 있었습니다.

그 삼나무 줄에는 도쿄 가도나 러시아 가도, 그리고 서양 가도 등 계속해서 이름이 붙여졌습니다.

겐주도 기뻐하며 삼나무 이편에 숨어서 입을 크게 벌리고 하하하 웃었습니다.

그 이후로 날마다 아이들이 모였습니다.

유일하게 아이들이 오지 않는 날은 비가 오는 날이었습니다.

그리고 새하얗고 부드러운 하늘에서 비가 사락사락 내리면 겐주 혼자서 온몸이 비에 젖은 채 숲 앞에 서 있었습니다.

"겐주는 오늘도 망을 보는구나."

우비를 입고 지나가던 사람이 웃으면서 말했습니다. 삼나무에는 다갈색의 열매가 열렸고 멋진 초록색 가지에서 투명하고 차가운 빗방울이 투둑투둑 떨어졌습니다. 겐주는 입을 크게 벌리고는 하아하아 숨을 쉬었고, 몸에 수증기를 피워 올리며 빗속에서 언제까지고 그곳에 서 있었습니다.

그러던 중 안개가 짙게 낀 어느 아침이었습니다.

겐주는 꼴을 베는 곳에서 갑자기 헤이지와 마주쳤습니다.

헤이지는 주위를 살펴보더니 늑대처럼 기분 나쁜 표정으로 소리를 질렀습니다.

"겐주! 네 삼나무를 베어버려!"

"왜요?"

"내 밭에 그늘이 지잖아."

겐주는 말없이 고개를 숙였습니다. 헤이지의 밭에 그늘이 진다고는 하지만 삼나무 그림자는 겨우 오 촌도 드리워지지 않았던 것입니다. 게다가 삼나무는 남쪽에서 불어오는 강한 바람을 막아주고 있었습니다.

"베어버려, 당장 베어버리라고."

"싫어요."

겐주가 얼굴을 들고 조금 겁먹은 듯 말했습니다. 겐주는 당장에라도 울음을 터뜨릴 듯 입술이 실룩거리고 있었습니다. 사실 그때가 겐주의 일생에서 처음으로 누군가에게 반항을 한 것이었습니다.

그런데 헤이지는 순하기 짝이 없는 겐주에게 무시당했다는 생각에서인지 갑자기 화를 내고는 겐주의 뺨을 때렸습니다. 철썩철썩 세차게 때렸습니다.

겐주는 뺨에 손을 댄 채 말없이 맞고 있었는데 잠시 후 주위가 온통 새파랗게 보이더니 어지럼증이 일어 비틀비틀했습니다. 그러자 헤이지도 조금 낌새가 이상하다고 생각했는지 재빨리 팔짱을 끼고는 안갯속으로 어슬렁어슬렁 걸어갔습니다.

겐주는 그해 가을에 장티푸스에 걸려 죽었습니다. 헤이지도 바로 열흘 전에 역시 같은 병으로 죽었습니다.

그런데 그런 일과는 전혀 상관없이 숲에는 날마다 아이들이 모였습니다.

이야기는 빠르게 흘러갑니다.

다음 해, 마을에는 철도가 지나가게 되었고 겐주의 집에서 동쪽으로 3백 미터 떨어진 곳에 정거장이 생겼습니다. 그리고 곳곳에 도자기 공장과 실 공장이 생겼습니다. 주변의 밭과 논은 계속해서 엎어지고 집이 생겼습니다. 어느새 완전히 도회지가 되었던 것입니다. 그 가운데 어찌 된 일인지 겐주의 숲만은 그대로 남아있었습니다. 삼나무의 키도 여전히 구 척 크기였고 아이들은 날마다 모였습니다. 학교가 바로 근처에 있었기 때문에 아이들은 그 숲과 숲의 남쪽에 있는 잔디밭을 학교 운동장이 이어진 것으로 생각하기 시작하였습니다.

한편 겐주의 아버지도 어느새 머리카락이 하얗게 셌습니다. 백발이 될 법도 합니다. 겐주가 죽은 지 이십 년 가까이 되었으니까요.

어느 날, 예전에 그 마을을 떠나 미국에 있는 대학의 교수가 된 젊은 박사가 십오 년 만에 고향으로 돌아왔습니다.

그러나 밭이나 숲의 예전 모습은 어디에도 없었습니다. 마을사람들도 대부분은 외지에서 온 사람들이었습니다.

그래도 박사는 어느 날 교장 선생님의 부탁을 받고 강당에서 아이들에게 외국의 이야기를 들려주었습니다.

이야기가 끝난 후 박사는 교장 일행들과 운동장을 나와 겐주의 숲으로 갔습니다.

그러자 젊은 박사는 놀란 듯 몇 번이나 안경을 고쳐 쓰더니 마침내 혼잣말처럼 중얼거렸습니다.

"아아, 이곳은 예전 그대로야. 나무도 예전 그대로고. 나무는 오히려 작아진 듯한데. 아이들도 여전히 뛰어놀고 있어. 아아, 저 속에 나와 나의 옛 친구들은 없을까."

박사는 갑자기 생각난 듯 미소를 지으며 교장에게 말했습니다.

"이곳은 학교의 운동장입니까?"

"아닙니다. 이곳은 저 집의 땅입니다만 땅 주인이 전혀 개의치 않고 아이들이 모이도록 놔두고 있습니다. 그래서 마치 학교의 부속 운동장처럼 되었지만 사실은 그렇지 않습니다."

"참 신기한 분이군요. 도대체 어떻게 된 사연인가요?"

"이곳이 도회지가 된 후 사람들이 모두 땅을 팔라고 했지만, 어르신께서 이곳은 겐주의 추억이 있는 유일한 곳이기 때문에 아무리 힘들어도 없앨 수는 없다고 하셨답니다."

"아, 맞아, 있었어요, 있었어요. 우리는 그 겐주라는 사람이 조금 모자란 사람이라고 생각했었습니다. 항상 헤헤 웃고 있는 사람이었죠. 매일 이 주변에 서서 우리가 노는 모습을 보고 있었는데…… 이 삼나무도 전부 그 사람이 심었다고 합니다. 아아, 정말이지 누가 현명하고 누가 어리석은지는 알 수 없는 일입니다. 오로지 모든 곳에 미치는 십력의 힘이 신비로울 따름입니다. 이곳은 언제까지고 아이들의 아름다운 공원입니다. 이곳을 '겐주공원의 숲'이라고 이름 붙이고 언제까지고 이대로 보존하는 것은 어떨까요."

"정말 좋은 생각입니다. 그렇게 되면 아이들도 더할 나위 없이 행복해할 것입니다."

그리고 그 말대로 되었습니다.

잔디밭 한가운데, 아이들의 숲 앞에는 '겐주공원의 숲'이라고 새겨진 푸른 감람암 비석이 세워졌습니다.

한때 그 학교의 학생이었던 지금은 이미 훌륭한 검사가 되었거나, 장교가 되었거나 또는 외국에서 작지만 농장을 가진 사람들이 수많은 편지와 기금을 학교로 보내왔습니다. 겐주 가족들은 진심으로 기뻐하며 눈물을 흘렸습니다.

이 공원의 삼나무 숲은 정말로 짙푸른 색이었으며 상쾌한 냄새, 여름의 시원한 그늘, 달빛의 잔디가 수천 명의 사람에게 진정한 행복이 무엇인지를 가르쳐주었습니다.

그리고 숲은 겐주가 있던 때와 똑같이 비가 내리면 투명하고 차가운 물방울을 키 작은 풀에 톡톡 떨어뜨렸고, 햇살이 빛나면 신선하고 깨끗한 공기를 상쾌하게 토해냈습니다.

스케치 5

26일 밤

오츠벨과 코끼리
オツベルと象

…… 어느 소몰이꾼이 들려준 이야기

첫 번째 일요일

오츠벨이라는 자는 대단한 자야. 탈곡기를 여섯 대나 설치해서 윙윙윙윙윙 하고 무시무시한 소리를 내며 탈곡을 하고 있었어.

열여섯 명의 농부는 얼굴이 새빨갛게 달아오른 채 발로 밟아 기계를 돌리며, 작은 산처럼 쌓여 있는 벼를 마구잡이로 떨어내고 있었지. 볏짚은 계속해서 뒤로 던져져 다시 새로운 산이 만들어졌어. 그곳은 겉겨와 볏짚에서 생긴 작은 먼지로 뿌옇고 누렇게 변해 마치 사막의 연기 속 같았어.

오츠벨은 눈을 가늘게 뜬 채 호박으로 만든 파이프를 물고 담뱃재가 벼에 떨어지지 않도록 조심하면서 뒷짐을 지고는 그 어두침침한 작업장을 어슬렁어슬렁 돌아다니고 있었어.

작업장은 무척 견고한데다가 크기도 학교만 했지만, 신식 탈곡기가 여섯 대나 윙윙윙윙윙 돌아가고 있어서인지 매우 흔들렸어. 작업장 안으로 들어가면 그 흔들림 때문에 배가 고파질 지경이었지. 실제로도 오츠벨은 그 흔들림을 이용해 배를 실컷 주린 후, 점심시간에는 여섯 치 크기의 비프스테이크나 걸레만 한 오믈렛 등 따끈따끈한 요리를 먹었어.

여하튼…….

그렇게 해서 윙윙윙윙 하고 탈곡기가 돌아가고 있었는데 그곳에 무슨 영문인지 하얀 코끼리가 나타났지.

'정말 하얀색 코끼리야, 페인트를 칠한 게 아니야. 무슨 일로 이곳에 온 걸까? 저것은 코끼리니까 아마도 그냥 숲에서 나온 걸 거야.'

코끼리가 작업장 입구에 천천히 얼굴을 내밀었을 때 농부들은 흠칫했지. 왜 흠칫했느냐고? 무슨 짓을 할지 모르지 않나. 괜히 말려들었다가는 큰일이기 때문에 모두 죽어라 하고 자신의 벼만 털고 있었던 거야.

그런데 그때 오츠벨은 기계 뒤쪽에서 주머니에 손을 꽂은 채 날카로운 눈길로 코끼리를 슬쩍 보았어. 그리고 재빨리 고개를 숙인 채 아무 일도 아니라는 듯, 하던 대로 계속 어슬렁거리고 있었어.

그러자 이번에는 하얀 코끼리가 한 발을 안으로 들여놓았어. 농부들은 다시 흠칫했지. 하지만 일은 바빴고 괜히 말려들면 골치가 아프니까 코끼리를 쳐다보지 않고 여전히 벼를 털고 있었어.

오츠벨은 안쪽의 어두침침한 곳에서 주머니에 꽂은 손을 빼고는 다시 흘깃 코끼리를 보았어. 그러고는 무척이나 지루하다는 듯 일부러 크게 하품을 하더니 머리 뒤로 두 팔을 깍지 끼고 어슬렁거렸지. 그런데 코끼리가 두 다리를 힘차게 딛고 작업장 안으로 들어오려고 했어. 농부들은 흠칫했고 오츠벨도 조금 놀란 듯 커다란 호박 파이프로 후욱 연기를 내뿜어냈지. 그래도 여전히 시치미를 떼고 천천히 주변을 걸어 다닌 거야.

그러자 마침내 코끼리가 작업장 안으로 어슬렁어슬렁 들어왔지. 그리고 기계 앞을 태연하게 걷기 시작했어.

그런데 기계가 거칠게 돌고 있었기 때문에 겨 껍질은 저녁 무렵 싸라기눈처럼 코끼리에게 타닥타닥 부딪혔고……. 코끼리는 무척 성가신 듯 작은 눈을 가늘게 뜨고 있었는데, 다시 한번 자세히 보니 분명히 조금 웃고 있었어.

오츠벨은 마침내 결심하고는 탈곡기 앞으로 나와 코끼리에게 말을 걸려고 했는데, 그때 코끼리가 휘파람새처럼 무척이나 아름다운 목소리로 이렇게 투덜거리더군.

"아, 안 되겠어. 모래가 자꾸 내 이빨에 부딪혀."

겨 껍질은 정말로 타닥타닥타닥 코끼리의 이빨에 부딪혔으며 또 새하얀 얼굴과 목에도 부딪혔어.

이제 오츠벨도 목숨을 걸었지. 파이프를 오른손으로 고쳐 쥐고 용기를 내서 이렇게 말한 거야.

"어때? 이곳이 재미있나?"

"재밌어."

코끼리가 몸을 비스듬히 기울이고 눈을 가늘게 뜨며 대답했어.

"계속 이곳에 있는 건 어때?"

농부들은 깜짝 놀라 숨죽이며 코끼리를 보았고, 오츠벨은 말을 내뱉더니 갑자기 몸을 덜덜 떨기 시작했어. 그런데 코끼리가 천연덕스럽게 "있어도 좋아"라고 대답한 거야.

"그래? 그러면 그렇게 하지. 그렇게 하자."

오츠벨은 얼굴이 새빨개지도록 잔뜩 주름을 잡으며 기쁘게 대답했지.

어떤가. 이렇게 해서 이 코끼리는 이미 오츠벨의 재산이 된 것이지. 두고 보라고. 오츠벨은 그 코끼리에게 일을 시키든, 서커스단에 팔아버리든 만 엔 이상을 벌 테니까.

두 번째 일요일

오츠벨은 정말 대단한 자야. 그리고 오츠벨이 요전에 탈곡장에서 교묘하게 자기 것으로 만든 코끼리도 정말로 대단한 녀석이지. 힘도 십 마력이나 되는데다가 무엇보다 몸이 새하얗고 이빨도 깨끗한 상아로 되어 있었어. 가죽도 멋지고 튼튼했어. 그리고 일도 무척 열심히 했지. 하지만 그렇게 일을 열심히 하는 것도 역시 주인이 영리하기 때문이겠지.

"이봐, 너, 시계 필요 없나?"

통나무로 만든 코끼리 우리 앞으로 다가온 오츠벨은 호박 파이프를 물고 얼굴을 찡그리며 물었어.

"난 시계 같은 건 필요 없어."

코끼리는 웃으면서 대답했지.

"한 번 해 봐. 좋은 거야."

오츠벨은 양철로 된 커다란 시계를 코끼리의 목에 걸었어.

"꽤 좋군."

코끼리도 말했지.

"쇠줄도 있어야겠지."

오츠벨은 백 킬로그램이나 되는 쇠사슬을 앞다리에 맸어.

"음, 쇠줄도 꽤 좋군."

코끼리는 세 걸음을 걷고는 말했어.

"신발을 신으면 어떻겠나?"

"난 신발 따위 신지 않아."

"일단 신어 봐. 좋은 거야."

오츠벨은 얼굴을 찡그리며 종이를 말려 만든 빨간색의 커다란 신발을 코끼리 뒷다리에 신겼어.

"꽤 좋은걸."

코끼리도 대답했지.

"신발에 장식을 해야지."

오츠벨은 재빨리 사백 킬로그램이나 되는 추를 신발 위에 끼웠어.

"음, 꽤 좋군."

코끼리는 두 걸음을 걸어보더니 무척 기쁜 듯 말했어.

다음 날, 커다란 양철 시계와 너절한 종이 신발은 망가져 버렸지만, 코끼리는 쇠사슬과 추만 단 채 기뻐하며 걷고 있었다네.

"미안한데, 요즘은 세금이 꽤 비싸거든. 오늘은 강에서 물을 조금 길어다 주게."

오츠벨은 뒷짐을 진 채 얼굴을 찡그리며 코끼리에게 말했어.

"아, 내가 물을 길어올게. 얼마든지 길어다주지."

코끼리는 눈을 가늘게 뜨며 즐겁게 대답했어. 그러고는 그날 정오가 지날 무렵, 물을 오십 양동이나 길어와 채소밭에 물을 뿌렸어.

저녁이 되자 코끼리는 우리에서 열 단의 볏짚을 먹으면서 서쪽 하늘에 뜬 초사흗날의 초승달을 보며 말했지.

"아아, 일을 한다는 것은 참으로 유쾌하고 산뜻하군."

다음 날 오츠벨은 술이 달린 빨간 모자를 쓰고, 양손을 주머니에 꽂은 채 코끼리에게 이렇게 말했어.

"미안하지만 세금이 또 올랐다네. 오늘은 숲에서 땔감을 조금 가져다주게."

"아, 내가 땔감을 가져오지. 날씨가 좋군. 난 원래 숲에 가는 것을 무척 좋아해."

코끼리가 웃으면서 대답했지.

오츠벨은 잠시 놀라서 파이프를 떨어뜨릴 뻔했지만, 이미 코끼리는 무척이나 유쾌한 듯 천천히 걷기 시작했기 때문에 다시 안심하고 파이프를 물었어. 그리고 잔기침을 한 번 하고는 농부들이 일하는 모습을 보러 갔지.

그리고 정오가 지날 무렵, 겨우 한나절 만에 코끼리는 땔감 구백 단을 옮겨온 후 눈을 가늘게 뜨며 즐거워했어.

그날 밤 코끼리는 우리에서 여덟 단의 볏짚을 먹으면서 서쪽에 뜬 초나흗날의 초승달을 보고 혼잣말을 했다고 해.

"아아, 상쾌하다. 산타마리아."

그리고 그다음 날이 되었지.

"미안한데, 세금이 다섯 배나 올랐어. 오늘은 대장간에 가서 숯불을 조금 불어주겠나."

"아, 불어줄게. 내가 마음만 먹으면 입김으로 돌도 날릴 수 있어."

오츠벨은 다시 뜨끔했지만 마음을 가라앉히고 웃었어.

코끼리는 어슬렁어슬렁 대장간으로 가서 털썩 주저앉은 채 한나절 내내 풀무 대신에 숯불을 불었지.

그날 밤, 코끼리는 우리에서 일곱 단의 볏짚을 먹으면서 하늘에 뜬 초닷새의 달을 보고 말했어.

"아, 피곤하군. 하지만 기뻐. 산타마리아."

어떤가, 이렇게 해서 다음 날부터 코끼리는 매일 아침부터 일을 한 것이야. 어제는 볏짚도 겨우 다섯 단이었는데 겨우 다섯 단의 볏짚으로 그런 힘이 나오다니……. 코끼리는 정말로 경제적인 동물이야.

하지만 그런 것도 오츠벨이 머리가 좋고 잘났기 때문이겠지. 오츠벨은 정말 대단한 자야.

다섯 번째 일요일

나도 말하려고 했는데…… 오츠벨이 말이지, 그 오츠벨이 사라졌어.

뭐, 진정해. 새로 들인 그 코끼리를 오츠벨은 너무 심하게 대했어. 오츠벨의 하는 짓이 점점 심해지자 코끼리는 좀처럼 웃지 않게 되었지. 가끔은 용처럼 새빨간 눈빛을 하고는 가만히 오츠벨을 내려다보기도 했어.

어느 날 밤, 코끼리는 우리에서 세 단의 볏짚을 먹으면서 초열흘의 달을 올려다보고 말한 거야.

"괴롭습니다. 산타마리아."

이 말을 들은 오츠벨은 매사에 코끼리를 괴롭히기 시작했어.

어느 날 밤, 우리에 있던 코끼리는 비틀비틀 쓰러져 땅바닥에 주저앉아서는 볏짚도 먹지 않고 열하루의 달을 보며 말했어.

"이제, 이별입니다. 산타마리아."

"이런, 뭐라고? 이별이라고?"

달이 갑자기 코끼리에게 물었어.

"네, 이별입니다. 산타마리아."

"대체 뭐야. 몸집만 컸지 오기라고는 쥐뿔도 없는 녀석이군. 동료에게 편지를 쓰면 되잖아."

달은 웃으면서 그렇게 말했지.

"연필도 종이도 없어요."

코끼리는 가늘고 아름다운 목소리로 훌쩍훌쩍 훌쩍훌쩍 울기 시작했어.

그때 "자, 여기 있어요" 하고 눈앞에서 귀여운 아이 목소리가 갑자기 들렸던 거야. 코끼리가 고개를 들고 보니 빨간 옷을 입은 동자가 벼루와 종이를 받들고 서 있었어. 코끼리는 재빨리 편지를 썼지.

"난 엄청나게 험한 꼴을 당하고 있어. 모두 와서 도와줘."

동자는 편지를 들고 곧바로 숲으로 걸어갔어.

빨간 옷의 동자가 그렇게 해서 산에 도착한 것은 마침 점심시간이었어. 그때 산속의 코끼리들은 사라수沙羅樹 그늘에서 바둑을 두고 있다가 모두 이마를 맞대고 편지를 읽었지.

"난 엄청나게 험한 꼴을 당하고 있어. 모두 와서 도와줘."

코끼리들은 동시에 벌떡 일어나더니 분노에 몸이 새까매진 채 울부짖었어.

"오츠벨을 죽여 버리자!"

의장 코끼리가 크게 외치자 "와아, 나가자! 뿌우우뿌우, 뿌우우우우" 하고 모두 일제히 호응했어.

코끼리들은 폭풍처럼 숲 속을 빠져나와 뿌우우뿌우, 뿌우우우우, 들판으로 달려갔어. 모두 화가 나서 제정신이 아니었지. 작은 나무는 뿌리째 뽑혔고 덤불이고 뭐고 엉망진창으로 만들었어. 뿌우우 뿌우우 뿌우우 뿌우우, 불꽃처럼 들판으로 달려갔지. 그리고 달리고 달려서 마침내 안개가 푸르게 낀 저편 들판 끝에 있는 오츠벨 저택의 노란 지붕을 발견하자 코끼리들은 동시에 불을 뿜었어.

뿌우우뿌우, 뿌우우우우. 그때는 마침 오후 1시 반, 오츠벨은 가죽 침대에서 한창 낮잠을 즐기며 까마귀 꿈을 꾸고 있었던 거야. 엄청난 소리에 오츠벨 집에 있던 농부들은 문밖으로 살며시 나와 이마에 손을 얹고 맞은편을 보았지.

"코끼리가 숲처럼 몰려 와."

"기차보다 빠르게 오고 있어."

완전히 새파랗게 질린 채 집 안으로 뛰어들어 와서는 "주인님, 코끼리입니다. 몰려오고 있어요. 주인님, 코끼리입니다" 하고 있는 힘껏 외쳤지.

그런데 오츠벨은 역시 대단한 자였어. 완전히 잠에서 깼을 때는 이미 모든 상황을 파악하고 있었던 거야.

"이봐, 코끼리는 우리에 있나? 있어? 있다고? 좋아, 문을 닫아. 문을 닫으라고. 빨리 코끼리 우리의 문을 닫아. 좋아, 빨리 통나무를 가져와. 가둬버리라고. 제길, 허둥대지 말고 통나무를 그곳에 묶어. 제깟 것들이 어쩔 거야. 일단 힘을 빼는 거야. 좋아, 대여섯 개 더 가져와. 괜찮아, 괜찮고말고. 허둥대지 말라니까. 어이, 이번에는 문이야. 문을 잠가. 빗장을 걸라고. 버팀목, 버팀목을 대. 그래. 이런 모두 걱정하지 말라니까. 정신 차려."

오츠벨은 준비를 마치자 나팔 같은 목소리로 농부들을 격려했지만, 사실 농부들은 이미 제정신이 아니었어. 이런 주인에게 휩쓸려서 잡아먹히고 싶지는 않았던 거야. 그래서 모두 수건이나 하얀 천조각 같은 것을 팔에 둘둘 말았어. 항복의 표시인 거지.

오츠벨은 마침내 안달이 나서 그 주변을 뛰어다녔고, 오츠벨의 개도 흥분해서 불에 덴 듯 짖어대며 집 안을 이리저리 뛰어다녔어.

잠시 후 땅이 엄청나게 흔들렸고 주위는 아무것도 분간할 수 없을 정도로 어두워졌어. 코끼리들이 집을 에워싼 것이지. 뿌우우뿌우, 뿌우우우우, 그리고 그 무시무시한 소란 속에서 "금방 구해줄 테니까 안심해" 하는 부드러운 목소리도 들려왔어.

"고마워. 이렇게 와줘서 정말 기뻐."

코끼리 우리에서도 소리가 들렸지. 그러자 코끼리들은 더욱 거칠게 뿌우우뿌우, 뿌우우우우, 벽 주위를 빙글빙글 돌고 있는 듯했고 그 사이로 화가 나 거세게 휘두르는 코도 보였지. 하지만 벽은 시멘트였고 안에는 철근도 들어있어서 코끼리들은 쉽게 부수지 못하는 거야. 담 안쪽에서는 오츠벨이 혼자 외치고 있었어. 농민들은 눈길을 피한 채 주위를 우왕좌왕하고 있을 뿐이었지. 그러는 동안 밖에 있는 코끼리들은 동료의 몸을 발판 삼더니 마침내 담을 넘어오려고 하고 있었어. 점점 얼굴이 보이기 시작했지. 그 주름진 잿빛의 커다란 얼굴을 올려다본 순간 오츠벨의 개는 기절했어. 그러자 오츠벨은 총을 쏘기 시작했어. 육 연발 총을 말이지. 타—앙, 뿌우우뿌우, 타—앙, 뿌우우뿌우, 타—앙, 뿌우우뿌우. 하지만 총알은 코끼리를 뚫지 못했어. 상아에 부딪혀 튀어 올랐지. 코끼리 한 마리가 이렇게 말했어.

"총알이 꽤 성가시군. 얼굴에 타닥타닥 부딪혀."

오츠벨은 언젠가 어딘가에서 이런 불평을 들은 것 같다는 생각을 하면서 허리춤에서 총알을 꺼내 바꿔 끼웠지. 그러는 동안 코끼리의 한쪽 다리가 담을 넘어 이쪽으로 들어왔어. 그리고 다른 한쪽 다리도 내밀었지. 다섯 마리의 코끼리가 동시에 담 위에서 쿵 하고 떨어져 내려왔어. 오츠벨은 총을 쥔 채 종잇조각처럼 완전히 찌그러졌어. 그리고 곧 문이 열리고 뿌우우뿌우, 뿌우우우우 하며 코끼리들이 거침없이 밀려 들어왔어.

"코끼리 우리는 어디냐?"

코끼리들은 우리로 몰려갔어. 통나무 따위는 성냥개비처럼 부러졌고 그 하얀 코끼리는 더없이 야윈 모습으로 우리를 나왔지.

"이런, 많이 말랐구나. 그래도 다행이야."

코끼리들은 조용히 옆으로 다가가 쇠사슬과 추를 벗겨 주었어.

"아아, 고마워. 살려줘서 정말 고마워."

하얀 코끼리는 쓸쓸하게 웃으면서 말했어.

"이런, 강에 들어가면 안 된다니까."

★

노란 토마토

黄いろのトマト

박물국 16등관 큐스트 기록

우리 마을의 박물관에 있는 커다란 유리 수납장에는 박제이긴 하지만 네 마리의 벌새가 있습니다.

살아있었을 때는 윙윙 울면서 나비처럼 꽃의 꿀을 먹는 그 작고 귀여운 벌새입니다. 나는 그 네 마리 가운데 맨 위쪽 가지에 앉아 날개를 양옆으로 펴고 당장에라도 새파란 하늘로 날아갈 듯한 벌새를 특히 좋아했습니다. 그 벌새는 눈이 빨갛고 반들반들한 녹청색 가슴을 지녔고, 그 늠름하게 편 가슴에는 파도 모양의 아름다운 무늬도 있었습니다.

어렸을 때의 일인데 나는 어느 날 아침 일찍 학교에 가기 전에 들러 유리장 앞에 서 있었습니다. 그러자 그 벌새가 은바늘처럼 가늘고 아름다운 목소리로 갑자기 내게 말했습니다.

"안녕? 펨펠이라는 아이는 정말 좋은 아인데 너무 가여워졌어."

그때 창에는 아직 두꺼운 갈색 커튼이 쳐져 있어서 방 안은 맥주병 조각으로 비춰보는 듯했습니다. 나도 인사를 했습니다.

"벌새야, 안녕? 펨펠이라는 아이는 어떻게 했는데?"

"그래, 안녕. 여동생 네리라는 아이도 정말로 귀여운 아이였는데 불쌍해."

"무슨 일인데? 얘기해 줘."

그러자 벌새는 웃는 것처럼 입을 조금 벌리고 말했습니다.

"얘기해 줄 테니까 너는 가방을 바닥에 내려놓고 그 위에 앉아."

나는 책이 들어있는 가방 위에 앉는 것이 조금 꺼려졌지만, 그 이야기가 너무 듣고 싶어서 결국 시키는 대로 했습니다.

그러자 벌새는 이야기를 시작했습니다.

"펨펠과 네리는 매일 아빠와 엄마가 일하는 옆에서 놀고 있었어."*

★ ★ ★

"그때 나도 '잘 있어, 안녕' 인사를 하고 펨펠 집의 예쁜 나무와 꽃에서 곧장 집으로 돌아왔어.

두 아이는 그 이후로 물론 밀도 빻았지.

두 아이가 밀을 빻을 때 나는 늘 보러 갔었어. 밀을 가루로 빻는 날에는 펨펠은 곱슬곱슬한 머리부터 연노랑의 짧은 조끼, 헐렁헐렁한 무명바지까지 온통 하얗게 가루를 뒤집어쓴 채 빨간 유리 물레방아를 달칵달칵 돌렸어. 네리는 그 밀가루를 사백 그램 씩 무명자루에 담다가 힘들면 멍하니 문에 기대어 밭을 바라보고는 했어.

그때 나는 '네리야, 넌 두더지를 좋아한다며?' 하고 놀리며 날아갔었지. 그리고 물론 양배추도 심었어.

두 아이가 양배추를 수확할 때도 나는 늘 보러 갔었어.

펨펠이 양배추의 굵은 뿌리를 자르고 밭에 던지면 네리는 두 손으

* 이후 원고 한 장이 분실되었다.

로 양배추를 들고 물빛 손수레에 실었어. 그리고 두 아이는 손수레를 밀고 노란색 유리창고로 양배추를 옮겼지. 파란 양배추가 굴러다니는 모습은 정말 멋져. 그리고 두 아이는 오로지 둘이서만 무척 즐겁게 살고 있었어."

"어른은 없었어?"

나는 문득 생각이 나서 그렇게 물었습니다.

"아이들 주위에 어른은 전혀 없었어. 왜냐하면 펨펠과 네리 두 아이는 단지 둘만으로도 매우 즐겁게 살고 있었거든. 하지만 정말 가여워. 펨펠이라는 아이는 정말 착한 아이였는데 너무 안 됐어. 네리라는 아이는 정말 귀여운 여자아이였는데 너무 불쌍해."

벌새는 갑자기 입을 다물었습니다.

나는 궁금해서 미칠 지경이었습니다.

벌새는 마침내 완전히 입을 다문 채 유리 너머에서 쥐죽은 듯 있었습니다.

나도 한동안은 두 팔로 무릎을 감싼 채 말없이 기다리고 있었지만 벌새가 너무 오랫동안 입을 다물고 있었고, 더군다나 그 굳게 닫은 입은 죽은 사람이 무덤에서 다시 살아 돌아온다고 해도 절대 열 것 같지 않아 보였기 때문에 결국 참을 수 없었습니다. 나는 일어서서 유리장 앞으로 걸어가 두 손을 유리에 대고 안에 있는 벌새에게 말했습니다.

"저기, 벌새야. 펨펠과 네리는 그 이후 도대체 어떻게 됐는데? 어떻게 됐다는 건데? 응? 벌새야, 얘기해 줘."

하지만 벌새는 역시 그 가는 부리를 뾰족 내민 채 박새만 바라볼 뿐 두 번 다시 내게 대답해주려고도 하지 않았습니다.

"응? 벌새야, 얘기해 줘. 그다음 어떻게 됐는데? 왜 얘기를 안 하는

거야?"

유리는 내 입김으로 완전히 뿌옇게 덮였습니다.

네 마리의 아름다운 벌새조차도 희미하게 보였습니다. 나는 결국 울음을 터뜨렸습니다.

왜냐하면 그 아름다운 벌새가 조금 전까지만 해도 아름다운 은실 같은 목소리로 내게 이야기를 해 주었는데 갑자기 죽은 듯 딱딱하게 굳어 있었고, 눈도 검은 유리알처럼 변한 채 박새만 바라보고 있었던 것입니다. 더구나 정말 박새를 보고 있는 것인지 단지 눈이 그쪽을 향하고 있는 것인지조차 전혀 알 수 없었습니다. 그리고 햇볕에 그을린 귀여운 펨펠과 네리 오누이가 무언가 엄청나게 안타까운 일을 당했다고 하니 어떻게 울지 않을 수 있겠습니까. 나는 그 오누이를 위해서라면 일주일도 울 수 있었습니다.

그런데 갑자기 내 오른쪽 어깨가 무거워졌습니다. 그리고 무언가 따뜻한 느낌이 들었습니다. 깜짝 놀라 돌아보니 경비원 할아버지가 걱정스러운 눈빛으로 하얀 눈썹을 찡그리며 내 어깨에 손을 얹고 서 있었습니다. 경비원 할아버지가 말했습니다.

"왜 그렇게 울고 있니? 배라도 아프니? 아침 일찍부터 새가 있는 유리장 앞에서 그렇게 크게 울면 못써."

하지만 나는 도저히 울음이 멈추지 않았습니다. 할아버지는 다시 말했습니다.

"그렇게 큰 소리로 울면 안 돼."

나는 간신히 대답했습니다.

"하지만 벌새가 이제 말을 해주지 않는 걸요."

그러자 할아버지는 크게 웃었습니다.

"아, 벌새가 또 네게 무언가 얘기를 했구나. 그리고 갑자기 입을 다

묻었단 말이지? 이 녀석 못쓰겠군. 이 벌새는 자주 그런 방법으로 사람들을 놀린단다. 자, 할아버지가 혼내주마."

경비원 할아버지는 유리장 앞으로 갔습니다.

"벌새, 이 녀석. 대체 이번이 몇 번째냐? 수첩에 적어두겠다. 전부 적어둘 거야. 정말 안 되겠어. 할 수 없이 관장님께 얘기해서 아이슬란드로 보내버려야겠어.

자자, 꼬마야. 이제 이 녀석이 분명 얘기해줄 거야. 얼른 눈물을 닦으렴. 얼굴이 엉망이 되었구나. 자, 어디 보자. 그래, 됐다. 깨끗해졌네. 이야기가 끝나면 빨리 학교에 가렴. 이야기가 길어져서 지겨워질 때쯤이면 이 녀석은 또다시 여러 가지 쓸데없는 소리를 한단다. 이제 됐지?"

경비원 할아버지는 내 눈물을 닦아준 후 뒷짐을 지고 저쪽을 돌아보러 또각또각 걸어갔습니다.

할아버지의 발소리가 어두침침한 갈색 방에서 옆방으로 사라지자 벌새는 다시 내 쪽을 바라보았습니다.

나는 가슴이 두근두근했습니다.

벌새는 하모니카처럼 가늘디가는 목소리로 살며시 내게 말을 걸었습니다.

"아까는 미안했어. 너무 피곤해서 그랬어."

나도 상냥하게 말했습니다.

"벌새야 난 조금도 화나지 않았어. 아까 이야기를 계속해주렴."

벌새는 이야기를 시작했습니다.

"펨펠과 네리는 정말로 귀여운 아이들이야. 둘이 파란 창문이 있는 집에 들어가 창문을 꼭 닫으면 마치 바닷속에 있는 것처럼 보였어. 그리고 두 아이의 목소리는 내게 들리지 않았지. 그 창문은 무척 두꺼웠거든.

하지만 두 아이가 커다란 공책을 들여다보며 똑같이 입을 벌리거나 살짝 닫거나 하는 모습을 보면 함께 노래하고 있다는 것을 누구라도 바로 알 수 있어. 나는 이리저리 움직이는 두 아이의 작은 입 모양을 가만히 보고 있는 것을 무척 좋아해서 늘 마당의 백일홍나무에 있었어. 펨펠은 정말 착한 아이인데 너무 안 됐어. 네리도 정말 귀여운 여자아이였는데 그렇게 되다니."

"그러니까 어떻게 됐냐고."

"그러니까 두 아이는 정말로 즐겁게 지냈기 때문에 그대로 아무 일만 없었다면 정말 좋았을 거야. 어느 해 두 아이는 밭에 두 종류의 토마토 모종을 열 그루 심었어. 그 가운데 다섯 그루는 폰데로사 품종이고, 다섯 그루는 레드체리 품종이었지. 폰데로사는 새빨갛고 커다란, 레드체리는 체리만 한 크기의 열매가 수없이 열리거든. 모종은 점점 커졌어. 잎에서는 토마토의 푸른 냄새가 났으며, 줄기에서는 작은 황금입자 같은 것이 솟아나기 시작했고 얼마 후 열매가 열렸어. 그런데 다섯 그루의 레드체리 가운데 하나만 이상하게 노란색이었어. 그리고 아주 빛났어. 뾰족뾰족하고 짙푸른 잎 사이사이로 눈부실 정도로 노란 토마토가 보였어. 정말 아름다웠지. 그래서 네리가 말했어.

'오빠, 저 토마토는 왜 저렇게 빛나는 걸까?'

펨펠은 입술에 손가락을 대고 잠시 생각하더니 대답했어.

'황금이야. 황금이니까 저렇게 빛나는 거야.'

'어머, 저게 황금이야?'

네리는 조금 놀란 듯 말했지.

'멋지다.'

'그래, 멋지네.'

그리고 두 아이는 물론 그 노란 토마토를 따지도 않았을뿐더러 건드리지도 않았어. 그랬는데 정말 안타깝게 됐어."

"그러니까 어떻게 됐냐고 묻잖아."

"그러니까 말이지, 두 아이는 그렇게 즐겁게 지냈기 때문에 아무 일 없었으면 좋았어. 그런데 어느 저녁 두 아이가 풀고사리에 물을 주고 있는데 저 멀리 들판에서 뭐라 표현할 수 없는 신비로운 소리가 바람에 실려 들려온 거야. 정말 정말 좋은 소리였어. 토막토막 끊어져 들려왔지만 은방울꽃이나 페루향수초의 좋은 향기조차 났지. 그 소리에서 말이야. 두 아이는 물뿌리개를 든 손을 멈추고 한동안 얼굴을 마주 보았어. 그리고 펨펠이 말했지.

'저기 가보자. 이렇게 좋은 소리가 나다니.'

네리는 물론 더욱 가고 싶어 안달이 났어.

'오빠, 가자. 빨리 가자.'

'응, 지금 가보자. 괜찮아, 위험하지 않을 거야.'

그리고 두 아이는 손을 잡고 과수원을 나와 열심히 소리가 나는 곳을 향해 걸어갔어.

소리가 들리는 곳은 꽤 멀었지. 자작나무가 있는 작은 산을 두 개 넘어도 아직 가까워지지 않았고, 버드나무가 있는 작은 냇물을 세 개 건너도 좀처럼 가까워지지 않았어.

그래도 조금은 가까워졌지.

아치를 이루고 있는 두 그루의 비자나무 아래를 빠져나가자 신비한 소리가 더는 끊기지 않고 들렸어.

그 소리에 힘을 낸 두 아이는 웃옷 소매로 땀을 닦으며 열심히 걸어갔어.

그러는 동안 소리는 점점 확실하게 들려왔지. 가느다란 피리소리도 섞여 있었고, 커다란 나팔소리도 들렸어. 나는 전부 알 수 있었어.

'네리야, 조금만 더 가면 돼. 나를 꼭 잡고 따라와.'

네리는 말없이 손수건으로 감싼 달걀형의 작은 얼굴을 흔들며 입술을 깨물고 달렸어.

두 아이가 다시 한번 자작나무가 있는 언덕을 돌았을 때, 갑자기 눈앞에 하얀 먼지가 뭉게뭉게 피어오르는 길이 가로질러 있는 것이 보였어. 그리고 그 길 오른쪽에서 아까의 그 소리가 확실하게 들렸고, 왼쪽에서는 하얀 먼지를 일으키는 한 무리가 아이들 쪽을 향해 오고 있었지. 먼지 사이로 말의 다리가 언뜻언뜻 빛나고 있었어.

얼마 지나지 않아 그 무리가 가까이 다가왔어. 펨펠과 네리는 손을 꼭 붙잡고 숨죽인 채 지켜보았지.

물론 나도 보았어.

다가온 것은 일곱 명의 말을 탄 기수였어.

말은 땀을 흘리며 검게 빛났으며 푸릉푸릉 코로 숨을 내뱉으며 조용히 걷고 있었어. 기수들은 모두 빨간 셔츠를 입고 있었고, 반들반들 빛나는 붉은 가죽장화를 신고 있었어. 모자에는 해오라기 깃털 같은, 팔랑팔랑 나풀거리는 하얀 것을 꽂고 있었지. 수염을 기른 어른도 있었고, 맨 뒤에는 얼굴이 빨갛고 눈이 새카만, 펨펠의 나이 정도 되는 귀여운 아이도 있었어. 붉은 해님은 먼지에 덮여 희미해졌지.

어른들은 모두 펨펠과 네리 따위는 못 본 척 지나갔지만, 맨 뒤에 있는 그 귀여운 아이는 펨펠을 보고 입술에 손가락을 대며 살짝 키스를 보냈어.

그리고 모두 지나갔던 거야. 사람들이 간 쪽에서 그 좋은 소리가 마침내 확실하게 들려왔어. 얼마 후 사람들은 저편 언덕을 돌아가 보이지 않게 되었지만 왼쪽에서 다시 누군가가 천천히 다가왔어.

그 사람들은 작은 집 크기 정도의 네모난 하얀 상자에 붙어 왔어. 가까워졌을 때 보니 상자에 붙어 온 사람들은 모두 흑인들이었지. 눈만 반짝반짝 빛나는 흑인들은 샅 가리개만을 한 채 맨발이었어. 네모난 하얀 상자 같은 것을 에워싸고 왔는데 그 하얀 것은 상자가 아니었지. 사실은 하얀 천을 사방에 드리운 모기장 같은 것이었고, 그 아래쪽에서는 커다란 잿빛의 다리 네 개가 천천히 오르락내리락하고 있었던 거야.

펨펠과 네리는 흑인이 정말 무서웠지만 또한 재미있기도 했어. 네모난 것도 무서웠지만 신기하기도 했지. 그래서 모두가 지나간 후에 두 아이는 얼굴을 마주 보며 '따라갈까' '응, 따라가자' 하고 완전히 잠긴 목소리로 말했어. 그리고 두 아이는 꽤 거리를 둔 채 따라갔어.

흑인들은 때때로 알아들을 수 없는 소리로 외치기도 했고, 하늘을 보면서 뛰어오르기도 했어. 상자 속 네 다리는 아주 천천히 오르락내리락하고 있었고 때때로 후우, 후우 하는 숨소리도 들렸지.

두 아이는 더욱 힘을 주어 손을 맞잡고 따라갔어.

그러는 동안 해님은 이상하게 붉고 흐려지더니 서쪽 산으로 들어가 버렸고, 남은 하늘은 노랗게 빛났으며 풀들은 초록색에서 점점 검은색으로 변해갔지.

신비한 소리는 점점 가까워졌고, 바로 맞은편에 있는 언덕 그늘에서는 아까 지나간 말이 히잉히잉 우는 소리와 코를 푸르르 울리는 소리도 들렸어.

네모 속에 있던 생명체가 다리를 백 번이나 올렸다 내렸다 했을 때 펨펠과 네리는 깜짝 놀라 눈을 비볐어. 건너편은 커다란 마을이었던 거야. 등불이 마을 가득 켜져 있었어. 그리고 바로 눈앞은 평평한 풀밭이었고 통나무로 엮은 커다란 천막텐트가 있었어. 아직 완전히 어둠이 내리기 전인데도 푸른 아세틸렌등과 길게 그을음을 끌고 있는 석유등도 수없이 켜져 있었고, 그 이 층에는 아름다운 그림 간판이 가득 걸려 있었지. 그 간판 뒤쪽에서 아까의 그 아름다운 소리가 나고 있었던 거야. 간판 가운데에는 아까 키스를 보낸 아이가 양손으로 각각 두 마리의 말을 짚고 물구나무를 서는 그림도 있었어. 나머지 말들은 그 그림 앞에 줄지어 있었고 그 외에도 열대여섯 마리가 있었어. 말들은 모두 귀리를 먹고 있었지.

어른과 아이들이 그 풀밭에 가득 모여 간판을 올려다보고 있었어.

간판 뒤에는 아까의 그 좋은 소리가 성대하게 울리고 있었지. 하지만 가까이서 들어보면 그렇게 멋진 소리는 아니야. 그냥 평범한 악대였지.

그런데 그 소리가 들판을 지나가는 동안 점점 희미해졌고, 소리가 희미해질수록 꽃향기가 배어갔던 거야.

네모난 하얀 집도 천천히 천천히 안으로 들어갔어.

그 안에서는 뭔가 가늘고 높은 목소리가 들려왔어.

사람들은 점점 늘어났어.

악대는 귀가 먹먹해질 정도로 크게 연주하고 있었지.

사람들은 빨려들듯 삼삼오오 안으로 들어갔어.

펨펠과 네리는 숨죽인 채 가만히 지켜보았어.

'우리도 들어갈까?'

두근거리는 마음으로 펨펠이 말했어.

'응, 들어가자.'

네리도 대답했어.

하지만 두 아이는 왠지 불안했어. 아무래도 사람들이 입구에서 뭔가를 관리인에게 주는 듯했던 거야.

펨펠은 조금 가까이 다가가 가만히 그것을 보고 있었어. 뚫어지게 보고 있었지.

그랬더니 그것은 분명 은이나 황금조각이었어.

황금조각을 건네면 은조각을 돌려주는 거야.

그리고 그 사람은 안으로 들어갔지.

그래서 펨펠도 주머니에 황금이 있는지 뒤져보았어.

'네리야, 넌 여기에서 기다려. 난 얼른 집에 갔다 올게.'

'나도 갈래.'

네리가 말했지만 펨펠은 이미 달려가고 있었기 때문에 네리는 걱정스러워 거의 울음을 터뜨릴 듯한 얼굴로 간판을 올려다보고 있었어.

그리고 나도 걱정이 돼서 네리를 지키고 있어야 하나, 펨펠을 따라가야 하나 한참을 고민했지. 하지만 아무리 주위를 둘러보아도 모두 간판만 보고 있었고, 네리를 채갈 만한 악당은 한 명도 없었던 거야.

그래서 안심하고 펨펠을 따라 날아갔지.

펨펠은 정말 죽어라 하고 달렸어. 초나흘의 달님이 서쪽 하늘에 조용히 걸려있었고, 그 희미하고 푸르스름한 달빛 속으로 펨펠은 타닥타닥 타닥타닥 달렸어. 나는 펨펠을 따라가는 것이 정말 힘들었어. 눈이 빙글빙글 돌았고 바람이 휙휙 불었지. 자작나무도 버드나무도 모두 새까맸고 풀마저 새까만 그 어둠 속을 펨펠은 타닥타닥 타닥타닥 달렸어.

그리고 마침내 과수원으로 들어섰지.

유리로 된 집이 달빛을 받아 무척 정답게 빛나고 있었어. 펨펠은 잠시 멈춰서 집을 바라보았지만 다시 달려서 새까맣게 보이는 토마토나무에서, 그 노란 열매가 열리는 토마토나무에서 노란 토마토를

네 개 땄어. 그리고 마치 바람처럼, 폭풍처럼, 땀과 심장 고동으로 타오르며 아까의 풀밭으로 돌아왔지. 나도 완전히 지쳐있었어.

네리는 계속 입구 쪽을 흘끔흘끔 보고만 있었어.

하지만 펨펠은 '자, 괜찮아. 들어가자' 하고 네리에게 말했지.

네리는 기뻐서 펄쩍 뛰었고, 두 아이는 손을 잡고 나무문 앞으로 갔어. 펨펠은 말없이 토마토 두 개를 내밀었어.

관리인은 '네, 어서오세요' 하고 말하면서 토마토를 받아들더니 이상한 표정을 지었어.

그리고 잠시 토마토를 바라보고 있었지.

그러더니 갑자기 얼굴을 찡그리며 고함을 쳤어.

'뭐야! 이 꼬마 녀석들. 사람 놀리는 게냐? 토마토 두 개로 이 큰 문 안으로 들여보내 줄 줄 알았느냐? 썩 꺼져버려! 이놈들.'

그리고 토마토를 던져버렸어. 그 노란 토마토를 던져버린 거야. 그 중 하나가 네리의 귀에 세게 부딪혀 네리가 와앙 울음을 터뜨리자 사람들은 갑자기 웃음을 터뜨렸어. 펨펠은 재빨리 네리를 낚아채듯 껴안고 그곳에서 도망쳐 나왔어.

사람들의 웃음소리가 파도처럼 들려왔지.

새까만 언덕 사이로 도망쳐 왔을 때 펨펠도 갑자기 소리 높여 울었어. 그게 얼마나 슬픈 일인지, 넌 정말 모를 거야.

그리고 둘은 아무 말 없이 이따금 훌쩍거리며 낮에 코끼리를 따라왔던 길을 되돌아갔어.

그리고 펨펠은 맨주먹을 쥐고 네리는 침을 삼키면서 자작나무가 있는 새까만 작은 산을 넘어 집으로 돌아왔어. 아아, 너무나 가여워. 정말로 불쌍해. 이제 알겠니? 그럼 잘 가라. 난 더는 말할 수 없어. 할아버지 부르면 안 돼! 잘 가."

이야기를 끝낸 벌새는 가느다란 부리를 뾰족이 다물어 버렸고, 그 눈은 맞은편의 박새를 말없이 보고 있었습니다.

나도 무척 슬퍼져서 "벌새야, 그럼 안녕. 또 올게. 하지만 네가 뭔가 이야기하고 싶으면 얘기해줘. 잘 있어. 고마워 벌새야, 고마워"라고 말하면서 가방을 살며시 집어 들고, 그 갈색 유리조각 안에 있는 것 같은 방에서 조용히 나와 복도로 나왔습니다. 그리고 바깥의 갑작스런 환함과 오누이에 대한 가여움 때문에 눈이 따끔거렸고 눈물이 뚝뚝 떨어졌던 것입니다.

내가 아직 어렸을 때의 일이었습니다.

★

나라노키 박사의 노숙

楢ノ木大学士の野宿

나라노키 박사는 보석학을 전공했다.

어느 밤 박사의 작은 집에,

〈조개불형제상회〉의,

빨간코 지배인이 찾아왔다.

"선생님, 아주 최상급의 오팔을 주문한 사람이 있습니다만 찾아주실 수 있을까요? 아주 최상급의 물건이 필요합니다. 주문한 사람이 그린란드의 엄청난 벼락부자라서 흔해 빠진 것은 좀처럼 인정해주지 않습니다."

박사는 엽궐련을 옆으로 물고,

운모지雲母紙를 바른 천장을

비스듬히 올려다보며 듣고 있었다.

"매번 수고스럽게 해 드려 정말 송구합니다만 찾아주실 수 있을까요?"

그러자 나라노키 박사는,

싱긋 웃으며 엽궐련을 입에서 뺐다.

"응, 찾아주지. 좋은 오팔을 얻으려면 유문암流紋巖을 찾으면 돼.

찾아주지. 난 일단 보석을 찾으러 나가면 다리가 저절로 보석이 있는 곳으로 향하거든. 그리고 보석이 있는 산에 도착하면 신기하게도 다리가 딱 멈춰지지. 직감이야. 그런데 그게 오히려 문제가 되기도 해. 예컨대 1919년 7월에 미국의 자이언트암 회사로부터 의뢰를 받고 루비를 찾으러 버마에 갔었어. 역시 내 다리는 어느새 루비가 있는 산으로 향했지. 그리고 루비를 찾아서 돌아가려고 했는데 다리가 좀처럼 떨어지지 않는 거야. 결국 나와 보석 사이에는 일종의 신기한 인력이 작용하고 있는 거지. 깊이 파묻혀있는 루비들이 햇살 속으로 나오고 싶다는 그 열망을 아마도 내 다리의 신경이 느끼는 것이겠지. 그때도 정말 난처했어. 산에서 내려오는 데 열한 시간이나 걸렸거든. 그곳이 지금 버마에 있는 루비 광산이야."

"하하핫, 정말 고생이 많으셨겠습니다. 그런데 이번에도 그런 식으로 될까요?"

"분명 그렇게 되겠지. 하지만 그때 혹시 내가 무척 지쳐있거나, 이리에 쫓기고 있다거나 또는 신경이 극심하게 흥분돼있는 등 어떤 사정이 있어서 그 인력을 감지하지 못할 수도 있어. 하지만 여하튼 다녀오겠네. 두 주일 후에는 반드시 돌아오겠네."

"그러면 아무쪼록 잘 부탁합니다. 여기, 정말 약소하지만 여행경비로 쓰시기 바랍니다."

〈조개불형제상회〉의,

코가 빨간 그 지배인은,

쥐색 종이봉투를,

상의 안주머니에서 꺼냈다.

"그런가."

박사는 그다지 신경도 쓰지 않고,

손을 뻗어 봉투를 채가더니,
자신의 주머니에 찔러 넣었다.
"그러면 아무쪼록 잘 부탁합니다."
그리고 〈조개불형제상회〉의,
빨간코 지배인은 돌아갔다.
다음 날 제군들 중 누군가는
분명 우에노 정거장에서,
엄청나게 긴 외투를 입고,
회색자루 같은 이상한 배낭을 메고,
7킬로그램은 됨직한,
멋진 커다란 쇠망치를
든 신사를 보았을 것이다.
그 사람이 나라노키 박사다.
보석을 찾으러 길을 떠난 것이다.
길을 떠났기 때문에 마침내 나라노키 박사가
노숙을 하게 된 것이다.
그것도 사흘 밤이나 노숙을 하게 된 것이다.

노숙 첫날밤

4월 20일 오후 4시경,
나라노키 박사가
'흠, 이 강줄기가 수상하군. 확실히 이 강줄기가 수상해'
하고 혼자 중얼거리면서,
몸을 깊게 숙이고
눈을 크게 뜨고

발밑의 자갈을 노려보며
토끼처럼 껑충껑충 뛰면서
구즈마루 강 서쪽 기슭의
커다란 모래밭으로 거슬러 올라갔다.
양옆은 상당히 험한 산이다.
박사는 끊임없이 거슬러 올라간다.
하지만 결국 해가 졌다.
그 양옆의 산은
고군분투하는 박사 따위는 안중에도 없는 듯
점점 어둡게 저물어간다.
그 위로 살며시 얼굴을 내민
저 멀리 눈 덮인 산맥은
쓸쓸한 은빛으로 빛났으며,
손바닥 모양의 검은 구름이
그 위를 오가고 있다.
그리고 강기슭의 좁은 들판에
빨간 쥐불이 홀홀 타오르고
매를 똑 닮은 하얀 새가,
날카롭게 바람을 가르며 날고 있었다.
하지만 나라노키 박사는 그런 것에는 신경 쓰지 않는다.
아직도 끝없이 강을 거슬러가려고 한다.
그렇지만 마침내 밤이 되었다.
이제는 이미 강가의 자갈도
붉은색인지 검은색인지조차 구분할 수 없다.
'이런. 안 되겠어. 벌써 밤이야. 자야겠어. 오늘 밤은 꽤 오랜만에 유쾌한 노천에서 자보는군. 음, 아주 좋아. 풀 위에서 잘까? 마른풀은 확실히 좋기는 하지만 자는 동안 쥐불이 번지면 끝장이야. 그래, 좋아. 이 돌 위에서 자자. 완전히 침대 같군. 음, 정말로 부드러워. 좋은 침대야.'

그 돌은 실제로 부드러웠고
또한 침대보처럼 하얬다.
그 대신 박사가
팔을 뻗어 배낭을 푼 후
외투를 입은 채 팔꿈치를 굽히고
벌렁 누웠을 때는
외투 뒤쪽에 하얀 가루가
잔뜩 묻었던 것이다.
물론 박사는 그 사실을 모른다.
또한 그 사실을 알았다고 해도
허둥지둥 일어날 성격도 아니다.
강물이 그 넓은 강기슭의
맞은편 기슭 가까이 흐르고
하늘의 도라지색 희미한 빛 속에는
산들이 불쑥불쑥 검게 서 있다.
박사는 누운 채 그 풍경을 바라보며
다시 혼잣말을 한다.
'하하핫, 저 녀석들은 암경岩頸이군, 암경이야. 확실해.'
그리고 박사는 기분이 좋아져서,
드러누운 채 손을 흔들고
암경에 대한 강의를 시작했다.

'제군들, 알기 쉽게 설명하자면 암경이란 지각 가까이에서 살짝 목을 내민 두꺼운 암석 기둥이다. 그 목은 바로 하나의 산이다. 그래, 하나의 산이지. 음, 왜 그렇게 이상한 것이 생겨나는가 하면…… 그건 간단해. 응, 이곳에 하나의 화산이 있어. 그리고 용암이 흐르지. 그 용암은 지각 깊은 곳부터 두꺼운 기둥이 되어 올라오는 거야. 화산이 점점 약해지고 그 뱃속까지 식게 되면 용암 기둥도 딱딱해져. 그리고 화산은 긴 시간 동안 공기와 물 탓에 점점 무너져가지. 계속해서 깎이고 줄어들어서 마침내 위쪽은 완전히 사라지고, 먼저 굳은 용암 기둥만 간신히 남아있게 되는 거야. 그 기둥은 대체로 목만 내밀어 하나의 산이 되지. 그것이 암경이야. 하하핫, 재미있지? 결국 이것은 꿈속의 안개야, 안개, 안개, 안개, 안개. 그리고 쥐색의 암경 말인데, 그 쥐색의 암경이 똑바로 서서 서로 얼굴을 마주하거나 홀로 딴전을 부리고 있는 모습은 정말이지 재미있어. 흠.'

실제 박사의 말 그대로

건너편에 있는 네 개의 검은 봉우리는

사 형제 암경으로,

지면에서 점차 밀려 올라온 것이다.

나라노키 박사의 기쁨은 이루 말할 수 없었다.

'하하하, 이 녀석들은 락샨의 사 형제야. 확실히 알았어. 락샨의 사 형제야. 좋아, 좋아.'

나라노키 박사의 바람대로 암경은

딱 가슴까지 밀려 올라와

줄줄이 하늘로 높이 솟아있었다.

가장 오른쪽은

확실히 락샨의 첫째 아들

새까만 머리카락을 마구 흐트러뜨리고
커다란 눈을 번득거리며 하늘을 향해
계속해서 입을 뻐금뻐금하며
무언가 외치고 있는 듯했지만,
그 목소리는 조금도 들리지 않았다.
오른쪽에서 두 번째는
확실히 락샨의 둘째 아들이다.
긴 턱을 양손 위에 올린 채 자고 있다.
다음은 락샨의 셋째 아들.
부드러운 눈은 바쁘게 깜박이고 있고
가장 왼쪽은
락샨의 넷째 아들, 막내다.
꿈같은 까만 눈동자를 들고
가만히 동쪽의 고원을 보고 있다.
나라노키 박사가 조금 더 자세히
보려고 일어나자
갑자기 락샨의 첫째 아들이
천둥처럼 성난 목소리로 외치기 시작했다.

"뭘 꾸물꾸물 대고 있는 거야! 뭉개버려, 태워버려. 산산이 부숴버려. 빨리해!"

나라노키 박사는 깜짝 놀라서
재빨리 다시 누웠고
코까지 골면서 자는 척을 하며
슬쩍 곁눈질로 바라보고 있었다.
그런데 지금의 고함은

박사에게 외친 것은 아닌 듯했다.

왜냐하면 락샨의 첫째 아들은

여전히 하늘을 향한 채

계속해서 크게 외치고 있었던 것이다.

"대체 뭘 꾸물대고 있는 거야. 부숴버려, 부숴버려, 날려버려, 날려버려. 불을 활활 뿜으라고. 용암 준비햇! 용암, 빨리, 멍청이. 언제까지 꾸물거리고 있을 거야. 용암, 준비해! 벌써 이백만 년이 흘렀다고. 재를 뿌려, 재를 뿌려. 왜 빨리 준비를 하지 않는 거야!"

조용한 락샨의 셋째 아들이

형을 달래며 이렇게 말했다.

"형님, 조금만 쉬세요. 이렇게 조용한 밤이 아닙니까."

형은 개의치 않고 다시 고함을 지른다.

"지구 절반을 날려버려. 돌과 돌을 하늘에서 부딪히게 해서 번쩍번쩍하는 보랏빛 번개를 일으켜. 새카만 재구름으로 천둥을 울려. 에잇, 나약한 놈들. 뿌려, 뿌리라고 번쩍이는 용암으로 바다를 메워. 바다에서 솟아난 거품으로 태양을 지워버려. 살아남은 것은 코끼리부터 버러지까지 전부 재를 뒤집어쓰게 해. 에잇, 멍청이들. 뭘 꾸물대고 있는 거야."

락샨의 젊은 넷째 아들이

미소를 지으며 형을 다독이기 시작한다.

"큰형님, 너무 화내지 마세요. 이하토브님이 저쪽 하늘에서 또 웃고 있어요."

그리고 이번에는 낮게 중얼거린다.

"나도 저런 은관을 갖고 싶어."

락샨의 광폭한 첫째 아들도

조금 마음을 가라앉히고 동생을 본다.

"뭐, 어때. 너도 확실히 준비해서 다음 분화 때에는 저 이하토브 정도가 되도록 해. 열두 달 중에 아홉 달은 저 은관을 쓰게 되는 거야."

락샨의 젊은 넷째 아들은

형의 말을 흘려들으면서

저 멀리 동쪽의

구름을 쓴 고원을

달빛에 비춰보고는

그리운 듯 중얼거리고 있었다.

"오늘 밤에는 히무카님이 보이지 않네. 저 까만 구름 녀석은 정말이지 꼴 보기 싫군. 오늘로 나흘째나 히무카님과 히무카님의 엄마를 망토 아래에 숨겨두고 있어. 분화로 저 녀석을 날려버릴까."

락샨의 셋째 아들이

살며시 웃으면서 동생에게 말한다.

"무척 화가 나 있구나. 무슨 일이니? 아, 저 동쪽의 구름 녀석 때문이구나. 저 녀석은 오늘 밤에는 비를 내리고 있네. 히무카님의 사문석蛇紋石 기모노도 흠뻑 젖었겠어."

"형, 히무카님은 정말로 아름다워. 형, 요전에 난 이곳에서 얼레지꽃을 던져줬어. 히무카님의 엄마에게는 하얀 목련꽃을 드렸고. 그랬더니 서풍이 말이지, 말없이 꽃을 건네주었어."

"그랬어? 하하하. 뭐, 괜찮아. 저 구름은 내일 아침에는 사라질 거야. 히무카님이 눈부신 푸른색의 새 기모노를 입고 해님이 나올 즈음에는 분명 가장 먼저 네게 인사를 할 거야. 저 구름 녀석은 분명히 사라질 거야."

"하지만 형. 이번에는 무슨 꽃을 주면 좋을까. 이제 내 주위에는 꽃이 하나도 없어."

"응, 그럼 말이지, 내게 앵초가 있어. 그걸 네게 줄게."

"고마워, 형."

"시끄럽군. 뭘 실없는 소리를 하는 거냐."

락샨의 난폭한 첫째 아들이
금가루의 고함을
밤하늘에 드높게 뿜어냈다.

"대체 히무카가 뭐냐. 저쪽의 여자 산을 말하는 게냐? 겁쟁이 같으니. 저따위 것과 어울리지 말라고 몇 번이나 말하지 않았느냐. 원래 우리는 불에서 태어났다. 새파랗게 질린 물속에서 태어난 것들과는 다르지."

락샨의 넷째 아들은
풀이 죽어 고개를 숙였지만,
조용한 바로 위의 형이
동생을 위해 큰형을 달랬다.

"형, 히무카님은 좋은 혈통입니다. 불에서 태어났어요. 훌륭한 감람암입니다."

락샨의 첫째 아들은
더욱 화를 내며
멋진 금가루 고함을
마치 불처럼 뿜어냈다.

"히무카가 감람암이라는 건 알고 있어. 불에서 태어났지. 그래, 그건 좋아. 하지만 그렇다면 대체 언제 우리처럼 눈부신 분화를 했다는 거냐. 그 녀석은 지면까지 올라오는 도중에 이미 지쳐서 포기했어. 이제야 지면에서 느릿느릿 올라와 바람과 공기 덕분에 우리와 어깨를 나란히 하고 있지만, 원래 우리와는 태생이 전혀 달라. 너희는 아직 우리의 임무를 잘 모르는 거야. 우리의 임무는 말이지 지각의 깊고 깊은 곳에서 녹고 녹아 완전히 축 늘어진 용암이나, 위에서 짓눌려 낡은 솜처럼 쭈그러든 증기를 모아서 유사시에는 커다란 검은 산 덩어리를 가루처럼 부숴 날리는 거다.

연기와 불을 굳혀서 하늘로 내던지지. 돌과 돌을 부딪혀서 번개를 일으키지. 그리고 백만 개의 벼락을 모아서 지면을 뒤흔드는 거야. 마치 나라노키 박사라는 자가 갑자기 내 고함을 듣고 놀라서 머리를 절레절레 흔들듯이 말이다. 하하핫!

산도 바다도 모두 짙은 재로 덮이게 되지. 평평한 운동장처럼 되는 거야. 그 뜨거운 재 위에서만 우리의 영혼이 춤을 추게 되는 거야. 알겠어? 엄청난 소동이 일어나는 거라고. 그리고 그 연기가 가라앉아 공기가 깨끗하게 정화되었을 때 우리는 어떻게 될까? 어느새 하늘에 닿을 만큼 높아지고, 무슨 일이 있었느냐는 듯 은이나 백금의 관을 씀으로써 확실하게 마무리되는 거지."

락샤의 셋째 아들은 잠시 생각하더니 말했다.

"형, 난 아무래도 그런 일은 싫습니다. 주위를 뜨거운 재로 덮어버리고 자기 혼자 높아지는 그런 일은 하고 싶지 않습니다. 물과 공기가 끊임없이 지면을 평평하게 하려고 하고 있잖아요. 그리고 스스로는 낮은 쪽으로, 낮은 쪽으로 흘러가지 않습니까. 나는 형의 방식보다는 오히려 그쪽이 올바르다고 생각합니다."

락샤의 난폭한 첫째 아들이

그 순간 반짝반짝하며 웃었다.

반짝반짝 빛나며 웃었던 것이다.

'이렇게 신비로운 웃음소리는

이제껏 들어본 적이 없어.'

나라노키 박사는 생각했다.

락샨의 난폭한 첫째 아들이

아주 한참 동안 반짝인 후에

마침내 마음을 가라앉히고 이렇게 말했다.

"물과 공기 말이냐? 그 녀석들은 아침부터 밤까지 내 귓가에 와서는 세계의 평화를 위해 너희의 교만을 없애주겠다는 따위의 말을 하면서 매일 우리를 살금살금 문질러서 깎아내지. 하지만 새빨간 거짓말이야. 내가 듣기로는 그 녀석들은 해안의 기름진 흙토나 아름다운 초록의 들판에 가서 시치미를 떼고는 도랑을 파거나 물길을 만드는 등 정말로 지독한 짓을 한다고 해. 도저히 말도 안 되는 놈들이지."

락샨의 셋째 아들도

무심코 크게 웃음을 터뜨린다.

"형, 뭔가 그런 억지스럽고 비꼬는 듯한, 연극 대사 같은 말투는 형에게 전혀 어울리지 않아요."

그런데 락샨의 첫째 아들은

뜻밖에 화를 내지 않았다.

반짝반짝 빛나며 큰소리로

웃고 웃고 또 웃었다.

그 웃음소리의 홍수는

하늘을 흘러 저 멀고 먼 남쪽으로 가

희미한 천둥소리처럼 울려 퍼졌다.

"응, 그래. 우리 격에 맞지도 않는 시시한 논쟁 따위 그만두자. 아버지에게 면목이 없구나. 아버지는 아홉 개의 빙하를 갖고 계셨다고 해. 그즈음 이 주변은 눈과 얼음으로 뒤덮여 있었고 백곰이나 눈여우

등 갖가지 동물이 있었다고 한다. 아버지는 우리가 태어났을 때 돌아가셨지."

갑자기 락샤의 막내아들이 외친다.

"불이 타오르고 있어, 불이 타오르고 있어. 큰형, 큰형. 보세요. 점점 퍼지고 있어요."

"용암, 준비햇! 재를 뿌려, 에잇, 멍청이. 뭐야, 쥐불이잖아."

그 소리에 락샤의 둘째 아들이

깜짝 놀라 잠에서 깨,

그 긴 턱을 들고

눈동자가 얼어붙은 듯

한참 동안 쥐불을 바라보고 있다. 그러더니 "누가 한 거야, 누가! 지금 시기에. 뭐야? 에잇, 쥐불이잖아. 살랑살랑 땅 위의 먼지나 쓸고 있는 쥐불 따위는 관심 없어."

그러자 락샤의 첫째 아들이

조금 짓궂게 웃고는

손을 파닥파닥 흔들어 보이더니

"돌, 불, 용암, 준비!"

하고 외친다.

멍청한 락샤의 둘째 아들이

곧바로 장난에 속아 허둥대며

얼굴색이 붉게 달아올라서는

"형, 한 번 날릴까요?"

하고 말한다.

형은 웃으며,

"한 번 날리고는 벌써 수십만 년을 쿨쿨 자고 있었잖아. 그래도 아직 힘이 남아 있니?"

게으른 동생은 단 한마디

"없어"

하고 대답했다.

그리고 다시 긴 턱을 손에 괴고,

꾸벅꾸벅 자 버린다.

락샨의 조용한 셋째 아들이

락샨의 넷째 아들에게 말한다.

"하늘이 아주 가벼워졌어. 내일 아침에는 분명 맑게 개일 거야."

"응. 오늘 밤에는 매가 나타나지 않네요."

형은 웃으면서 동생을 시험해본다.

"아까의 쥐불로 매의 새끼가 타버린 걸까?"

동생은 현명하게 대답한다.

"매의 새끼는 이미 털도 꽤 강해졌어요. 게다가 힘도 제법 세니까 분명 불에 타지 않고 도망갔을 거예요."

형은 기분 좋게 웃는다.

"그러면 다행이네. 자 이제 형들은 잔다. 나라노키 박사라는 자도 푹 자고 있군. 아까부터 우리 꿈을 꾸고 있어."

그러자 락샨의 넷째 아들이

살짝 짓궂게 웃으면서 이렇게 말했다.

"그러면 내가 한 번 겁을 줘야지."

락샨의 셋째 아들이

"그만둬, 그만둬. 장난치지 마"

하고 말렸지만

장난꾸러기 동생은 그 말을 듣지 않고

크고 기다란, 빛나는 혀를 내밀어
박사의 얼굴을 날름 핥았다.
박사는 무척 놀랐고
그럼에도 웃으면서 잠에서 깨어
추위에 몸을 흠칫 떨었다.
어느새 하늘이 완전히 개어있었고
하늘 가득히 별이 반짝였고
새까만 네 개의 암경이
원래의 단정한 모습으로 돌아가
얌전히 서 있었다.

노숙 둘째 날

우리의 친애하는 나라노키 박사는
예의 그 긴 외투를 입고
등 뒤로 석양을 가득 받으며
완전히 지친 듯
이따금 공기를 집어삼킬 듯
커다란 하품을 하면서
평평한 구마데 가도를
바삐 걸어가고 있었다.
갑자기 길 오른쪽에
휑뎅그렁한 커다란 채석장이
입을 벌리고 펼쳐져 있다.
박사는 침을 꿀꺽 삼키고
안으로 들어가면서

세모난 돌멩이 하나를 줍고는
'흠, 여기도 각섬화강암이군' 하고
중얼거리면서 유심히
주위를 둘러보자 채석장의
채석꾼들도 집에 돌아간 듯
조릿대로 만든 작은 오두막 하나가
쓸쓸히 구석에 있을 뿐이었다.

'이거 잘됐군. 딱 좋아. 아무래도 남의 집 문 앞에 서서, 계십니까. 저는 여행객인데 해가 져서 난처한 상황입니다. 오늘 하룻밤만 묵도록 해주십시오. 음식은 있으니 다른 준비는 필요 없습니다……. 쳇, 이런 말을 해야 하는 건 생각도 하기 싫어. 오늘 밤은 여기서 자야지.'

박사는 커다란 근시경을
살짝 고쳐 쓰고 싱글싱글 웃으며
오두막 안으로 들어갔다.
토방에는 네 개의 돌멩이가
화로 역할을 하고 있고 그 옆에는
장작개비도 어느 정도 쌓여 있다.
박사는 성냥을 그어
불을 피운 후, 비스킷을 꺼내
천천히 씹기도 하고 수첩에 무언가를 적으며
한동안 시간을 보내고 있다가
마지막에는 불을 더욱 크게 피우고
짚 위에 벌렁 드러누웠다.
한밤중이 되자 박사는
'으으, 추워'

하고 중얼거리면서

벌떡 일어나 보니

장작은 이미 다 타고

그냥 숯불이 되어 있었다.

박사는 서둘러 장작을 넣는다.

불은 유쾌하게 빨갛게 타오르기 시작했고

박사는 가슴을 펴고

몸을 충분히 데운다.

그리고 잠시 밖으로 나갔다.

스무날의 달은 동쪽에 걸려 있었고

공기는 물보다 차가웠다.

박사는 한동안 제자리걸음을 하고는

담배를 한 개비 물고 성냥을 그었다.

'흠, 정말 조용하군. 날이 밝으려면 세 시간 반 정도 남았나'

하고 중얼거리면서 오두막으로 들어갔다.

멍하니 장작불을 바라보며

짚 위에 누워

깍지 낀 손을 이마 위에 올리고는

꾸벅꾸벅 꾸벅꾸벅 졸았다.

갑자기 머리 아래 부근에서

이야기를 나누는 작은 목소리가 들려왔다.

"그렇게 팔꿈치 좀 뻗지 마. 내 옆구리에 병이 생기잖아."

"뭐야, 이상한 소리를 하는군. 대체 내가 언제 팔꿈치를 뻗었어?"

"지금 그렇게 팔을 뻗고 있잖아. 정말 요즘 들어 습기를 먹어서인지 완전히 제멋대로 설치는군."

"뭐? 지금 나보고 하는 소리야? 네 이야기 아니고? 너도 요즘에는 머리로 자꾸 밀어대려고 하잖아."

박사는 눈을 크게 뜨고

일어나 주위를 둘러보았지만

아무도 없는 듯했다.

목소리는 점점 커진다.

"뭐가 제멋대로라는 거야. 너야말로 요즘 들어 바람을 조금 마셨다고 완전히 딴사람이 돼서 심술궂게 굴잖아."

"거참, 내가 손발을 조금 뻗는다고 해서 네가 왜 이러쿵저러쿵하는데? 십만 이천 년 전의 일을 생각해보라고."

"십만 몇 천 년 전이 어쨌다는 건데. 더 과거의 일, 십만, 백만, 천만 년, 천오백만 년 전의 그때를 넌 잊은 거냐? 설마 잊었을 리가 없겠지. 잊지 않았다면 이제 와서 내 옆구리를 팔꿈치로 미는 짓 따위는 할 도리가 아니지."

박사는 이 말을 듣고

깜짝 놀란다.

'정말 기억력이 좋은 녀석들이야. 응, 천오백만 년 전의 그때라니, 잊을 리가 없다니. 우와! 정말 기가 막히는군. 비상하게 머리가 좋은 이 녀석들은 대체 누굴까.'

박사는 다시 살금살금 일어나서

주위를 살펴보지만 아무것도 없다.

목소리는 점점 커진다.

"그래, 네가 내 선배인 건 확실해. 하지만 그래서 어쨌다는 건데?"

"그래서 어쨌다니? 그게 말이 돼? 내가 마침내 체격과 인격을 완성하고 한숨 돌리고 있는데…… 네가 내 발밑에서 뭐라고 했는지 알아? 이런 말을 했지. '저기, 혼블렌님. 여기서 저도 아주 조금만 뻗고 싶습니다. 부디 당신의 발끝에라도 조금 붙어있게 해주세요.' 이게 바로 네가 했던 말이야."

나라노키 박사는 손뼉을 쳤다.

'하하하, 알았다. 혼블렌님이란 호른블렌드(각섬석角閃石)로군. 그러면 상대는 누굴까. 모르겠군. 하지만 흐음…… 이거 재미있네. 마침내 오늘도 문답이 시작되었어. 붙어, 붙어. 이래서 노숙을 안 할 수 없다니까.'

박사는 담배를 새롭게

한 개비 꺼내 성냥불을 붙인다.

목소리는 더욱 커진다.

원래 아무리 크다고 해도

기껏해야 모기의 군가 정도다.

"그래, 그건 네 말대로야. 하지만 그때 넌 뭐라고 대답했었지? '아니요, 그건 곤란합니다. 부디 다른 분과 상의하시기 바랍니다'고 아주 젠체하며 거절했었지."

"뭐, 여하튼. 그래도 넌 무시하고 내 발끝에 들러붙었잖아. 어떻게 거절당하고도 그럴 수가 있는 거지? 하긴, 뭐, 누군가는 했으니까."

"빈정대지 마. 들러붙은 게 아니야. 네 발이 내 몸의 머리 부분에 있었던 거야. 나는 너보다 훨씬 전에 태어난 자철님에게 부탁했어. 지금도 나는 자철님을 무척 소중히 대하고 있다고."

박사는 기뻐서 웃음을 터뜨린다.

'핫핫하, 자철님이라는 건 자철석磁鐵石이군. 이제 알았다. 싸움 상대는 바이오타이트(흑운모黑雲母)야. 그러고 보니 이 주변에는 아까의 화강암 조각들이 곳곳에 있네. 저 녀석들 속에 있는 광물이 조잘

조잘 떠들고 있는 거군.'

과연 박사의 머리 아래에는

중국의 여섯 전짜리 은화 크기 정도의

화강암 조각이 떨어져 있다.

박사는 더욱 싱글싱글 웃는다.

"그래? 그렇다면 됐어. 너처럼 은혜를 모르는 자는 빨리 점토나 돼버려라."

"아주 저주를 퍼붓는군. 나도 너 같은 놈에게는 절대 물러서지 않겠다."

"잠시만요, 당신들은 아까부터 대체 왜 싸우고 있습니까?"

새로운 두 개의 목소리가

동시에 확실하게 들린다.

"오소클레님. 신경 쓰지 마세요. 이 녀석이 워낙에 제멋대로인 놈이라서요."

"쌍둥이님, 그냥 놔두세요. 이 녀석이 워낙에 은혜를 모르는 놈이거든요."

'하하하, 쌍정雙晶인 오소클레이스(정장석正長石)가 중재에 나섰어. 이거 정말로 재미있군.'

박사는 손을 장작불에 쬐면서

귀가 입에 걸리도록 기뻐하며 말한다.

두 개의 목소리가 다시 들린다.

"이런, 조용히 하세요. 우리는 정말로 정말로 오랫동안 굳게굳게 단결해서 그 어둡고 어두운 곳에서 주위의 극심한 압박과 엄청난 열기를 견뎌오지 않았습니까. 한때는 압박과 열기가 극에 달해 모두 함께 미치광이가 될 뻔했던 것도 꿋꿋하게 견뎌내지 않았습니까."

"그렇습니다. 정말 말씀하신 대로입니다. 하지만 힘들 때는 부탁하더니 편해지니까 시기하는 것은 과연 옳은 일일까요?"

"뭐라고?"

"자, 자, 잠깐만 기다리세요. 네? 그리고 이제 겨우 해님을 보았죠. 그런데 해님도 우리가 과거에 땅 아래에서 콩글로머리트(역암礫巖)에게 들었던 얘기와는 전혀 다르지 않습니까?"

"네, 달랐습니다. 콩글로머리트의 이야기로는 해님은 새빨갛고 하늘은 갈색이라고 했지만, 이제 보니 해님은 새하얗고 하늘은 새파랗습니다. 그자는 거짓말쟁이였던 거죠."

쌍둥이의 목소리가 다시 들렸다.

"하지만 그 콩글로머리트라는 분이 예전에 그냥 어린 자갈이었던 때는 정말로 하늘이 갈색이었는지도 모르지요."

"그럴까요. 여하튼 거짓말을 하는 것과 은혜를 원수로 갚는 것은 둘 다 나쁜 짓입니다."

"뭐라고? 지금 내 얘기하는 거냐? 나도 가만있지 않겠어. 결투를 하자, 결투를!"

"이런, 진정하세요. 저기 저 해님을 보았을 때 우리는 기쁨에 겨워 얼마나 소리쳤었나요. 천오백만 년 광이라는 것을 몰랐었지만요. 그때 철강 망치가 우리 머리 위에서 쾅쾅 울려왔었죠. 저 멀리서 누군가가 '아, 너희도 마침내 해님 아래로 나가는 거야' 하고 소리치고 있었죠. 그리고 우리 중 누가 누구와 함께하고 누가 누구와 헤어져야만 하는지 전혀 알 수 없었죠. '안녕히, 안녕히' 하고 모두 외치기만 했죠. 그러자 갑자기 환하게 밝아졌고 우리는 날아 올라갔습니다. 그때 나는 해님 밖으로 무언가 빨갛게 빛나는 것을 본 것 같습니다."

"그건 나도 봤어."

"나도 봤어. 그건 뭐였을까?"

박사는 다시 웃는다.

'그건 말이지, 분명히 정 끝에서 일어난 불꽃이었을 거야. 파칫 하는 소리도 났었을걸. 그리고 뜨거웠을 거야.'

그러나 박사의 목소리는

광물에는 들리지 않는다.

"그렇다면 우리는 앞으로 어떻게 될까."

다시 쌍둥이의 목소리가 들렸다.

"글쎄요. 앞으로 유쾌한 일은 그다지 없을 듯합니다. 이전에 콩글로머리트에게 들었는데 우리는 이대로 다시 땅속에 묻히거나 아니면 모래나 점토로 나뉘게 될 뿐인 듯합니다. 이 오두막 안에 있다고 해서 안심할 수 없습니다. 안에 있든 밖에 있든 겨우 이천 년만 지나고 나면 결국 마찬가지일 겁니다."

박사는 완전히 놀라버린다.

'실로 달관하고 있구나. 이 오두막 안에 있든 밖에 있든 겨우 이천 년만 지나면 점토나 모래알이 된다니…… 정말 완전히 달관하고 있어.'

그때 갑자기 빠직빠직 소리가 나더니

바이오타가 울음을 터뜨렸다.

"아, 아파, 아파, 아파, 아파요, 아파."

"바이오타, 왜 그래? 무슨 일이야?"

"빨리 플레지오님을 불러야 해!"

'하하하, 플레지오라는 건 플레지오클레이스(사장석斜長石)이야. 흰색이라서 의사로군.'

박사는 중얼거리면서 귀를 기울인다.

"플레지오님, 플레지오님, 플레지오님!"

"네에!"

"바이오타님이 배가 무척 아픕니다. 어서 진료를 해주세요."

"네. 너무 걱정하지 마세요. 감기에 걸렸을 겁니다."

'하하하, 이 녀석들은 감기에 걸리면 배가 아프군. 그것이 바로 풍화風化구나.'

박사는 안경을 벗어

손수건으로 닦으며 중얼거렸다.

"플레지오님, 제발 빨리 좀 부탁합니다. 지금 막 기절했습니다."

"네, 지금 그쪽을 향하고 있습니다. 영차, 네, 네. 아, 이것은…… 흠. 잠깐 맥을 좀 짚어보죠, 네. 이번에는 혀…… 잘했습니다. 그리고 제 18벽개劈開 예비 면이 아프다고요. 그렇군, 흠. 알겠습니다. 아무래도 이 병은 무서운 병이로군요. 게다가 당신 몸은 대지 아래에 있을 때부터 만성 녹니綠泥병에 걸려서 크게 약해져 있어요. 아무래도 회복은 어렵습니다."

환자는 삐걱삐걱 울었다.

"의사 선생님. 제 병명은 무엇입니까. 저는 언제 죽게 됩니까?"

"글쎄요, 환자는 병명을 몰라도 되지만 여하튼 질석蛭石병의 초기입니다. 흔히 말하는 풍병風病의 하나. 흔히 감기는 만병의 근원이라고 하죠. 그리고 음, 다른 질문 하나는 남은 수명이었죠? 글쎄요, 길어봐야 만 년은 넘기지 못합니다. 안타깝지만 만 년은 넘기지 못합니다."

"아아, 아까 혼블렌 자식의 저주가 걸린 거야."

"아니, 아니요. 그렇지 않습니다. 무릇 풍병에 걸려 흙이 되는 것은 우리 모두 피할 수 없는 일입니다. 모두가요."

"아, 플레지오님. 어떻게 처치해야 좋을까요?"

"우선 그렇게 우는 것이 가장 좋지 않습니다. 몸이 비틀려서 곳곳의 벽개 예비 면에 틈을 만들게 되기 때문입니다. 그 외에도 바람을 맞으면 병세는 걷잡을 수 없게 됩니다. 햇빛을 받으면 병세가 악화합니다. 서리를 맞으면 역시 병이 더욱 진행됩니다. 이슬에 맞으면 병세는 한층 심해집니다. 눈을 맞으면 병세가 악변惡變합니다. 가만히 있는 것은 더욱 좋지 않습니다. 그보다는 눈을 감고 마음을 안정시켜 체념하는 것이 좋습니다. 우리가 두려워하는 죽음이란 원래 무엇인지, 그 본질은 무엇인지, 생사의 벼랑 끝에 서서…… 이상하군, 뭔가 이상해, 아아, 안 되겠어. 아얏, 아파, 아파, 아파."

"플레지오님, 플레지오님, 정신 차리세요. 대체 무슨 일입니까?"

"음, 나도, 음, 풍병에 걸린 상태, 음, 음."

"고통스러우시죠. 아, 정말 안타깝습니다."

"음, 음, 아니요, 고통스럽지 않습니다. 음."

"어떻게 도와드릴까요."

"음, 음. 사실 나도 땅 아래에서부터, 음, 음, 고령토병에 걸려있었습니다. 오소클레님, 오소클레님. 음, 이제야 당신에게도 사실을 말하겠습니다. 당신도 저와 똑같은 병입니다. 음."

"아, 역시 그랬군요. 이런, 이런, 이런, 정말로, 정말로 아프군요. 아야, 아야, 아야."

그리고 호른블렌드의 목소리가 들렸다.

"꽤 신경이 예민하군. 그러면 병에 걸리지 않는 자는 나와 쿼츠(석영石英)님뿐이야."

"음, 음, 혼블렌도 바이오타도 같은 병입니다."

"아, 아야, 아야, 아야."

"이런, 이런. 전부 몸이 약하군. 건강한 사람은 나 혼자."

"음, 음, 쿼츠님도 안타깝지만 공정석空晶石 내의 가스로 인해 병에 걸렸습니다. 음."

"아얏, 아파, 아파, 아파."

'의사가 완전히 엉망이군. 완전 돌팔이 의사야. 결국 모두 풍화군.'

박사는 다시 새롭게

담배를 물고는 빙긋빙긋 웃는다.

귀 아래에서는 광물들이

동시에 비명을 지르고 있었다.

"아, 아얏, 아야. 아파, 아야앗, 아야."

광물들의 소리는 점점 낮아졌고

마침내 고요해졌다.

'이런, 모두 죽은 건가. 아니면 내게만 들리지 않게 된 걸까.'

박사는 화강암 조각을

들어 유심히 보더니

맞은편 구석으로 휙 던진다.

그리고 장작 한 개를 지폈다.

그때는 이미 새벽이 되어 있었다.

박사는 배낭에서

궐련초를 두 꾸러미 꺼내

장작에 대한 보답으로 짚 위에 두고

배낭을 메고 오두막을 나왔다.

채석장 벽은 완전히 하얬고

그 서쪽 면에만

달빛이 비치고 있었다.

노숙 삼 일째 밤

'아무래도 조금 경솔하게 의뢰를 받아들였어. 그린란드의 갑부가 깜짝 놀랄 정도로 훌륭한 오팔을 이주일 만에 찾아주겠다는 건 사실 좀 경솔했어.

이렇게 사람도 없는 해안에 와서 석양 무렵에 계속 걷고 있으니 도쿄 시내 한가운데에서 코가 빨간 무리를 상대로 제멋대로 허풍을 떨었던 것이 정말 한심스럽게 느껴지는군. 게다가 이 무렵의 혈암頁巖의 음산함이란…… 정말이지 싫어지는군. 더구나 바다도 어두워졌고, 유문암도 쉽게 찾아질 것 같지 않아. 오늘 밤도 역시 노숙이군. 노숙도 이틀 밤 정도는 괜찮지만 사흘 밤이 되면 지겨워져. 하지만 별수 없지. 비스킷이 남아있는 동안에는 걷다가 노숙을 하면서 재미있는 꿈이라도 꾸는 게 그나마 남는 장사겠지.'

예의 그 나라노키 박사는
외투 주머니에 양손을 꽂고
등을 조금 세운 채
골똘히 생각하면서
이미 저녁이 되어 회색빛을 띠고
혈암이 파도에 씻기는
해안을 성큼성큼 걷고 있었다.
바다는 완전히 어두워졌고
그 희부연 파도만이
한 무리의 짐승처럼 보였던 것이다.
오늘은 더 걸어 봐야
소용없겠다고 박사는 포기하고
바위에 멈춰 서서

한동안 검은 해면과

저쪽에 떠있는 썩은 감자 같은 구름을

바라보고 있었지만, 다시 주머니에서

담배를 꺼내 불을 붙였다.

그리고 뒤로 휙 돌아서

육지 쪽을 유심히 살펴보더니

서둘러 그쪽으로 걸어갔다.

그곳에는 낮은 절벽이 있었고

절벽 아래쪽에는 아마도 파도에

깎인 듯한 작은 동굴이 있었던 것이다.

박사는 싱긋 싱긋 웃으며

동굴 안으로 들어가 배낭을 벗는다.

그리고 새까만 어둠 속에서

부스럭부스럭 비스킷을 먹었다.

저 멀리서 한 무리 파도가 울릴 뿐.

'하하하, 마침내 잠자리도 정해지고 배도 불러오니 노숙도 그리 나쁘지 않군. 자, 담배 한 대 피우고 자야지. 내일은 분명 잘 해결 될 거야. 오늘 밤 그 꿈을 꾸는 것도 나쁘지 않아.'

박사가 피우는 담배만이

홀로 빨갛게 보일 뿐.

'이렇게 안정이 되고 나니 내가 마치 동굴의 호랑이, 동굴의 주인이로군. 이제 그만 자야지.

어둠 저편에서

파도가 철썩철썩 울뿐,

새도 울지 않을뿐더러

동굴을 들여다보러 오는 사람도 없고. 흠, 이런 상황이군. 그만, 자자.'

박사는 곧 스르르 잠이 든다.

지친 상태로 잠이 들면 꿈도 꾸지 않는다.

어느새 완전히 날이 밝았고

어젯밤의 혈암이

희미하게 푸르스름한 빛으로 빛나고 있다.

박사는 깜짝 놀라서

후다닥 동굴에서 뛰어나왔다.

서두르다 모자를 떨어뜨릴 뻔했고

그 모자를 누르기까지 했다.

'완전히 늦잠을 자 버렸군. 그런데 나는 대체 무엇을 위해 걷고 있었던 걸까. 음, 잘 생각이 나지 않는군. 분명히 어제도 그제도 사람이 없는 곳을 바지런히 걷고 있었는데. 아니 그 이전부터 걷고 있었어. 벌써 일 년이나 걷고 있는 거야. 이런…… 그 목적을 잊어버렸어. 안 되겠군. 학자가 목적도 없이 여행할 리가 없어. 분명 목적이 있을 거야. 화석이 아니었을까. 음, 제삼기의 인류에 관해 조사해주세요, 하고 누군가가 말했던 것 같은데. 아니 그게 아니야. 박물관으로부터 부탁을 받은 거야. 백악기의 거대한 파충류 뼈를 부디 하나 찾아달라고. 그게 맞지 않을까. 그래, 그래, 확실해. 자, 그리고 여기는 백악계의 혈암이야. 여기서 나는 뼈를 찾을 생각이었던 거야. 그렇군, 이제야 확실히 알겠어. 자, 찾자. 공룡의 뼈. 공룡의 뼈다.'

박사의 그림자는

혈암 위로 검게 떨어지고

성큼성큼 황새걸음을 걷고 있어서

춤을 추고 있는 듯 보였다.

바다는 무서울 정도로 푸르고

하늘은 그보다 더욱 푸르렀으며

몇 조각으로 갈라진 구름이

눈부시게 그곳에 떠있었다.

'야호, 나왔어.'

노라노키 박사가 소리쳤다.

그 잿빛 혈암의

평평하고 깨끗한 층 면에

지름 1미터가 되는

발가락 다섯 개의 발자국이

깊게 팬 채 줄지어 있다.

위에 있는 바위 때문에 곳곳에

숨겨져 있지만 발바닥의

주름까지 확실하게 보인다.

'드디어 찾았군. 이 발자국이 끝나는 곳에는 분명 공룡이 쓰러진 채 화석이 되어 있을 거야. 거대한 뼈로군. 등뼈는 20미터는 되겠지. 거대한 녀석이야.'

박사는 기뻐서 펄쩍 뛰며

그 발자국을 따라간다.

발자국은 꽤 길게 이어져서

어디까지 이어지는지 알 수 없다.

더구나 태양 광선은 빨갛고

다리가 무척 아팠다.

아무래도 이상하다는 것을

문득 깨닫고 멈춰 서자

다리가 뭔가 부드러운
진흙에 빠져있는 듯하다.
이상하군, 딱딱한 혈암이었는데, 생각하며
나라노키 박사는 뒤를 돌아보았다.
그리고 깜짝 놀란다.
아까부터 열심히 따라왔던
커다란 두꺼비 모양의 발자국은
역시 박사의 발밑까지
쭉 이어져 있었고
그리고 앞쪽으로도 계속 이어지고 있는 것 같지만,
또 하나의 발자국,
박사가 긴자에서 마련한 장화의
자국도 따라서 찍혀 있었다.

'이거 너무하군. 내 발자국까지 이렇게 깊게 패다니…… 정말 기가 막히는군. 하지만 그래도 탐구의 목적을 이루기는 해야지. 조금 걷기 어려울 뿐이다. 자, 이미 이렇게 된 김에 어디까지든 따라가겠어.'

박사는 더욱 성큼성큼
그 발자국을 따라갔다.
쿵쾅쿵쾅 울리는 것은 심장
풀무소리는 호흡
그렇게 열심히 걸었지만
다시 주위는 조용했다.
박사는 문득 물가를 보았다.
파도가 완전히 잦아들었다.
분명히 아까까지는

밀려오고 울부짖고 부서지던 파도가

어느새 완전히 잠잠해져 있었다.

'이거 이상하군. 게다가 무척 더워.'

박사는 고개를 젖히고 하늘을 본다.

태양은 농익은 사과 같았고

그 주위도 엄청나게 붉었다.

'아주 불길한 날씨야. 아무리 그래도 이 태양은 너무 붉어. 분명 어딘가에서 화산이 폭발한 거야. 그 미세한 화산재가 제대로 상층기류를 타고 지구를 포위하고 있나 보군. 하지만 그렇다고 해서 이 추적을 방해할 수는 없어. 곧 이 발자국이 끝나는 곳에 그 엄청난 파충류 뼈가 굴러다니고 있을 거야. 나는 그 지점을 기록해야 해. 자, 얼마 남지 않았어.'

박사는 더욱 힘차게

그 발자국을 따라간다.

그런데 얼마 지나지 않아 개펄이

곶처럼 솟아올라 있었다.

'자, 이곳을 한 바퀴 돌아보자. 저쪽에 바로 뼈가 있을 거야. 하지만 어쩌면 바로 나타나지 않을지도 몰라. 안 보이면 조금 더 따라가 보면 돼. 그뿐이야.'

박사는 빙긋빙긋 웃으며

멈춰 서서 궐련초를 꺼내고

성냥을 긋고 연기를 내뿜어낸다.

그리고 얼굴을 조금 찡그리며

아주 대범하게.

그런데 그 저명한 나라노키 박사가

자석이라도 붙은 듯 멈춰 섰다.
그의 눈은 멍하니 커졌고
무릎에서 힘이 빠지더니 마침내 비틀거리기 시작했으며
담배도 어느새 개펄에 떨어졌다.
푸른 하늘 아래, 저편 개펄 위에
그 발자국의 주인인
무지막지하게 큰 뇌룡이
기분 나쁘게 가늘고 긴 목을 뻗어
둔치의 물을 마시고 있다.
길이 육십 척의, 까칠까칠한
쥐색 가죽의 뇌룡이
짧고 굵은 다리를 웅크리고
기분 나쁘게 긴 목을 늘어뜨린 채
작고 붉은 눈을 빛내며
쭉쭉 물을 마시고 있다.
너무도 엄청난 일에 나라노키 박사는
머릿속이 하얘졌다.

'대체 이게 무슨 일이지. 중생대로 와버린 것일까. 중생대가 이쪽으로 온 것일까. 아, 어느 쪽이든 마찬가지야. 보지 마, 보지 마. 지금 당장, 아주 조용히 돌아갈 테니까. 제발 잠깐만 이쪽을 돌아보지 마.'

나라노키 박사는 곧바로
살금살금 뒷걸음을 치면서
왔던 방향으로 도망간다.
박사의 눈은 뇌룡을 지켜보고
손은 가만히 공기를 누른다.

그리고 먼저 뇌룡의 굵은 꼬리가
보이지 않게 되었고 그다음에는
산처럼 큰 몸통이 가려지고
마지막으로 검은 혀를 내밀어
첨벙첨벙 물을 마시고 있는
뱀과 비슷한 그 얼굴이 가려지자
박사는 일단 살았다고 안심하며
갑자기 걸어온 방향을 돌아보았다.
계속해서 그 발자국만 좇아
도망가기만 하면 금방
물가에 파도도 치고
하늘도 붉지 않고
발도 더는 진흙에 빠지지 않는
딱딱한 혈암 위로 갈 것이다.
절벽에는 어젯밤의 동굴도 있다.
거기까지 가면 이제 괜찮아.
이런 위험한 탐험 따위
이번이 마지막이야.
박물관의 의뢰도 거절하고
도쿄의 시내 중심에서
코가 빨개지도록 술 취한 무리를
상대로 허풍이나 떨면 돼.
대략 그런 계산이었다.
그것도 완전히 번개처럼 떠오른 계산이었다.
그런데 나라노키 박사는

다시 한번 얼어붙은 듯 멈춰 섰다.
무릎은 다시 덜덜 떨리기 시작했다.
보라, 박사가 왔던 방향의
개펄에는 완전히
우글거리는 뇌룡들이다.
새까맣 정도로 가득했다.
긴 목을 하늘로 뻗은 놈
고개를 천천히 위아래로 흔드는 놈
서둘러 물로 뛰어드는 놈
정말로 우글우글했다.

'이제 끝이야. 완전히 당했어. 결국 나도 잡아먹힐 거야. 박사의 칭호도 함께 없어지겠지. 엄청난 숫자의 뇌룡이군. 앞에도 있고 뒤에도 있어. 오직 하나의 희망은 이 곶 위로 올라가는 거야. 위로 올라가면 나는 살아날 수 있을까, 없을까. 어쩌면 신생대의 충적세沖積世가 서둘러 도와주러 올지도 모르지. 자, 오로지 곶뿐이야.'

박사는 살그머니 곶을 오른다.
마치 버섯과 나한백 나무를
접목한 것 같은 이상한 나무가
기슭에 더부룩하게 자라나 있었다.
그리고 정말로 다행스럽게도
그곳에는 뇌룡이 없었다.
하지만 힘겹게 올라왔음에도
그 주변의 경치는
그다지 좋다고 할 수 없다.
곶 오른쪽에도 왼쪽에도

개펄에는 뇌룡만 가득했다.
정말로 우글우글했다.
물속에도 검은 백조처럼
고개를 쳐들고 수영을 하거나
목을 휘익 돌리기도 하는
그 징그럽고 무서운 광경에
박사는 눈을 감아버렸다.
그런데 어느새 박사는
자신의 코끝이 후욱 후욱 소리와 함께
따뜻해지는 것을 깨달았다.
'마침내 왔군. 이제 잡아먹히는 거야.'
박사는 체념하고 눈을 떴다.
두 척 크기의 네모진
새까만 뇌룡의 얼굴이
바로 눈앞에서 불쑥 솟아올랐고
그 눈은 익힌 듯 붉었다.
목은 터무니없이 멀리 있는
쥐색의 까칠까칠한 몸통까지
마치 관처럼 이어져 있었다.
박사는 비명을 질렀다.
이미 잡아먹힌 거야, 아니 깬 거야.
잠에서 깬 거야, 동굴은
아직 컴컴했고 필시
열두 시도 되지 않은 듯했다.
나라노키 박사는

작게 헛기침을 한 번 하고
아직 뇌룡이 있는 듯한 기분이 들어
뚫어지게 어둠 속을 살펴본다.
밖에서는 확실히 파도 소리가 들린다.
'뭐야, 어이가 없군. 더는 잠들지 못하겠는데. 추워.'
다시 담배를 꺼낸다. 불을 붙인다.

나라노키 박사의 전공은 보석학이다.
그 박사의 작은 집에
〈조개불형제상회〉의
코가 빨간 지배인이 찾아왔다.

"선생님의 편지를 보고 바로 달려왔습니다. 무척 일찍 돌아오셨네요. 좋은 물건을 찾으셨습니까? 상대는 그린란드의 엄청난 부자라서 웬만한 걸로는 만족하지 못합니다."

박사는 담배를 입꼬리에 물고
운모지를 바른 천장을
비스듬히 바라보며 이렇게 말했다.

"응, 찾아왔지. 나는 일단 산에 가면 어떤 물건이든 못 찾는 경우는 절대 없어. 모든 보석이 나를 따라 모여들거든. 아니, 그래서 이번에도 아주 곤란했어. 특히 자네가 주문한 것은 비교적 부드러운 오팔이었지? 내가 그 산에 들어가자 오팔이 모두 좌르르 들러붙어서 도저히 뗄 수가 없는 게 아닌가. 그것은 모두 프레셔스 오팔로 불이 타오르는 듯했지. 물론 녀석들의 바람대로 모두 배낭에 넣어주고 싶었지만, 그러면 나는 몸도 움직일 수 없게 되지 않겠나. 가여웠지만 녀석들 가운데 아주 좋은 것들만 골라 왔네."

"하하하, 그거 아주 잘 됐네요. 그런데 가지고 오신 것은 어느 것입니까? 잠시 보여주실 수 있을까요."

"아, 보여주지. 단, 워낙에 대단한 녀석들이라서 어쩌면 이미 탁해졌을지도 몰라. 실제로 오팔만큼 믿지 못할 보석은 없으니까. 오늘은 무지개처럼 빛나다가도 내일은 그냥 하얀 돌이 되어 버리기도 하지. 오늘은 둥글고 아름다웠는데 내일은 깨져서 가루가 되기도 하고. 그게 무섭지. 하지만 여하튼 배낭을 열어보자고."

"그렇군요."

〈조개불형제상회〉의

코가 붉은 지배인은

꿀꺽 숨을 삼키며

박사의 손끝을 응시하고 있다.

박사는 아주 자연스럽게

배낭을 열어 거꾸로 뒤집었다.

저급의 워터 오팔 서른 개가 굴러 나온다.

"선생님, 이거 곤란하지 않습니까. 아무리 그래도 이건 너무하지 않습니까?"

나라노키 박사는 화를 냈다.

"뭐가 너무하다는 거야. 내 알 바 아니야. 꽤 성가시게 구는군. 여행 경비만 돌려주면 그만 아닌가. 자, 가지고 가게. 돌아가, 당장."

박사는 웃옷 주머니에서

꾸깃꾸깃 구겨진 쥐색 봉투를

꺼내 휙 던졌다.

"선생님, 곤란합니다. 너무하시는군요."

〈조개불형제상회〉의

코가 붉은 지배인은 그렇게 말하면서
재빨리 돈 봉투를 낚아채
웃옷 안주머니에 집어넣었다.
"돌아가, 당장. 다시는 오지 마."
"선생님, 곤란합니다. 너무하세요."
마침내 〈조개불형제상회〉의
코가 붉은 지배인은 돌아갔고
박사는 담배를 옆으로 물고
운모지를 바른 천장을
비스듬히 바라보며 빙긋 웃는다.

가돌프의 백합
ガドルフの百合

해크니종의 말꼬리 같은, 장난치듯 나부끼는 버드나무 가로수와 도자기처럼 하얀 하늘 아래를 비참한 여행자 가돌프는 힘을 다해 아침부터 걷고 있었습니다.

그런데 겨우 16마일만 가면 나온다던 다음 마을이 아직도 보이지 않았고 나타날 기미도 없었습니다.

'버드나무가 새파랗게 빛났다가 양철잎으로 변하기도 하고 완전히 사람을 놀리는군. 특히 파란색일 때는 비소가 든 저급 안료로 칠한 장난감 같군.'

가돌프는 그런 생각을 하면서 파르르 화를 내며 걸었습니다.

더구나 갑자기 구름이 무거워졌습니다.

'추잡한 니켈 분말 같은 음란한 빛이야.'

그 구름 어디선가 번개 한 조각을 툭 하고 잡아 찢는 듯한 소리가 났습니다.

'큰길에서 벗어난 곳이 이상하게 하얘졌어. 저곳에서 사람이 다가온다. 아니 오지 않는군. 저곳을 개가 가로지르고 있어. 아니 그렇지 않아. 제길.'

가돌프는 힘껏 다리를 뻗으면서 생각했습니다.

그리고 얼마 지나지 않아 비와 황혼이 동시에 엄습했습니다.

정말로 심한 뇌우로 변했습니다. 번개는 마치 이런 남루한 여행자 따위 표백시켜 버리려는 듯했고, 가로수의 푸른 잎이 엉망으로 쥐어뜯겨 빗방울과 함께 딱딱한 도로를 때렸으며, 가지까지 두두둑 쥐어뜯겨 떨어졌습니다.

'이제 법칙은 완전히 무너졌다. 모든 것이 엉망이 되었어. 이것으로 이제 다시 깨끗하게 닦인 하늘과 그 위로 별자리가 회전하는 모습을 보는 것은 꿈이다. 꿈이 아니면 안개다. 물안개.'

가돌프는 있는 힘껏 정강이를 뻗어 걸으면서 가로수 저 너머로 물이 반사된 하얀 빛이 희미하게 빛나는 것을 보았습니다.

'저곳은 아까 불미스러운 개가 있던 곳이다. 저곳이 그나마 내가 기댈 곳이다.'

그러나 곧 완전히 밤이 되었습니다. 하늘 이곳저곳에서 천둥이 우렁차게 포효했으며, 바쁘게 번쩍이는 번개는 마치 넓은 밤하늘의 의식이 명멸하는 듯했습니다.

길은 완전히 콘크리트로 된 도랑처럼 되었고, 이십 분도 제대로 걸을 수 없을 것 같았습니다.

그 번개의 뻔뻔한 빛 속에서 가돌프는 거대하고 새까만 집이 길 왼쪽에 서 있는 것을 보았습니다.

'이 지붕은 귀퉁이가 오각이라서 마치 커다란 흑전기석黑電氣石의 머리 부분 같군. 검기가 마치 한천寒天 같다. 그 한천 속으로 나는 들어간다.'

가돌프는 성큼성큼 뛰어 그 현관으로 달려갔습니다.

"여보세요. 누구 계십니까? 여보세요."

집 안은 완전히 컴컴했고 쥐죽은 듯 조용했으며, 대답하는 사람은 없었습니다. 그곳에는 두꺼운 방석과 옷 등이 어지럽게 흩어져있는 듯했습니다.

'모두 어딘가로 도망갔나 보군. 분화가 있었나? 분화가 아니야. 페스트였나? 페스트가 아니야. 나는 또 혼자서 묻고 답하고 있군. 그 불미스러운 개다. 여하튼 복도 끝에서라도 젖은 옷을 벗고 싶군.'

가돌프는 머릿속으로 이렇게 중얼거리고 다시 입술로 생각했습니다. 가돌프의 머리는 교회의 아침 종처럼 징징 울리고 있었습니다.

장화를 끌어안듯이 급하게 벗고 조금 절룩이며 그 컴컴하고 어수선한 집으로 뛰어들어갔습니다. 곧 막다른 곳에 큰 방이 나타났고, 그 방은 분명 계단실인 듯 쏟아져 들어온 번개가 보였습니다.

그 방의 어둠 속에서 가돌프는 눈을 감으며 먼저 무거운 외투를 벗었습니다. 그 젖은 외투 소매를 당길 때 가돌프는 하얀 조개껍데기로 만들어진, 낮의 버드나무를 뚜렷하게 보았습니다. 가돌프는 눈을 떴습니다.

'성가시군. 양철이 되었다가 조개껍데기가 되었다가. 하지만 또 이런 보라색을 배경으로 사리舍利가 달린 버드나무가 늠름하게 서 있는 것은 나쁘지 않군.'

버드나무는 눈을 떠도 한동안 사라지지 않았습니다.

그리고 가돌프는 젖은 머리와 얼굴을 깨끗하게 닦고는 처음으로 안도의 숨을 쉬었습니다.

번개가 빠르게 들어와 바닥에 떨어지면서 게처럼 엎어져 있는 배낭을 또렷하게 비추고, 새까만 그림자까지 드리웠습니다.

가돌프는 쭈그리고 앉아 어둠 속의 배낭을 잡아 손으로 더듬어가며 배낭을 열고 작은 기계류를 만져보았습니다.

그리고 마음이 조금 차분해지자 발소리가 나지 않도록 살며시 다음 방으로 들어가 보았습니다. 다양한 빛깔의 번개가 끊임없이 들어와서 바닥에 놓인 석고상과 검은 침대와 뒤집어진 탁자 등을 비추었습니다.

'이곳은 기숙사 같은 곳이었나. 아니면 격리병원인가. 여하튼 아무래도 이 층에 아직 누군가가 남아있는 듯해. 일단 확인해봐야 마음이 놓이겠어.'

가돌프는 문지방을 넘어 원래의 계단실로 돌아왔으며, 그리고 자신의 배낭에 발이 걸려 비틀거렸습니다. 이 층으로 가려고 계단에 한 발을 올린 순간, 보라색 번갯불이 어지러울 정도로 밝게 들어와 가돌프는 흠칫 멈춰 섰습니다. 그리고 계단에 떨어진 새카만 자신의 그림자와 창 쪽을 동시에 보았습니다.

번갯불이 들어온 유리창에서 분명히 무언가 하얀 것이 대여섯, 말없이 이쪽을 들여다보고 있었습니다.

'키가 아주 작은 것 같은데. 어느 집 아이들이 나처럼 갑작스러운 뇌우를 피해 들어 온 지도 모르겠군. 아니면 역시 이 집 사람들이 돌아온 걸까. 정말로 어느 쪽인지 잘 모르겠어. 여하튼 창문을 열고 인사를 하자.'

가돌프는 고장 나 삐걱대는 창문을 열었습니다. 곧바로 차가운 비와 바람이 가돌프의 얼굴을 세차게 때렸습니다. 목소리의 절반을 바람에 빼앗기면서 가돌프는 공손하게 말했습니다.

"누구십니까. 안녕하세요. 누구십니까. 안녕하세요."

창문 너머의 흐릿한 하얀 것은 희미하게 움직일 뿐 대답도 하지 않았습니다. 그 대신 가돌프의 바람대로 번갯불이 그 주위를 대낮처럼 밝게 해주었습니다.

"하하하, 백합꽃이군. 그래, 대답이 없는 것도 당연하네."

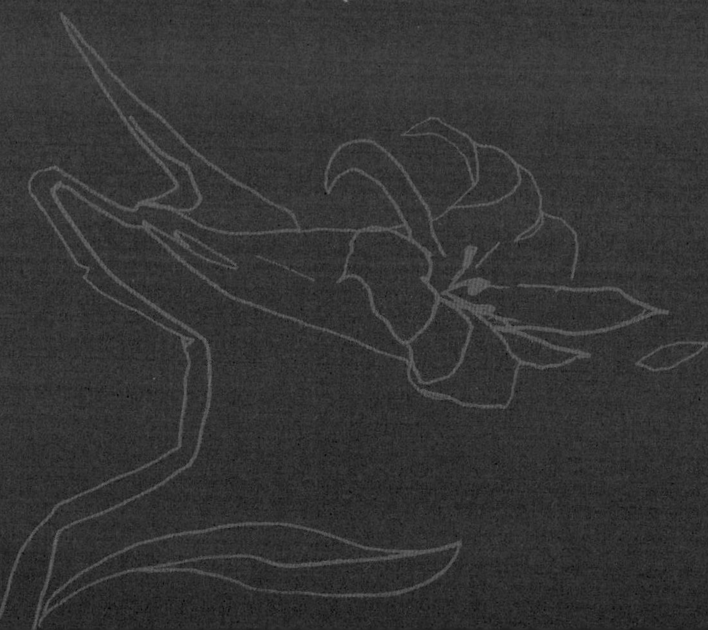

가돌프의 웃음소리는 바람과 함께 음산하게 계단을 굴러 올라갔습니다.

하지만 창밖에서는 활짝 핀 흰 백합 열 송이가 숨도 쉴 수 없는 폭풍우 속에서, 번개가 번쩍이는 8분의 1초를 빛나듯 가만히 서 있었던 것입니다.

그리고 곧 어둠이 되돌아와 눈부신 꽃의 모습이 사라졌기 때문에 가돌프는 젖지 않은 한 장의 플란넬 셔츠까지 차가운 비를 맞히며 창문 밖으로 몸을 내밀어, 아련하게 흔들리는 꽃의 그림자를 가만히 바라보며 다음 번개를 기다리고 있었습니다.

곧이어 다음 번개는 밝고 빠르게 번뜩였고, 정원은 환등처럼 푸르게 떠올랐고, 빗방울은 아름다운 타원형 입자가 되어 공중에 머물렀으며, 그리고 가돌프의 사랑스러운 꽃은 발끈 화를 내며 새하얗게 서 있었습니다.

'나의 사랑은, 지금 저 하얀 백합꽃이다. 지금 저 백합꽃인 것이다. 꺾이지 말거라.'

그것도 아주 잠시였을 뿐, 곧 어둠은 푸른빛을 누르고 되돌아왔으며, 꽃의 모습은 흐릿하게 하얗고 커졌으며, 어지럽게 흔들렸고, 때로는 땅에 닿을 정도로 꺾이기도 했습니다.

그리고 가돌프는 자신의 뜨겁고 아픈 머리 깊숙이 검푸른 경사면 위에, 미동도 하지 않은 채 빛나며 서 있는 다른 한 무리의 조가비 세공 같은 백합을 더욱 확실하게 보았습니다. 가돌프는 이 두 무리의 백합을 동시에 숨을 죽이고 응시하고 있었습니다.

그것 역시 아주 잠시의 순간이었습니다.

곧바로 이어진 다음 번개는 마그네시아 불꽃보다 더욱 밝게, 자외선의 유혹을 가득 담은 채 똑바로 땅 위로 떨어졌습니다.

아름다운 백합의 분노는 정점에 달했고 작열하는 꽃잎은 눈보다 엄숙했으며, 가돌프는 그 당찬 소리조차 들은 듯했습니다.

어둠이 왔다고 생각한 것도 잠시, 다시 번갯불이 저편의 날카로운 눈 속에서 호쿠사이北斎*의 〈산하백우山下白雨〉처럼 붉게 들어와 만질 수 없는 빛의 손으로 백합을 스치고 지나갔습니다.

비는 점점 거세졌고 천둥은 마치 하늘을 폭파시키려는 듯했습니다. 하늘은 저런 난폭한 자를 어떻게 가만히 내버려두고 있을까, 가돌프는 이상하기까지 했습니다.

그다음 번개는 쳤는지 안 쳤는지 알 수 없을 정도로 아주 희미하게 번뜩였습니다. 하지만 가돌프는 바람 부는 미세한 빛 속에서도 한 그루의 백합이 마침내 연약한 줄기가 꺾이고 꽃이 날카롭게 휘어 바닥에 닿는 것을 보았습니다.

그리고 정말 그대로, 다시 새롭게 번개가 쳤을 때 그 가장 키가 큰 가여운 꽃이 너무 큰 하얀 흥분에 결국 자신을 상처 입히고, 반짝반짝 흔들리는 인초忍草 위에 말없이 쓰러지는 것을 보았습니다.

가돌프는 눈길을 정원에서 방 안의 어둠으로 옮기고는 덜컹거리는 창문을 조심스럽게 닫고, 배낭이 있는 곳으로 돌아왔습니다.

그리고 배낭에서 작은 시트를 꺼내 몸을 감싸고 추위에 떨면서 계단에 앉아 무릎 위에 깍지 낀 손을 올리고 잠을 청했습니다.

그러나 추위를 참지 못하고 일어나서 바닥을 더듬어 한 장의 깔개를 찾아서 시트 위에 덮었습니다.

그리고 자려고 했습니다. 하지만 번개가 너무 바쁘게 가돌프의 눈

---

* 가쓰시카 호쿠사이葛飾北斎. 에도시대의 화가로 〈산하백우〉는 그가 그린 후지 산 36경 중 하나다.

꺼풀을 스치며 지나갔고, 배고픔과 피로가 동시에 왈칵 솟아올랐으며, 아까부터 열이 나던 머리는 마치 춤을 추는 듯했습니다.

'나는 지금 무언가를 생각할 힘도 없다. 단지 그 백합은 꺾인 것이다. 나의 사랑은 끝난 것이다.'

가돌프는 생각했습니다.

그리고 멀리 몇 개의 산과 강의 사람들을 등롱처럼 떠올리기도 하고, 천둥소리를 어느새 그 그리운 사람들의 목소리로 듣기도 하고, 또한 낮의 버드나무가 성큼성큼 자라 하얀 하늘까지 이르는 등 여러 가지 생각을 하는 동안에 어느새 꾸벅꾸벅 졸기 시작했습니다. 그리고 다시 잠을 자고 있었을 것입니다.

가돌프는 갑자기 쿵쿵쿵 하는 소리를 들었습니다. 와당탕 와당탕 하고 발 구르는 소리, 고함과 욕설이 시끄럽게 들렸습니다.

그 말은 도저히 알아들을 수 없었습니다. 단지 그 소리는 곧 격렬한 격투소리가 되었고, 가돌프의 머리 위로 점점 다가왔으며, 어느새 덩치 큰 두 남자가 서로 엉겨 붙었다가 떨어졌다가, 서로 발길질을 하고 때리고, 격하게 소리치며 나타났습니다.

그것은 마치 아름답게 빛나는 푸른 언덕처럼 보였습니다. 한 사람은 어둠 속에서도 뚜렷하게 떠오르는 표범 가죽의 헐렁한 옷을 입었고, 다른 한 사람은 까마귀의 왕처럼 새까맣고 매끄러운 옷으로 차려입고 있었습니다. 그리고 가돌프는 그 파랗게 빛나는 언덕 아래서 그 모습을 올려다보고 있는 조그만 자신의 모습도 보았던 것입니다.

보는 동안에 검은 쪽은 목이 졸려 쓰러졌습니다. 하지만 곧바로 몸을 뒤집고 힘차게 일어나 이번에는 표범 남자의 턱을 세차게 걷어찼습니다.

두 사람은 다시 한번 엉겨 붙었고, 빙글빙글 구르며 위로 올라갔다가 아래로 깔렸다가, 누가 누구인지 알 수 없이 날뛰고 소리치며 싸우더니 마침내는 엄청난 소리를 내며 뒤엉킨 채 언덕으로 굴러떨어졌습니다.

가돌프는 재빨리 몸을 피하려 했지만 채 피하지 못하고 세게 부딪혀 쓰러졌습니다.

그리고 가돌프는 눈을 떴던 것입니다. 추위에 몸을 덜덜 떨면서 일어났습니다.

이제 막 천둥이 친 듯 저 멀리서 미미한 소리가 생각난 듯 울리고 있을 뿐, 비도 그치고 번개만이 하늘을 가로질러 구름의 농도와 하늘의 지형도를 확실하게 보여주었으며, 또한 단 한 그루를 제외하고 폭풍우를 이겨낸 백합 무리를 새하얗게 비췄습니다.

가돌프는 팔을 힘차게 뻗었다가 다시 구부렸다가 하면서 바쁘게 발걸음을 했습니다.

창밖의 한 그루 나무에서 물방울 하나가 보였습니다. 그것은 신기하게도 희미한 장밋빛을 띠고 있었습니다.

'이것은 새벽녘의 장밋빛이 아니야. 남쪽 전갈자리의 붉은빛이 비친 것이지. 그 증거로는 아직 한밤중도 되지 않았다는 거야. 비만 그치면 나가자. 길가의 별빛 속으로. 다음 마을도 곧 나오겠지. 하지만 젖은 옷을 다시 걸치고 걷기는 정말 싫군. 싫지만 어쩔 수 없어. 나의 백합은 이긴 거야.'

가돌프는 잠시 조용히 그렇게 생각하고 있었습니다.

달밤의 짐승

月夜のけだもの

음력 초열흘의 달이 서쪽의 벽돌담에 가려지기까지는 이제 한 시간밖에 남지 않았습니다.

그 푸르스름한 달빛을 받으며 사자는 우리 안을 어슬렁어슬렁 걷고 있었지만, 다른 짐승들은 머리를 숙여 앞다리 위에 올리거나 옆으로 누워 뒹굴거나 조용히 자고 있었습니다. 한밤중까지 우리 안을 갈팡질팡 서성이던 여우조차 요상한 얼굴로 자고 있었습니다.

나는 사자의 우리가 있는 곳으로 돌아와 앞에 있는 벤치에 앉았습니다.

그러자 주변이 연기처럼 희미해졌고 나도 그것이 연기인지 달빛인지 알 수 없게 되었습니다.

어느새 사자가 멋진 블랙 프록코트를 입고 어깨를 펴고 서서 "이제 됐겠지" 하고 말했습니다.

그러자 아내 사자가 금속 손잡이가 달린 두꺼운 지팡이를 공손하게 건넸습니다. 사자는 말없이 받아 옆구리에 끼고 이번에는 자신이 직접 어슬렁어슬렁 순찰을 나섰습니다. 그곳은 시냇물이 조르르 흐르는 밤의 들판입니다.

노송나무 숲 언저리에서 사자는 멈춰 섰습니다. 저쪽에서 하얀 무언가가 급히 서두르며 이쪽으로 달려왔던 것입니다.

사자는 안경을 고쳐 쓰고 다시 보았습니다. 그것은 흰곰이었습니다. 아주 허둥대며 다가옵니다. 사자가 머리를 한 번 흔들고 바닥에 지팡이를 내밀며 말했습니다.

"무슨 일이야. 왜 그렇게 서두르는 거야."

흰곰이 깜짝 놀라 멈춰 섰습니다. 달을 향한 쪽의 몸은 희미한 도깨비불처럼 노란색으로 다시 푸르스름한 색으로 빛났습니다.

"네, 대왕님이십니까. 좋은 밤입니다."

"어디에 가는 건가?"

"조금 만나볼 자가 있어서요."

"누구지?"

"그쪽 이름을 잊어버려서."

"어떤 놈인가."

"회색의 까슬까슬한 자입니다만 눈은 작아서 늘 웃고 있는 것 같습니다. 머리에는 성인聖人처럼 멋진 혹이 세 개가 있습니다."

"하하하, 그 대신 몸은 조금 지나치게 거대하지?"

"네. 하지만 무척 온순합니다."

"그런데 그 녀석의 코는 정말이지 심하더군. 대체 무슨 벌을 받아서 그렇게 늘어난 것일까. 더구나 코끝을 둥글게 말면 완전히 내 지팡이의 손잡이처럼 되지."

"네. 정말 말씀하신 대로입니다. 귀나 발끝은 뭔가 까슬까슬해서 조금 지저분합니다."

"그래, 지저분하고말고. 귀는 너덜너덜한 마로 만든 손수건이나 구운 오징어 같지. 게다가 발부리는 도저히 봐줄 수가 없어. 완전히 마른 소똥이야."

"이런, 그 말씀은 조금 심합니다. 그런데 그자의 이름이 뭔지 알고 계십니까?"

"코끼리야."

"지금은 어디에 계실까요?"

"내가 무슨 코끼리의 제자더냐 아니면 네 심부름꾼이더냐."

"이런, 실례를 범했습니다. 그러면 그만 가보겠습니다."

"가버려, 가버려."

흰곰은 머리를 긁적이며 열심히 저쪽으로 달려갔습니다. 코끼리는 지금쯤 어딘가에서 뱀눈 모양의 빨간 우산을 펴고 있을 터라고 나는 생각했습니다.

그런데 사자는 흰곰의 뒤를 가만히 바라보며 중얼거렸습니다.

"흰곰 녀석, 코끼리의 제자가 되려는 거군. 머리 위가 평평해서 좋은 제자가 되겠군."

그리고 다시 느릿느릿 걷기 시작했습니다.

푸른 달빛 연기 속에서 나무 그림자가 막대기 모양으로 가득 떨어졌습니다.

그 컴컴한 숲 속에서 여우가 빨간 줄무늬 운동바지를 입고 뛰어나와 갑자기 사자 앞을 지나가려고 했습니다. 사자는 외쳤습니다.

"기다려!"

여우는 전기에 감전된 듯 부르르 떨더니 몸에서 빨강과 파랑 불꽃을 피워 주위에 뿌리고는 세차게 대여섯 바퀴를 돌고 멈췄습니다. 입이 옆으로 당겨 올라가 있어서 왠지 심술궂게 보입니다.

사자는 마음을 진정시키고 팔짱을 낀 채 말했습니다.

"넌 아직도 나쁜 짓을 그만두지 않았구나. 이전에 목덜미 털이 전부 뽑혔던 것을 벌써 잊었느냐?"

여우가 덜덜 떨면서 말했습니다.

"대, 대왕님. 저, 저는 지금은 이제 저, 정직하게 살고 있습니다."

이빨이 딱딱 부딪힐 때마다 푸른 불꽃이 주위에 퍼졌습니다.

"불꽃을 일으키지 마. 쇳덩이 냄새가 나. 자, 거짓말하지 말라고. 지금 어디로 가려던 참이었지?"

여우는 조금 안정을 찾았습니다.

"마라톤 연습입니다."

"진짜냐? 닭을 훔치러 가던 중 아니고?"

"아닙니다. 정말로 마라톤을 하고 있었습니다."

사자는 소리쳤습니다.

"그건 거짓말이다. 그리고 무엇보다 네게는 마라톤 따위 필요 없어. 그런 짓을 하고 있으니까 훌륭한 자가 못 되는 거다. 지금 무슨 일을 하고 있느냐."

"농부입니다. 그리고 마라톤도 함께 하고 있습니다."

"거짓말. 농부라면 무엇을 키우고 있느냐."

"조와 피, 조와 피입니다. 그리고 콩도 키웁니다. 그리고 양배추도 키웁니다."

"넌 조를 먹느냐?"

"그건 먹지 않습니다."

"무엇에 쓰느냐."

"닭에게 줍니다."

"닭이 조를 달라고 하더냐?"

"네, 자주 그렇게 말합니다."

"거짓말이다. 너는 거짓말만 하고 있어. 곳곳에서 내게 탄원이 들어오고 있다. 오늘은 네 등의 털을 모두 뽑아버릴 테니 그리 알아라."

여우는 완전히 풀이 죽어 고개를 떨구었습니다.

"이것으로도 마음을 고쳐먹지 않으면 다음에는 단번에 찢어버리겠다. 크헝!"

사자는 입을 크게 벌리고 짧게 포효했습니다.

여우는 완전히 간이 콩알만 해진 채 그냥 멍하니 사자 목젖이 분홍색으로 빛나는 것을 보고 있습니다.

그때 숲 언저리의 덤불이 바스락거렸습니다. 사자가 화를 꾹 참고 입을 다물고 있다가 다시 말했습니다.

"누구냐, 거기에 있는 자는. 이리로 나와."

덤불 속은 쥐 죽은 듯 조용했습니다.

사자는 잠시 코를 킁킁거리더니 다시 말했습니다.

"너구리로군, 너구리. 자, 숨어있어도 소용없다. 이리 나와. 음험한 자식 같으니."

너구리가 덤불에서 살금살금 기어 나와 말없이 사자 앞에 섰습니다.

"너구리 너, 엿듣고 있었지?"

너구리는 눈을 비비고 대답했습니다.

"그랬나?"

그 대답에 사자는 화가 나고 말았습니다.

"'그랬나?' 라니. 뻔뻔한 놈. 넌 늘 그런 식이지. 기둥에 묶어서 못으로 박아버리고 말겠다."

너구리는 역시 눈을 비비면서 "그런가" 하고 말했습니다. 여우는 눈알을 굴리며 그 얼굴을 훔쳐보고 있었습니다. 사자도 조금 기가 막혔습니다.

"죽어도 좋다는 건가. 태평스런 녀석이군. 너는 조금 전에 엿듣고 있었지?"

"아니, 나는 자고 있었어."

"자고 있었다고? 처음부터 자고 있었느냐?"

"자고 있었어. 그리고 갑자기 크헝 하는 소기라 나서 깜짝 놀라 잠이 깬 거다."

"아, 그렇군. 알았다. 너는 죄가 없다. 나중에 맛있는 것을 주도록 하마."

여우가 입을 열었습니다.

"대왕님, 이 녀석은 거짓말쟁이입니다. 엿듣고 있었던 것입니다. 자고 있었다는 건 거짓말입니다. 맛있는 것을 주다니 말도 안 됩니다."

너구리는 몸이 달아 배를 두드리며 여우를 비난했습니다.

"뭐하는 거야. 남을 모함하는 거냐. 넌 늘 그렇지."

그러자 여우도 마침내 진짜 화가 났습니다.

"모함이라는 것은 있지도 않은 일로 남을 나쁘게 말하는 것이다. 네가 엿듣고 있었으니까 그대로 정직하게 말하는 것은 모함이 아니야. 재판이라고 하는 거지."

사자가 지팡이를 조금 내밀며 말했습니다.

"이런, 재판이라고 하면 안 돼. 재판이라는 것은 좀더 훌륭한 자가 하는 거다."

그러자 여우가 말했습니다.

"아, 제가 틀렸습니다. 재판이 아닙니다. 평판입니다."

사자가 붉은 밤송이 같은 얼굴로 자지러지게 웃었습니다.

"앗하하하. 평판은 아무런 소용이 없어. 앗하하하. 너희도 정말 어이가 없구나. 앗하하하."

그리고 간신히 웃음을 멈추고 말했습니다.

"좋아, 좋아, 너구리는 용서해주지. 가거라."

"그런가. 그럼 안녕" 하고 너구리는 다시 덤불 속으로 기어들어갔습니다. 바삭바삭 바삭바삭하는 소리가 점점 멀어집니다. 아무래도 꽤 멀리까지 간 듯합니다.

사자는 그 모습을 끝까지 지켜보며 말했습니다.

"여우, 넌 어쩌겠느냐. 앞으로 마음을 고쳐먹겠느냐. 그렇게 한다면 이번만 용서해주지."

"예, 예. 마음을 고쳐먹든 뭐든 반드시 하겠습니다."

"고쳐먹든 뭐든이라니. 무슨 뜻이냐!"

"예, 예. 마음도 고쳐먹고 여러 가지 좋은 일도 모두 하겠습니다."

"아, 역시 너는 아직 안 되겠다. 한심한 녀석이야. 어쩔 수 없군. 이번에는 벌을 주지 않을 수가 없어."

"대왕님, 마음을 고쳐먹는 것만 하겠습니다."

"아니, 아니. 아침까지 이곳에 있어라. 새벽까지는 털을 잡아 뽑을 자들을 보낼 테니까. 만약 도망쳤다간 끝장날 줄 알아!"

"이번 달에 털을 뽑을 자들은 누구입니까?"

"원숭이다."

"원숭이! 으악, 제발 봐주십시오. 그 녀석은 최근에 저와 사이가 좋지 않아서 어떤 심한 짓을 할지 모릅니다."

"왜 사이가 나쁜 게냐. 네가 무언가를 속인 게지?"

"아니요, 그렇지 않습니다."

"그러면 무슨 일이냐."

"원숭이가 제가 만든 풀덫을 망가뜨려서."

"그러냐. 그 덫은 무엇을 잡기 위한 것이냐."

"닭입니다."

"아, 정말 지독한 녀석이다. 대책이 없는 놈이야."

사자는 크게 한숨을 쉬었습니다. 여우도 엉엉 울음을 터뜨렸습니다.

저쪽에서 흰곰이 쏜살같이 달려옵니다. 사자는 길에 지팡이를 내밀며 불러 세웠습니다.

"흰곰, 멈춰라. 멈춰. 무슨 일이냐. 왜 그렇게 허둥대는 것이냐."

"네, 코끼리가 제 코를 늘이려고 너무 세게 잡아당겼습니다."

"음, 그렇구나. 다친 곳은 없느냐?"

"피를 많이 흘렸습니다. 그리고 기절했습니다."

"음, 그래. 그 정도면 괜찮을 거다. 그런데 넌 코끼리의 제자가 되겠다고 했느냐?"

"네."

"그렇군. 코가 그렇게 길어지려면 천재가 아니면 안 되지. 당기는 정도로 될 것이 아니야."

"네, 정말 그렇습니다. 아, 쫓아왔습니다. 제발 잘 부탁합니다."

흰곰은 사자 뒤로 숨었습니다.

코끼리가 땅이 삐걱삐걱 울리도록 달려오자 사자는 지팡이를 내밀며 소리쳤습니다.

"멈춰라, 코끼리. 멈춰. 흰곰은 이곳에 있다. 너는 누구를 찾고 있는 것이냐."

"흰곰입니다. 제 제자가 되겠다고 했습니다."

"음, 그랬구나. 하지만 흰곰은 아주 온순해서 네 제자가 되지 않아도 괜찮을 것이다. 흰곰은 정말 순수한 인격자다. 그보다 이 여우를 조금 교육해줬으면 하는데. 최소한 거짓말만 하지 않을 정도면 된다."

"그렇습니까. 네, 알겠습니다."

"지금 털을 전부 뽑아버리려고 했지만…… 너무 가여워서 말이지.

교육비는 내가 내겠다. 한 달에 8백 엔으로 해주게. 이번 달치만 먼저 주겠네."

사자는 조끼 안주머니에서 커다란 손지갑을 꺼내고 센베이 과자만 한 금화 여덟 개를 꺼내 코끼리에게 주었습니다. 코끼리는 코로 받아 코 안에 넣었습니다.

"자, 여우는 따라가거라. 시키는 말을 잘 들어야 한다. 그리고 코끼리. 여우는 내가 맡긴 자이니 코를 함부로 당기지 말아주시게. 자, 모두 가거라."

흰곰도 코끼리도 여우도 모두 일어났습니다.

여우는 고개를 숙이면서도 두리번두리번 이곳저곳을 훔쳐보면서 코끼리를 따라갔고, 흰곰은 코를 누르고 집 쪽으로 서둘러 갔습니다.

사자는 궐련을 물고 성냥을 긋고는 검은 산으로 잠기는 초열흘의 달을 가만히 바라보았습니다.

그때 모두 잠에서 깨었습니다. 초열흘의 달은 정말로 지금 산으로 들어간 순간이었습니다.

여우도 여러 번 재채기를 하고 일어나 우왕좌왕 우왕좌왕 우리 안을 돌아다니면서 맞은편의 사자 우리 안에 있는 새카맣고 커다란 짐승을 어둠 사이로 살짝 엿보았습니다.

★

잘 듣는 약과 훌륭한 약

よく利く薬とえらい薬

기요오는 오늘도 숲 속 공터에 찔레나무 열매를 따러 갑니다.

그리고 싸늘한 숲 속에 한 발을 들이려는 순간 개똥지빠귀가 곧바로 날아와 말했습니다.

"기요오님, 오늘도 약을 따러 오셨습니까.

어머님은 어떠신가요.

찔레나무 열매는 아직 있습니까?"

기요오는 웃으면서 "아, 개똥지빠귀구나. 안녕" 하고 말하면서 그곳을 지나갔습니다.

그 목소리를 듣고 올빼미가 나무 동굴에서 두꺼운 목소리로 말했습니다.

"기요오, 오늘도 약을 구하러 왔나.

어머님은 조금 나아지셨나.

찔레나무 열매는 아직 없어지지 않았나.

부우우엉 부우우우엉

오늘도 약을 구하러 왔나.

어머님은 조금 나아지셨나.

찔레나무 열매는 아직 없어지지 않았나."

기요오는 웃으며 "아, 올빼미구나. 안녕" 하고 대답하고 그곳을 지나갔습니다.

숲 속 작은 웅덩이의 갈대 숲 사이에서 아까부터 열심히 노래를 부르고 있던 개개비가 허둥대며 빠른 어조로 말했습니다.

"기요오님, 기요오님.

약, 약, 약은 구하셨나요?

기요오님, 기요오님,

어머님, 어머님, 어머님은 어떠세요?

기요오님, 기요오님,

찔레 열매, 찔레 열매, 찔레 열매는 아직 남아있나요?"

기요오는 웃으며 "아, 개개비구나. 안녕" 하고 대답하고 그곳을 지나갔습니다.

그리고 어느새 숲 속 공터까지 왔습니다.

그곳은 작고 둥근 초록의 초원으로 새까만 비자나무와 당회나무로 둘러싸여 있었고, 그 나무 기둥 아래에는 찔레나무가 무성하게 자라있어서 마치 초원에 테를 둘러놓은 듯했습니다.

기요오는 햇볕에 타서 보라색이 된 찔레나무 열매를 똑똑 똑똑 따기 시작했습니다. 하늘에는 구름이 깃발처럼 빛나며 흘러가기도 하고, 하얀 공작 꼬리 같은 모양을 만들며 반짝이기도 했습니다.

기요오는 오로지 어머니 생각에 땀을 뚝뚝 흘려가며 열심히 열매를 모았습니다만, 어찌 된 일인지 그날은 아무리 시간이 흘러도 바구니의 바닥이 가려지지 않았습니다. 그러는 동안 이미 해님은 하늘 한가운데로 나오셨고, 숲은 쓰으쓰으 하는 소리를 내기 시작했습니다.

'나무가 물을 끌어 올리는 소리야.'

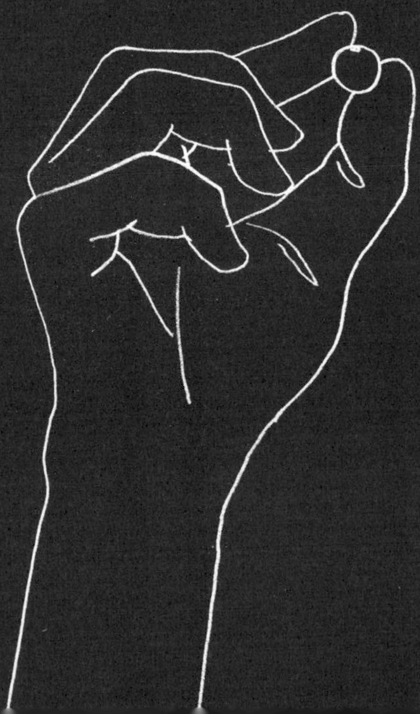

기요오는 그렇게 생각했습니다.

그럼에도 아직 바구니의 바닥은 가려지지 않았습니다.

어치가 "기요오님, 벌써 낮입니다. 도시락 드세요. 자, 떨어뜨리겠습니다" 하며 파란 도토리 한 알을 떨어뜨리고 갔습니다.

하지만 기요오는 그럴 때가 아니었습니다. 빨리 평상시만큼 열매를 따서 집으로 돌아가야 하기 때문입니다. 오후에 접어들었고 깃발구름이 모두 조각조각 흩어져 동쪽으로 날아갔습니다.

아직 바구니의 바닥은 가려지지 않습니다.

개개비가 숲 저편의 늪으로 가려고 기요오의 머리 위를 날아가면서 "기요오님, 기요오님. 아직입니까, 아직입니까. 아직아직아직아직아직아아직" 하고 지나갔습니다.

기요오는 땀을 뚝뚝 흘리면서 열심히 열매를 땄습니다. 아무리 시간이 흘러도 바구니의 바닥은 가려지지 않습니다. 마침내 완전히 지친 기요오는 멍하니 서서 찔레 열매 한 알을 입술에 대었습니다.

그러자 어찌 된 일일까요. 입술이 찌릿하고 몸이 부들부들 떨리면서 무언가 깨끗한 물이 머리부터 손과 발끝까지 깨끗하게 씻어낸 듯한, 뭐라 형용할 수 없이 상쾌한 기분이 되었습니다. 하늘까지 확실히 푸르러졌고 풀 아래의 작은 이끼까지 확실하게 보이는 듯했습니다.

게다가 지금까지 들리지 않았던 희미한 소리도 모두 확실히 알 수 있었고, 갖가지 나무의 온갖 향기까지 정말 손에 잡히는 듯했습니다. 깜짝 놀라 손에 든 그 한 알의 찔레 열매를 보았더니 그것은 빗방울처럼 아름답게 빛났고 투명했습니다.

기요오는 기뻐서 펄쩍 뛰고는 재빨리 그것을 들고 바람처럼 집으로 돌아갔습니다. 그리고 어머니에게 드렸습니다. 어머니는 그 열매를 물에 넣어 조심스럽게 마셨습니다. 그러자 지금까지의 병은 이미 온데간데없고, 갑자기 몸에 힘이 솟아 기뻐하며 일어났습니다. 그리고 순식간에 완전히 건강해졌습니다.

★ ★ ★

그런데 그 이야기는 점점 주위로 퍼져 나갔습니다. 곳곳에서 그 신기한 찔레 열매에 대한 소문으로 시끌벅적했습니다. 아마도 그것은 신이 기요오에게 주신 선물일 것이라고 사람들은 말했습니다.

그런데 이웃 마을에 다이조라는 자가 있었습니다. 그 사람은 몸이 마치 코끼리처럼 뚱뚱했으며 가짜 돈을 만들어 진짜 돈과 바꿔치기를 하는 사람이었습니다. 그렇게 모은 진짜 돈은 어마어마했고, 더구나 그자가 가짜 돈을 만든다는 사실은 아무도 몰랐습니다. 다이조는 '이것이 인간의 행복이라는 것이고, 나라는 사람은 꽤 잘난 사람'이라고 스스로 생각하고 있었습니다. 그런데 단 한 가지, 요즘 들어 머리가 멍하고 숨이 헉헉 가빠져서 고민하고 있었습니다. 의사들은 "이것은 조금 과식을 한 탓입니다, 식사량을 조금 줄이시면 머리가 멍해지는 것도 몸이 나른해지는 것도 모두 나을 것입니다"라고 말했지만, 다이조는 늘 "아니, 이것은 몸에 무언가가 부족하기 때문이야. 그러니까 보라고! 예전에는 각기병도 쌀 속에 독이 있기 때문이니 쌀만 먹지 않으면 낫는다고 했었지만 지금은 어떤가. 그것은 비타민이 부족하기 때문이라고 말하지 않나. 자네들은 의사라면서 그 정도로 모르나" 하고 오히려 의사에게 면박을 주었습니다.

그리고 머리가 맑아지고 가쁜 숨과 나른함이 사라져서 더욱 많은 음식을 맛있게 먹을 수 있는 그런 약을 끊임없이 찾고 있었지만 좀처럼 찾지 못하고 있었습니다. 그런데 마침 기요오의 투명한 찔레 열매 이야기를 들었으니 가만히 있을 수가 없었습니다. 재빨리 백 명의 사람을 불러 약을 찾으러 숲으로 갔습니다. 게다가 그 열매를 찾은 사람이 바로 삼켜버리면 곤란하기 때문에 더운 것도 꾹 참고 마차를 타고 직접 숲으로 갔습니다. 그리고 숲 입구에서 마차에서 내려 싸늘한 숲 속으로 한 발을 내밀었습니다. 그러자 곧바로 개똥지빠귀가 날아와 조금 기가 막힌 듯 말했습니다.

"이런, 이런. 이건 대체 인간이야 코끼리야. 여하튼 무지하게 뚱뚱하군. 대체 무얼 하러 온 걸까."

다이조는 화가 나서 "뭐라고! 약만 찾으면 이 숲 따위는 당장 불태워버리겠어" 하고 말했습니다.

그 소리를 듣고 올빼미가 나무 동굴 속에서 두꺼운 목소리로 말했습니다.

"이런, 이런. 여태 한 번도 들어본 적이 없는 목소리군. 풀무야, 인간이야. 만약 풀무라면 부우우엉 부우우우엉, 은을 훔치는 풀무겠군. 엄청나게 낯 두꺼운 녀석이군."

다이조는 자신의 직업까지 들먹이자 얼굴이 새빨개져 볼을 씰룩거리며 소리쳤습니다.

"뭐라고! 사람한테 풀무라니. 약만 찾으면 이 숲 따위 바로 태워버리겠어" 하고 말했습니다.

그러자 이번에는 숲 속 작은 물웅덩이의 갈대 속에 있던 개개비가 속사포처럼 말했습니다.

"이런 이런 이런, 이건 대체 커다란 가죽자루야, 아니면 역시 인간이야. 정말 놀랍군. 아이, 깜짝이야, 깜짝이야, 깜짝깜짝 깜짝깜짝."

다이조는 더욱 화가 나서 "이 자식 뭐라고! 약만 찾으면 이 숲 따위 훨훨 불태워버리겠다, 나쁜 자식."

그리고 백 명의 사람들을 데리고 다이조는 숲의 공터로 갔습니다.

"알겠나, 자, 찾아. 구석구석 뒤져."

다이조는 한가운데 서서 말했습니다.

모두 사락사락 사락사락 사락사락 숲을 뒤졌지만 아무리 찾아도 그런 것은 없었습니다.

하늘에는 구름이 하얀 뱀장어처럼 빛나기도 하고, 하얀 돼지처럼 기어 다니기도 했습니다.

다이조는 빨리 그 약을 먹고 몸에 기운이 솟는 것만을 생각하면서 땀을 뚝뚝 흘리고 숨을 헉헉 쉬면서 기다리고 있었습니다.

모두 사락사락 사락사락 사락사락 숲을 뒤졌지만 좀처럼 보이지 않았습니다.

그러는 동안 해님은 이미 하늘 한가운데로 나오셨고, 숲은 쓰으쓰으 소리를 내기 시작했습니다. 아아, 역시 각기병에 걸린 나무가 '비타민이 필요해, 필요해' 하고 말하고 있구나 하고 다이조는 생각했습니다. 그래도 아직 투명한 찔레 열매는 보이지 않습니다.

그때 어치가 "자, 코끼리 씨, 벌써 점심입니다. 도시락을 드세요. 자, 떨어뜨리겠습니다" 하고 밤나무 껍질을 한 조각 툭 떨어뜨리고 갔습니다.

"에잇, 나쁜 자식. 나중에 총을 갖고 와서 쏴버리겠다."

다이조는 이를 갈며 분해했습니다.

하늘에는 하얀 뱀장어 같은 구름도 모두 날아가고 다이조는 땀을 흘렸습니다. 아직도 열매는 찾지 못했습니다. 개개비가 숲 저편의 늪으로 도망가면서 "풀무 씨, 풀무 씨. 아직입니까. 아직입니까. 아직아직아직아직아직" 하고 지나갔습니다.

이미 저녁이 되었습니다. 그래서 사람들은 아무리 찾아도 안 되겠다며 찾기를 포기했습니다. 다이조도 한동안은 고민하며 서 있었지만 마침내 손뼉을 탁 치고 말했습니다.

"좋아, 나는 다이조다. 그 투명한 찔레 열매를 내가 만들어 보여주지. 자, 모두 찔레 열매를 열 관 따와."

그리고 다이조는 그 열 관의 찔레 열매를 들고 집으로 돌아갔습니다.

그리고 가짜 돈 제조장으로 직접 들어가 찔레 열매를 도가니에 넣었습니다. 그리고 투명하게 만들기 위해 유리조각과 수은과 염산을 넣고, 쉬익쉬익 하고 풀무질을 해서 새빨갛게 구웠습니다. 그러자 어떻게 되었을까요. 도가니 안에 투명한 것이 완성되었습니다. 다이조는 기뻐하며 그것을 먹었습니다. 그러나 투명한 그것을 먹는 순간 크윽 하면서 숨이 끊어졌습니다. 그날 밤 여덟 시 반 즈음, 도가니 안에 만들어진 투명한 것은 사실 승홍昇汞이라고 하는 가장 독한 독약이었습니다.

잔나비걸상
さるのこしかけ

나라오는 저녁 무렵, 뒤쪽의 커다란 밤나무 아래로 갔습니다. 그 기둥의, 딱 나라오의 눈높이 정도에 하얀 버섯이 세 개 자라나 있었습니다. 한가운데의 것은 크고, 양옆의 두 개는 훨씬 작고, 그리고 조금 낮았습니다.

나라오는 가만히 그 버섯을 바라보고 혼잣말을 했습니다.

"하하하, 이것이 잔나비걸상이라는 버섯이군. 하지만 여기에 앉을 만한 녀석이라면 아주 작은 원숭이겠어. 그리고 한가운데에 앉는 녀석이 분명 작은 원숭이들의 대장이고, 양옆에 앉는 녀석은 일반 병사임이 틀림없어. 아무리 대장이라고 으스대도 내 주먹만 한 녀석이야. 어떤 얼굴을 하고 있는지 한 번 보고 싶군."

그러자 세 마리의 작은 원숭이가 불쑥 나타나서 버섯 위에 앉았습니다.

역시 한가운데는 대장 복장을 하고, 작은 주제에 훈장도 여섯 개나 달고 있습니다. 양옆의 작은 원숭이는 너무 작아서 견장도 잘 보이지 않았습니다.

작은 원숭이 대장은 수첩 같은 것을 꺼내고 다리를 꼰 채 건들건들 거리면서 나라오에게 말했습니다.

“네가 나라오인가? 흠. 몇 살이지?”

나라오는 어이가 없었습니다. 작디작은 원숭이 주제에 군복 따위를 입고 수첩까지 꺼내더니 인간을 마치 포로 다루듯이 하는 것입니다. 나라오가 말했습니다.

"뭐라고, 이 쪼그만 원숭이가. 좀더 정중하게 말하지 않으면 대답 따위 하지 않겠어."

작은 원숭이가 얼굴을 찡그렸는데 아무래도 웃는 듯합니다. 이미 저녁이었기 때문에 그렇게 작은 얼굴은 잘 보이지 않았습니다.

하지만 작은 원숭이는 서둘러 수첩을 집어넣고 이번에는 깍지 낀 손을 무릎 위에 얹으면서 말했습니다.

"꽤 고집이 센 아이로군. 난 벌써 예순이다. 그리고 육군 대장이지."

나라오는 화가 났습니다.

"뭐야, 예순이 됐는데도 그렇게 작다면 앞으로도 가망이 없는 거네. 의자 채로 떨어뜨려 주마."

작은 원숭이가 다시 웃는 듯했습니다. 나라오는 아무래도 그 웃음이 무척 마음에 걸렸습니다.

하지만 작은 원숭이는 재빨리 건들거리던 다리를 똑바로 모으고 고개를 숙였습니다. 그리고 기분 나쁠 정도로 정중하게 말했습니다.

"나라오 씨. 이런, 제발 화내지 말아 주십시오. 저는 좋은 곳에 모셔가려고 당신의 나이까지 여쭤본 것입니다. 어떻습니까, 가시겠습니까? 마음에 들지 않으시면 곧바로 댁으로 돌아가시면 됩니다."

두 마리의 부하 원숭이도 열심히 눈을 깜박이며 나라오를 안내하고 싶다는 진심을 보였기 때문에 나라오도 가보고 싶은 마음이 조금 생겼습니다. 뭐, 마음에 들지 않으면 바로 돌아오면 그만이야.

"응. 가도 좋아. 하지만 너희는 말투에 조금 신경을 써야 해."

작은 원숭이 대장은 연신 고개를 끄덕이면서 버섯 위에 올라섰습니다.

자세히 보니 밤나무 세 개의 버섯 위에 세 개의 작은 입구가 있었습니다. 그리고 밤나무 뿌리 윗부분에는 나라오가 들어갈 수 있을 정도의 네모난 입구가 있습니다. 작은 원숭이 대장은 자신의 입구에 잠시 고개를 집어넣더니 뒤돌아보며 나라오에게 말했습니다.

"지금 막 전기를 켰으니까 그쪽으로 들어오십시오. 입구는 조금 좁지만 안은 무척 안락합니다."

작은 원숭이 세 마리가 안으로 들어가고 그와 동시에 밤나무 속에 전등이 확 켜졌습니다.

나라오는 서둘러 입구로 들어갔습니다.

밤나무는 마치 굴뚝같았습니다. 20미터 정도의 간격으로 작은 전등이 달려있었고, 작디작은 계단이 주위 벽을 따라 위쪽으로 끊임없이 이어져 있었습니다.

"자, 자. 이쪽으로 오십시오."

작은 원숭이는 성큼성큼 위쪽으로 올라갑니다. 나라오는 한 번에 백 계단씩 올라갔습니다. 그래도 좀처럼 세 마리의 원숭이를 앞설 수 없었습니다.

나라오는 지쳐서 헉헉 숨을 쉬며 말했습니다.

"이제 여기가 밤나무의 꼭대기겠지?"

원숭이들이 동시에 꺄악꺄악 웃었습니다.

"뭐, 됐으니까 따라오기나 하시죠."

위를 보니 전등 행렬이 똑바로 위를 향해 이어져 있었고, 그 끝은 너무 작아서 하나하나의 불빛으로 보이지 않고 한 줄의 빨간 선처럼 보였습니다.

작은 원숭이 대장은 나라오가 조금 힘들어하는 모습을 보고 무척이나 심술궂은 얼굴로 다시 말했습니다.

"자, 조금 서두르겠습니다. 괜찮겠습니까? 우리를 따라오십시오."

나라오가 말했습니다.

"여기에 표시를 해두고 가자. 집에 돌아갈 때 길을 잃으면 안 되니까."

원숭이들이 동시에 꺄악꺄악 웃었습니다. 건방지게도 일반 병사인 작은 원숭이까지 웃는 것이었습니다. 대장이 마침내 웃음을 멈추고 말했습니다.

"아니요, 돌아가고 싶을 때는 언제든지 보내드리겠습니다. 전혀 걱정할 필요 없습니다. 그보다…… 이제 뛸 준비를 하십시오. 여기는 아주 빨리 지나가지 않으면 안 됩니다."

나라오는 어쩔 수 없이 달릴 준비를 했습니다.

"자, 갑니다. 하나 둘 셋!"

작은 원숭이는 이미 달리기 시작했습니다.

나라오도 있는 힘껏 계단을 달려 올라갔습니다. 작은 원숭이는 정말 빨랐습니다. 발걸음 소리가 구웅구웅 울리고 전등이 화살처럼 계속해서 아래로 내려갔습니다. 나라오는 이제 숨이 차고 괴로워서 견딜 수가 없습니다. 그래도 열심히 달려 올라갔습니다. 달리고 있다는 감각도 없을 정도였습니다. 갑자기 눈앞이 푸르스름하게 환해졌습니다. 나라오는 눈부신 한낮의 풀밭 속으로 튕겨 나왔습니다. 그리고 풀에 다리가 걸려 넘어졌습니다. 그곳은 숲으로 둘러싸인 작은 공터였고, 작은 원숭이는 초록빛 풀 위를 줄지어 천천히 세 바퀴를 돌고 나서 나라오 옆으로 다가왔습니다. 대장이 코를 찡그리며 말했습니다.

"아, 힘들다. 당신도 힘드시죠? 이제 괜찮습니다. 이제 이런 힘든 일은 없습니다."

나라오가 숨을 헐떡거리며 간신히 일어나 말했습니다.

"여기는 어디지? 그리고 지금 이 시간에 해님이 하늘 한가운데 있다니 이상하지 않아?"

대장이 말했습니다.

"아, 걱정하지 마십시오. 이곳은 다네야마 들판입니다."

나라오는 깜짝 놀랐습니다.

"다네야마 들판? 엄청난 곳에 와버렸군. 금방 집에 돌아갈 수 있을까?"

"돌아갈 수 있고말고요. 이번에는 내려가는 것이니 간단합니다."

"그래?"

나라오는 대답하면서 주위를 보았지만 지금 왔던 터널 출구는 이미 없어졌고, 대신에 저쪽 나무 그늘과 우거진 풀 뒤에서 수많은 작은 원숭이들이 두리번두리번 이쪽을 보고 있었습니다.

대장이 작은 검을 휘익 뽑고 호령했습니다.

"집합!"

작은 원숭이들이 주변 곳곳에서 뛰어나와 들판 가득 달려왔으며, 금세 네 개의 긴 줄을 만들었습니다. 대장 옆에 있던 두 마리의 원숭이도 그 안에 섞여 들어갔습니다. 대장은 몸이 휘어질 정도로 힘껏 구령을 외쳤습니다.

"차렷!" "우로 나란히." "바로." "번호."

원숭이들은 모두 정말로 잘 해내고 있었습니다.

나라오는 놀라서 그 모습을 보고 있었습니다. 대장이 나라오 앞으로 와 똑바로 서서 말했습니다.

"지금부터 연습을 시작하겠습니다. 이상!"

나라오는 너무 재미있어서 자기도 일어섰지만, 키가 너무 큰 탓에 박자가 맞지 않아 다시 앉으며 말했습니다.

"좋아, 연습 시작해."

작은 원숭이 대장이 모두에게 말했습니다.

"지금부터 연습을 시작한다. 오늘은 참관자도 있으므로 특히 주의 하도록 한다. 좌향좌에서 오른쪽을 향하는 자, 앞으로 나가에서 오른쪽 다리부터 시작하는 자, 뛰어 구령에서 허리에 손을 올리지 않는 자, 모두 나중에 등을 세 번씩 꼬집겠다. 알겠나. 알아들었나. 팔 번!"

팔 번의 작은 원숭이가 대답했습니다.

"알겠습니다."

"좋아."

대장은 말하면서 세 걸음 뒤로 물러서더니 느닷없이 구령을 붙였습니다.

"돌격!"

나라오는 깜짝 놀랐습니다. 이렇게 난폭한 연습은 지금까지 본 적이 없습니다. 난폭한 정도가 아니라 작은 원숭이들이 모두 이를 드러내고 나라오에게 달려와서 모두 작은 밧줄을 꺼내 재빠르게 몸을 꽁꽁 묶었습니다. 나라오는 흠씬 때려주려다가 원숭이들이 너무 작아서 가만히 참고 있었습니다.

원숭이들은 다 묶고 나더니 서로 손을 맞잡고 까악까악 웃었습니다.

대장은 저쪽에서 배를 움켜잡고 웃으면서 검을 쳐들더니 "행가래 준비!" 하고 외쳤습니다.

나라오는 풀 위에 쓰러진 채 곁눈질로 보고 있었습니다. 작은 원숭이들은 저쪽에서 모두 여섯 마리씩 높게 높게 목말을 만들어 탑처럼 쌓아올렸습니다. 그리고 이곳에서도 저곳에서도 모여들어 마침내 원숭이 숲 같은 것이 만들어졌습니다.

원숭이 무리는 나라오를 향해 성큼성큼 다가와 수많은 손을 내밀었고, 나라오를 위로 끌어올렸습니다.

나라오는 멍하니 작은 원숭이들 위에서 대장을 보고 있었습니다.

대장은 더욱 의기양양해져서 있는 힘껏 발돋움을 한 채 구령을 붙였습니다.

"헹가래, 시작!"

"영차, 영차, 영차."

나라오의 몸은 이미 숲보다 높이 있었습니다.

"영차, 영차, 영차."

바람이 귓가에 휘잉 불었고, 아래에서는 작은 원숭이들이 팔을 올리고 있는 것이 아주 작게 보였습니다.

저 멀리서 강이 반짝하고 빛났습니다.

"떨어뜨려!" "와아" 하는 소리가 아래에서 들려 내려다보니 작은 원숭이들이 이미 사방으로 흩어져 숲 언저리에 줄을 지어 초원을 감싸고, 나라오가 땅에 떨어지는 것을 지켜보고 있었습니다.

나라오는 각오를 하고는 저 멀리에 있는 강을 다시 한번 보았습니다. 그 주변에 나라오의 집이 있는 것입니다. 그리고 나라오의 몸이 거의 땅에 닿으려는 순간이었습니다.

그때 아래에서 "위험해! 무슨 짓이야" 하는 커다란 목소리가 들렸습니다. 돌아보니 푸석푸석한 갈색 머리와 빨간 얼굴을 한 커다란 남자가 이쪽을 올려다보며 손을 뻗고 있는 것이었습니다.

"아, 산도깨비다. 살았다" 하고 나라오는 생각했습니다. 그리고 나라오는 곧 산도깨비의 손 위로 떨어졌고 풀밭 위에 내려졌습니다. 그 초원은 나라오 집 앞의 풀밭이었습니다. 밤나무가 있고 세 개의 잔나비걸상도 확실히 있었습니다. 그리고 아무도 없었습니다. 이미 밤입니다.

"나라오. 밥 먹자. 나라오!" 하고 집에서 엄마가 부르는 소리가 들렸습니다.

★

토신과 여우

土神ときつね

1

잇폰기 들판의 북쪽 끝에 언덕처럼 나지막하게 솟아있는 곳이 있었습니다. 강아지풀이 가득 자라 있었고 그 한가운데에는 한 그루의 아름다운 여자 자작나무가 있었습니다.

그 나무는 그리 크지 않았지만 줄기가 반질반질 검게 빛났고 가지는 아름답게 뻗었으며, 오월에는 하얀 꽃을 구름처럼 피우고 가을에는 황금색과 붉은색 등 색색의 잎을 떨어뜨렸습니다.

그래서 뻐꾸기 같은 철새, 또 때까치나 작은 굴뚝새, 동박새도 모두 이 나무에 머물렀습니다. 단, 젊은 매가 이곳에 와있을 때는 작은 새들은 멀리서부터 매를 발견하고 절대 가까이 다가오지 않았습니다.

이 나무에는 두 친구가 있었습니다. 하나는 딱 오백 걸음 떨어진 질퍽질퍽한 습지 안에 사는 토신土神이었고, 다른 하나는 늘 들판 남쪽에서 찾아오는 갈색 여우였습니다.

자작나무는 두 친구 중 여우를 더 좋아했습니다. 왜냐하면 토신은 신이라는 이름은 붙어있지만 무척 난폭했고, 머리카락은 무명실 다발처럼 푸석푸석하고 눈도 빨갰으며, 옷도 완전히 미역 같았고 늘 맨

발에 손톱도 검고 길었던 것입니다. 그런데 여우는 무척 품위가 있어 보였고 좀처럼 사람을 화나게 하거나 거슬리는 행동은 하지 않았던 것입니다.

하지만 이 둘을 찬찬히 비교해보면 토신은 정직하고 여우는 조금 정직하지 않았었는지도 모릅니다.

2

초여름의 어느 밤이었습니다. 자작나무에는 부드러운 새잎이 가득 자라있어서 그 향기가 주위에 가득했습니다. 하늘에는 이미 은하수가 하얗게 반짝이며 흘렀고, 하늘 가득한 별들이 떨리듯 흔들리듯 깜빡이고 있었습니다.

그 아래로 여우가 시집을 들고 놀러 왔습니다. 새로 맞춘 감색 양복을 입고 빨간 가죽구두를 따각따각 울리며 걸어왔습니다.

"정말로 조용한 밤이네요."

"네."

자작나무는 살며시 대답했습니다.

"저쪽에 전갈자리가 기어가고 있네요. 저 빨갛고 커다란 녀석을 옛날 중국에서는 '불'이라고 했답니다."

"화성과는 다른가요?"

"화성과는 다릅니다. 화성은 행성이지요, 하지만 저 녀석은 멋진 항성입니다."

"행성, 항성은 무엇인가요?"

"행성은 말이지요, 스스로 빛을 내지 못하는 녀석입니다. 그러니까 다른 곳에서 빛을 받고서야 겨우 빛나는 것처럼 보입니다. 항성은 스스로 빛나는 녀석이지요. 해님도 물론 항성입니다. 그렇게 크고 눈부

시지만, 아주 먼 곳에서 보면 역시 작은 별로 보이겠지요."

"어머, 해님도 별이었군요. 그러고 보면 하늘에는 아주 많은 해님이, 아니 별님이……. 이런, 역시 어색해요, 여하튼 해님이 있는 것이네요."

여우는 의젓하게 웃었습니다.

"뭐 그렇지요."

"별님은 왜 빨간 것과 노란 것과 초록이 있는 건가요."

여우는 다시 의젓하게 웃으며 높게 팔짱을 꼈습니다. 시집이 아슬아슬하게 흔들렸지만 쉽게 떨어지지는 않습니다.

"별이 주황색이나 파란색 등 여러 가지가 있는 이유 말씀이십니까. 그 이유는 이렇습니다. 원래 별은 처음에는 희미한 구름 같은 것이었습니다. 지금의 하늘에도 수없이 많이 있습니다. 이를테면 안드로메다에도 오리온에도 사냥개자리에도 모두 있습니다. 사냥개자리는 소용돌이 모양입니다. 그리고 고리성운이라는 것도 있습니다. 물고기의 입 모양과 비슷해서 피시마우스성운이라고도 하지요. 그런 것이 현재의 하늘에도 수없이 있습니다."

"아, 저도 언젠가 봤으면……. 물고기 입 모양의 별이라니 얼마나 멋질까."

"정말 멋집니다. 저는 미즈사와천문대에서 봤었거든요."

"아, 나도 보고 싶어."

"보여 드리죠. 사실 독일의 칼자이스에 망원경을 주문했습니다. 내년 봄까지는 올 테니까 도착하면 바로 보여 드리죠."

여우는 자신도 모르게 그렇게 말하고 말았습니다. 사실 그것은 순간적으로 생각해냈던 것입니다. '아, 나는 단 하나의 친구에게 또 무심코 거짓말을 해버렸어. 아, 난 정말 형편없는 놈이야. 하지만 결코 나쁜 마음으로 말한 건 아니야. 기쁘게 해주고 싶어서 그런 거야. 나중에 사실을 말하자.' 여우는 말없이 잠시 그런 생각을 하고 있었습니다. 그리고 그런 사실을 모르는 자작나무는 기뻐하며 말했습니다.

"어머, 기뻐요. 당신은 정말 언제나 친절하군요."

여우는 조금 풀이 죽은 채 대답했습니다.

"네, 그리고 저는 당신을 위해서라면 다른 어떤 일도 하겠습니다. 이 시집, 읽어보시겠습니까? 하이네라는 사람의 시입니다. 번역본이지만 꽤 잘 되었습니다."

"어머, 빌려도 될까요?"

"되고말고요. 부디 천천히 읽으세요. 자, 저도 그만 실례하겠습니다. 이런, 뭔가 하다만 이야기가 있는 듯한데……."

"별님의 색깔에 관한 이야기였어요."

"아, 맞다, 맞다. 하지만 그 이야기는 다음에 하죠. 제가 너무 오래 방해하면 안 되니까요."

"어머, 괜찮아요."

"제가 또 올게요. 그럼 안녕히 계세요. 책은 드리겠습니다. 이만 가보겠습니다."

여우는 서둘러 돌아갔습니다. 그리고 자작나무는 그때 불어온 남풍에 잎을 사락사락 울리면서 여우가 두고 간 시집을 들고 은하수와 하늘 가득한 별이 보내는 희미한 빛에 비추며 책장을 넘겼습니다. 그 하이네의 시집에는 로렐라이 등 갖가지 아름다운 시가 가득했습니다. 그리고 자작나무는 밤새 그 시집을 읽었습니다. 단지 세 시가 지나 들판 동쪽에서 황소자리가 올라올 즈음 잠깐 졸았을 뿐이었습니다.

날이 밝았습니다. 태양이 떠올랐습니다.

풀에는 이슬이 반짝이고 꽃은 모두 활짝 피었습니다.

그 동북쪽에서 붉게 녹은 구리 물을 뒤집어쓴 듯한 아침 해를 가득 맞으며 토신이 천천히 천천히 걸어왔습니다. 마치 세상 이치를 다 안다는 듯 팔짱을 끼고 천천히 천천히 다가왔던 것입니다.

자작나무는 무언가 조금 불편한 기분이 들었지만, 그래도 푸른 잎을 반짝반짝 움직여 토신이 오는 방향을 바라보았습니다. 자작나무의 그림자는 풀 위에 떨어져 아른아른 아른아른 흔들렸습니다. 토신은 조용히 다가와 자작나무 앞에 섰습니다.

"자작나무님, 안녕."

"안녕하세요."

"난 말이지, 아무리 생각해도 알 수 없는 것이 아주 많아. 좀처럼 알 수 없는 것이 많단 말이지."

"음, 어떤 일인가요?"

"이를테면 말이지, 풀이라는 것은 검은 흙에서 나오는 것인데 왜 이렇게 푸른 것일까. 노란색이나 흰색의 꽃까지 피우고. 아무래도 모르겠어."

"그건 풀의 씨가 푸르거나 하얀색을 갖고 있기 때문이 아닐까요."

"그래. 뭐, 그렇게 얘기하면 그렇지만 그래도 역시 모르겠어. 이를테면 가을의 버섯 같은 것은 씨도 없이 그냥 흙에서 나오잖아. 그런데도 역시 붉은색이나 노란색 등 여러 가지가 있잖아. 도저히 모르겠어."

"여우님에게 물어보는 것은 어떨까요."

자작나무는 어젯밤의 별 이야기를 황홀히 떠올리고 있었기 때문에 무심코 그렇게 말했습니다.

그 말을 들은 토신은 갑자기 얼굴색이 변했습니다. 그리고 주먹을 불끈 쥐었습니다.

"뭐? 여우? 여우가 무슨 말을 했는데?"

자작나무는 당황한 목소리로 말했습니다.

"아무 말도 하지 않았어요, 하지만 어쩌면 알고 있지 않을까 해서요."

"여우 따위에게 신이 무엇을 배운다는 것이 대체 가당키나 한가, 에잇."

자작나무는 완전히 겁에 질려 부들부들 부들부들 흔들렸습니다. 토신은 이를 바득바득 갈면서 높게 팔짱을 끼고 주변을 어슬렁거렸습니다. 그 그림자는 풀 위로 새까맣게 떨어졌고, 풀도 두려움에 떨었습니다.

"여우라는 놈은 사실 세상의 해악이야. 단 한마디도 진실이 없고, 비겁하고, 겁쟁이인데다가 질투도 아주 심한 녀석이야. 제길, 짐승 주제에."

자작나무는 간신히 마음을 진정시키고 말했습니다.

"토신님 제사도 이제 가까워졌네요."

토신은 얼굴빛을 조금 누그러뜨렸습니다.

"그렇지. 오늘이 5월 3일이니 앞으로 엿새 남았어."

토신은 잠시 생각하더니 갑자기 다시 목소리가 거칠어졌습니다.

"하지만 인간들도 아주 괘씸해. 요즘은 내 제사 공물 하나 가져오질 않아. 이번에 내 영역에 처음 발을 들인 자는 내가 반드시 진흙탕에 빠뜨려 버릴 거야."

토신은 다시 이를 부득부득 갈았습니다.

자작나무는 모처럼 위로해주려고 했던 말이 오히려 이런 상황이 되어버리자 어찌할지 모른 채 단지 잎을 반짝반짝 바람에 흔들고 있었습니다. 토신은 햇살을 받아 마치 타오르는 듯한 모습으로 높게 팔짱을 끼고 부득부득 이를 갈면서 그 주변을 어슬렁거리고 있었습니다. 생각하면 생각할수록 모든 것이 아니꼽게 느껴지는 듯했습니다.

그리고 마침내 참을 수 없게 되자 거칠게 고함을 지르며 자신의 습지로 돌아갔습니다.

3

토신이 사는 곳은 작은 경마장만 한 차가운 습지로, 이끼와 토끼풀과 짧은 갈대 등이 자라고 있었고, 곳곳에는 엉겅퀴와 말라비틀어진 키 작은 버드나무도 있었습니다.

질퍽질퍽한 물 위에는 여기저기 철의 붉은 침전물이 솟아올라 보기에도 끈적끈적해서 기분이 나빴습니다.

그 한가운데 작은 섬처럼 된 곳에 통나무로 지어진 높이 한 간間의 토신 사당이 있었습니다.

토신은 그 섬으로 돌아가 사당 옆에 길게 엎드려 누웠습니다. 그리고 검고 야윈 다리를 벅벅 긁었습니다. 토신은 한 마리 새가 자신의 머리 위를 똑바로 날아가는 것을 보았습니다. 토신은 곧바로 일어나 쉿 하고 외쳤습니다. 새는 깜짝 놀라 휘청거렸으며, 마치 날개고 뭐고 모두 굳어버린 듯 점점 아래로 떨어지면서 저쪽으로 도망갔습니다.

토신은 피식 웃고는 일어났습니다. 하지만 다시 바로 맞은편의 자작나무가 서 있는 언덕을 보더니 얼굴빛이 화악 변한 채 우뚝 멈춰 섰습니다. 그리고 너무도 기분이 언짢은 듯 그 푸석푸석한 머리카락을 양손으로 마구 헝클어뜨렸습니다.

그때 습지 남쪽에서 나무꾼 한 명이 다가왔습니다. 미쓰모리야마 산으로 일하러 가는 듯 습지 가장자리를 따라 난 좁은 길을 성큼성큼 걸어가고 있었습니다. 하지만 역시 토신을 알고 있어서 신경이 쓰이는 듯 가끔 토신의 사당 쪽을 보았습니다. 하지만 나무꾼에게는 토신의 모습은 보이지 않았습니다.

토신은 그 모습을 보더니 기뻐서 얼굴이 빨갛게 달아올랐습니다. 그리고 오른손을 나무꾼 쪽을 향해 뻗고 왼손으로 오른손의 손목을 잡아 자신 쪽으로 끌어당겼습니다. 그러자 기이하게도 나무꾼의 발이 저절로 점점 습지 쪽으로 향했습니다. 그리고 깜짝 놀란 듯 발걸음이 빨라졌고 새파랗게 질린 얼굴로 입을 벌리고 숨을 쉬었습니다. 토신은 오른손 주먹을 천천히 돌렸습니다. 그러자 나무꾼도 빙글빙글 돌면서 걸었고, 마침내 거친 숨을 몰아쉬며 같은 곳을 몇 번이고 돌고 있었습니다. 나무꾼은 어떻게든 빨리 습지에서 벗어나려고 발버둥쳤지만 아무리 안달하고 안달해도 같은 곳을 돌고 있을 뿐이었습니다. 토신은 꽤 즐거운 듯 히죽히죽 히쭉히쭉 웃으면서 엎드린 채 그 모습을 보고 있었습니다. 그러나 잠시 후 나무꾼이 거꾸로 뒤집힌 채 완전히 힘이 빠져서 물속으로 쓰러지자 천천히 일어났습니다. 그리고 큰 걸음으로 질퍽질퍽 걸어가 쓰러져 있는 나무꾼의 몸을 저쪽 초원으로 휙 던져버렸습니다. 나무꾼은 풀 위로 쿵 하고 떨어져 끙끙 신음하면서 움찔거렸지만 아직 정신이 들지 않았습니다.

토신은 큰소리로 웃었습니다. 그 목소리는 괴이한 파도가 되어 하늘 쪽으로 날아갔습니다.

하늘에 닿은 목소리는 잠시 후 되돌아 나와 자작나무가 있는 곳에도 쿵 떨어졌습니다. 자작나무는 얼굴빛이 화악 변했고, 햇살을 받아 푸르고 투명해졌으며 부들부들 떨었습니다.

토신은 참을 수 없다는 듯 양손으로 머리카락을 마구 헝클어뜨리며 혼자 생각했습니다. 내가 지금 이렇게 기분이 나쁜 이유는 첫째로 여우 때문이야. 여우 때문이기보다는 자작나무 때문이야. 여우와 자작나무 때문이야. 하지만 자작나무에는 화가 나 있지 않아. 자작나무가 화나지 않게 하려고 나는 이렇게 괴로운 것이다. 자작나무만 아무래도 좋다면 여우 따위는 더욱 아무래도 좋은 것이다. 나는 미천하지만 여하튼 신의 신분이다. 그런데도 여우 따위에게 신경을 쓰고 있다니 한심하다. 하지만 신경이 거슬리는 건 어쩔 수가 없다. 자작나무 따위는 잊어버리자. 하지만 아무래도 잊을 수가 없어. 오늘 아침에는 새파랗게 떨고 있었지. 그 아름다운 모습을 도저히 잊을 수가 없어. 나는 엉망인 기분으로 저 가여운 인간을 괴롭혔던 것이다. 하지만 어쩔 수 없다. 누구라도 기분이 나쁠 때는 무슨 짓을 할지 모르는 것이다.

토신은 혼자서 안타까움에 발을 동동 굴렀습니다. 다시 한 마리의 매가 하늘을 날아가고 있었지만, 토신은 이번에는 말없이 그 모습을 보고만 있었습니다.

저 멀리서 기병대가 훈련을 하는지 타닥타닥 타닥타닥 소금이 튀는 듯한 총소리가 들렸습니다. 그리고 푸른빛이 들판으로 가득 흘러왔습니다. 그 푸른빛을 마신 탓인지 아까 풀 위로 던져진 나무꾼은 간신히 정신이 들어 주저주저 일어나면서 연신 주위를 둘러보았습니다.

그리고 갑자기 일어서서 쏜살같이 도망갔습니다. 미쓰모리야마산 쪽으로 정말 쏜살같이 도망갔습니다.

토신은 그 모습을 보고 다시 큰소리로 웃었습니다. 그 소리는 푸른 하늘로 날아갔고 도중에 다시 자작나무가 있는 곳으로 쿵 떨어졌습니다.

자작나무는 다시 잎 색깔을 화악 바꾸고 보이지 않을 정도로 작게 떨었습니다.

토신은 자신의 사당 주변을 어슬렁어슬렁 거리며 몇 바퀴를 돌더니 마침내 기분이 가라앉은 듯 스윽 모습을 감추고 녹아들 듯 사당 안으로 들어갔습니다.

4

안개가 짙게 낀 팔월의 어느 밤이었습니다. 토신은 뭐라 말할 수 없이 쓸쓸했고, 화가 치밀어 올라 자신의 사당을 훌쩍 떠났습니다. 발걸음은 자신도 모르게 그 자작나무를 향하고 있었습니다. 토신은 자작나무를 생각하면 왠지 정말로 가슴이 덜컥 내려앉았습니다. 그리고 무척 서글펐습니다. 그즈음에는 토신의 기분도 많이 좋아져 있었습니다. 그래서 되도록 여우의 생각도 자작나무의 생각도 하지 않으려고 했지만 아무리 해도 자꾸 떠올라서 어쩔 수가 없었습니다. 나는 보잘것없어도 신이 아닌가, 한 그루의 자작나무가 내게 무슨 가치가 있겠는가 하고 토신은 날마다 반복해서 자신을 설득했습니다. 그럼에도 서글퍼서 견딜 수가 없었던 것입니다. 특히 그 여우를 잠시라도 떠올리면 마치 몸이 불타는 듯 괴로웠습니다.

토신은 여러 가지 깊은 생각에 빠진 채 점점 자작나무 가까이 갔습니다. 그러는 동안 마침내 자신이 자작나무에 가고 있다는 것을 확실하게 깨달았습니다. 그러자 갑자기 마음이 요동치듯 두근거렸습니다. 꽤 오랫동안 찾아가지 않았기 때문에 어쩌면 자작나무가 나를 기다리고 있을지도 몰라, 아무래도 그런 것 같아, 정말 그렇다면 너무 안타깝군 하는 생각이 강하게 들었습니다. 토신은 풀을 쿵쿵 밟고 가슴을 두근거리며 성큼성큼 걸어갔습니다. 그런데 그 힘찬 발걸음도 어느새 비틀비틀했고 토신은 푸른 슬픔을 머리부터 뒤집어쓴 듯 멈춰 서지 않으면 안 되었습니다. 여우가 와있었던 것입니다. 이미 완전히 밤이 되었지만, 달빛이 희미하게 잠겨 있는 안개 저편에서 여우의 목소리가 들려왔습니다.

"네, 물론 그렇습니다. 기계적인 대칭법만 따른다고 해서 그것이 아름답다고는 할 수 없습니다. 그것은 죽은 아름다움입니다."

"정말 그래요."

조용한 자작나무의 목소리가 들렸습니다.

"진정한 아름다움은 그렇게 고정되고 화석화된 모형 같은 것이 아닙니다. 대칭의 법칙을 따른다고 해도 사실은 대칭의 정신만을 가진 정도가 좋습니다."

"정말 그렇다고 생각해요."

자작나무의 상냥한 목소리가 다시 들렸습니다. 토신은 이번에는 날름대는 분홍색 불에 몸 전체가 타는 듯했습니다. 숨이 가빠져 도저히 참을 수 없었습니다. 무엇이 너를 그렇게 슬프게 하는가, 기껏해야 자작나무와 여우가 들판에서 나누는 짧은 대화가 아닌가, 그까짓 일에 마음이 혼란스러워지다니 그러고도 네가 신이라고 할 수 있는가, 토신은 스스로 자신을 꾸짖었습니다. 여우가 다시 말했습니다.

"그러니까…… 어떤 미학책에서도 이 정도의 이야기는 나오고 있습니다."

"미학에 관한 책을 많이 갖고 있나요?"

자작나무가 물었습니다.

"네, 그렇게 많지는 않지만 뭐 일본어와 영어와 독일어라면 대체로 있습니다. 새로운 이탈리아 책이 있는데 아직 도착하지 않았습니다."

"당신의 서재는 얼마나 멋질까요."

"아닙니다, 정말 너저분합니다. 게다가 연구실 겸용이라서, 저쪽 구석에는 현미경, 이쪽에는 〈타임즈〉와 시저의 대리석상이 굴러다니고……. 완전히 뒤죽박죽입니다."

"어머, 멋지네요. 정말 멋져요."

흐음 하는 여우의 겸손한 듯한 또는 자랑하는 듯한 숨소리가 들린 후 잠시 고요해졌습니다.

토신은 안절부절못했습니다. 여우가 말하고 있는 것을 들으면 자신보다 여우가 훨씬 훌륭했습니다. 보잘것없어도 신이 아닌가 하고 지금까지 자신을 설득했던 것이 이번에는 효과가 없었던 것입니다. 아아, 괴롭다, 당장 달려가서 여우를 단숨에 찢어 죽여 버릴까, 하지만 그런 것은 행여 꿈속이라도 내가 생각해서는 안 되는 일이야, 하지만 그 나라고 하는 것은 무언가. 결국 여우보다도 못한 자가 아닌가. 대체 나는 어떻게 해야 좋은 건가. 토신은 가슴이 찢기듯 번민했습니다.

"예전에 말했던 망원경은 아직 도착하지 않았나요?"

자작나무가 다시 물었습니다.

"네, 그 망원경 말입니까. 아직 오지 않았습니다. 좀처럼 도착하질 않는군요. 유럽 항로는 무척 혼잡해서 그럴 겁니다. 도착하면 바로 가져와서 보여 드리겠습니다. 토성 고리는 정말 아름답거든요."

토신은 갑자기 두 손으로 귀를 막고 쏜살같이 북쪽으로 달려갔습니다. 더 듣고 있다가는 자신이 무슨 짓을 할지 몰라 두려워졌던 것입니다.

정말 쏜살같이 달려갔습니다. 숨이 막혀 털썩 쓰러진 곳은 미쓰모리야마 산기슭이었습니다.

토신은 머리카락을 쥐어뜯으며 풀 위로 뒹굴었습니다. 그리고 커다란 목소리로 울었습니다. 그 목소리는 때아닌 천둥처럼 하늘로 날아가 들판으로 퍼졌습니다. 토신은 울다 울다 지쳐 새벽녘 멍하니 자신의 사당으로 돌아갔습니다.

5

그러는 동안 이윽고 가을이 되었습니다. 자작나무는 아직 새파랬지만, 그 주변의 강아지풀은 이미 완전히 황금색으로 변한 이삭을 내밀고 바람에 반짝였으며 여기저기 은방울꽃 열매도 빨갛게 익었습니다.

투명한 황금색 가을의 어느 날, 토신은 아주 기분이 좋았습니다. 올해 여름부터 토신을 괴롭혔던 여러 가지 괴로운 생각들이 왠지 갑자기 모두 멋진 것으로 변해 머리 위에 링이 되어 걸려있는 것처럼 느껴졌습니다. 그리고 그 이상하게 못된 성질도 어디론가 사라지고, 자작나무도 여우와 이야기하고 싶으면 해도 좋다고, 둘이 기쁘게 얘기할 수 있다면 정말로 좋다고 생각했습니다. 오늘은 그 이야기를 자작나무에 전해주자고 생각하면서 토신은 마음도 가볍게 자작나무가 있는 쪽으로 걸어갔습니다.

자작나무는 멀리서부터 토신이 오는 것을 보고 있었습니다.

그리고 역시 걱정스러운 듯 바들바들 떨며 기다렸습니다.

토신은 자작나무 앞으로 걸어가 가볍게 인사를 했습니다.

"자작나무님, 안녕. 정말 좋은 날씨군."

"안녕하세요. 좋은 날씨네요."

"태양은 참 고마운 존재야. 봄은 빨갛게 여름은 하얗게 가을은 노랗게. 가을이 노란색이 되면 포도는 보라색이 되지. 정말 고마운 존재야."

"정말 그래요."

"난 말이지, 오늘 아주 기분이 좋아. 올해 여름부터 정말 여러 가지 괴로운 일이 있었지만, 이제야…… 오늘 아침부터 갑자기 마음이 가벼워졌어."

자작나무는 대답하려고 했지만 왠지 마음이 무거워져 대답할 수 없었습니다.

"지금이라면 난 누구를 위해서라도 내 목숨을 줄 수 있어. 지렁이가 죽어야만 할 처지라면 지렁이 대신 내가 죽어도 좋아."

토신은 저 멀리 파란 하늘을 보며 말했습니다. 그 눈도 검고 아름다웠습니다.

자작나무는 다시 무언가 대답을 하려고 했지만, 역시 무언가 굉장히 마음이 무거워서 겨우 한숨만 쉬고 있었습니다.

그때였습니다. 여우가 찾아온 것입니다.

여우는 토신이 있는 것을 보고 얼굴빛이 확 변했습니다. 하지만 되돌아갈 수도 없어서 조금 떨면서 자작나무 앞으로 다가왔습니다.

"자작나무님, 안녕. 거기에 계신 분은 토신이군요."

여우는 붉은 가죽구두를 신고 갈색 레인코트를 입고 아직도 여름모자를 쓴 채 그렇게 말했습니다.

"그래, 난 토신이야. 좋은 날씨지 않나."

토신은 정말로 밝은 마음으로 말했습니다. 여우는 질투심에 얼굴이 파래지면서 자작나무에 말했습니다.

"손님이 계신 데 찾아와서 실례했습니다. 이것은 요전에 약속했던 책입니다. 그리고 망원경은 언젠가 맑은 날 밤에 보여 드리겠습니다. 안녕히 계세요."

"어머, 고마워요" 하고 자작나무가 대답하는 동안 여우는 토신에게 인사도 하지 않고 이미 되돌아섰습니다. 자작나무는 새파랗게 질린 채 가늘게 떨었습니다.

토신은 한동안 멍하니 여우가 가는 모습을 바라보고 서 있었습니다만, 여우의 붉은 가죽구두가 풀 위에 반짝이는 것을 보고 깜짝 놀라 제정신이 들었습니다. 그리고 갑자기 머리가 핑 돌았습니다. 여우가 너무도 얄밉게 으스대며 성큼성큼 저쪽으로 걸어가고 있는 것입니다. 토신은 걷잡을 수 없는 분노가 치솟았습니다. 얼굴도 새까맣게 변했습니다. 미학책은 뭐고 망원경은 뭐야. 재수 없는 놈. 자, 어떻게 하는지 두고 보라지 하며 갑자기 여우 뒤를 쫓아갔습니다. 자작나무는 당황해서 가지를 부들부들 떨었고, 여우도 무언가 기척을 느끼고 무슨 일인지 싶어 무심코 뒤들 돌아보자, 완전히 새까맣게 변한 토신이 폭풍우처럼 쫓아오고 있었습니다. 그러자 여우도 얼굴색이 변한 채 입술을 일그러뜨리며 바람처럼 달려 도망가기 시작했습니다.

토신은 마치 그 주변의 풀이 새하얀 불이 되어 타오르고 있는 것처럼 느껴졌습니다. 푸르게 빛나던 하늘조차 갑자기 텅 빈 시커먼 구멍이 되었고 그 끝에서는 빨간 불꽃이 화르르 타오르는 것처럼 느껴졌던 것입니다.

둘은 휙휙 소리를 내며 기차처럼 달렸습니다.

"이제 끝장이다, 끝장이야. 망원경, 망원경, 망원경."

여우는 머릿속 어딘가로 열심히 생각하면서 꿈처럼 달리고 있었습니다.

저편에 작은 민둥산이 있었습니다. 여우는 그 아래의 동그란 굴로 들어가려고 한 바퀴를 휘익 돌았습니다. 그리고 머리를 휙 낮추고 안으로 뛰어들려고 뒷다리를 살짝 든 순간 이미 토신이 뒤에서 화악 덮쳤습니다. 그리고 순식간에 여우는 몸이 비틀린 채 입술을 뾰족하게 내밀고 조금 웃는 듯한 얼굴로 토신의 손 위에 고개를 축 늘어뜨렸습니다.

토신은 갑자기 여우를 땅바닥에 내던지고는 너덧 번 세차게 밟아 버렸습니다.

그리고 나서 갑자기 여우 굴 안으로 뛰어들어갔습니다. 굴 안은 텅 빈 채 어두웠고, 단지 붉은 흙이 깨끗하게 굳어있을 뿐이었습니다.

토신은 조금 이상한 기분이 들어 입술을 일그러뜨리며 밖으로 나왔습니다.

그리고 축 늘어져 뻗어 있는 여우의 레인코트 주머니에 손을 넣어 보았습니다. 그 주머니 안에는 갈색의 오리새풀 씨앗이 두 개 들어 있었습니다. 토신은 아까부터 벌리고 있던 입을 다물지 못하고 엄청나게 큰 목소리로 울기 시작했습니다.

그 눈물은 비처럼 여우 위에 내렸고, 여우는 결국 고개를 축 늘어뜨린 채 살짝 미소를 띠듯 죽어 있었습니다.

★

26일 밤

二十六夜

★ ★ ★

음력 6월 26일의 밤이었습니다.

기타카미 강의 물은 검은 한천보다 더욱 매끄럽게 흘렀고 시시하나獅子鼻*는 희미한 별빛 아래에 시커멓게 솟아 있었습니다.

시시하나 절벽 위의 송림은 물론 시커멓게 보였지만, 그래도 숲 안으로 들어가 보면 키 큰 소나무의 높은 우듬지가 하나하나 하늘의 은하수와 별자리를 뚫고 나온 듯이 보였습니다.

솔방울인지 새인지 알 수 없는 검은 물체가 그 우듬지에 가득 모여 있었습니다.

그리고 숲 바닥의 억새잎은 여름밤의 이슬을 이미 통통 떨어뜨리고 있었습니다.

그 소나무 숲의 저 높고 높은 곳에서 누군가가 부우엉 부우엉 하

* '사자의 코'라는 뜻의 지명으로 절벽을 이루고 있는 모습이 사자의 코와 닮은 데서 유래되었다.

고 경문을 읊고 있습니다.

> 그때 질상대력疾翔大力이 루카이에게 이르기를 "똑바로 듣거라, 똑바로 듣거라, 이것을 잘 생각하라. 그대 올빼미들과 온갖 악한 금수, 고통과 번뇌에서 해탈하는 길을 이르겠나니."
>
> 루카이는 곧바로 두 날개를 펴고 공손하게 고개를 숙인 채 자리에서 일어나 질상대력을 찬탄하며 낮게 세 번을 돌고는 천천히 자리로 돌아왔습니다. 무릎을 꿇고 절하며 오로지 청하기를 "질상대력이시여, 질상대력이시여, 부디 저희를 위해 설법을 해주십시오, 부디 저희를 위해서 설법을 해주십시오."
>
> 질상대력은 미소 지으며 금색 원광을 머리 위에 덮으시니 그 빛은 그 자리를 빠짐없이 비추었고, 모든 새는 환희로 충만하나니. 이윽고 말씀하시기를 "그대들은 온갖 악업을 행하고 있다. 이를테면 야음을 틈타 작은 새의 집으로 찾아간다. 작은 새는 이미 온종일 햇살을 받으며 노래하고 날갯짓하느라 지쳐 그저 감미로운 잠 속에 빠져 있나니. 그대들은 날아가 그 작은 새를 잡는다. 날카로운 발톱은 그 몸에 깊게 박히고, 모든 작은 새들은 고통의 비명을 지른다. 곧 그 작은 새를 찢어 실컷 먹어치운다. 혹은 수렁논으로 가서 소라와 대합을 쪼아 먹는다. 소라와 대합은 진흙 속에 있으니 마음이 여리고 단지 따뜻한 물을 그리워할 뿐이다. 그런데 갑자기 몸이 공중에 있고 혹은 곧바로 몸을 찢겨 번민의 비명을 지른다. 그대들은 그것을 먹는 데에 참회의 마음 없나니. 이처럼 모든 악업을 들자면 셀 수 없도다. 악업 탓에 다시 모든 악업을 짓는다. 끊임없이 반복되며 결코 끝은 없나니. 낮에는 햇살을 두려워하고 또한 사람과 강한 새를 두려워한다. 마음은 잠시의 평안함도 없이 올빼미의 생을 마감하고 다시 올빼미로 태어나는, 끝없이 모든 번뇌를 안고 다시 그 끝은 없나니."

갑자기 목소리가 끊기고 숲 속은 고요해졌습니다. 단지 아주 희미한 흐느낌 소리가 곳곳에서 들릴 뿐이었고, 그 설법은 확실히 올빼미의 불경이었던 것입니다.

잠시 후 서쪽 저 멀리에서 기차가 달리는 소리가 들렸습니다. 그 소리는 동쪽 언덕으로 울렸고 덜컹덜컹 하고 메아리쳤습니다.

숲은 다시 고요해졌습니다. 우듬지 사이를 자세히 보면 역시 그것은 올빼미였습니다. 한 마리의 커다란 올빼미가 숲에서 가장 높은 소나무의 가장 높은 가지에 앉아 있었고, 그 주변 나무 곳곳에는 크고 작은 수많은 올빼미가 소리 없이 가만히 앉아 있었습니다. 아주 가끔 희미한 한숨과 흐느끼는 소리가 날 뿐이었습니다.

부우엉 부우엉 소리가 다시 들렸습니다.

"단, 지금의 경문은 〈올빼미수호품〉으로 누구나 알고 있는 진귀한 경전 중 하나다. 지금부터 잠시 이 경문의 뜻을 풀이하겠다. 모두 마음을 가다듬고 듣기를 바란다. 모처럼 생명을 얻어 태어났음에도 그냥 배고프면 잡아먹고, 졸리면 둥지로 들어가는 생활은 아무런 소용이 없다. 더구나 새 생명을 얻어 안락하게 살아간다고 해도, 사실 그 하루도 그냥 하루가 아니다. 우리가 하루를 살기 위해서는 참새나 개똥지빠귀, 우렁이나 지렁이를 열 마리, 스무 마리를 죽이지 않으면 안 된다. 지금 이 경전에 나와 있는 그대로다. 이 경전의 도리를 잘 듣고 이해해서 덧없이 짧은 인생을 헛되이 살지 않도록 해야 한다. 지금부터 경문에 들어가겠다. 아이들도 졸지 말고 잘 듣도록. 알겠는가."

숲 속은 다시 조용해졌습니다. 아까의 기차소리가 다시 저 멀리서 들려왔습니다.

"'그때 질상대력이 루카이에게 이르기를'에서 일단 질상대력이 어떤 분인지 그것을 먼저 설명해야 한다. 질상대력으로 말하자면 사신대보살捨身大菩薩이시다. 원래 새의 몸으로 태어났으나 보리심菩提心을 일으켜 불공을 드리고 보살이 되신 대보살이지. 질상疾翔이라는 것은 빨리 난다는 뜻이 아닌가. 사신보살이 원래의 새의 모습이 되어 하늘을 날 때는 일양一揚이라고 해서 날갯짓 한 번에 육천 유순을 나시지. 그런 까닭에 질상이라고 하는 것이다. 또한, 불속이든 물속이든 오로지 보살을 갈구하는 자가 있으면 사신대보살이 반드시 뛰어 들어가 구해주시며 그 명정한 하늘로 데려가 주시는데, 그때 불에 뛰어들어 몸의 털 한 올조차 다치지 않으시고 물에 들어가서도 날개의 털끝도 젖지 않는다고 하는, 그 큰 덕을 대력이라고 하는 것이다. 따라서 질상대력이란 사신대보살을 새들이 일컫는 호칭, 뭐 이렇게 말하면 실례지만 새들이 우러러보고 받들며 모시는 마음을 담은 하나의 별명이라고 생각하면 된다."

잠시 목소리가 끊어졌고 숲은 고요해졌습니다. 단지 기타카미 강 아래쪽 못에서 숭어인지 무언지가 튀어 오르는 소리가 첨벙 하고 들렸을 뿐입니다.

아마도 대종사이거나 승정인 듯한 올빼미 스님의 강의가 다시 시작되었습니다.

"그렇다면 질상대력은 어떻게 우리와 같은 미천한 새의 신분에서 그런 훌륭한 분이 되실 수 있었을까. 대단한 일이지. 그 자신은 물론이고 모든 중생도 뜻한 바대로 구제하셨으니 말이지. 어떤 연유로 그렇게 귀한 신분이 되셨는가 하면…… 그건 좀처럼 쉬운 일은 아니었지. 질상대력은 원래 한 마리의 참새이셨다. 남쪽 인도의 어느 집 마룻대에 살고 계셨지. 어느 해 심한 기근이 찾아왔고, 쌀은 물론이고 나무에는 열매도 맺히지 않았으며 풀조차 말라버렸지. 새도 짐승도 모두 굶어 죽었고 사람도 풀썩풀썩 쓰러졌어. 염천과 기갈 때문에 사람도 새도 부모형제를 보살필 수 없는 세상은 완전히 아귀도였어. 그때 질상대력은 아직 힘없는 참새였지만 그 모습을 지그시 바라보며 세상의 비참함과 허무함에 눈물을 흘리셨지. 그중에서도 그 집의 엄마와 아이의 모습은 특히 안타까웠어. 아이는 아직 여섯 살도 채 되지 않았지만, 모친은 그 모진 기갈 속에서 어디서도 음식을 얻을 수 없었고 두 사람은 오늘내일하며 빤히 죽음을 기다리고 있었던 거지. 그때 질상대력은 마룻대에서 그 모습을 바라보며 안타까운 마음에 한동안은 어찌할 바를 모르고 있었어. 그러다가 그동안의 은혜를 갚을 때는 지금뿐이라고 용기를 내어 지친 날개를 펴고 저 멀리 있는 숲까지 모자의 식량을 구하러 간 것이지. 그 마음이 하늘에 닿았는지, 어느 커다란 숲 속의 이름도 알 수 없는 나무에서 빛깔도 향기도 자못 고귀한 열 개의 열매를 발견했어. 그러자 질상대력은 온 힘을 다해 그 열 개의 열매를 하나씩 집으로 옮겨 엄마와 아들에게 떨어뜨려 주었어. 열 번째 열매를 물어올 때는 배고픔과 힘에 벅찬 열매의 무게 탓에 눈앞이 아찔해져 다섯 번이나 땅에 떨어졌지만, 은혜를 갚겠다는 일념으로 그 자신은 절대 그 열매를 먹지 않았어. 그 열 번째 열매를 무사히 엄마와 아들에게 가져다주고는 긴장이 풀어지면서 피로에 그대로 쓰러졌지. 그리고 간신히 정신을 차리고 아래를 내려다보니 그 아이는 활력이 넘치며 더없이 기뻐하는 듯했지만, 엄마는 그 열매를 입에 대지 않았고 마침내 기아로 쓰러지기 직전이었어. 질상대력은 그 모습을 보고 이제 이 몸을 어머니에게 봉양하겠다며, 갑자기 몸을 잔뜩 웅크리고 숨을 참은 채 대들보에서 마루로 떨어졌지. 그 아픔은 몸을 찢는 듯했지만 그래도 목숨은 붙어있었어. 하지만 살아있다는 것을 알면 자비로운 그 사람은 먹으려고 하지 않을 것이기에 숨을 참고 눈을 감고 있었지. 그리고 마침내 원하던 대로 그 엄마와 아이를 구했어. 그 공덕으로 질상대력님은 결국 부처를 만났지. 그리고 법력을 얻어 마침내 아까도 얘기했듯이 불속에 있어도 그 털 하나 다치지 않았고 물속에 있어도 그 날개의 깃털 하나 젖지 않는 대력의 보살이 된 것이야. 지금의 이 경문은 그 대보살님이 악업을 행하고 있는 우리를 가엽게 여겨 구제의 길을 알려주고 있는 것이다. 그 시작은…… 음, 잠시 쉬고 다음 강의에서 설명하도록 하지.

나무질상대력, 나무질상대력.

모두 잠시 편안히 쉬도록."

가장 높은 나무의 검은 그림자가 파닥파닥 소리를 내며 맞은편의 낮은 나무로 옮기는 듯했습니다. 역시 올빼미였던 것입니다.

그와 동시에 숲 속은 갑자기 부스럭부스럭 날갯소리가 들리기도 하고, 주둥이로 콕콕 찍는 소리, 낮게 그르렁거리며 중얼거리는 소리 등으로 가득 찼습니다. 은하수가 꽤 돌아와 있었고, 큰곰자리가 반짝반짝 반짝였으며, 동쪽 산맥 위의 하늘은 고풍스러운 황금색으로 뿌옇게 밝아졌습니다.

아까 지나간 기차는 정거장에서 교대했는지, 이번에는 남쪽에서 덜컹덜컹 달리는 소리가 들렸습니다. 무언가 기차의 울림이 무척 느린 것이 화물열차인 듯했습니다.

그때 검은 동쪽 산맥 위에 뾰족하고 이상한 모양의 노란 무언가가 나타났습니다. 올빼미들은 갑자기 술렁거렸습니다. 음력 24일의 황금색 뿔 같기도 하고 낫 같기도 한 달이었던 것입니다. 순식간에 스윽 올라왔습니다. 늪 바닥의 빛 같은 어슴푸레한 푸른빛이 숲의 드높은 우듬지에 쏟아졌고, 한 마리의 커다란 올빼미가 날개를 펄럭이고 있는 것도 팔랑팔랑 은색으로 보였습니다. 아까 설교를 하던 소나무 주변의 가지 여섯 곳에는 네 마리에서 여덟 마리 정도의 올빼미가 모여앉아 있었습니다. 낮게 뻗은 세 개의 가지에는 세 마리의 새끼 올빼미가 각각 앉아있습니다. 형제인 듯한 세 마리는 모두 은빛이었고 크기도 비슷했습니다. 그 가운데 두 마리는 무척이나 지루한 듯했습니다. 한쪽 날개를 펄럭이기도 하고, 한쪽 다리로 흔들흔들 서 있기도 하고, 가지에 발톱을 걸고 빙글 돌아 거꾸로 매달린 채 오가사와라 섬의 박쥐 흉내를 내기도 하고 있습니다.

그리고 무언가 이야기를 하고 있었습니다.

"내가 큰 대大자를 만들어볼까? 대자 따위 간단해."

"대자는 나도 할 수 있어."

"할 수 있다고? 할 수 있으면 해봐."

"자."

그 작은 새끼 올빼미는 아주 잠깐, 소방사 같은 뒤집힌 대자를 만들었습니다.

"뭐야, 겨우 그거야? 겨우 그거야?"

"하지만 했으면 된 거잖아."

"대자가 되지 않았어. 그냥 십十자였어. 다리가 벌려지지 않았잖아."

"이런, 얌전히 있어. 사람들이 흉보잖아."

바로 위의 나뭇가지에 있던 아빠 올빼미가 그 커다랗고 파랗게 반짝이는 눈으로 이쪽을 보며 말했습니다. 눈 가장자리의 붉은 그늘까지 확실하게 보였습니다.

그런데 작은 올빼미 형제는 좀처럼 말을 듣지 않았습니다.

"십자라고? 세로 기둥이 두 개 있는 십자가 어디 있어."

"두 개로 벌려지지 않았다니까."

"분명히 벌렸어."

"뭐, 이 건방진 놈."

한 마리가 가지에서 날아올랐습니다. 다른 한 마리도 날아올랐습니다. 두 마리는 파닥파닥, 서로 걷어차더니 날개가 달빛에 은색으로 펄럭이며 아래로 떨어졌습니다.

엄마 올빼미인 듯, 아까의 아빠 올빼미와 나란히 있던 갈색의 조금 작은 올빼미가 아래로 내려갔습니다. 그리고 아래쪽에서 울음소리가 들렸습니다. 하지만 곧 엄마 올빼미는 원래의 자리로 날아올랐고, 두 마리의 작은 올빼미도 올라와 원래의 자리에 앉더니 한쪽 다리로 눈을 비볐습니다. 엄마 올빼미가 한 번 더 야단을 쳤습니다. 그 눈도 파랗게 빛났습니다.

"너희는 정말 왜 그러니. 다들 보고 있는 곳에서 금방 싸움질이나 하고. 왜 호키치처럼 얌전하게 가만히 있지를 않니."

호키치라고 불린 올빼미는 세 마리 중 제일 작은 녀석인 듯했는데 가장 온화하고 얌전했습니다. 똑바로 앞을 본 채 얌전히 가지 위에 앉아 처음부터 끝까지 조용히 있었습니다.

그 나무의 가장 높은 가지에 앉은, 몸 전체가 은빛인 올빼미는 확실히 할아버지 올빼미였습니다. 휴식시간 동안 볼을 크게 부풀리고 수은 같은 달빛을 받으면서 흔들흔들 졸고 있었습니다.

달은 이미 꽤 높이 올라왔고 별자리도 많이 돌아가 있었습니다. 전갈자리는 서쪽으로 잠기려 하고 있었고 은하수도 완전히 사선을 이루고 있었습니다.

맞은편의 낮은 소나무에서 아까의 나이 든 스님 올빼미가 비스듬히 날아 원래 있었던 가지에 앉았습니다.

소란스러웠던 숲이 갑자기 조용해졌습니다. 바람 탓인지, 아까까지는 들리지 않았던 저 멀리에서 여울소리가 울려왔습니다. 스님 올빼미는 부우엉 부우엉 하고 두세 번 헛기침을 한 후 다시 강연을 시작했습니다.

> 그때 질상대력이 루카이에게 이르기를 "똑바로 듣거라, 똑바로 듣거라, 이것을 잘 생각하라. 그대 올빼미들과 온갖 악한 금수, 고통과 번뇌에서 해탈하는 길을 이르겠나니."

루카이는 곧바로 두 날개를 펴고 공손하게 고개를 숙인 채 자리에서 일어나 질상대력을 찬탄하며 낮게 세 번을 돌고는 천천히 자리로 돌아왔습니다. 무릎을 꿇고 절하며 오로지 청하기를 "질상대력이시여, 질상대력이시여, 부디 저희를 위해 설법을 해주십시오, 부디 저희를 위해서 설법을 해주십시오."

질상대력은 미소 지으며 금색 원광을 머리 위에 덮으시니 그 빛은 그 자리를 빠짐없이 비추었고 모든 새는 환희로 충만하나니. 이윽고 말씀하시기를 "그대들은 온갖 악업을 행하고 있다. 이를테면 야음을 틈타 작은 새의 집으로 찾아간다. 작은 새는 이미 온종일 햇살을 받으며 노래하고 날갯짓하느라 지쳐 그저 감미로운 잠 속에 빠져 있나니. 그대들은 날아가 그 작은 새를 잡는다. 날카로운 발톱은 그 몸에 깊게 박히고, 모든 작은 새들은 고통의 비명을 지른다. 곧 그 작은 새를 찢어 실컷 먹어치운다. 혹은 수렁논으로 가서 소라와 대합을 쪼아 먹는다. 소라와 대합은 진흙 속에 있으니 마음이 여리고 단지 따뜻한 물을 그리워할 뿐이다. 그런데 갑자기 몸이 공중에 있고 혹은 곧바로 몸을 찢겨 번민의 비명을 지른다. 그대들은 그것을 먹는 데에 참회의 마음 없나니. 이처럼 모든 악업을 들자면 셀 수 없도다. 악업 탓에 다시 모든 악업을 짓는다. 끊임없이 반복되며 결코 끝은 없나니. 낮에는 햇살을 두려워하고 또한 사람과 강한 새를 두려워한다. 마음은 잠시의 평안함도 없이 올빼미의 생을 마감하고 다시 올빼미로 태어나는, 끝없이 모든 번뇌를 안고 다시 그 끝은 없나니."

"앞 강연에서는 사신보살을 질상대력이라고 부르는 이유와 그 보살이 되시게 된 인연을 이야기했는데 다음으로는 루카이에 대한 설명을 하겠다. 루카이는 우리와 마찬가지로 올빼미였다. 우리의 선조와 함께 사셨던 분이지. 지금도 루카이 대사라고 부르며, 매달 13일, 루카이님의 기일을 기리고 있지. 올빼미라면 누구나 13일에는 졸참나무잎을 따서 루카이 대사께 공양을 하지. 이는 루카이님이 졸참나무에 사셨기 때문이다. 루카이님은 일찍부터 올빼미라는 몸의 비참함을 깨달으시어 출가의 길을 뜻하셨고 마침내 그 마음이 전해져 질상대력님을 만나 결국 그 귀한 가르침을 듣고 천상으로 가셨다. 그

루카이님에 대한 설법으로 '똑바로 듣거라, 똑바로 듣거라, 이것을 잘 생각하라'고 하셨지. 이는 마음을 가다듬고 잘 들으라는 뜻이지. 어떤 설법이든 마음을 가다듬고 귀를 기울여서 듣는 것은 중요하다. 건성으로 들으면 아무 소용도 없나니."

그런데 그때 아까 싸움을 하던 두 마리의 새끼 올빼미가 강연을 듣는 것이 지겨워져서 서로 눈싸움을 시작하고 있었습니다. 그 가지는 무성한 잎에 덮여 어두웠기 때문에, 있는 힘껏 눈을 크게 뜨고 있는 두 올빼미의 눈알은 도깨비불처럼 파랗게 빛났습니다. 그리고 마침내 두 올빼미는 동시에 웃음을 터뜨리며 "네 눈은 정말 크다"고 말했습니다.

그 소리는 다행히 조금 가는 귀가 먹은 올빼미 스님에게는 들리지 않았지만, 다른 올빼미들은 모두 이쪽을 돌아보았습니다. 호키치 올빼미는 너무나 민망해서 쭈뼛쭈뼛 고개를 가만히 숙이고 있었습니다. 하지만 두 올빼미는 모두가 쳐다보자 몸을 가지 뒤에 숨기고 소곤거렸습니다.

"야, 우리 도망가서 놀자."

"어디로."

"짓소지寺가 있는 숲."

"갈까."

"응, 가자. 호키치도 가지 않을래?"

"아니."

호키치는 고개를 흔들었습니다.

"'그대 올빼미들과 온갖 악한 금수, 고통과 번뇌에서 해탈하는 길을 이르겠나니'라는 뜻은……."

강연이 다시 이어졌습니다. 두 마리는 이미 몰래 도망 나왔고, 호키치는 형제들 몫까지 혼자 듣겠다는 듯 더욱 몸을 긴장시켰습니다.

★ ★ ★

그다음 날인 6월 25일 밤이었습니다.

어제와 똑같은 시간이었는데 강연은 아직 시작되지 않았고, 강연을 하던 스님은 눈을 감고 말없이 강연 자리인 높은 가지에 앉아있었습니다. 주변에는 어제와 마찬가지로 수많은 올빼미가 앉아있었는데 웬일인지 무척 흥분해있는 듯했습니다. 여자 올빼미 중에는 흑흑 흐느끼는 올빼미도 있었고, 한 남자 올빼미는 도저히 가만있을 수 없다는 듯 부들부들 화를 내고 있었습니다. 게다가 어젯밤의 세 형제 가족 올빼미 중 가장 높은 곳에 있는 할아버지 올빼미는 이미 눈이 퉁퉁 부은 채 이따금 볼을 씰룩거렸고, 그 빨갛게 부은 눈에서는 눈물이 소리 없이 떨어지고 있었습니다.

물론 엄마 올빼미는 훌쩍훌쩍 울고 있었습니다. 난폭한 두 마리의 형제 올빼미도 그날 밤은 이상하게 똑바로 앉아서 커다란 눈을 가만히 내리뜨고 있었습니다. 그리고 아빠 올빼미는 계속해서 서쪽을 보고 있었습니다. 그런데 대체 어찌 된 일인지 그 온화하고 얌전한 호키치의 모습이 보이지 않았습니다. 바람이 조금 불어와 소나무의 우듬지가 조용히 흔들렸습니다.

하늘에는 곳곳에 구름도 떠있는 듯했습니다. 왜냐하면 별이 곳곳에서 맹인이 된 듯 까맣고 빛나지 않았기 때문입니다.

갑자기 서쪽에서 커다란 갈색 올빼미 한 마리가 날아왔습니다. 그리고 모두의 출입구인 낮은 나무에 앉아 목소리를 낮추고 말했습니다.

"역시 안 되겠어. 호키치도 이미 포기한 듯해. 아까까지는 파닥파닥 움직였지만 지금은 절구 위에 얌전히 앉아있어. 그리고 아무래도 줄이 바뀐 거 같아. 전에는 오른쪽 다리였는데 지금은 왼쪽 다리에 묶여있고 게다가 실의 색깔이 빨간색이야. 하지만 한 가지 좋은 소식은 모두 잠이 들었다는 거야. 아까까지 호키치의 눈을 손가락으로 찌르려고 했던 아이는 배만 덮고 대자로 누워 자고 있어."

호키치의 엄마 올빼미는 마치 불에 덴 듯 비명을 지르며 울었습니다. 엄마 올빼미를 따라 숲 속의 여자 올빼미들은 모두 훌쩍훌쩍 울었습니다.

스님 올빼미는 가만히 별을 올려다보더니 조용히 물었습니다.

"이 세상은 정말 늘 이런 식이야. 모두 슬픈 일뿐이야. 그렇게 얌전한 아이가 왜 인간에게 붙잡힐 만한 곳에 간 것이냐."

강연 자리가 있는 나무 옆에 있던 쥐색 올빼미가 공손하게 대답했습니다.

"오늘 새벽녘에 형제 셋이서 외출했다고 합니다. 평상시에는 인간이 올 만한 곳은 아니었습니다. 그러는 동안 아침 해가 떠올랐고 세 형제는 모두 눈이 부셔서 한동안 눈을 감고 있었다고 합니다. 그러자 그때 두 인간 아이가 풀을 베러 온 듯했고, 호키치도 모르는 사이 한 아이가 나무 위로 올라와 호키치의 다리를 잡았다고 합니다."

"아아, 저런 안타까운 일이. 너무도 측은한 이야기구나. 그렇게 얌전하고 착한 아이라도 무언가의 인과가 있는 게지. 할 수만 있다면 내가 대신해주고 싶구나."

숲은 다시 고요해졌습니다. 잠시 후 다시 한 마리의 올빼미가 파닥파닥 날아왔습니다.

"호키치는 절구 위를 걸어 다니고 있어요. 그 빨간 끈을 끊으려고 애를 쓰고 있었지만 좀처럼 끊어지지 않았어요. 나도 어딘가 틈새로 날아 들어가 도와주려고 집 주위를 몇 바퀴나 돌아보았지만 빈틈은 어디에도 없었어요. 정말로 가여워요. 하지만 호키치는 울지 않았어요."

엄마 올빼미가 울면서 눈부신 듯 커다란 눈을 슴벅거리며 물었습니다.

"그 집에 고양이는 없는 것 같았나요?"

"네, 고양이는 없는 것 같았어요. 분명히 없을 겁니다. 제가 꽤 오랫동안 엿보고 있었지만 끝내 보이지 않았으니까요."

"그러면 안심입니다. 여러분에게는 정말로 너무 큰 폐를 끼쳐서 면목이 없어요. 전부 호키치가 부주의한 탓입니다."

"아니에요, 아니에요. 그렇지 않아요. 그렇게 현명한 아이라도 재난은 어쩔 수 없는 법이에요."

숲 속의 여자 올빼미들이 저마다 대답했습니다. 그 소리는 서쪽으로 이백 미터 떨어져 있는, 초가지붕 안에 잡혀있는 호키치에게도 아주 희미했지만 들렸습니다.

할아버지 올빼미가 이따금 잠긴 목소리로 아빠 올빼미에게 말했습니다.

"이미 이렇게 된 바에야 어쩔 수 없다. 너는 호키치에게 가서 살짝 일러주어라. '이미 이렇게 된 바에야 버둥거리거나 화를 내며 인간을 물어뜯거나 해서는 절대 안 된다. 오늘 중에 아무도 너를 죽이지 않는다면 분명 너를 키울 생각이니까, 지금까지처럼 온순하고 얌전하게 있고 절대 인간에게 반항하지 말아라'고. 그렇게 가르쳐 주고 오는 게 좋겠다."

아빠 올빼미는 귀를 늘어뜨리고 말없이 듣고 있었습니다. 스님 올빼미도 멀리서 할아버지 올빼미의 말에 귀를 기울이고 있었고, 그 뜻을 대강 알아들은 듯 이렇게 덧붙였습니다.

"그래, 그래. 현명한 판단이야. 덧붙여서 이렇게도 전해 주게. '이렇게 험한 꼴을 당한 것도 무언가 나쁜 짓에 대한 응보니 원망 따위 해서는 안 된다. 이 세상에서 지은 죄도 수없이 크며, 전생의 죄도 셀 수 없이 많으니 이 재난도 생긴 것이다. 그렇게 마음먹고 홀로 너무 한탄하지도 말라. 너무 울면 마음도 더욱 우울해지고 건강도 해치게 된다. 다리에는 끈이 묶여있지만 그냥 이곳에 와서 처음 앉았던 곳이라고 가볍게 생각해야 한다'고 전해주게. 아아, 하지만, 하지만…… 잡힌 처지는 또 다를 테니. 이렇듯 편안히 앉아있는 자가 이러니저러니 말해봐야 아무 소용없지. 아아, 가여운 것, 불쌍한 것."

아빠 올빼미는 몇 번이나 고개를 숙였습니다.

"고맙습니다. 고맙습니다. 반드시 그렇게 전하겠습니다. 호키치가 그 말씀을 전해 들으면 이제 죽어도 좋다고 할 것입니다."

"아니, 아니, 그래. 이 말도 전해주게. 아무리 키우기로 정했다고 해도 아이들 마음은 원래 전혀 믿을 수가 없는 법. 또한, 근처에는 개나 고양이도 있을 것이니 만일의 경우에는 그냥 그 질상대력의 이름을 부르라고, 그렇게 전해주게. 아아, 불쌍한 것."

"고맙습니다. 그러면 다녀오겠습니다."

엄마 올빼미가 흐느끼며 말했습니다.

"아아, 부디, 살아있는 동안에는 아침저녁에 두 번, 내가 들을 수 있도록 크게 울어달라고 전해주세요."

"알겠네. 그러면 여러분, 다녀오겠습니다."

아빠 올빼미는 두세 번 날갯짓을 해본 후에 소리도 없이 미끄러지듯 저쪽으로 날아갔습니다. 스님 올빼미가 그 모습을 가만히 지켜보더니 갑자기 몸을 펴고 말했습니다.

"중생들이여, 언제까지 울고만 있을 수는 없지 않은가. 이 세상은 끝없는 괴로움의 세계라고 해서 고계苦界 또는 인토忍土라고 하지 않는가. 모두 슬픈 일들뿐 눈물이 마를 새도 없지. 이렇게 된 바에는 오직 우리와 중생이 빨리 고통에서 벗어나는 길을 아는 것이 중요하다. 여러분도 마음을 잘 가라앉히고 들어라. 호키치의 일을 통해 단 한 마리라도 진정한 보리의 마음을 얻게 된다면 호키치의 공덕, 그리고 이 자리에 있는 모든 이의 공덕은 끝이 없을지니, 차분하게 듣도록 해야 한다. 어제 했던 강연을 계속하겠다.

그때 질상대력이 루카이에게 이르기를 "똑바로 듣거라, 똑바로 듣거라, 이것을 잘 생각하라. 그대 올빼미들과 온갖 악한 금수, 고통과 번뇌에서 해탈하는 길을 이르겠나니."

루카이는 곧바로 두 날개를 펴고 공손하게 고개를 숙인 채 자리에서 일어나 질상대력을 찬탄하며 낮게 세 번을 돌고는 천천히 자리로 돌아왔습니다. 무릎을 꿇고 절하며 오로지 청하기를 "질상대력이시여, 질상대력이시여, 부디 저희를 위해 설법을 해주십시오, 부디 저희를 위해서 설법을 해주십시오."

질상대력은 미소 지으며 금색 원광을 머리 위에 덮으시니 그 빛은 그 자리를 빠짐없이 비추었고, 모든 새는 환희로 충만하나니. 이윽고 말씀하시기를 "그대들은 온갖 악업을 행하고 있다. 이를테면 야음을 틈타 작은 새의 집으로 찾아간다. 작은 새는 이미 온종일 햇살을 받으며 노래하고 날갯짓하느라 지쳐 그저 감미로운 잠 속에 빠져 있나니. 그대들은 날아가 그 작은 새를 잡는다. 날카로운 발톱은 그 몸에 깊게 박히고, 모든 작은 새들은 고통의 비명을 지른다. 곧 그 작은 새를 찢어 실컷 먹어치운다. 혹은 수렁논으로 가서 소라와 대합을 쪼아 먹는다. 소라와 대합은 진흙 속에 있으니 마음이 여리고 단지 따뜻한 물을 그리워할 뿐이다. 그런데 갑자기 몸이 공중에 있고 혹은 곧바로 몸을 찢겨 번민의 비명을 지른다. 그대들은 그것을 먹는 데에 참회의 마음 없나니. 이처럼 모든 악업을 들자면 셀 수 없도다. 악업 탓에 다시 모든 악업을 짓는다. 끊임없이 반복되며 결코 끝은 없나니. 낮에는 햇살을 두려워하고 또한 사람과 강한 새를 두려워한다. 마음은 잠시의 평안함도 없이 올빼미의 생을 마감하고 다시 올빼미로 태어나는, 끝없이 모든 번뇌를 안고 다시 그 끝은 없나니."

“자, 어제는 ‘모든 새들은 환희로 충만하나니’까지 설명을 했고 오늘은 그다음이다. ‘이윽고 말씀하시기를’은 질상대력님이 루카이 대사의 간청으로 즉시 설법을 들려주셨다는 것이다. ‘그대들은 온갖 악업을 행하고 있다’에서 그대들이란 원래 우리 올빼미들과 소리개 등을 지칭하는 것이지만 본뜻은 올빼미에 있다. 그다음 문장의 죄상을 밝히는 부분을 보면 모두 우리가 한 짓이기 때문이다. ‘악업’에서 악은 나쁜 것이다. 업은 범어로 카르마라고 하며, 모두 전생에 했던 일에 대한 응보로 나타나는 것을 업이라고 한다. 선업과 악업이 있다. 여기서는 악업을 말하고 있다. 그 사정을 다음에 제시하셨지. ‘이를테면 야음을 틈타 작은 새의 집으로 찾아간다’ 모두 남의 일이 아닐 것이다. 스스로 자신의 가슴에 물어보길 바란다. ‘야음’이란 밤의 어둠이다. ‘틈타’는 그 어둠을 이용해서라는 의미다. ‘야음을 틈타’라고 하셨지. ‘작은 새의 집에 찾아간다’에서 작은 새는 참새, 곤줄박이, 박새, 검은방울새, 때까치, 굴뚝새, 어치, 개똥지빠귀 등 몸이 작고 힘이 없는 것을 모두 ‘작은 새’라고 한다. 이 작고 힘없는 새의 집에 찾아간다는 것인데, 찾아간다고는 하지만 그냥 방문만 하는 것도 아니며 놀러 가는 것도 아니다. 잔인한 생각을 마음 깊이 감추고, 무섭고 추한 야차의 모습으로 몰래 잠입하는 것을 말한다. 이 설법을 하실 당시는 그래도 올빼미에게 아직 꽤 선한 마음이 있었지. 작은 새의 집에 찾아간다는 말을 할 때쯤에는 듣고 있던 자들은 모두 섬뜩해서 자리에 앉아있지 못했다. 하지만 요즘은 그렇지도 않지. 요즘이라면 질상대력님은 더욱 격렬하고 세차게 설법하실 게야. 여러분, 마음에 깊게 새기면서 들어주길 바란다.

다음 문장은 ‘작은 새는 이미 온종일 햇살을 받으며 노래하고 날갯짓하느라 지쳐 그저 감미로운 잠 속에 빠져 있나니’ 이 역시 남의 일이 아닌 것이다. 어떤가, 오늘 아침 호키치에게 일어났던 일과 같지 않은가."

강연하는 스님의 목소리가 갑자기 흐느끼듯 떨렸습니다. 호키치의 엄마도 비단을 찢는 듯한 울음을 터뜨렸고 좌중의 여자 올빼미들은 곧바로 따라 울었습니다.

이윽고 남자 올빼미들도 울었습니다. 숲 속은 흐느껴 우는 소리뿐이었습니다, 바람이 불어와 나무들이 모두 흔들흔들 흔들렸지만 누구도 쉽게 울음을 그치지 못했습니다. 별은 계속해서 일주했고 빨간 화성도 이미 서쪽 하늘로 들어갔습니다.

스님 올빼미는 한동안 부우엉 부우엉 기침을 하고 있었지만 마침내 마음을 가다듬고 다시 강연을 이어갔습니다.

"그대들이여. 먼저 자신이 굴뚝새가 되었다고 생각해보자. 자, 태양이 동쪽 하늘에 금빛 화살을 쏘고 나무는 푸르고 나뭇가지는 흔들리고, 굴뚝새들은 즐겁게 노래를 하지. 친한 친구들과 가지에서 가지로, 나무에서 나무로, 태양의 빛 속을 노래 부르며 돌아다니지. 정오 무렵이 되면 시원한 나뭇잎 그늘에서 잠시 쉬며 조용히 있다가 다시 찍찍 울면서 날아올라 하늘의 푸른 들판을 향해 날아가지. 또 작은 개울에도 가지. 마음이 맞는 친구와 잠시도 떨어지지 않고 노래하며 돌아다니지. 그리고 태양이 숨으면 몸은 지치고 졸음이 와서 기름처럼 녹아들지. 어느새 눈꺼풀은 닫혀 있고 낮의 풍경을 꿈꾸지. 몸은 가지에 머물러있지만, 마음은 여전히 달콤한 피로감과 함께 꿈속의 햇살 사이를 즐겁게 날아다니지. 그때 갑자기 섬뜩함을 느낀다. 꿈인지 생시인지 놀라 눈을 뜨면 몸은 찢기고 피는 흐르고 있어. 타오른 듯한 두 개의 눈이 빛나며 나를 응시하고 있지. 소리를 내려고 해도 목이 비틀려 소리가 나오지 않아. 이것이 바로 '날카로운 발톱은 그 몸에 깊게 박히고 모든 작은 새들은 고통의 비명을 지른다'의 뜻이다. 하지만 이것은 잡힌 새 처지에서 본 것이야. 잡는 쪽에서 보면 날아서 이것을 잡는 것이지. 아무런 죄도 없이 자고 있는 생명을 단 한 번에 달려들어 날카로운 발톱으로 그 부드러운 몸을 찢고, 새는 비명조차 지르지 못하지. 우리는 그 모습을 비웃으면서 찢는 거야. 이 얼마나 처참한 일인가. 이 몸도, 지금은 법사로서 새도 물고기도 잡지 않지만, 옛날을 생각해보면 살고 싶지도 않을 정도로 절망적이지. 아아 죄 많은 이 몸, 밤마다 밤마다 꿈에서는 똑같은 야차의 죄를 짓지. 업보의 이 무서움, 질기기도 하지."

바람이 휘익 불어왔습니다. 나무는 모두 파도처럼 흔들리고, 스님 올빼미도 그 속에서 표류하는 배처럼 움직였습니다.

그리고 동쪽 산마루에서 어제의 황금뿔, 즉 스무닷새의 달님이 어제보다 훨씬 여윈 모습으로 올라왔습니다. 숲 속은 희미하고 희미한 안개 같은 것으로 가득 찼으며, 서쪽에서 아빠 올빼미가 힘없이 날아 돌아왔습니다.

★ ★ ★

음력 6월 26일의 밤이었습니다.

하늘이 너무 맑게 개어 있어서, 은하수 강물은 투명하고 차가웠으며 바닥의 모래알도 셀 수 있을 듯했습니다. 또한, 가만히 눈을 감고 있으면 그 강물소리조차 들리는 듯했습니다. 하지만 그것은 어쩌면 하늘 높은 곳에서 불고 있던 바람소리였는지도 모릅니다. 왜냐하면 별이 아지랑이 너머에 있는 것처럼 조금 흔들리기도 하고 밝아졌다 어두워졌다 했기 때문입니다.

시시하나 위의 소나무 숲에는 오늘 밤도 올빼미들이 모여 있었습니다. 오늘 밤에는 호키치가 와 있었습니다. 하지만 그저께 밤에 있던 곳이 아니라 할아버지가 있는 곳보다 훨씬 높은, 두 개의 작은 나뭇가지가 엇갈려 있었고 그 위로 더 작은 가지 너덧 개가 뻗어 있어서 술잔 모양을 이루고 있는 곳이었습니다. 그곳에 어디서 가져온 것인지 짚부스러기와 머리카락 등을 깔아놓은 임시 둥우리가 마련되어 있었습니다. 그 안에 호키치가 몸을 절반쯤 기댄 채 가만히 눈을 감고 있었습니다. 엄마 올빼미와 두 형제가 호키치 주위에 앉아 호키치의 몸을 받쳐주고 있었습니다. 숲 속 올빼미들은 오늘 밤에는 한 마리도 울지 않았지만 분노는 어제와 비할 바가 아니었습니다.

"상처는 어떠냐. 조금 나아졌느냐?"

스님 올빼미가 늘 앉는 높은 곳에서 상냥하게 물었습니다. 호키치는 무언가 말을 하려고 하는 듯했지만, 그냥 눈만 깜박일 뿐이었고 엄마 올빼미가 대신 대답했습니다.

"애써 견디고 있는 듯합니다. 말을 잘하지 못합니다. 그래도 오늘 밤 강연은 어떡하든 듣고 싶은 듯했습니다. 부디 신경 쓰지 마시고 강연을 해주세요."

스님 올빼미는 하늘을 올려다보았습니다.

"갸륵한 마음씨로구나. 그런 마음씨니까 다리는 부러졌지만 다시 부모님 곁으로 돌아온 것 아니겠느냐. 하지만 건강한 두 다리를 아무런 이유도 없이 비틀어 꺾고는 놓아주다니…… 너무도 비열한 인간의 마음이로다."

"놓아주었다고는 해도 두 다리가 부러졌는데 어떻게 곧바로 날아올 수 있겠습니까. 억새밭에 떨어져 삑삑 울고 있었습니다. 그나마 낮에는 아무도 모르고 있다가 겨우 저녁 무렵에야 제가 얼굴을 보려고 갔더니 이 모양이 되어 있었습니다."

"그래, 지당한 말이다. 하지만 남을 원망해서는 안 된다. 모두 자기 자신에게서 비롯된 것이다. 원망의 마음은 아수라를 만든다. 결코 남을 원망해서는 안 되니라."

호키치는 그 말을 꿈속처럼 멍하니 듣고 있었습니다. 인간 아이들이 지겨워지자 '놓아주자'고 호키치를 밖으로 데려갔던 것입니다. 그때 다리를 뚝 하고 부러뜨렸습니다. 두 다리는 지금도 오싹오싹 아픕니다. 눈을 떠도 주위가 모두 빙글빙글 돌고, 하늘조차 높아졌다 낮아졌다, 울렁울렁 흔들리는 듯했습니다. 다른 올빼미들의 목소리도 마치 물속처럼 웅웅거리며 들렸습니다. '아, 나는 분명 죽을 거야. 이렇게 괴롭다면 정말로 죽는 편이 나아. 하지만 아빠와 엄마는 우시겠지. 아니, 아빠와 엄마는 아직 내 옆에 계시기는 한 걸까. 아, 아파 아파.' 호키치는 소리도 없이 울었습니다.

"정말 지독한 놈들이야. 우리는 그들에게 무엇하나 해를 끼치지 않는데 이런 짓을 하다니. 더는 가만히 있을 수 없어. 뭔가 복수를 해주자."

젊은 올빼미 한 마리가 큰 소리로 말했습니다. 바로 옆에 있던 올빼미가 대답했습니다.

"불을 지르는 건 어떨까. 이번에 쓰레기 태우는 날 밤에 불붙은 긴 짚을 물어다가 지붕에 놓는 거야. 열 개, 이십 개 옮겨놓는 동안 그중 하나엔 불이 붙을 거야. 하지만 불에 타죽는 건 너무 편한 죽음이야. 뭔가 좀더 고통을 줄 수 있는 건 없을까."

다시 옆에 있던 올빼미가 대답했습니다.

"문이 열려있는 틈을 타 갓난아기의 머리를 쪼아버리자. 짐승 같은 놈들."

스님 올빼미는 가만히 이야기를 듣고 있다가 이때 조용히 말했습니다.

"아니, 아니. 그것은 안 된다. 이렇게 심한 꼴을 당했으니 앙갚음을 해주고 싶은 것은 당연한 일이지만 그러면 피로 피를 씻는 것이 된다. 이쪽 마음이 풀릴 때면 저쪽 마음은 타오를 것이다. 언젠가는 다시 더욱 심한 앙갚음을 받게 된다. 이번 생이 끝나고 다음 생을 살게 돼도 그 헛된 집착은 끝나지 않는다. 결국에는 함께 아수라가 되어 끝없이 싸울 뿐이다. 절대로 그런 계략을 부려서는 안 된다."

그때 갑자기 엄마 올빼미가 날카로운 비명을 질렀습니다.

"호키치, 호키치, 정신 차려라!"

모두 깜짝 놀랐습니다. 호키치의 아빠도 당황하며 호키치가 있는 가지로 날아갔지만 앉을 곳이 없어서 바로 위에 있는 나뭇가지에 앉았습니다. 호키치의 할아버지도 날아갔습니다. 그리고 올빼미들이 모두 주위에 모였습니다. 호키치는 어찌 된 일인지 부러진 다리를 부들부들 떨고 있었고 눈은 하얗게 감겨있었습니다. 아빠 올빼미가 큰 소리로 외쳤습니다.

"호키치, 이제 강연이 시작된다! 정신 차리거라."

호키치가 갑자기 눈을 떴습니다. 그리고 조금 몸을 일으켰습니다. 보이지 않는 눈으로 힘겹게 보려는 듯했습니다.

"아, 다행이다. 역시 지쳐있었던 것이구나."

여자 올빼미들이 이야기를 주고받았습니다.

그러자 스님 올빼미가 말했습니다.

"자, 강연을 시작하자. 모두 제자리로 돌아가도록. 오늘 밤은 스무엿새의 밤이다. 다음 달 스무엿새에는 그대들도 알다시피 26일달맞이二十六夜待ち*의 날이다. 달님께서 산을 나오시고 빛을 뿌리면 대상질력, 루카이, 하라이 삼존께서 동쪽 하늘에 나타나신다. 오늘 밤의

달과는 다르지만 진정한 마음에는 나타나실 것이다. 호키치도 오로지 설법을 듣겠다는 뜻을 보이고 있으니 곧바로 강연을 시작하겠다. 호키치는 너무도 아프고 고통스러워서 경문이 제대로 들리지 않겠지만, 그 아픈 번뇌의 마음속 깊이 질상대력의 자비를 새기게 될 것이다. 이것이야말로 진정한 보리의 시작이다."

스님 올빼미의 목소리가 다시 조금 변했습니다. 주위는 숙연해졌습니다. 숲 속에는 벌써 울기 시작한 가을벌레가 있습니다. 스님 올빼미는 잠시 숨을 고르고 마음을 집중한 후 엄숙한 목소리로 기도한 후 강연을 시작했습니다.

"올빼미수호품, 올빼미수호품. 모든 어진 자들은 합장하고 성심을 다해 들어라. 나, 질상대력이 신력을 받아 〈올빼미수호품〉의 일절을 논한다. 부디 바라옵건대 여래의 대자대비가 우리의 작은 소망에 큰 신력을 보이셔서 망언과 기어의 진흙탕을 맑고 깨끗한 정토로 바꾸시고 부화浮華 속에서 청정淸淨의 푸른 연꽃을 피워주시옵소서. 나무아비타불, 나무아비타불."

그때 질상대력이 루카이에게 이르기를 "똑바로 듣거라, 똑바로 듣거라, 이것을 잘 생각하라. 그대 올빼미들과 온갖 악한 금수, 고통과 번뇌에서 해탈하는 길을 이르겠나니."

루카이는 곧바로 두 날개를 펴고 공손하게 고개를 숙인 채 자리에서 일어나 질상대력을 찬탄하며 낮게 세 번을 돌고는 천천히 자리로 돌아왔습니다. 무릎을 꿇고 절하며 오로지 청하기를 "질상대력이시여, 질상대력이시여, 부디 저희를 위해 설법을 해주십시오, 부디 저희를 위해서 설법을 해주십시오."

질상대력은 미소 지으며 금색 원광을 머리 위에 덮으시니 그 빛은 그 자리를 빠짐없이 비추었고, 모든 새는 환희로 충만하나니. 이윽고 말씀하시기를 "그대들은 온갖 악업을 행하고 있다. 이를테면 야음을 틈타 작은 새의 집에 찾아간다. 작은 새는 이미 온종일 햇살을 받으며 노래하고 날갯짓하느라 지쳐 그저 감미로운 잠 속에 빠져 있나니. 그대들은 날아가 그 작은 새를 잡는다. 날카로운 발톱은 그 몸에 깊게 박히고, 모든 작은 새들은 고통의 비명을 지른다. 곧 그 작은 새를 찢어 실컷 먹어치운다. 혹은 수렁논으로 가서 소라와 대합을 쪼아 먹는다. 소라와 대합은 진흙 속에 있으니 마음이 여리고 단지 따뜻한 물을 그리워할 뿐이다. 그런데 갑자기 몸이 공중에 있고 혹은 곧바로 몸을 찢겨 번민의 비명을 지른다. 그대들은 그것을 먹는 데에 참회의 마음 없나니. 이처럼 모든 악업을 들자면 셀 수 없도다. 악업 탓에 다시 모든 악업을 짓는다. 끊임없이 반복되며 결코 끝은 없나니. 낮에는 햇살을 두려워하고 또한 사람과 강한 새를 두려워한다. 마음은 잠시의 평안함도 없이 올빼미의 생을 마감하고 다시 올빼미로 태어나는, 끝없이 모든 번뇌를 안고 다시 그 끝은 없나니."

"자, 어젯밤에는 '이처럼 모든 악업을 들자면 셀 수 없도다'까지 설명했으니, 오늘은 그다음이다. '악업 탓에 다시 모든 악업을 짓는다'는 짧지만 참으로 강한 말이다. 조금 전 인간에게 복수하자는 논의가 있었을 때 얘기했던 것과 같다. 하나의 악업 덕분에 하나의 악과悪果를 본다. 그 악과 때문에 다시 새로운 악업을 짓는다. 이런 식으로 계속 이어지며 끝은 나지 않는다. 차바퀴가 끝없이 돌고 도는 것과 같다. 이를 윤회라고 하고 유전流轉이라고 한다. 악에서 악으로 도는 것이지. '끊임없이 반복되며 결코 끝은 없나니'라는 것이 그것이다. 언제까지고 끝나지 않는, 어디까지고 악인악보悪因悪果, 악과에 의해 새롭게 악인을 만든다. 이렇게 편할 날이 있을 수가 없다. '낮에는 햇살을 두려워하고 또한 사람과 강한 새를 두려워한다. 마음은 잠시의 평안함도 없이'는 윤회의 고통을 우리가 알 수 있도록 직접 말한 것이다. 안타깝게도 우리는 광명의 해님을 두려워하고 꺼린다. 늘 어둠

---

* 에도시대, 음력 정월과 7월의 26일 밤에 달이 나오기를 기다리며 기도하는 것으로, 달빛 속에 아미타불과 그를 좌우에서 모시는 대세지보살과 관세음보살의 미타삼존彌陀三尊이 모습을 나타낸다고 전해진다.

의 동반자일 뿐이다. 동쪽 하늘이 밝아지고 해님이 황금의 화살을 높게 쏘아 올리면 우리는 두려워서 도망가지. 만약 대낮에 눈을 똑바로 뜨면 그 해님의 황금화살을 맞게 된다. 이 정도로 우리는 죄 많은 몸인 것이다. 또한, '인간과 강한 새를 두려워한다'고 했다. '인간을 두려워하는 것'은 오늘 밤 지금 논할 내용이 아니다. 비교해서 생각해 보는 것이 좋을 것이다. '강한 새를 두려워한다' 송골매나 매 또 낮에는 그다지 강하지 않지만 까마귀까지도 두려워해야 하는 비참한 신세. 매는 하늘에서 곧장 떨어져 내려와 우리가 작은 새를 잡을 때와 마찬가지 꼴을 당하게 된다. 하늘에서 순식간에 찢기고 애써 반항해 봐야 아무런 소용도 없다. 참으로 참으로 비참하고 가련한 신세다."

스님 올빼미는 잠시 말을 끊었습니다. 오늘 밤도 벌써 한 시의 상행선 기차소리가 들려왔습니다. 그 소리를 듣자 올빼미들은 울면서 기차의 붉고 환한 창문을 생각했습니다. 강연이 다시 시작됐습니다.

"'마음은 잠시의 평안함도 없이'라고 했다. 여러분은 어떤가. 단 한 순간이라도 아무런 걱정 없이 마음을 놓은 적이 있었는가. 언제나 깜짝깜짝 놀라지 않는가. '올빼미의 생을 마감하고 다시 올빼미로 태어나는'은 이런 뜻이다. 울고 분해하고 슬퍼하다 마침내는 나이를 먹는다. 병에 걸리고 견딜 수 없는 고통 속에서 죽게 되면 이제 이 죄 많은 새의 몸에서 벗어날 수 있는가 하면 쉽사리 그리되지도 않는다. 몸에 깊이 스며든 죄업 탓에 다시 올빼미로 태어난다. 이렇게 해서 백 번의 삶, 이백 번의 삶, 끝없는 영겁의 시간을 지날 때까지 이 올빼미의 몸을 벗어나지 못한다. '끝없이 모든 번뇌를 안고 다시 그 끝은 없나니' 이 생의 모든 것은 고통뿐이다. 아, 그런데 지금 동쪽 하늘이 황금색이 되었다. 이미 달님이 나오셨다. 다음 달 스무엿새의 밤이면 이 빛 속에서 질상대력님을 뵐 수 있지만, 오늘 밤 또한 뵐 수 없는 것은 아니다. 여러분, 진심 어린 마음으로 기도하자."

스무엿새 밤의, 노란 낫 모양의 달님이 조용히 떠올랐습니다. 주변은 화악 밝아졌고 그 아래에서 갑자기 벌레들이 찌르르 찌르르 울기 시작했습니다.

저 멀리 여울소리도 확실하게 들려왔습니다.

달님은 이제 도라지빛 하늘로 쑤욱 올라왔습니다. 그것은 신비로운 황금의 배처럼 보였습니다.

갑자기 모두 숨이 막히는 듯했습니다. 그 황금배의 오른쪽 끝 부분에서 불꽃처럼 아름다운 보라색 연기 같은 것이 뭉게뭉게 솟아났기 때문입니다. 연기는 순식간에 가로로 길게 뻗어 달님 아래의 산 위로 정신이 번쩍들 만한 보라색 구름을 만들었습니다. 그 구름 위에 금색의 옷을 입은 세 사람이 똑바로 서 있습니다. 한가운데에 있는 키 큰 사람은 커다란 눈으로 가만히 이쪽을 보고 있습니다. 법의의 주름까지 하나하나 확실하게 보였습니다. 별을 아로새긴 듯한 아름다운 영락을 두르고 있었습니다. 달님이 그 머리 주변에 고리를 만들었습니다.

오른쪽과 왼쪽에는 조금 키가 작고 아름다운 사람이 합장을 하고 서 있었습니다. 그 원광은 몽롱한 황금색으로 드리워져 있었으며 뒤에 있는 파란 별도 보였습니다. 구름이 점점 이쪽으로 다가오는 듯했습니다.

"나무질상대력, 나무질상대력."

모두 크게 외쳤습니다. 그 목소리는 숲을 울렸습니다. 구름은 점점 가까워졌고 사신보살의 몸이 백 척으로 보였습니다. 올빼미를 부르듯 그 빛나는 왼손을 뻗는 순간 갑자기 뭐라 표현할 수 없이 좋은 향기가 주변을 가득 메웠고, 이미 그 보라색 구름도 질상대력의 모습도 보이지 않았습니다. 단지 그 한없이 맑은 도라지색 하늘에 아까의 스무엿새의 황금빛 달님이 조용히 빛나고 있을 뿐이었습니다.

"앗, 호키치! 숨을 쉬지 않아요!"

갑자기 호치키의 형들이 크게 외쳤습니다.

정말로 호키치는 이미 차가워졌고 조금 입을 벌리고 희미하게 미소진 채 숨이 끊어져 있었습니다. 그리고 기차소리가 다시 들려왔습니다.

미완성 작품

말의 두건

馬の頭巾

고타는 변두리에서 아내와 둘이 살고 있었습니다. 그리고 검정말 한 마리와 달구지 한 대를 갖고 있었습니다. 말은 두 살이었으며 정말 훌륭했습니다. 가슴과 엉덩이 등은 반질반질 검게 빛났습니다. 하지만 안타깝게도 조금 다리를 절었습니다. 그것만 없었다면 달구지나 끌 말이 아니었던 것입니다. 또한, 고타가 그 말을 살 수 있을 리도 만무했습니다. 여하튼 다리를 조금 절기는 했지만 검정말은 늘 유쾌했습니다. 그것은 고타가 친절하게 돌보아주었기 때문입니다.

고타는 말이 숨을 헐떡일 정도로 짐을 싣는 일은 결코 없었습니다. 또한, 저녁이 되어 달구지가 비고 말이 길을 잘 알아서 혼자 또각또각 걸어갈 수 있을 때에도 고타는 다른 사람들처럼 달구지 위에 앉아서 턱을 괴고 하품을 하거나 누워서 하늘을 보며 노래를 부르거나 하지 않았습니다. 또한, 시내에 도착하고 말이 땀을 흘릴 때에는 먼저 여물통의 물을 먹인 후 달구지에서 짐을 내렸습니다. 그러고 나서 물통을 빌려 차가운 물을 길어온 후 아픈 다리 쪽에 물을 뿌려주었습니다.

모두 그런 식이었습니다. 그래서 달구지를 끄는 동료 모두 고타만큼은 할 수 없다며 존경했지만, 말의 사랑스러움, 그리고 가여움을 알지 못하는 시내의 사람 중에는 고타가 너무 말에게 지극정성이라며 바보 취급을 하는 자도 있었습니다. 특히 심했던 사람은 같은 변두리의 이발사였습니다. 이발사는 저녁이면 길에 나와 있다가 고타가 말을 끌고 오면 진지한 얼굴로 말을 걸었습니다.

"어이, 오늘 밤에는 말에게 어떤 식사를 대접하시려나?"

"당연히 짚과 귀리지."

"짚은 그대로 먹이면 소화가 되지 않아. 달걀을 얹어서 오믈렛을 만들어주면 어떻겠나."

"바보 취급하지 마."

"아니야, 정말이야. 그러고 보면 귀리도 소화가 잘 안 되는데. 완전히 말의 배를 짚과……."*

★ ★ ★

"응, 우리 말은 정말로 저런 옷을 해 줄 가치가 있는 녀석이야. 다리만 절지 않았으면 정말 최고 등급의 말이지."

"한 장 사서 해줘요. 오, 육 엔이면 살 수 있잖아요."

"오, 육 엔이라니 말도 안 되는 소리! 십 엔은 할 거야. 도저히 살 수가 없어. 훨씬 비싸다고. 그리고 도쿄가 아니면 파는 곳도 없어."

"그러면 제가 한 장 만들어볼까요. 등에를 막아주는 정도라면 간단할 거예요. 천은 두꺼운 무명으로 하면 될까요?"

"응. 무명이면 돼. 하지만 당신이 만들 수 있겠어?"

"만들어보죠. 내일 천을 사올까요. 아, 하지만 내일은 제가 보리를 심으러 밭에 가야 하니까……. 역시 당신이 오는 길에 사오세요."

"그래. 하지만 보리는 아직 심지 않아도 돼. 조금 더 마르게 놔둬. 옷을 먼저 만들어줘."

"네, 그러면 그렇게 해요. 그러면 지금 천을 사서 오늘 밤에 만들까요."

"음, 하지만 당신에게 미안하군. 만드는 건 내일 해도 돼. 여하튼 천을 사와 줘. 두꺼운 무명이면 되겠지. 한 마에 오 엔 정도 하려나."

"그렇게까지는 않을 거예요. 한 마에 삼 엔 정도라고 생각해요. 하지만 한 마로는 부족하겠죠. 그러면, 역시 한 마 반은 있어야 할 거예요."

"그래? 한 마 반이면 오 엔이면 충분하겠군. 돈을 줄게."

"제게 아직 있어요. 그러면 다녀올게요."

아내는 밥상을 부엌으로 가져간 후 잠시 외출 준비를 하고는 천을 사러 나갔습니다.

고타는 낮의 고단함으로 꾸벅꾸벅 졸면서 말이 바스락바스락 풀을 먹는 소리를 듣고 있었지만, 결국 졸려서 눈을 뜨지 못하고 그대로 잠이 들어버렸습니다.

다음 날 아침, 고타가 잠에서 깨고 보니 머리맡에 하얀 말 옷이 곱게 개여 있었습니다. 고타가 그 옷을 펼쳐보니 눈이 나오는 동그란 구멍과 뾰족한 귀까지 완벽하게 달려있었습니다. 고타는 기쁘고 또 뭔가 괜스레 우스운지 빙긋빙긋 웃으며 일어나 세수를 했습니다. 아내가 아침밥을 짓고 있었습니다.

"여보, 옷을 다 만들었네? 말에게 잘 맞을까?"

"맞을 거예요. 어제 치수를 정확하게 잿거든요."

---

* 이하 원고 몇 장이 분실되었다.

"그랬어? 잠도 못 잤겠군. 오늘은 집에서 쉬어. 한 번 입혀 봐야지. 말을 데려올게."

고타는 말을 데리고 나왔습니다. 말은 아침 햇살을 받아 검게, 그리고 노랗게 빛났으며 드높은 목소리로 울었습니다.

고타는 옷을 들고 말의 머리부터 씌우기 시작했습니다. 말은 히잉 하고 울면서 고개를 들었다고 다시 숙였습니다.

아내는 부엌에서 얼굴을 살짝 붉힌 채 옷이 잘 맞는지 보고 있었습니다.

정말로 잘 맞았습니다. 말 얼굴의 절반과 머리와 목과 가슴부터 배까지 하얀 옷으로 덮였습니다. 종마장의 일 등급 말들도 이와 똑같았습니다. 단, 조금 다른 부분은 옷이 엉덩이 부분까지 덮이지 않는 것이었습니다.

고타는 외쳤습니다.

"멋지군, 멋져! 정말 잘했어. 훌륭해. 아주 좋아."

아내도 매우 기쁜 나머지 저절로 눈물이 나왔습니다.

그런데 조금 모습이 이상한 것은 옷에 귀가 달린 것이었습니다. 종마장의 것은 귀 부분에 천을 대지 않고 동그란 구멍으로 귀가 나오게 되어 있었습니다. 고타의 아내가 만든 것은 귀가 들어가는 삼각형 주머니가 있었던 것입니다. 그리고 귀의 치수만은 재지 않았던 듯, 말의 귀보다 옷의 귀가 두 치 정도 길어서 끝 부분이 대롱대롱…….*

★ ★ ★

고토는 완전히 화가 났습니다. 그리고 말없이 이발소 앞을 지나 쌀집으로 갔습니다.

쌀집 주인은 말을 보고 기분 좋게 웃으며 "당신 말은 행복하군요.

오늘은 쌀 열다섯 섬을 정거장까지 좀 부탁합니다" 하고 말했습니다. 고타는 재빨리 쌀을 달구지에 싣고 덜컹덜컹 정거장으로 갔습니다.

도중에 너덧 명의 아이들이 놀고 있었습니다. 가장 작은 아이가 말을 보고 깜짝 놀라 이상한 표정을 지으며 뚫어지게 바라보더니, 마침내 말이 옷을 입은 것이라는 사실을 알고는 큰 웃음을 터뜨렸습니다.

"와하하하. 봐봐, 말이 잠옷을 입고 오고 있어. 말이 잠옷을 입었어."

아이들이 동시에 웃음을 터뜨렸습니다.

"와하하하하, 말이 잠옷을, 말이 잠옷을, 와하하하하."

한 아이가 펄쩍 뛰듯 소리쳤습니다.

"저 귀 좀 봐, 귀. 부러졌어. 부러져서 덜렁덜렁 거리고 있어."

이런, 큰 소동이 일었군요. 아이들은 모두 목청껏 외쳤습니다.

"말의 귀가 부러졌어, 귀가 부러졌어. 말의 귀가 부러졌다!"

고타도 겸연쩍어 얼굴이 새빨개졌지만 그래도 웃으면서 말했습니다.

"내 말은 토끼말이야."

그러자 아이들은 순식간에 조용해졌고, 이해했다는 듯한 표정으로 그 커다란 토끼말을 배웅했습니다.

고타가 말을 끌고 정거장 앞 광장을 가로질러 운송장 창고 쪽으로 가려고 할 때, 마침 기차에서 내린 여행객들이 정거장에서 나왔습니다. 반백의 수염에 양복을 입은 키 작은 할아버지가 인력거를 타고 정거장 쪽에서 다가왔는데, 문득 고타의 말을 보더니 갑자기 눈을 날카롭게 빛내며 잡아먹을 듯 말의 두건 안을 엿보기도 하고 절뚝거리

---

* 이하 원고 몇 장이 분실되었다.

는 다리를 보기도 했습니다. 그리고 갑자기 "이봐, 잠깐만 세워줘" 하고는 서둘러 인력거에서 내려 고타 앞을 가로막았습니다.

"이봐, 자네가 이 말의 주인인가? 좀 실례되는 말이네만 왜 자네 같은 사람 손에 들어간 걸까. 흐음. 다리는 점점 낫고 있는 것 같군. 이렇게 나을 것이라고는 생각도 못 했어. 자네는 이 말을 얼마에 샀는가?"

"이백 엔에 샀습니다."

"흐음, 그런가. 이 말은 대단한 녀석이야. 다리만 나으면 엄청난 소동이 일어날 걸세. 이 두건은 어디서 샀나? 잘 만들었군. 제법이야. 하지만 귀 부분은 떼어내는 편이 좋겠어. 흐음, 자네는 지금까지 몇 달 동안 이 말에게 달구지를 끌게 했는가?"

"이백 일입니다."

"흠, 이백 일이라. 그래, 가르쳐주지. 이 말의 다리는 곧 나을 걸세. 나을 때까지는 달구지를 끌게 해도 좋아. 그리고 다 나으면 몸을 깨끗하게 씻겨서 종마장의 이토라는 사람에게 데리고 가 봐."

바키치의 직업
バキチの仕事

"아, 그렇습니까? 바키치를 아십니까?"

"알고말고요, 압니다."

"바키치를 아신다고요. 초등학교를 함께 다니셨습니까, 중학교를 같이 다니셨습니까? 아니 그 녀석은 중학교를 다니지 않았지. 역시 초등학교입니까?"

"군대에 함께 있었습니다."

"아, 군대에서…… 그렇군요. 그 녀석도 일병 제대였죠, 어떻게 지내는지 알고 계신가요?"

"글쎄요, 모르겠군요. 군대에서 본 이후 보지 못했으니까요."

"아, 그렇습니까. 그러면 제가 더 자세히 알고 있겠군요. 요전까지는 말 거간꾼을 했었는데 요즘은 무얼 하는지 전혀 몰라 걱정입니다."

"거간꾼은 왜 그만두었을까요?"

"제대로 하질 못했습니다. 저도 돌봐주려고 꽤 노력했지만 도저히 안 되었죠. 그 녀석은 제대 후 원래 하던 목수 일을 하지 않고 순사를 지원했습니다."

"그래서 순사를 했습니까?"

"뭐, 하긴 했죠. 하지만 얼마 지나지 않아 그만두었습니다."

"왜 그만두었을까. 그래도 군대에 오기 전에는 목수로 생활을 꾸렸다고 들었는데요."

"그것도 거짓말입니다. 목수 일도 아주 잠깐이었죠. 공사판 막노동일을 그만둔 후였으니까요. 막노동일도 역시 잠깐이었습니다. 그리고 그전에는 모릅니다. 막노동뿐만 아닙니다. 엿장수도 했었다고 했죠."

"순사는 왜 그만두었나요."

"순사가 해서는 안 될 일을 했죠. 그 신명님의 연못 말입니다…… 그곳에 잉어가 있지 않습니까. 현의 규칙으로 그곳에서 잉어를 잡지 못하게 되어 있습니다. 그런데 밤에 몰래 그곳에 가는 자가 있었습니다. 잉어를 아주 많이 잡았겠죠. 바키치는 그 이야기를 들었습니다. 매일 밤 신명님의 삼나무 뒤에 숨어서 지켜보고 있었다고 합니다. 그리고 마침내 그자가 그물로 열 마리의 잉어를 잡았을 때 바키치가 '거기 누구냐!' 하고 외치며 뛰쳐나갔죠. 그러자 물고기도 그물도 버려둔 채 쏜살같이 도망가 버렸습니다. 바키치는 웃으면서 그자가 놔두고 간 것을 들고 경찰서 사환실로 돌아간 것이죠."

"역시 이상하군요."

"그런 일이 대여섯 번 있었다고 합니다. 그러자 어느 날 이름을 밝히지 않은 이상한 편지가 서장님 앞으로 온 것입니다. 편지에는 바키치의 행적이 적혀 있었죠. 하지만 서장님은 그냥 웃었습니다. 왜냐하면 순사라고 해도 실제 월급은 아주 적어서 생활이 어려웠기 때문이죠."

"그럴 만하네요. 월급이 적기는 적죠."

"그런데 말이죠, 그다음이 진짜 문제였습니다. 농부가 키우던 소들이 결핵에 걸렸고 어느 날 결국 죽었죠. 그런데 병에 걸린 가축이 죽으면 반드시 버려야 하지 않습니까. 하지만 어떻게든 팔면 이삼백은 받을 수 있습니다. 누구라도 아까워했을 것입니다. 농부들도 몰래 죽은 소를 팔았던 듯합니다. 직접 확인하라는 명령을 받고 바키치가 검을 들고 축사로 갔죠. 축사에서도 아주 곤란한 상황이 된 것이죠. 농부들은 갑자기 소 한 마리를 마구 팼습니다. 그러자 소가 깜짝 놀라서 갑자기 밖으로 뛰어나갔고 바키치에게 달려들었던 것입니다. 완전히 당황한 바키치는 쏜살같이 경찰서로 도망 온 것입니다. 그리고 서장님에게 가서 소의 가죽만 벗기고 살과 뼈는 확실히 땅에 묻었더라고 보고한 것입니다. 그런데 그 거짓말이 발각된 것이죠.

마을사람 모두가 비웃었습니다. 서장도 완전히 화가 나서 어느 날 아침 출근하자마자 바키치를 불러 이렇게 말했다고 합니다. '바키치, 넌 한심한 놈이야. 정말이지 한심한 놈이야. 그래도 조금 가능성이 있다고 생각했는데, 겨우 소가 덤빈 정도로 직무를 잊고 도망가다니……. 오늘부로 면직이다. 당장 옷을 벗어.' 그러자 바키치도 이미 순사 일이 지겨워졌던 터였습니다. '아, 그렇습니까. 그만두죠. 그동안 신세가 많았습니다' 하고 말했죠. 그리고 곧바로 옷을 벗은 것까지는 좋았는데 사실은 비참한 상황이었습니다. 옷이라고는 셔츠와 바지뿐 물론 지갑도 없었습니다. 사환실에서 쫓겨나면 잠잘 집도 없었습니다. 그날 낮 동안은 셔츠와 바지만 입고 머리를 감싼 채 사환실에 있었지만, 밤이 되자 결국 경보부에게 얻어맞고 쫓겨났습니다. 완전히 풀이 죽은 바키치는 마을을 어슬렁거리다가 마침내 밤 열두 시가 되자 다스케의 마구간으로 숨어들었다고 합니다.

말도 깜짝 놀랐죠. (대체 누구야, 무슨 일이지?) 부들부들 떨면서 벌떡 일어나 잔뜩 경계하는 자세로 바키치에게 물었습니다. (아무도 아니야, 바키치야. 원래 순사였지. 몰라?) 바키치가 빗장 아래 엎드린 채 말했습니다. (글쎄, 모르겠는데. 바키치라니. 난 전혀 몰라) 하고 말이 말했습니다."

"말이 그렇게 말했습니까?"

"그렇게 말했다고 합니다. 전 우리 집 말에게 들었습니다. (이봐, 너무 매정하게 말하는 거 아냐? 난 지금 아주 배가 고파. 귀리라도 좀 줘.) 그러자 다스케의 말은 재미있어하면서 마치 오페라처럼 가락을 붙여 (그렇게 쉽게 줄 순 없지 나의 귀리를) 하고 말한 겁니다. 그러자 바키치도 어지간히 느긋한 녀석이라 역시 가락을 붙여서 (주려무나, 주려무나, 너의 귀리를 내게 주려무나) 하고 노래를 했습니다. 그때 마침 제가 지나가고 있었습니다. '어이, 이봐, 바키치. 그렇게 추접스런 짓은 그만두게. 대체 말을 훔치려는 건가 아니면 잘 곳이 없어서 오늘 하룻밤 재워달라는 것인가. 바키치가 머리를 긁적였습니다. '음, 둘 다야. 하지만 말을 훔치거나 하룻밤을 자는 것보다 중요한 것은 내가 무언가를 먹고 싶다는 것이야' 하고 말하는 거였습니다."

몽당연필
みじかい木ぺん

1

깃코가 다니는 학교에는 체육관이 없어서 비가 오면 모두 교실에서 놀았습니다. 그래서 교실은 물방앗간의 케케묵은 냄새 같기도 하고 썩은 우무 같은 냄새가 났습니다. 아이들은 유괴범과 순사로 나눠 정신없이 뛰어다녔습니다.

"도망갔다, 도망갔어. 붙잡아, 붙잡아."

"아얏, 손가락 깨물기 없어!"

왁자지껄, 우당타당.

하지만 깃코는 자리도 맨 앞 구석이었고, 유괴범을 하기에는 너무 작고 순사를 하기에도 너무 약했기 때문에 그 안에 끼지 못했습니다. 자리에 앉아 고개를 숙인 채 입술을 깨물고 배시시 웃으면서 계속해서 무언가를 쓰고 있었습니다.

깃코의 손은 가벼운 동상으로 빨갛게 부어있었습니다. 오월이 되었지만 아직 낫지 않았습니다. 오른쪽 등에는 너무 울어서 뭉개진 말의 눈동자 같은 빨갛고 둥근 자국이 있었습니다. 깃코는 3센티미터의 연필을 꼭 쥐고 혼자 웃으면서 옆으로 누운 8을 잔뜩 그리고 있었

습니다. '안경, 안경, 옆으로 누운 안경, 안경빵, 그림, 사슬 안경, 그림.'

그런데 아이들은 무척이나 난폭하게 뛰어다녔습니다. 깃코의 책상은 종종 누군가에게 부딪혀 암초에 걸린 배처럼 쿵 하고 흔들렸습니다. 그때마다 깃코의 8자는 이상한 양산 무늬처럼 변하기도 했습니다. 그래도 깃코는 여전히 배시시 웃으면서 8자를 그리고 있었습니다.

"깃코, 네 연필 좀 보여줘."

갑자기 순사를 하던 게스케가 와서 깃코의 연필을 빼앗아버렸습니다.

"볼 거 없어, 돌려줘."

깃코는 일어섰지만 게스케는 키가 큰 녀석인데다가 날렵한 장군처럼 뒤쪽 책상으로 뛰어올랐기 때문에 깃코는 손이 닿지 않았습니다.

"오, 이 연필, 이 연필."

게스케는 무척 재미있다는 듯 얼굴이 새빨개지도록 웃고는 자신의 눈앞에서 움직여보았습니다.

"내놔, 게스케!"

깃코는 힘껏 손을 뻗어 게스케의 손을 내리려고 했지만 게스케는 그 손을 뿌리치고 다시 뒤쪽 책상으로 도망갔습니다. 그리고 "깃코, 이 연필 귀에도 들어가겠는데" 하면서 정말로 깃코의 연필을 귀에 넣어버렸습니다. 깃코는 울면서 쫓아갔지만 게스케는 이미 복도로 훌쩍 나가 어딘가에 연필을 숨겨버렸습니다. 완전히 화가 난 깃코는 말없이 창가로 가서 얼굴을 내밀고 낙숫물을 보고 있었습니다. 그러는 동안 수업종이 울렸고 게스케는 교실로 돌아와 멀리서 깃코를 슬쩍 보았지만, 연필 따위는 잊어버리고 또 어디선가 뛰어놀았는지 얼굴이 빨개진 채 거칠게 숨을 헐떡이고 있었습니다.

"야, 게스케, 연필 돌려 줘!"

깃코는 외쳤습니다.

"몰라, 네 책상으로 던졌잖아."

게스케가 말했습니다. 깃코는 몸을 숙여 책상 주위를 찾아보았지만 없었습니다. 그러는 동안 선생님께서 들어오셨습니다.

"사부로, 필기 다 하고 나면 나한테 좀 빌려줘."

깃코가 옆자리의 사부로에게 말했습니다.

"응."

사부로는 책상 덮개를 열고 책과 연습장을 꺼내면서 건성으로 대답했습니다.

2

수업이 끝나고 깃코가 집으로 돌아갈 때는 비가 완전히 개었습니다.

곳곳의 나무들이 모두 아름답게 빛났고, 눈부신 군청색의 산은 울다 웃는 것처럼 보였습니다. 하지만 깃코는 무척 우울했습니다. 게스케가 정말이지 너무 건방지고 못되게 굴었기 때문입니다. 더구나 수업이 끝나고 연필을 아무리 찾아보아도 나타나지 않았던 것입니다. 책상 아래 어디에도 그 회색 고무 지우개가 달린 몽당연필은 떨어져 있지 않았습니다. 새 학기부터 계속 사용해왔던 연필입니다. 할아버지와 함께 시내에 가서 글씨연습장과 책과 함께 사왔던 연필이었습니다. 아무리 짧아졌어도 아직은 쓸 수 있었습니다. 쓸 수 없게 되었다고 해도 마음에 드는 연필이었던 것입니다.

깃코는 자작나무 숲 사이를 걸었습니다. 자작나무는 모두 파란 잎을 내밀고 있었고 투명한 물방울이 맺혀 있었으며 좋은 향기가 주변을 가득 메우고 있었습니다. 해님이 그 잎을 비춰 고풍스러운 금빛으로 만들었습니다.

그 모습을 보면서 깃코는 문득 이렇게 생각했습니다.

'연필은 자작나무에 잔뜩 있잖아.'

하지만 연필 두께 정도의 나뭇가지는 얼마든지 있었지만, 흑심이 들어있는 것은 없었습니다. 깃코는 다시 울고 싶어졌습니다.

그때 깃코는 저쪽에서 잔뜩 구겨진 너덜너덜한 회색 옷을 입은 할아버지가 뭔가 깊은 생각에 잠긴 채 이쪽으로 오고 있는 것을 보았습니다. '저 할아버지는 분명 쥐잡이일 거야.' 깃코는 그렇게 생각했습니다. 할아버지는 이상한 검정 신발을 신고 있었습니다. 그리고 깃코가 스쳐 지나가려는 순간 갑자기 고개를 들어 깃코를 보고는 웃었습니다.

"오늘 학교에서 울었구나. 눈 주위가 너구리 같아."

그러자 머리 위에서 새가 삐이 울었습니다. 깃코는 얼굴이 새빨개진 채 멈춰 섰습니다.

"왜 울었니? 할아버지가 들어줄 테니까 솔직하게 말해보렴."

새가 다시 머리 위에서 삐이 울었습니다. 그러자 할아버지는 얼굴을 찡그리며 위를 향해 "너한테 하는 말 아니야. 성가신 놈. 조용히 있어!" 하고 소리쳤습니다.

그러자 새는 갑자기 조용해졌고 어디론가 날아 가버린 듯 파닥 하는 날갯소리도 들렸고, 자작나무에서 물방울이 반짝반짝 빛나며 떨어졌습니다.

"말해보렴, 왜 울었니?"

할아버지는 상냥하게 말했습니다.

"연필을 잃어버렸어요."

깃코는 두 손을 눈가에 대고 다시 훌쩍훌쩍 울었습니다.

"연필을 잃어버렸다니…… 저런, 참 안 됐구나. 자, 울지 마라. 저런, 손이 새빨갛구나."

할아버지는 까슬까슬한 옷자락을 뒤집더니 너덜너덜한 수첩을 꺼내고, 다시 수첩에 끼어있던 연필을 깃코의 손에 쥐여주었습니다. 깃코는 여전히 눈물을 뚝뚝 흘리면서 연필을 쳐다보았지만, 그 연필은 회색의 까슬까슬한 연필이었고 더구나 심의 색깔도 검은색이 아닌 무척이나 이상한 연필이었습니다. 깃코는 다시 훌쩍훌쩍 울었습니다.

"하하하, 별로 마음에 들지 않는 모양이구나. 뭐, 어쩔 수 없지. 다른 건 없단다."

할아버지는 휘익 가버렸습니다.

바람이 불어와 자작나무는 반짝반짝 빛났습니다. 뒤돌아보니 할아버지는 이미 숲 저편으로 돌아갔는지 보이지 않았습니다. 깃코는 그 나뭇가지 같은 이상한 연필을 말없이 주머니에 넣고 집 쪽으로 걷기 시작했습니다.

3

다음 날 1교시 수업은 산수였습니다. 깃코는 문득 연필이 없다는 사실을 떠올렸습니다. 그리고 '아, 어제의 그 이상한 연필이 있지. 그걸 쓰자. 한 시간 정도는 쓸 수 있을 거야' 하고 생각했습니다.

깃코는 그 연필을 꺼내 선생님께서 칠판에 쓴 문제를 까슬까슬한 갱지 연습장에 옮겨 적었습니다.

48×62=

"여러분, 한 자릿수부터 먼저 곱하세요" 하고 선생님께서 말했습니다.

'한 자릿수부터' 하고 깃코가 생각한 순간이었습니다. 신기하게도 연필이 마치 혼자 움직인 것처럼 96을 썼습니다. 깃코는 자신의 손이 맞는지조차 알 수 없는 기분이 들어 잠시 멍하니 보고 있었습니다.

"한 자릿수가 끝났으면 다음은 두 자릿수를 계산하세요" 하고 선생님께서 말했습니다. 그러자 다시 연필이 움직이기 시작하더니 스윽 하고 288을 둘째 줄에 적었습니다. 깃코는 너무 놀라서 얼굴이 빨개진 채 뻣뻣하게 굳었습니다. 그러자 선생님께서 다시 "다 됐으면 이번에는 두 숫자를 더하세요" 하고 말했습니다. 깃코는 '또 쓰겠지' 하고 생각했고, 역시 단숨에 한 줄의 선을 긋고는 2976이라고 썼습니다.

이제 깃코는 이 기쁨과 놀라움은 뭐라고 해야 좋을지 모른 채 마치 욕조에 들어가 있을 때처럼 가만히 있었습니다. 선생님께서 교편을 들고 서서는 "깃코 군과 게스케 군이 나와서 칠판에 적으세요" 하고 말했습니다. 깃코는 연습장을 들고 벌떡 일어났습니다. 그리고 교단으로 가서 하얀 분필을 집어 방금 계산한 답을 적었습니다. 그때 게스케는 얼굴이 빨개진 채 엉거주춤 일어나 자신의 자리에서 우물쭈물하고 있었습니다. 깃코가 '9를 꼭 메기수염같이 우습게 그려졌네' 하고 생각하고 있을 때서야, 게스케는 간신히 교단으로 나왔지만 문제만 적고 난 후 머뭇머뭇하고 있었습니다.

잠시 후 선생님께서 "됐어요" 하고 말하자, 게스케는 제자리로 돌아왔습니다. 선생님은 교편으로 칠판을 가리키며 깃코가 푼 문제를 설명했습니다.

"좋아요, 아주 잘했어요."

깃코는 싱글벙글 싱글벙글 웃으며 자리로 돌아왔습니다.

'이제 산수 따위 조금도 무섭지 않아. 글씨도 예쁘게 쓸 수 있어. 산수 문제건 국어 문제건 간단하게 할 수 있어.' 깃코는 그런 생각을 하면서 공책을 모두 꺼냈습니다. 그리고 산수 공책과 국어 공책과 요리 공책에 전부 쓰기 시작했습니다. 그러자 연필은 다시 깃코가 손을 움직이기도 전에 빠르게, 그리고 실로 멋지게 적었던 것입니다. 깃코는 매우 기뻐서 싱글벙글 웃으면서 공책들을 죽 나열했습니다. 그러다 문득 산수 공책과 요리 공책을 바꿔서 썼다는 것을 깨달았습니다. 그리고 그 연필에 지우개가 달려있다는 것을 떠올리고 꼭지 부분의 고무 지우개로 지우려고 하자 이번에는 연필이 마치 춤을 추듯 두세 번 움직이더니 순식간에 표지에 쓴 글씨는 흔적도 없이 깨끗해졌습니다. 깃코는 정말로 기뻤습니다.

'이렇게 좋은 연필을 갖고 있으니 이제 공부고 뭐고 다 필요 없어. 혼자서 척척 해내는걸. 일단 집에 가면 엄마 앞에서 백 단위의 어려운 산수 문제 여섯 개를 순식간에 풀어 보여야지. 그리고 분명 그림도 잘 그릴 수 있을 거야. 먼저 멋진 군함을, 그리고 물레방아도 그려야지. 하지만 연필이 너무 빨리 닳아버리면 안 되는데' 하는 생각을 하고 있을 때였습니다. 연필이 갑자기 두 배로 늘어났습니다. 깃코는 기뻐서 어쩔 줄을 몰랐습니다. 누가 어디서 무엇을 하고 있는지 선생님께서 지금 무슨 말씀을 하고 있는지도 전혀 알 수 없을 정도였습니다.

그날 학교에서 집에 돌아온 깃코는 수선스럽게 자랑하기 시작했습니다. 가장 먼저 엄마 앞에서 십 자릿수 곱셈과 나눗셈을 척척 풀어 보여 엄마를 기쁘게 해드린 후 동생을 데려와 고양이 얼굴을 그리기도 하고, 에도시대의 유명한 검도인인 아라키 마타에몬이 복수하는 장면을 그려서 보여주기도 했습니다. 그리고 마지막에는 자신이 직접 이야기를 만들어내고 그것을 그림으로 그려갔습니다. 그 그림은 완전히 진짜 같았기 때문에 깃코의 동생은 이루 말할 수 없이 즐거워했습니다.

"자, 알겠지? 그 살쾡이는 이 밤나무에서 이쪽으로 휘익 도망갔어. 사냥꾼은 그 살쾡이를 쏘았지. 살쾡이는 결국 붙잡혀 퇴치되었어. 귀 안에는 이런 구슬이 들어 있었어."

이런 이야기를 들려주고 있었습니다.

그러는 동안 깃코는 산수도 작문도 일등이었고 그림도 잘 그렸기 때문에 선생님은 깃코에게 '요즘 들어 공부를 아주 잘하는구나' 하고 몇 번이나 칭찬했습니다. 2학기에는 반장까지 되었던 것입니다. 그 대신 깃코의 위세는 이루 말할 수가 없었습니다. 학교에 갈 때는 마을아이들을 모두 모아 기다리게 했고 학교가 끝나고 산에 갈 때도 아이들을 모두 데려갔습니다. 사정이 있거나 어떤 이유로 가지 못한 아이는 다음 날 모두에게 얻어맞았습니다.

그러던 어느 날 깃코가 학교에 가려고 집을 나서다가 문득 그 연필이 없어졌다는 것을 깨달았습니다. 깃코는 무척 당황했습니다. 그래도 어쩔 수 없이 학교에 갔습니다. 아이들은 깃코의 표정이 좋지 않은 것을 보고 모두 크게 걱정하고 있었습니다.

산수 시간이었습니다.

"한 타打에 20전인 연필이 두 타 반이면 얼마일까요?"

선생님께서 말했습니다.

아이들은 잠시 계산을 하더니 하나둘 손을 들었습니다. 그리고 마침내 아이 모두가 손을 들었습니다. 깃코도 어쩔 수 없이 손을 들었습니다.

"깃코 군."

선생님께서 말했습니다.

깃코는 힘차게 일어섰지만 아무 말도 못 하고 얼굴이 빨개진 채 서 있었습니다.

사할린과 8월

サガレンと八月

"무슨 일로 이곳에 왔지, 무언가 조사하러 왔나, 무언가 조사하러 왔나."

서쪽 산지에서 불어온 아직 조금 차가운 바람이 내 멋진 노란색 웃옷을 팔랑팔랑 스치며 몇 번이나 지나갔습니다.

"나는 본토의 농림학교 조교야. 그래서 표본을 채집하러 온 거야."

나는 점점 구름이 사라져가고 파란 하늘이 드러나고 있는 하늘을 보면서 으스대듯 그렇게 말했습니다만, 그 구름은 바다의 검푸른 파도 위로 가버렸고 지금 한 대답도 듣지 못한 듯 계속해서 다른 바람이 와서는 제멋대로 외치고 갔습니다.

"무슨 일로 이곳에 왔지. 무언가 조사하러 왔나, 무언가 조사하러 왔나, 무언가 조사하러 왔나."

더는 상대하지 않겠다고 생각하며 나는 말없이 바다 쪽을 보고 있었습니다. 그러자 바람은 친절하게 다시 외쳤습니다.

"무얼 하고 있나, 무얼 생각하고 있나, 무언가 보고 있는 건가, 무언가 조사하러 온 건가."

나는 결국 다시 외치고 말았습니다.

"그렇게 휭 하니 가버리지 말고 사람에게 질문했으면 최소한 잠깐이라도 대답을 기다리는 게 좋지 않아?"

하지만 그 말 역시 바람이 모두 한 단어 한 단어씩 가지고 가버렸습니다. '정말 어이없는 녀석들이야, 도저히 얘기할 상대가 아니야' 하고 나는 획 하니 걸어가려고 했을 때였습니다. 맞은편의 바다가 공작석의 초록색과 짙은 쪽색의 줄무늬를 이루고 있는 그 경계지점에서 무척이나 투명한 바람들이 파도 때문에 조금 흔들리면서 둥글게 모여 내게 가져간 조각조각 단어를 마치 찢어진 지도를 맞춰볼 때처럼 숨죽이고 가만히 응시하면서 이래저래 맞춰보고 있는 것을 나는 얼핏 보았습니다.

그리고 나는 그 바람들이 보내준, 안도의 마음도 느끼고 받아들였습니다. 그러자 발밑 모래 속에서 둥근 구멍이 조그맣게 뚫린 작고 하얀 조개껍데기가 떨어져 있는 것을 보았습니다. 말구슬우렁이에게 당한 것 같군, 아침부터 이런 좋은 표본을 줍다니. 오후가 되면 분명히 십자여우도 찾을 수 있을 것이라고 생각하면서 조개를 주워 배낭에 넣었던 것입니다. 그러자 갑자기 파도소리가 커졌고, 파도는 이렇게 얘기한 것처럼 들렸습니다.

"조개껍데기 따위 무엇에 쓰지? 그렇게 작은 조개껍데기 따위 무엇에 쓰지, 무엇에 쓰지."

"나는 농림학교 조교라니까."

나는 무심코 다시 걸려들어 대답하고 말았습니다. 그러자 곧바로 내 발밑에서 물러났던 바닷물이 다시 되감기고는 파도가 되어 화악 물보라를 일으키며 다시 외쳤습니다.

"무엇에 쓰지, 무엇에 쓰지. 조개껍데기 따위 무엇에 쓰지."

나는 화가 났습니다.

"도대체 무슨 말을 하는지 모르겠군. 물건이란 것은 그렇게 무조건 어딘가에 쓰여야만 하는 것이 아니야. 그런 건 나보다 너희가 더 잘 알 거 아닌가."

그러자 파도는 조금 쩔쩔매는 듯 텅 빈 소리를 낸 후 중얼중얼 중얼거리듯 대답했습니다.

"난…… 너희라면 분명 무언가에 써야만 직성이 풀리는 자들이라고 생각했어."

나는 뜨끔해서 얼굴이 빨개진 채 주위를 둘러보았습니다.

그 대답은 정말로 겸손한 변명 같은 어조였지만, 나는 부끄러운 마음에 어찌할 바를 몰랐습니다.

그리고 그 이후 파도는 다른 언어를 써가며 몇 번이나 밀려와 모래를 일으켜 쓸쓸하게 흐려놓으며 모래를 매끄러운 거울로 만들어 놓고 밀려가면서 한 조각의 바닷말을 띄워놓았습니다.

그리고 정말로 이런 오호츠크 해 해안에 앉아 마른 모래와 해당화의 좋은 향기를 보내주는 바람의 띄엄띄엄 이어지는 이야기를 듣고 있으니 무척 신기한 기분이 들었습니다. 그것도 바람이 내게 이야기한 것인지 내가 바람에게 이야기한 것인지조차 확실히 알 수 없습니다. 또한, 그 이야기들이 금빛문자를 새긴 두툼한 백과사전에 실린 듯한 근거 있는 확실한 것인지 아니면 바람과 파도가 계속해서 옮겨왔다가 사라지는 것인지 그것도 나는 알 수 없었습니다. 단지, 바람과 풀이삭의 좋은 성질이 당신들의 마음에 비추어진다면 무척이나 행복할 것입니다.

★ ★ ★

타넬리는 입술을 문 채 맨발로 오두막을 나왔을 때 타넬리의 엄마는 앞의 풀밭에서 말린 연어 껍질을 이어 웃옷을 만들고 있었습니다.

"엄마, 바다에 가서 호코세키方孔石를 주워올게" 하고 타넬리가 말하자 엄마는 두꺼운 재봉실을 이빨로 끊고 그 실 끝을 퉷 하고 뱉어 낸 후 말했습니다.

"혼자 바닷가에 가는 것은 괜찮지만 그곳에는 해파리가 많이 떨어져 있어. 우무처럼 투명해서 하늘도 보일 것 같은 것이 많이 떨어져 있으니까 그걸 주워서는 안 된다. 그리고 그걸로 다른 걸 비춰봐서도 안 돼. 네 눈은 나쁜 것을 보지 않도록 기도해두었지만, 해파리가 그 기도를 없앨 거야. 오빠도 언젠가 호되게 당한 적이 있어."

"그런 건 안 잡아."

타넬리는 말하면서 검게 익은 월귤나무 사이의 작은 길을 통해 바닷가로 내려갔습니다. 마침 썰물 때였기 때문에 잘 닦인 깨끗한 돌들이 일렬로 줄지어 있었습니다. '이러면 뭐 호코세키는 얼마든지 있지. 그보다 엄마가 말한 이상한 물체를 봐야지.' 타넬리는 배시시 웃으면서 맨발로 그 젖은 모래밭을 밟으며 걸었습니다. 그러자 그 이상한 물체가 바로 나타났습니다. 모래밭의 한 부분이 둥글게 젖어있는 듯 보여서 그곳에 손가락을 대보니 물컹물컹한 우무 같은 차가운 것이 있었습니다. 그리고 왠지 손가락이 마비되는 듯했습니다. 깜짝 놀란 타넬리는 손가락을 얼른 빼냈지만, 그것을 집어보고 싶어서 안절부절못했습니다. 타넬리는 주워가지만 않으면 괜찮을 거로 생각하고, 재빨리 집어 올리자 모래가 조금 묻어있었습니다. 타넬리는 모래를 씻어주려고 바닷물이 오는 곳까지 내려가 기다렸습니다. 곧 파도가 첨벙 하고 소리를 내고는 하얀 거품을 펼치면서 다가왔습니다. 타넬리는 재빨리 해파리를 씻었습니다. 그러자 해파리는 정말로 깨끗한 유리처럼 햇빛에 빛났습니다.

타넬리는 엄마의 말을 떠올리며 그만 버리려고 주위를 돌아보았습니다. 그러자 남쪽 곶은 옅은 보라색의 분홍바늘꽃으로 타오르고 있는 듯 보였고, 그 너머에는 분비나무의 짙은 녹음이 아름답게 이어져 있어서 뭐라 표현할 수 없을 만큼 멋졌습니다. 저렇게 아름다운 경치를 이 안경으로 비춰보면 정말로 얼마나 신비롭게 보일까 하고 생각한 타넬리는 다시 안절부절못했습니다. 자신도 모르게 해파리를 손으로 들어 경치를 비추어 보았습니다. 자아, 어떻게 되었을까요. 지금까지의 밝고 푸르렀던 하늘이 텅 빈 새까만 구멍처럼 변해버렸고 그 바닥에서 노란 불이 점점 거세게 타오르고 있는 듯했습니다. 큰일 났다고 생각한 타넬리가 황급히 눈을 뗐지만 이미 때는 늦었습니다. 하늘이 매우 붉은 기를 머금은 납빛으로 변해있었고 바닷물은 마치 거울처럼 기분 나쁘게 조용해졌습니다.

더구나 수평선의 뭉게구름 위부터 납빛 하늘로 변한 쪽으로, 입이 뒤둥그러진 세 마리의 커다란 하얀 개 옆에 다리를 걸치고는 노란 머리카락을 퍼석거리며 커다란 입을 벌리기도 하고, 일어서서 이빨을 아드득 갈기도 하는 무시무시한 괴물이 점점 올라왔습니다. 그 모습을 본 타넬리가 두려움에 떨고 있는 사이 갑작스레 하늘이 매우 밝아졌습니다. 그리고 그 길랴크*의 개귀신이 수평선까지 뻗어 나오고는 곧 바다에 다리를 반짝반짝 비추면서 이쪽으로 다가왔습니다.

"엄마, 엄마, 엄마!"

타넬리는 육지 쪽으로 도망가면서 죽어라 하고 외쳤습니다. 그러자 개귀신은 무시무시한 얼굴로 입을 빼끔빼끔거렸습니다. 타넬리

---

* 니브흐족의 이전 이름으로 러시아의 극동지방, 아무르 강 하류 지역, 사할린 및 홋카이도에 사는 민족이다.

는 이제 완전히 잡아먹혔다고 생각했습니다.

"꼬맹이, 이리로 와. 지금 철갑상어의 집에 하인이 없어서 걱정하던 중이야. 맛있는 것을 줄 테니까 이리 와."

개귀신이 그렇게 말한 순간 타넬리는 어느새 개귀신에게 두 다리를 잡힌 채 우뚝 섰고, 육지는 점점 뒤쪽으로 밀려갔으며 자신은 검푸른 파도 위를 달리고 있었습니다. 멀어져가는 육지에서 대여섯 명의 조그마한 사람들이 움직이고 있었습니다. 그중 한 사람은 두 팔을 벌린 채 마치 미친 사람처럼 소리를 지르며 바닷가를 뛰어다니고 있었습니다.

"엄마, 안녕히 계세요."

타넬리도 크게 외쳤습니다. 그러자 개귀신은 타넬리의 다리를 세게 쥐며 "꼬맹이, 떠들지 마. 돌고래 새끼가 깜짝 놀라잖아" 하고 말했고, 그 순간 주위가 검푸르게 변했습니다.

"아아, 난 돌고래 새끼의 기분까지 살펴야 하는 신세가 된 것인가."

타넬리는 정말로 눈물을 흘렸습니다.

그때 갑자기 개귀신은 타넬리를 모래밭에 집어 던졌습니다. 타넬리는 어깨를 세게 부딪치고 일어나보니 그곳은 이미 바닷속이었으며 위쪽은 푸르고 환했으며, 단 한 곳만이 해님이 있는 곳인 듯 희부옇게 빛나고 있었습니다.

"이봐, 철갑상어, 좋은 걸 줄게. 나와 봐."

개귀신은 한 구멍을 향해 외쳤습니다.

타넬리는 두려움에 떨며 쭈그리고 있었습니다. 정신을 차리고 보니 어느새 타넬리는 커다란 게로 변해있었습니다. 자신의 양팔을 펼쳐보니 양쪽으로 여덟 개의 팔이 나와 있었던 것입니다.

"아아, 한심하다. 엄마 말을 듣지 않아서 결국 이런 꼴을 당했어."

타넬리는 짜디짠 바닷물 속에서 눈물을 뚝뚝 흘렸습니다. 개귀신은 재미있다는 듯 입술을 올리며 히쭉히쭉 웃고는 다시 말했습니다.

"철갑상어, 무슨 일 있나?"

그러자 꾸르륵 꾸르륵 하는 기분 나쁜 기침 소리가 들리더니 "독버섯에 중독됐어" 하는 무척이나 괴로운 듯한 목소리가 들렸습니다.

"그랬나? 저런 안 됐군. 사실은 말이지, 자네 집에 하인이 없지 않나. 그래서 오늘 한 명을 발견해서 데리고 왔네. 게로 만들어놨으니까 호되게 부려 먹어도 돼. 꼬맹이, 너는 이 구멍으로 들어가."

타넬리는 무서워서 몸을 부들부들 떨면서 그 시커먼 구멍으로 들어갔습니다. 정말로 비참하다는 생각을 하면서 들어가는 타넬리를 개귀신은 뒤에서 모래를 내뿜으며 밀어 넣고 있었습니다. 갑자기 눈앞이 화악 밝아졌습니다. 그곳은 넓은 방이었고 전등도 있었으며 모래가 깨끗하게 깔려 있었습니다. 하지만 그 위에는 무시무시하게 생긴 철갑상어가 머리띠를 매고 누워있었습니다. '이 녀석 낯짝은 완전히 검정과 하얀색의 가시투성이군. 이런 녀석의 하인이 되다니…… 너무 무서워.' 타넬리는 부들부들 떨면서 입구에 서 있었습니다. 그러자 철갑상어는 으음 하고 한 번 신음했습니다. 타넬리는 펄쩍 뛸 만큼 놀랐습니다.

"으음, 네가 이번 하인인가. 난 지금 병에 걸려서 너무 괴롭단다."

★

학자 아람하라드가 본 옷

学者アラムハラドの見た着物

학자 아람하라드는 어느 해 열한 명의 제자를 가르치고 있었습니다.

모두 훌륭한 집안의 아이들뿐이었습니다.

왕의 직속 재판관 자녀도 있었고, 농상 대신의 자녀도 있었습니다. 또한, 매년 자신의 땅에서 열 석의 향유를 만들어내는 갑부의 자녀도 있었습니다.

하지만 학자 아람하라드는 세라라바드라는 작은 아이를 좋아했습니다. 이 아이가 무언가 대답을 할 때면 학자 아람하라드는 어딘가 저 멀리 얼어붙은 듯 고요한 검푸른 하늘을 느꼈던 것입니다. 하지만 아람하라드는 훌륭한 학자였기 때문에 편애 같은 건 하지 않았습니다.

아람하라드의 글방은 시내에서 떨어진 버드나무 숲 속에 있었습니다.

아이들은 매일 그 돌로 된 회색 마루에 앉아 예부터 전해 내려오는 성가를 암송하거나 조兆 보다 훨씬 큰 숫자까지 세어보기도 하고 또한 숫자를 서로 더하거나 곱하기도 했습니다. 그리고 가장 마지막에는 새와 나무와 돌 등 여러 가지를 배웠습니다.

아람하라드는 길고 하얀 옷을 입고 학자의 표식인 포렴布簾이 달린 모자를 쓰고 낮은 의자에 앉아, 오른손에는 긴 회초리를 들고 왼손으로 책을 받치며 천천히 가르쳤습니다.

그리고 습도가 적당한 날이나 어려운 암송으로 지칠 때면 다음 날에는 아이들을 데리고 자주 산으로 갔습니다.

이 이야기는 결국 학자 아람하라드가 어느 날 자신의 글방에서, 그리고 어느 날 비 내리는 산속에서 얼핏 보았던 신비한 옷에 관한 것입니다.

1

아람하라드가 말했습니다.

"불이 탈 때는 불꽃을 만든다. 불꽃이라는 것은 자세히 보고 있으면 신기한 것이다. 그것은 늘 움직이고 있다. 움직이고 있지만 형태도 정해져 있다. 그 색은 무척 다양하다. 일반적인 화톳불은 주황색이다. 하지만 나무에 따라서 또는 그 장소에 따라서 이상하게 빨간 때도 있고 아주 노란 때도 있다. 유황을 태우면 살짝 눈이 아찔한 보라색의 불꽃을 피워 올린다. 그리고 구리를 태울 때는 공작석처럼 환하고 푸른 불을 만든다. 이렇게 다양하지만 모두 똑같이 어떠한 성질을 갖고 있다. 아까 얘기했던 늘 움직이고 있다는 것도 그중 하나다. 이는 불이라는 것이 가벼운 것이어서 늘 오르고 오르려고 하기 때문이다. 그리고 그것은 밝은 것이다. 유황처럼 햇빛 아래에서는 잘 보이지 않는 불꽃도 컴컴한 곳으로 가져가면 훌륭하게 주변을 밝힌다. 불이라는 것은 늘 비추고 비추려고 하는 것이다. 그리고 또 하나는 뜨겁다는 것이다. 불이면 무엇이든 뜨겁다. 그것은 언제나 말리고 말리려고 한다. 이런 식으로 불에는 두 가지 성질이 있다. 왜 그러한가? 그것은 불의 성질이기 때문에 어쩔 수 없다. 그러한 뜨거운 것, 말리려고 하는 것, 빛나는 것, 비추려고 하는 것, 가벼운 것, 오르려고 하는 것, 그것을 불꽃이라고 부르기 때문에 어쩔 수 없다.

그리고 또한 여러분은 물을 잘 알고 있다. 물도 역시 불처럼 일정한 성질이 있다. 그것은 사물을 차갑게 하는 것이다. 어떤 것이든 물에 닿으면 차가워진다. 몸을 뜨거운 물에 담가도 오히려 나중에는 서늘해진다. 구리 항아리에 물을 넣고 항아리 바깥쪽을 물에 적신 천으로 꽉 감싸놓으면 그것은 여름이라 할지라도 반드시 차가워진다. 천을 몇 번 바꾸면 결국에는 얼음처럼 차가워진다. 이처럼 물은 사물을 차갑게 한다. 또한, 물은 사물을 적신다. 그리고 물은 언제나 낮은 곳으로 내려가려고 한다. 그릇에 물을 부으면 잠시 후 물은 고요해진다. 아나바타프타 호수나 파미르 고원, 그리고 남동쪽 산 위의 호수 대부분은 거울처럼 푸르고 평평하다. 왜 그렇게 평평한가 하면 물은 모두 아래로 내려가려고 해서, 서로가 내려갈 수 있는 곳까지 내려가서 자리를 잡기 때문이다. 파도가 일면 반드시 그것을 되돌리려고 한다. 이는 파도가 올라간 곳에서 내려가려고 하기 때문이다. 이처럼 차가운 것, 적시는 것, 아래로 내려가려고 하는 것이 물의 성질이다. 왜 그런가 하면…… 그것은 그런 성질의 것을 물이라고 부르기 때문에 어쩔 수가 없다.

그리고 또한 여러분은 작은 새를 알고 있다. 휘파람새, 굴뚝새, 검은방울새, 어치 등 모두 몸이 작고 무척 가볍다. 작은 새가 날 때는 정말 열심히 난다. 가지에서 가지로 옮길 때는 그 날개를 펴고 있는 것조차 보이지 않을 정도로 빠르고, 푸른 하늘 저 멀리 날아갈 때는 하나의 흔들리는 점처럼 보인다. 그 정도로 휘파람새나 검은방울새 등은 몸이 가볍고 열심히 난다. 또한, 죽어라고 지저귄다. 휘파람새는 봄이면 확실히 지저귄다. 굴뚝새는 몸을 움직일 때마다 반드시 지저귄다.

이 새들이 끊임없이 지저귀고 있는 숲 속에 가면 마치 비가 내리는 듯하다. 여러분은 모두 알고 있다. 이처럼 작은 새는 열심히 날고 또한 열심히 지저귄다. 먹이를 빼앗겨도 지저귀는 것을 멈추지 않는다. 여전히 멈추지 않는다. 왜 지치지 않을까에 대해 의문스러울 정도로 열심히 날고 또한 열심히 지저귄다.

그러면 왜 새는 지저귀고 나는 걸까. 너희는 알고 있을 것이다. 새들은 모두 날지 않고는 견딜 수 없어서 날고, 지저귀지 않고는 견딜 수 없어서 지저귄다. 그것은 타고난 것이다.

그런 식으로 불은 뜨겁고 말리고 비추고 올라가며, 물은 차갑고 적시고 내려가며, 새는 날고 또한 지저귄다. 물고기에 대해서도, 짐승에 대해서도 너희는 모두 그 성질을 생각할 수 있다. 하지만 어떨까. 작은 새가 지저귀지 않고는 견디지 못하고 물고기가 헤엄치지 않고는 견딜 수 없듯이, 사람은 어떤 것을 하지 않으면 견디지 못할까. 사람이 어떡해서든 그렇게 하지 않으면 견딜 수 없는 것은 대체 무엇일까. 생각해보기 바란다."

아람하라드는 그렇게 말하고 입을 굳게 다문 채 열한 명의 아이들을 둘러보았습니다. 아이들은 열심히 생각했습니다. 어른처럼 손가락을 굽혀 입술에 대기도 하고 바닥을 뚫어지게 바라보기도 했습니다. 그 가운데 대신의 아들인 타루라가 조금 얼굴을 붉히고 입술을 올린 채 웃었습니다.

아람하라드는 재빨리 그 모습을 보고 말했습니다.

"타루라, 대답해보렴."

타루라는 고개를 숙여 인사를 한 후 조금 겸연쩍은 듯 옆쪽을 보며 대답했습니다.

"인간은 걷고 말을 합니다."

아람하라드가 웃었습니다.

"잘했다. 좋은 대답이야. 인간은 말 그대로 걷지 않고는 견디지 못하지. 오랜 시간 병상에 누워있는 사람은 얼마나 걷고 싶겠는가. '아아, 단 한 번이라도 두 다리로 힘차게 걸어 그 낙토樂土의 연못까지 가서 차가운 물을 두 손으로 떠 마실 수 있다면 죽어도 좋다'고 생각할 것이다.

또한, 네가 대답했던 것처럼 인간은 말을 하지 않으면 견딜 수 없다. 생각한 것을 모두 말하지 않고 있는 것은 무척 괴로운 일이다. 그 탓에 병에 걸리기까지 한다. 인간이 친구를 원하는 것은 자신이 생각한 것을 모두 숨김없이 말하고 싶고 또한 숨김없이 듣고 싶기 때문이다. 말을 하지 않고 있는 것은 정말로 괴로운 일이다.

확실히 인간은 걷지 않으면 견디지 못하고 또한 말을 하지 않고는 참을 수 없다. 하지만 인간에게는 그보다 훨씬 소중한 것이 없을까. 다리나 혀와도 바꿀 수 있을 정도로 중요한 것은 없을까. 어렵지만 생각해보기 바란다."

아람하라드가 그렇게 말하는 동안 타루라는 얼굴이 새빨개지더니 마침내는 조금 창백해졌습니다. 아람하라드가 바로 얘기했습니다.

"타루라, 다시 한번 대답해보렴. 너는 그 무엇이라도 네 다리와는 바꾸지 않겠느냐? 어떤 것이라도 네 다리와 바꾸는 것은 싫으냐."

타루라는 마치 작은 사자처럼 대답했습니다.

"저는 기근으로 사람들이 죽어갈 때 만약 내 다리가 없어져서 기근이 끝난다면 다리를 잘라도 아깝지 않습니다."

아람하라드는 자칫 눈물을 흘릴 뻔했습니다.

"그렇다. 네게는 걷는 것보다도 말하는 것보다도 더욱 하지 않고는 견딜 수 없는 것이 있었다. 그것을 잘 깨달았구나. 그래야 내 제자지. 네 부친께서는 칠 년 전 흉작이 있었을 때 제단에 오르셔서 아흐레 동안이나 계속해서 기도하셨지. 부친께서는 사람들을 위해 목숨도 아까워하지 않으셨던 것이다. 다른 사람들은 어떠냐, 블란다. 말해보렴."

블란다라고 불린 아이는 재빨리 자세를 바로하고 대답했습니다.

"인간이 걷는 것보다 말하는 것보다 더욱 하지 않고는 견디지 못하는 것은 '좋은 일'입니다."

아람하라드가 말했습니다.

"그렇다. 그렇게 말할 것으로 생각했다. 모든 인간은 선한 일, 올바른 일을 원한다. 선과 정의를 위해서 목숨까지 버리는 사람은 많다. 너희는 지금까지 그런 사람들의 이야기를 많이 들어왔다. 결코 그것을 잊어서는 안 된다. 인간이 정의를 사랑하는 것은 새가 노래하지 않고는 견디지 못하는 것과 같다. 세라라바드. 뭔가 이야기하고 싶은 듯하구나. 말해보렴."

자그마한 세라라바드는 조금 놀란 듯했지만 곧 침착하게 대답했습니다.

"인간은 정말로 선한 것이 무엇인가를 생각하지 않고는 견디지 못한다고 생각합니다."

아람하라드는 살짝 눈을 감았습니다. 감은 눈의 어둠 속에서는 주변이 영롱한 불처럼 푸르게 보였고, 저 멀리 무척 푸르고 환한 곳에 황금잎을 가진 멋진 나무가 줄지어 서서 사락사락 사락사락 우듬지를 울리고 있는 듯 느껴졌습니다. 아람하라드는 눈을 떴습니다. 아이들이 가만히 아람하라드를 올려다보고 있었습니다. 아람하라드는 말했습니다.

"그래, 맞다. 인간은 진실을 추구한다. 진리를 추구한다. 진정한 도리를 추구한다. 인간이 도리를 추구하지 않고는 견디지 못하는 것은 새가 날지 않고는 견디지 못하는 것과 마찬가지다. 너희는 잘 기억해 두어야 한다. 인간은 선을 사랑하고 도리를 추구하지 않고는 견디지 못한다. 그것이 인간의 성질이다. 너희는 이것을 똑똑히 기억하고 절대 잊어서는 안 된다. 너희는 모두 앞으로 인생이라는 아주 험난한 길을 걸어야 한다. 이를테면 그것은 파미르의 얼음이나 인더스 강이나 대사막의 불 등으로 가득한 것과 같다. 그 어디를 통과할 때에도 결코 지금의 두 가지를 잊어서는 안 된다. 그것이 너희를 지켜줄 것이다. 그것은 늘 너희를 가르쳐줄 것이다. 결코 잊어서는 안 된다.

그러면 이제 낮이 되었으니 일어나서 쉬어라. 식사를 해도 좋다."

아람하라드는 인사를 받고 자신도 조용히 일어섰습니다. 그리고 자신의 방으로 돌아가는 도중에 다시 눈을 감았습니다. 아까의 아름답고 푸른 정경이 다시 확실하게 보였습니다. 그리고 그 속에는 날개처럼 가벼운 황금색 옷을 입은 사람 네 명이 똑바로 서 있는 것이 보였습니다.

아람하라드는 서둘러 눈을 뜨고는 조금 고개를 갸웃하며 자신의 방으로 들어갔습니다.

2

아람하라드는 아이들에게 둘러싸인 채 조용히 숲으로 들어갔습니다.

차갑고 축축한 공기가 모두의 몸에 조용히 다가왔을 때 아이들은 환호성을 질렀습니다. 그만큼 나무는 높았고 숲은 깊고 무성했던 것입니다. 게다가 다양한 크기의 덩굴이 꾸불꾸불 그 나무들을 감싸고 있었고 길은 무척 어두웠습니다.

단지 우듬지 사이사이로 엄청나게 푸른 하늘이 한 조각 두 조각 간신히 보일 뿐이었고, 숲이 무성할수록 아이들은 즐거워했습니다.

대신의 아들인 타루라는 가장 앞에 서서 새를 보고 양팔을 번쩍 들어 쫓았으며, 다람쥐를 발견하고는 크게 소리를 지르며 을렀습니다. 달리기도 하고 또한 멈추기도 하면서 정신없이 숲으로 들어갔습니다.

아이들은 끊임없이 아람하라드에게 질문을 했습니다. 아람하라드는 하나의 대답을 채 끝내기도 전에 다른 질문에 대한 대답을 해줘야 하기도 했습니다.

세라라바드는 작은 가죽 물통을 어깨에 걸고 고개를 숙인 채 아이들의 질문과 아람하라드의 대답을 들으면서 맨 뒤에서 살며시 웃으며 따라갔습니다.

숲은 점점 깊어졌고 떡갈나무도 녹나무도 하늘도 보이지 않을 듯했습니다.

그때 사마샤드라는 작은 아이가 커다란 대추나무 한 그루를 발견하고는 소리쳤습니다.

"대추나무다, 대추나무야! 열매를 딸 수 없을까."

아이들도 아람하라드도 동시에 그 높은 우듬지를 올려다보았습니다. 아람하라드는 말했습니다.

"저 나무는 높아서 손이 닿지 않는다. 우리는 저 열매를 딸 수 없다. 하지만 너희는 고명한 베산타라 대왕을 알고 있을 것이다. 베산타라 대왕은 보시바라밀布施波羅蜜 수행이라고 해서 누군가가 원하면 무엇이든 주었다. 보석이든 옷이든 음식이든, 그리고 집이든 신하든 무엇이든 원한다고만 하면 주었던 것이다. 그리고 결국에는 국가의 보물인 흰 코끼리까지 주었던 것이다. 처음에는 신하와 백성 모두 참았지만 결국에는 국가도 없어질 상황이 되자 대왕을 산으로 쫓아냈다. 대왕은 왕비와 왕자, 공주, 단 넷이서 산으로 쫓겨난 것이다. 커다란 숲에 들어갔을 때 왕자 일행은 숲의 높은 나무에 열린 열매를 보고 '아, 먹고 싶다'고 말했다. 그때 대왕의 덕에는 숲의 나무들도 감동하고 있었다. 나무는 모두 살아있는 동물처럼 가지를 내려 그 아름다운 과일을 왕자 일행에게 바쳤다.

그것을 본 자는 모두 몸의 털이 곤두섰고 대지도 감동해서 세 번을 흔들었다고 한다. 지금 우리는 이 열매를 딸 수 없다. 하지만 베산타라 대왕처럼 덕이 큰 사람이라면, 그리고 그 사람이 허기에 지쳐있다면 나무는 스스로 가지를 내려줄 것임이 분명하다. 그 정도가 아니다. 그 사람은 나무를 잠시 올려다보고 기뻐한 것만으로도 이미 먹은 것과 마찬가지가 되는 것이다."

아람하라드는 그렇게 말하고 다시 한번 높은 나무를 올려다보았습니다. 새까만 우듬지 사이로 한 조각의 하늘이 보였지만 아람하라드는 자신도 모르게 눈을 비볐습니다. 아까까지 새파랗게 빛났던 하늘이 어느새 완전히 회색으로 흐려져 있었고 무척 어둡게 보였던 것입니다. 나무는 흔들흔들 흔들렸고 공기는 무척 후덥지근해졌습니다. 아무래도 비가 내릴 듯했습니다.

"아, 비가 오겠군. 아무리 서둘러도 비를 맞지 않을 수는 없겠어. 누구 몸이 안 좋은 사람은 없느냐. 밭이나 나무에는 아주 좋은 일이지만 설마 오늘 이렇게 갑자기 내릴 줄은 몰랐구나. 이제 그만 돌아가야겠다."

하지만 아람하라드는 비가 내릴 때까지는 아직 시간이 있다고 생각하고 있었습니다. 그런데 아람하라드가 말을 끝내자마자 숲이 타닥

타닥 울리기 시작했습니다. 더구나 팔을 벌리고 고개를 하늘로 향해 정말로 비가 내리는지 보려고 했지만 빗방울은 보이지 않았습니다.

단지 탐스러운 나뭇잎이 타닥타닥 울리고 있을 뿐입니다.

★

짐승들의 운동회*

けだもの運動会

"안 돼. 네가 이길 것이 뻔하잖아. 그리고 무엇보다 그런 건 사회통념 상 좋지 않아. 들어가."

여우가 머리에 벼락이라도 맞은 듯 깜짝 놀라 눈을 파르르 떨며 조금씩 뒷걸음질을 치며 뒤로 물러났습니다.

"작은 짐승들은 아무래도 안 되겠어. 도저히 안 돼. 거기 호랑이, 코끼리, 곰, 코뿔소, 하마! 너희는 뭔가 좋은 생각이 있나?"

호랑이가 서슬이 퍼런 얼굴로 한발 앞으로 나왔습니다.

"에헴, 나는 잡아찢기 시합이 좋다고 생각한다. 이건 새로운 시합이야. 잘 들어. 모두 가위바위보를 해서 동과 서로 나누는 거야. 그다음 작은 것부터 순서대로 하나씩 붙어서 잡아찢기를 하는 거지. 이긴 자는 다시 새로운 상대와 계속해서 붙는 거야. 그중에서 가장 강한 자가 일등이 되는 거지. 여러분, 어때?"

모두 자신도 모르게 슬금슬금 뒷걸음질쳤습니다.

사자는 크게 화를 냈습니다.

"닥쳐. 제 분수도 모르는 호랑이 자식. 네 말은 늘 모두의 마음에 상처를 준다고. 그런 시합을 하면 운동회가 끝난 뒤에는 한 놈밖에 남아있지 않게 되잖아. 게다가 너는 대체 나랑 코끼리를 이길 수 있다고 생각하나? 주제도 모르는 놈. 가만 안 두겠어. 물러나."

호랑이의 처음 기세는 어디론가 사라지고 몸의 마디마디가 제각각 덜덜 떨리기 시작하더니 하얀 거품을 내뿜으며 슬금슬금 뒷걸음질쳤습니다.

그러자 사자가 하늘을 보고 크게 웃었습니다.

"와하하하. 호랑이가 오늘 뭔가 매운 것을 많이 먹었나 보군. 좋아, 용서해주지."

그리고 코끼리가 코를 덜렁덜렁 거리며 말했습니다.

"내 생각으로는 말이지 철봉 매달리기 시합이 어떨까 해. 모두 함께 철봉에 매달린 후 가장 끝까지 남는 자가 일등이지. 철봉에 매달릴 때는 손도 좋고 팔꿈치도 좋고 또는 다리 전체로 매달려도 되는 것으로 하자. 철봉이라면 팔이 강하고 튼튼한 자는 몸도 무겁고, 팔이 약한 자는 대신 몸도 가벼우니까 상당히 공평하다고 생각해. 원래 이 시합은 원숭이에게 가장 유리한 것 같기는 하지만 해보지 않으면 결과는 아무도 모르는 거라고 생각해."

사자는 감탄했습니다.

"아, 그대는 과연 다르군. 이건 정말 명안이야. 모두, 어때? 좋지?"

호랑이와 하마를 빼고는 모두 무척 기뻐합니다. 특히 작은 짐승들은 아주 기뻐서 서로 부둥켜안고 있었습니다.

마침내 운동회 날이 되었습니다. 새들에게 부탁했던 악단은 둥둥둥 쿵쿵쿵 소리를 내며 왔습니다.

---

* 첫 장 원고가 분실되었다.

사자 대왕은 한 단 높은 곳에 하얀 천을 덮은 탁자를 준비했고, 그 옆에는 상품 담당인 코끼리가 여기저기서 기부한 상품을 산처럼 쌓아놓고 앉아있습니다. 재미있는 시합에는 둘 다 단에서 내려가 직접 참가했습니다. 그리고 시합이 끝나면 자리로 돌아와 떠들썩하게 상품을 건넸습니다.

그리고 이백 미터 달리기도, 사백 미터 달리기도, 퀴즈도 모두 끝나고 마침내 오늘의 가장 중요한 경기가 시작되었습니다. 바로 철봉 매달리기 시합입니다. 이는 모두가 참가할 예정이었지만 심판인 표범과 상품 담당인 코끼리와 운동회장인 사자만은 참가하지 않게 되었습니다.

길이 65미터의 철봉 아래 짐승들은 모두 줄을 섰습니다. 누가 봐도 원숭이가 일등을 차지할 것 같았습니다. 원숭이 자신도 그렇게 생각해서 아까부터 만반의 준비를 하고 기다리고 있었습니다.

"철봉 매달리기, 준비!"

사자가 외쳤습니다.

그러자 호랑이도, 곰도, 하마도, 기린도, 말도, 양도, 캥거루도, 토끼도, 쥐도 모두 얌전히 앞다리를 굽히고 철봉을 응시하며, 시작 신호가 떨어지면 곧바로 매달릴 수 있도록 준비를 했습니다.

"시작!"

사자가 외쳤습니다.

짐승들은 모두 척척 매달렸지만, 단 한 마리 하마만은 손을 놓쳐 쿵 하고 떨어지면서 세게 엉덩방아를 찧었습니다. 그리고 하늘을 향해 누운 채 후우후우 숨을 쉬면서 좀처럼 일어나지 못하고 있었습니다. 심판인 표범이 시계를 보면서 바쁘게 여기저기를 돌아다녔습니다.

"십 초."

표범이 외쳤습니다. 호랑이가 "어흥" 하고 한 번 포효했습니다.

"이십 초."

표범이 외쳤습니다. 호랑이의 손이 부들부들 부들부들 떨리더니 마침내 털썩하고 떨어졌습니다. 그리고 호랑이는 무서운 눈빛으로 혀를 날름거리면서 다른 짐승들 아래를 돌아다니기 시작했습니다. 토끼와 양 등은 이미 눈을 감고 있었습니다.

"삼십 초."

표범이 외쳤습니다. 다른 짐승들도 모두 지쳐서 끄응끄응 신음을 하거나 손을 부들부들 떨기 시작했습니다.

"사십 초."

표범이 외쳤습니다.

"이런 제길, 에잇, 더는 못하겠다."

곰이 쿵 하고 떨어졌습니다. 그리고 코가 크거나 입이 큰 짐승들 백 마리가 동시에 쿵쿵 쿵쿵 떨어졌습니다.

"오십 초."

표범이 외치자 원숭이가 갑자기 풀썩하고 떨어졌습니다.

"육십 초."

표범이 외치자 기린과 말과 양, 셋이서 동시에 떨어졌습니다.

"칠십 초."

표범이 외치자 캥거루가 빙글빙글 돌며 떨어졌습니다.

해설

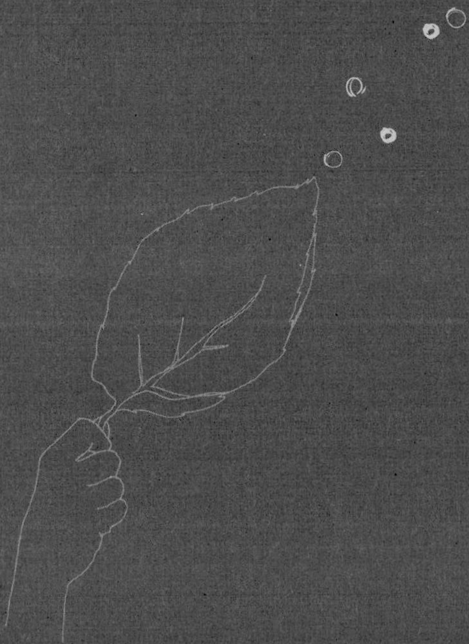

《미야자와 겐지 전집 3》을 끝으로 시와 수필을 제외한 겐지의 창작작품이 대부분 번역되었다. 자신의 작품을 새롭게 개작한 원고도 있고 모티브로 남겨둔 원고도 있어서 정확하게 작품 수를 가늠하기는 어렵지만, 같은 작품의 이고異稿로 분류되는 작품이나 완전하게 개작되지 않은 작품을 제외한 작품은 모두 이 책《미야자와 겐지 전집》에 실려 있다.

동화 같기도 하고 소설 같기도 한, 때로는 시나 노래 같기도 한 구십여 편의 작품에는 늘 하늘과 바람과 숲이 묘사된다. 누구에게나 있는 하늘과 바람과 숲을 겐지는 수백, 수천 배는 더 많이 가진 듯하다. 그 흔한 자연풍경 속에서 어떻게 이 많은 이야기와 환상의 세계를 그려낼 수 있는지 정말 경이롭기까지 하다. 그리고 겐지의 심상을 따라가다 보면 자연과 모든 생명을 따뜻한 시선으로 하염없이 바라보고 있는 그의 모습이 저절로 그려진다.

미야자와 겐지는 그 빼어난 수많은 작품에도 세상에 알려지지 못한 채 짧은 생을 마감했다. 문예잡지나 지역신문에 한두 편씩 실리기는 했지만, 생전에 출판된 단행본은 단편집《주문이 많은 요리점注文の多い料理店》과 시집《봄과 수라春と修羅》 두 권뿐이다.

생전에 출판된 유일한 단편집《주문이 많은 요리점》에는 아홉 편의 동화와 다음의 서문이 실려 있다. 이 서문은 위의 동화집에만 해

당하는 것이 아니라 예술관, 특징, 발상을 엿볼 수 있는 내용으로 겐지의 작품 전체에 대한 해설이다. 옮긴이가 붙인 해설은 사실 이 서문의 사족에 지나지 않는다.

우리는 얼음사탕을 원하는 만큼 갖지 못해도, 깨끗하고 투명한 바람을 먹고 아름다운 복숭앗빛 아침 햇살을 마실 수 있습니다.
그리고 나는 너덜너덜하게 해진 옷이 밭과 숲 속에서는 가장 좋은 벨벳이나 모직 또는 보석이 박힌 옷으로 변하는 것을 종종 보았습니다.
내 이야기들은 모두 숲과 들판과 철도선로에서 무지개나 달빛에 받은 것입니다.
정말로 떡갈나무 숲의 푸른 저녁을 홀로 지나가거나 십일월의 산에서 바람에 떨며 서 있으면 정말로 그런 기분이 드는 것입니다. 정말로, 분명히 그런 일들이 있었던 것 같은 이야기를 나는 그대로 쓴 것입니다.
그래서 이들 이야기 가운데에는 당신에게 도움이 되는 부분도 있을 것이고, 그냥 그랬구나 하는 부분도 있겠지만 나는 그 구분을 할 수 없습니다. 도무지 영문을 알 수 없는 부분도 있겠지만 그런 부분은 나 역시 알 수 없습니다.
하지만 나는 이 작은 이야기들 몇 조각이 당신에게 투명하고 진정한 음식이 되기를 마음 깊이 바랍니다.

1923년 12월 20일
미야자와 겐지

스케치1 ★ 수선월의 4일

스케치 1에는 자연에 대한 겐지의 관찰력이 빚어낸 환상공간이 자유롭게 펼쳐진다. 겐지가 그린 환상공간은 섬세한 관찰과 천부적인 표현력 덕에 사실보다 더 사실적으로 느껴지기도 한다.

겨울에서 봄으로 이어지는 꽃샘추위의 마지막 눈보라가 치는 정경을 환상적으로 표현한 **〈수선월의 4일〉**은 눈의 정령인 눈아이와 눈할머니라는 상상 속 존재가 눈보라 치는 산골의 풍경을 오히려 더욱 생생하게 그려준다. 그 선명한 이미지는 눈보라 치는 산길을 홀로 걷는 아이의 모습이 더욱 불안하게 느껴지게 하고 동시에 〈빛의 맨발〉(《미야자와 겐지 전집 1》 수록)의 슬픈 결말을 연상시켜 읽는 이의 마음을 더욱 긴장시킨다.

〈까마귀의 북두칠성〉은 겐지의 표현력이 절정을 이루는 작품이다. 하얀 눈밭 위에 앉아 있는 까마귀 떼의 모습을 '정박 중인 함대'로, 달이 떠오르는 순간을 '마침내 열은 강철색 하늘에 균열이 생기면서 절반으로 갈라졌고, 그 갈라진 틈으로 길고 기이한 수많은 팔이 내려와'로 묘사한다. 긴장감이 감도는 밤하늘의 묘사는 산까마귀와의 전쟁을 앞둔 까마귀 대위의 심상을 통해 한층 더 비장하게 만든다. 그러고는 전쟁에서 이긴 까마귀 대위의 '부디 미워할 수 없는 적을 죽이지 않아도 되는 세계가 빨리 되도록 해주십시오' 하는 기도는 전쟁이 만연한 세계에 대한 작가의 안타까움의 기도이다. 반면 **〈사슴 춤의 기원〉**은 그 묘사가 재치 있고 유쾌하다. 손수건 한 장을 두고 소심하고 의심 많은 사슴이 주뼛거리며 다가가는 모습이 겐지에게는 마치 춤을 추는 것으로 비친다. **〈달밤의 전봇대〉** 역시 힘차고 유쾌하다. 사람들이 보지 않을 때 사물이 움직인다는, 어린아이 같은 상상을 있을 법한 이야기처럼 만들어내는 힘은 천부적인 관찰력으로 만든 섬세한 묘사 덕분이다.

순식간에 공간을 이동하고 상상할 수 없는 괴력을 발휘하는 산도깨비의 등장은 겐지 작품에서 꿈과 마찬가지로 환상공간을 제공하는 중개자인데, 특히 **〈산도깨비의 4월〉**은 산도깨비와 꿈이 동시에 등장하면서 더욱 독특하고 몽환적인 공간을 만들어낸다. 그리고 밑도 끝도 없이 재판에 참석해 달라는 이상한 엽서는 **〈도토리와 들고양이〉**가 사는 숲 속 환상공간으로의 초대장이다. 고양이 역시 겐지 작품의 단골손님인데, 늘 인간 이상으로 인간적인 모습을 보여 작품의 풍자성을 살려주는 중요한 역할을 해낸다.

스케치2 ★ 재두루미와 달리아

〈할미꽃〉의 원고 표지 뒤에는 미야자와 겐지가 분류한 '꽃과 새의 동화집' 열한 편의 동화제목이 적혀 있다. 〈돌배〉 〈재두루미와 달리아〉 〈할미꽃〉 〈은행〉 등이 포함되어 있는데, 이 일련의 작품에서 겐지는 죽음과 아름다움, 즉 윤회하는 생명과 영원한 아름다움의 관계를 다양하게 다루고 있다. 그 중 포자를 터뜨리는 것을 모티브로 죽음을 묘사한 작품이 〈할미꽃〉과 〈은행〉이다.

〈할미꽃〉의 씨앗이 죽음을 상징하는 북쪽으로 날아가고, 그 할미꽃의 영혼을 끝까지 따라가지 못해 종달새는 안타까운 이별의 노래를 부른다. 한편 **〈은행〉**에서는 죽음과 함께 새로운 탄생이라는 희망이 표현되는데, 여행을 떠나는 어린 생명들이 외투와 신발과 음료수를 챙기며 부산을 떠는 모습 속에서 불안과 희망을 엿볼 수 있다. 이별을 슬퍼하는 엄마 은행나무의 모습은 〈할미꽃〉의 종달새 모습과 겹쳐진다. 강바닥의 푸른 풍경이 애니메이션처럼 선명하게 그려지는, 그저 아름답기만 한 동화 같은 **〈돌배〉**. 그러나 이 작품 역시 물총새와 하얀 자작나무 꽃잎이 죽음과 아름다움의 대비로 묘사되고 있다.

미야자와 겐지에게 아름다움은 무엇이었을까?

〈재두루미와 달리아〉에서 크고 붉은 달리아꽃은 꽃의 여왕이 되고 싶어 하지만 재두루미의 눈에는 소박하고 하얀 달리아의 모습만이 보이고, **〈노송나무와 개양귀비〉**의 개양귀비는 아름다움을 위해 악마에게 모든 것을 바치려고 한다. 또한, 아름다움의 상징인 무지개와 그 무지개를 사모하는 개머루의 이야기 〈개머루와 무지개〉(《미야자와 겐지 전집 1》 수록)를 크게 개작한 **〈말리브랑과 소녀〉**에서 말리브랑은 소녀의 찬사에 대해 이렇게 말한다.

> 바르고 깨끗하게 일하는 사람은 하나의 커다란 예술을 시간의 뒤에 만들고 있는 것입니다 …… 우리는 모두 그 흔적에 하나의 세계를 만들어갑니다. 그것이 모든 사람의 가장 숭고한 예술입니다.

이것이 겐지가 생각하는 예술, 즉 아름다움이다.

생물, 무생물을 넘나들며 자유자재의 시점을 구사하는 겐지의 능력은 당연히 자연과의 교감에서 나온 것이다. 수확이 끝난 **〈밭 가장자리〉**에 줄지어 서 있는 옥수수는 개구리의 눈에는 '이빨이 칠십 개나 있는 유령'이고, **〈아침에 관한 동화적 구도〉**에서 아침이면 불쑥 솟아있는 숲 속의 버섯은 개미 병사의 눈에 '느닷없이 나타난 새하얀 건물'이다. 이처럼 시점을 바꾸는 것만으로도 이야기다운 이야기 없이도 흥미진진한 이야기를 만들어 낸다.

스케치3 ★ 새장 선생과 후 쥐

스케치 3의 작품들은 동물의 의인화를 통해 인간의 어리석은 모습을 풍자한 우화에 속한다. 그래서 조금은 단순한 구도와 직접적인 주제의식을 보여주기도 한다. 그러나 동물에 빗대어 표현한 겐지의 우화는 풍자와 비판의 끝이 어디를 향해야 하는지를 생각하게 하는 동화다.

거미와 민달팽이와 너구리, 세 학생은 이기적이고 잔인한 모습으로 경쟁을 벌이지만 모두 비참한 최후를 맞는다. **〈호라쿠마학교를 졸업한 세 학생〉**은 이렇게 권선징악을 직접 표현한 단순한 이야기처럼 보인다. 하지만 세 학생에게 잔인한 경쟁을 가르친 것은 호라쿠마洞熊('동굴곰'이라는 뜻이다) 선생님이다. 이 동화에서 겐지가 풍자한 것은 일본의 제국주의 교육이며, 악은 인간성 속에 있는 본래의 것이 아니라 인간이 만들어낸 사회제도에 있다는 것을 겐지는 말하고 있다.

한편 쥐는 약삭빠른 인간의 이미지를 대표하곤 하는데, 겐지 역시 쥐에 빗대어 인간의 어리석은 모습을 풍자적으로 보여준다. 다른 사람이 행하는 선의의 행동을 결과만 보고 오히려 원망하며 자신의 약함을 무기로 삼아 "보상해줘!"를 외치는 **〈체 쥐〉**, 복잡한 얘기나 남의 칭찬을 들으면 불편한 심기를 참지 못하고 '에헴에헴' 하는 헛기침으로 상대방을 위협하는 **〈쿤 쥐〉**, 그리고 **〈새장 선생과 후 쥐〉**에서는 새장이라는 사물을 의인화해서 허풍스럽고 설교하기 좋아하는 새장 선생과 배울 의지가 전혀 없는 후 쥐의 모습이 유머러스하게 그려져 있다.

〈개구리의 고무신〉 역시 개구리가 주인공인 우화로 고무신을 얻게 된 칸 개구리의 오만함과 친구 개구리들의 시기를 벌하는 권선징악의 주제를 담고 있다. 다만 세 마리 모두 구원을 받아 행복한 결말로 끝나는 점이 독특하다.

스케치4 ★ 시그널과 시그널레스

자신의 이야기는 '숲과 들판, 철도선로에서 무지개나 달빛에 받은' 것이라고 〈서문〉에서 말했듯, 열차를 둘러싼 모티브는 겐지 작품의 한 특성이다. 열차 창문의 투명한 서리와 오렌지빛 전등 속에서 사람들은 환상공간으로 이동하기도 하고, 열차를 맞이하고 떠나보내는 신호기는 그들만의 사랑을 나누기도 한다. 열차의 전등도 히터도 선로도 마음을 갖지 않은 것은 없다.

새벽을 여는 첫 열차의 아름다운 노래로 시작되는 〈**시그널과 시그널레스**〉는 겐지 작품 중 남녀의 사랑(비록 무생물일지라도)을 담은 몇 안 되는 작품 중 하나다. 지상에 묶여 서로 바라볼 수밖에 없는 신호기의 애절한 사랑은 창고의 도움으로 '육체'를 떠나 비로소 우주라는 환상적인 공간에서 결실을 본다.

반면에 이하토브 발 베링행의 환상 특급열차를 탄 사람들의 모습은 아름답지 않다. 북극권에 사는 수백 마리의 빙하쥐로 만든 〈**빙하쥐 모피**〉를 입고 구백 마리의 검은여우를 잡겠다는 다이치는 탐욕스런 인간의 모습을 보일 뿐이다. 그러면서도 생존을 위한 어쩔 수 없는 약육강식에 대한 슬픔도 담고 있다. 생명을 가벼이 보고 마구잡이로 동물의 모피를 모으는 거상 다이치를 벌하려는 무리에게 청년은 '살기 위해서는 옷을 입지 않을 수가 없으니까. 당신들이 물고기를 잡는 것과 같은 거'라며 용서해주기를 설득한다.

환상의 공간은 때로 어릴 적의 아련한 추억의 공간이기도 하다. 사람들 몰래 산에서 내려와 〈**축제의 밤**〉을 구경하러 왔다가 돈 없이 경단 두 꼬치를 먹고는 호된 대가를 치른 산도깨비. 자신을 구해준 아이에게 그 대가로 땔감 백 단과 밤 여덟 말을 가져다 놓는다. 바람과 함께 나타나 램프를 끄고 다시 바람처럼 사라진 산도깨비는 유소년

시절 바람에 대한 아련한 환상을 떠올리게 한다. 더불어 일본에 전해져 내려오는 민화를 모티브로 한 **〈다다미 동자 이야기〉**나 **〈돗코베토라코〉**도 유년시절의 추억을 떠올리게 하는 이야기다.

겐지는 '얼간이 예찬자'였다. 〈비에도 지지 않고雨ニモマケズ〉는 겐지의 사후에 발표된 메모인데, 이후 그의 대표 시로 인정받고 있는 작품이다. 이 시에는

모두에게 얼간이라고 불리고
칭찬도 받지 않고
걱정도 끼치지 않는
그런 사람이
나는 되고 싶다

는 구절이 있다. 겐지가 이상적인 인간상으로 생각했던 '얼간이'의 모습은 **〈마음씨 고운 화산탄〉**의 베고 돌과 **〈겐주공원의 숲〉**의 겐주의 모습이다. 화를 낼 줄 모르는 착한 베고 돌은 그래서 주위 돌들에게 바보 취급을 받지만, 이후 지질학자에게 그 가치를 인정받아 주위의 부러움을 사게 된다. 그러나 베고는 자신이 가는 곳이 '밝고 즐거운 곳이 아니'라며, 단지 '좋은 표본'으로써의 역할을 할 뿐이라고 말한다. 〈겐주공원의 숲〉의 겐주 역시 늘 웃음을 흘리고 화낼 줄 모르는 조금 '모자란 아이'로 비치지만, 자연과의 교감을 나누었던 소년 겐주는 이후 모든 사람의 기억에 남게 된다. '얼간이'로 불리고 싶었던 겐지의 바람이 그대로 담겨있는 두 작품이다.

스케치5 ★ 26일 밤

생전에 발표된 몇 안 되는 작품 중 하나인 **〈오츠벨과 코끼리〉**는 자본가와 노동자의 대립관계를 전면에 보여준다. 교활하고 냉혹한 오츠벨의 착취가 순수하게 노동의 기쁨에 빠져 있던 코끼리의 웃음을 빼앗는 모습은 현대인의 가슴에도 깊은 공감과 울림을 준다. 생명을 경시했던 〈빙하쥐 모피〉의 거상 다이치도, 〈주문이 많은 음식점〉(《미야자와 겐지 전집1》 수록)의 두 신사도 마지막에는 구원을 받았지만, 교활한 착취자 오츠벨만은 겐지도 용서할 수 없었던 듯 비참한 죽음을 맞이한다. 누구의 말인지 불분명한 마지막 문장 "이런, 강에 들어가면 안 된다니까"에 대해서는 '소몰이꾼이 들려준 이야기'라는 소제목을 근거로, 소몰이꾼이 자신의 이야기를 듣고 있던 아이들에게 한 말이 아닐까 추측하는 의견이 많다.

〈오츠벨과 코끼리〉가 사회구조에 대한 비판이었다면, **〈토신과 여우〉**는 자아에 대한 비판이다. 〈토신과 여우〉의 원고 표지에는 '토신—퇴직교수, 여우—가난한 시인, 자작나무—시골처녀'라는 메모가 있다. 겐지가 이후 개작을 하기 위해 남긴 메모인데, 이 구도가 작품의 의도를 시사하고 있다. 단순히 토신은 '정직', 여우는 '위선자'라는 구도가 아니라, 자기번민으로 괴로워하는 토신의 모습과 자신의 위선을 알면서도 억제하지 못하는 여우의 번민에서 겐지의 자아성찰을 엿보는 듯하다. 어지러이 변하는 심상의 변화를 묘사한 **〈가돌프의 백합〉** 역시 쉬운 작품은 아니다. 고행자의 고독함과 함께 감정에 따라 쉴 새 없이 변하는 자연의 모습을 수많은 비유로 묘사하고 있다. 해석의 난해함 속에서도 겐지가 묘사한 이미지는 눈에 잡힐 듯 선명하다. 값싼 장난감의 모습이었다가 조개껍데기로 세공한 우아한 모습이 되기도 하는 버드나무와 번개 속에서 '발끈 화를 내며 새하얗게 서 있'

는 백합꽃…… 더 이상의 표현은 없을 듯하다.

또 종교적 색채가 강한 **〈26일 밤〉**은 생명에 대한 연민으로 가득하다. 스님 올빼미의 삼일 밤에 걸친 독경과 강연, 그리고 독경의 내용을 증명이라도 하듯 새끼 올빼미가 인간에게 붙잡혀 죽음에 이르기까지의 이야기가 서로 맞물리면서 해탈의 밤인 〈26일 밤〉을 향한다.

〈나라노키 박사의 노숙〉은 꽤 유쾌하고 독특한 작품이다. 보석학을 전공한 나라노키 박사가 오팔을 찾아 삼일 밤을 노숙하면서 세 가지의 환상 체험을 하는 이야기로, 천연덕스럽고 일면 세속적으로 보이는 박사의 캐릭터는 겐지 작품에서 찾기 힘든 사실적인 캐릭터이다. 구조 역시 독특한데, 행을 바꿔가며 진행되는 시 형태의 본문과 산문 형태의 대화를 대비시킨 구조 역시 상식을 깬 자유로움을 돋보이게 한다. 암경과 광물의 대화가 들리고 뇌룡이 등장하는 비현실적인 설정에도 그것이 단지 꿈으로만 느껴지지 않는 것은 박사가 지닌 전문지식 탓일 것이다.

〈노란 토마토〉와 **〈잔나비걸상〉**은 어린아이의 백일몽 같은 몽환적인 동화다. 〈노란 토마토〉는 이야기 속의 이야기라는 액자구조로 된 작품이다. '박물관 16등관 큐스트'의 추억이라는 형식을 빌려 박제된 벌새가 이야기꾼이 되어 펨펠과 네리의 이야기를 전한다. 맥주병으로 비춰본 듯한 갈색 풍경 속에서 박제된 벌새가 전해주는 파란 창문 속의 다정한 오누이의 이야기는 액자구조 속에서 더욱 몽환적이고 신비한 세계로 다가온다. 낮잠에서 깨어 멍하니 주위를 두리번거리는 아이의 모습이 떠오르는 **〈잔나비걸상〉** 역시 나무 속 통로를 통해 다른 공간으로 이동한다는, 어렸을 적 누구나 한 번쯤 상상해봤을 이야기다. **〈달밤의 짐승〉**은 사람의 상상력을 자극하는 밤의 동물원을 모티브로 한 작품이다. 사자 우리 앞에 앉아 있던 '나'의 꿈속에서는 밤이 되면 자신들을 가로막는 우리가 사라지고 서로 교감을 나누는 본래의 숲으로 변한다.

〈**잘 듣는 약과 훌륭한 약**〉은 다소 주제와 구성이 가벼운 느낌의 동화로 효심 깊은 기요오는 어머니의 약을 구하기 위해 열심히 숲을 헤매다 신비한 열매를 발견한다. 그러자 가짜 돈을 만들어 자신의 뱃속을 채우기에 급급한 탐욕스러운 다이조는 신비한 열매를 찾다가 포기하고는 스스로 가짜 열매를 만들어 먹고는 목숨까지 잃게 된다.

끝으로 미완성 작품 여섯 편을 실었다. 여섯 편의 작품은 말 그대로 미완성이거나 원고의 소실 등으로 이야기의 구조가 완벽하지 않지만, 짧게나마 겐지의 자연교감 능력과 이야기의 원천을 엿볼 수 있지 않을까 생각한다.

박정임

미야자와 겐지 전집 宮沢賢治 全集 3

펴낸날 | 2018년 08월 07일 · 초판 1쇄

지은이 | 미야자와 겐지　옮긴이 | 박정임
그린이 | 이정우　디자인 | design Vita
펴낸이 | 오승준

펴낸곳 | 도서출판 너머
전화 | 070-8276-6842　팩스 | 070-7610-6843
주소 | 서울시 송파구 올림픽로 203 잠실중앙상가 B1, 1-2호

출판등록 | 2004년 5월 10일(제2016-000114호)

이메일 | thebeyonds@gmail.com
블로그 | http://blog.naver.com/thebeyond

ISBN 979-11-89243-04-3 04830 | 979-11-89243-01-2(세트)

* 잘못된 책은 바꾸어 드립니다.
* 책값은 뒤표지에 있습니다.

이 도서의 국립중앙도서관 출판예정도서목록(CIP)은 서지정보유통지원시스템 홈페이지
(http://seoji.nl.go.kr)와 국가자료공동목록시스템(http://www.nl.go.kr/kolisnet)에서 이용하실 수 있습니다.
(CIP제어번호: CIP2018018762)